西方传统 经典与解释
Classici et commentarii
HERMES

HERMES

在古希腊神话中，赫耳墨斯是宙斯和迈亚的儿子，奥林波斯神们的信使，道路与边界之神，睡眠与梦想之神，亡灵的引导者，演说者、商人、小偷、旅者和牧人的保护神……

西方传统 经典与解释
Classici et commentarii
HERMES
古希腊肃剧注疏全编
刘小枫●主编

埃斯库罗斯笔下的城邦政制
——《奥瑞斯忒亚》文学性评注

Aeschylus' *Oresteia*

［加］科纳彻（D. J. Conacher）●著

孙嘉瑞●译　龙卓婷●校

华东师范大学出版社

华东师范大学出版社六点分社　策划

古典教育基金·"资龙"资助项目

"古希腊肃剧注疏"出版说明

古希腊肃剧源于每年一度的酒神祭(四月初举行,通常持续五天),表达大地的回春感(自然由生到死、再由死复生的巡回),祭仪内容主要是通过扮演动物表达心醉神迷、灵魂出窍的情态——这时要唱狂热的酒神祭拜歌。公元前六百年时,富有诗才的科林多乐师阿瑞翁(Arion)使得这种民俗性的祭拜歌具有了确定的格律形式,称为酒神祭歌($διθύραμβος$ = Dithyrambos),由有合唱和领唱的歌队演唱。古希腊肃剧便衍生于在这种庄严肃穆的祭歌之间有情节的表演,剧情仍然围绕祭神来展开。

我国古代没有"悲剧""喜剧"的分类,只有剧种的分类。我们已经习惯于把古希腊的 tragedy 译作"悲剧",但罗念生先生早就指出,这一译名并不恰当,因为 tragedy 并非表达"伤心、哀恸、怜悯"的戏剧。的确,trag-的希腊文原义是"雄兽",-edy($ἡ$ $ᾠδή$ [祭歌])的希腊文原义是伴随音乐和舞蹈的敬拜式祭唱,合拼意为给狄俄尼索斯神献祭雄兽时唱的形式庄严肃穆的祭歌,兴许译作"肃剧"最为恰切——汉语的"肃"意为"恭敬、庄重、揖拜",还有"清除、引进"的意思,与古希腊 Trag-edy 的政治含义颇为吻合。古希腊的 Com-edy 的希腊语原义是狂欢游行时纵情而又戏谑的祭歌,与肃剧同源于酒神狄俄尼索斯崇拜的假面歌舞表演,后来发展成有情节的戏谑表演,译作"喜"剧同样不妥,恰切的译法也许是"谐剧"——"谐之言皆也。辞浅会俗,皆悦笑也"。肃剧严肃庄重、谐剧戏谑浅俗,但在歌队与对白的二分、韵律及场景划分等形式方面,肃剧和谐剧基本相同。约定俗成的译法即便不甚恰切也不宜轻举妄动,但如果考虑到西方文明进入中国才一百多年光景,来日方长,译名或术语该改的话也许不如乘早。

古希腊戏剧无论严肃形式(肃剧)抑或轻快形式(谐剧),均与宗教祭祀相关。从祭仪到戏剧的演化,关键一步是发明了有情节的轮唱:起先是歌队的领唱与合唱队的应答式轮流演唱,合唱队往往随歌起舞——尽管轮唱已经可以展现情节,但剧情展示仍然大受限制,于是出现了专门的演员,与肃立歌队的歌和舞分开,各司其职:从此,肃立歌队演唱的英雄传说有了具体的人物再现。起初演员只有一个,靠戴不同的面具来变换角色、展开戏剧情节。演戏的成分虽然增多,肃立歌队的歌和舞仍然起着结构性的支撑作用。

僭主庇西斯特拉图(Peisistratus,约前 600－528)当政(公元前 560 年)后,把狄俄尼索斯祭拜表演从山区引入雅典城邦,搞起了酒神戏剧节,此时雅典正在加快步伐走向民主政制。创办戏剧节对雅典城邦来说是一件大事——有抱负的统治者必须陶铸人民的性情,为此就需要德育"教材"。从前,整个泛希腊的政治教育都是说唱荷马叙事诗和各种习传神话,如今,城邦诗人为了荣誉和奖赏相互竞赛作诗,戏剧节为得奖作品提供演出机会,城邦就有了取代荷马教本的德育教材。剧场与法庭、公民大会、议事会一样,是体现民主政治的制度性机制——公民大会有时就在剧场举行。总之,古希腊戏剧与雅典城邦出现的民主政制关系密切,通过戏剧,城邦人民反观自己的所为、审查自己的政治意见、雕琢自己的城邦美德——所有古代文明都有自己的宗教祭仪,但并非所有古代文明都有城邦性质的民主政制。古希腊肃剧的内容,明显反映了雅典城邦民主制的形成、发展和衰落的过程,展现了民主政制中雅典人的自我认识、生活方式及其伦理观念的变化。追问中国古代为什么没有肃剧,与追问中国古代为什么没有演说术,同样没有意义。把古希腊戏剧当用作一种普遍的戏剧形式来衡量我们的古代戏曲并不恰当,我们倒是应该充分关注雅典戏剧的特殊性及其所反映的民主政治与传统优良政制的尖锐矛盾。

古代戏剧的基本要素是言辞(如今所谓"话剧"),戏剧固然基于行动,但行动在戏台上的呈现更多靠言辞而非如今追求的演技。由此引出一个问题:如何学习和研究古希腊戏剧。结构主义人类学兴起以来,古希腊肃剧研究不再关注传世的剧作本身,而是发掘戏剧反映的所谓历史文化生态和社会习俗,即便研读剧作,也仅仅是为了替人类学寻找材料。亚里士多德在《论诗术》中说,肃剧作品即便没有演出,也值得一读——人类学的古典学者却说,要"看戏"而非"读戏",甚至自负地说,亚里士多德根本不懂肃剧。然而,后世应当不断从肃剧作品中学习的是古希腊诗人在民主政治时代如何立言……"不有屈原,岂见《离骚》"——没有肃剧诗人,岂见伟大的传世肃剧!不再关注诗人的立言,而是关注社会习俗,我们失去的是陶铸性情的机会。按照亚里士多德的教诲,即便如今我们没有机会看到肃剧演出,也可以通过细读作品,"洞性灵之奥区,极文章之骨髓"。

幸赖罗念生、周作人、缪灵珠、杨宪益等前辈辛勤笔耕,至上世纪末,古希腊肃剧的汉译大体已备,晚近则有张竹明、王焕生先生的全译本问世(译林版2007)。"古希腊肃剧注疏"乃注疏体汉译古希腊肃剧全编,务求在辨识版本、汇纳注疏、诗行编排等方面有所臻进,广采西方学界近百年来的相关成果,编译义疏性专著或文集,为我国的古希腊肃剧研究提供踏实稳靠的文本基础。

古典文明研究工作坊
西方典籍编译部乙组
2005 年 1 月

目 录

英文本出版说明 / 1

前言 / 1

第一章 阿伽门农 / 1

1. 引言：本剧与三联剧 / 3
2. 开场与进场歌（行 1-257）/ 10
3. 第一场与第一肃立歌（行 258-487）/ 26
4. 第二场（"传令官出场"）与第二肃立歌（行 489-781）/ 42
5. 第三场（阿伽门农与克吕泰墨涅斯特拉）与第三肃立歌（行 782-1034）/ 51
6. 第四场，包括第一段哀歌（"卡珊德拉戏"）（行 1035-1330）/ 68
7. 第五场，以及第二段哀歌（幕后的谋杀及其后续）（行 1343-1576）/ 81
8. 结尾（"埃奎斯托斯戏"）（行 1577-1673）/ 93

附录 1 《阿伽门农》进场歌中的问题 / 95

附录 2 克吕泰墨涅斯特拉进场，以及对行 489-502 的归属问题的特别讨论 / 121

第二章　奠酒人 / 127

1. 初步评论 / 129
2. 开场、进场歌和第一场(行 1 - 305) / 131
3. "大哀歌"(行 306 - 478) / 142
4. 第二场及第一肃立歌(行 479 - 651) / 151
5. 第三场(行 652 - 782) / 159
6. 第二肃立歌(行 783 - 837) / 165
7. 第四场(行 838 - 934)及第三肃立歌(行 935 - 972) / 169
8. 退场歌(行 973 - 1076) / 174

第三章　和善女神 / 179

1. 开场、进场歌以及第一场(行 1 - 234) / 181
2. 第二场、第一部分(行 235 - 253);第二进场歌(行 254 - 275);第二场、第二部分(行 276 - 306) / 196
3. 第一肃立歌(行 307 - 396) / 202
4. 第三场(行 397 - 488) / 207
5. 第二肃立歌(行 490 - 566) / 213
6. 第四场(行 566 - 777);"审判戏" / 219
7. 厄里倪厄斯的"转型"(行 778 - 1020);陪同厄里倪厄斯前往新居(行 1021 - 1047) / 237

附录　论《和善女神》中的政治与社会视角 / 247

参考书目 / 276

英文本出版说明

依据传统,有关古希腊肃剧的著作往往分成两类:一是学术类,带有文本校勘、语言上的研究以及对要点的详细阐释;二是文学批评研究,对于在文本的详尽研究中所遇到的诸多问题,这类研究往往会概括性地进行处理。出于显而易见的原因,古典学家倾向于专注于前者。而对于阅读翻译作品的读者,阅读古希腊肃剧作家的作品,势必局限于参考后一种研究,毕竟这些作品通常对这类读者——尤其在他们的文化背景下——是陌生的。在这部对埃斯库罗斯的《奥瑞斯忒亚(Oresteia)》三联剧的综合研究中,科纳彻(D. J. Conacher)[①]将这两种[研究方式]结合在一起。

科纳彻这部著作的主体部分是对三联剧详细的逐行评注和戏剧分析。在注释和附录中的补充,是对那些与文本阐释相关的语文学问题的讨论,并针对诸多争议的要点,摘录了其他学术观点。

本书旨在满足不同专业水平读者的需要,对不同的评注和期刊论文的学术观点加以挑选并进行讨论,因为学生可能无法独立

---

① 科纳彻为多伦多大学的退休教授,著有《欧里庇得斯戏剧:神话、主题和结构》(*Euripidean Drama: Myth, Theme and Structure*)、《埃斯库罗斯的〈被束缚的普罗米修斯〉评注》(*Aeschylus' Prometheus Bound: A Literary Commentary*)等。

查阅这些观点。在科纳彻的评注文本中,他竭力让不同水平的学生都能理解书中的详细讨论,同时他还为所引用的希腊文原文词语和段落,提供了翻译或释义。

科纳彻对埃斯库罗斯三联剧的形式与意义作出了详尽的分析和鉴赏,上述这些支撑材料又为之增添了巨大的价值,同时也使得这些戏剧向更广大的读者群打开了大门。

前　言

[vii]在当今古典研究境况下,希腊肃剧的研究领域与其他领域一样,似乎有必要满足比以往更广泛多样的学生和其他读者的[阅读]需要。这种多样化包括古典学专家,尤其是对原文文本相当熟悉的研究生;略懂希腊语的学生,他们或许第一次阅读一整部或一部分如《奥瑞斯忒亚》这类作品;还有许多读者,他们如今通过译本阅读古希腊文学,特别是古希腊戏剧,他们中许多人在文学事务上训练有素。传统上,有关古希腊肃剧的著作,可利用的往往分为两类:笺注本(从大部头学术研究著作到通常称为"学生版"的著作,后者也颇具学术性但不够详尽);文学批评研究,涉及文本详细研究中的问题,这类研究经常会更简要(也往往更主观)地进行处理。阅读译本的读者,阅读这些陌生和通常并不熟悉的古希腊肃剧作品(特别是在他们的文化背景下,)势必局限于仅参考后一种[研究];古典学专业的学生,出于显而易见的原因,则倾向于关注前者,或许草草浏览"文学评论"(lit-crit)书的其中几章,因为这几章与特定的作业或论文问题相关。

不过,在我自己向上述几类不同的学生讲授古希腊戏剧的时候,我发现,那些阅读翻译作品的优秀学生所提出的问题往往是关于文本的准确含义以及解读细节的,而这些内容在文学性的研究中一般是不"涉及"的;而当那些古典学专业的学生中更精通文学的学生们从语言上理解这些作品时,他们则常常会在一些学术评注(而且经常是在文学研究中)中寻找[viii]针对文本结构或技法的详细评论,最终却一无所获。

无论多么不充分,现今的研究试图单靠一本书至少满足这些复杂要求中的一部分。古典学学生当然总是需要学术性的笺注本(以《奥瑞斯忒亚》为例,他们希望能有更多对三联剧中后两部剧的笺注)。无论古典学者还是阅读翻译版本的读者,都很合理地希望扩展他们的批评意识,对原文的阐释与当代"文学评论"潮流更协调一致。我个人的出发点,是(通过注释和附录的方式)补充讨论有关文本阐释的语文学问题,以及至少通过摘录其他学术观点,尤其是这些阐释中对关键要点的见解,对三联剧进行详尽的全面评注与戏剧分析。本书在形式上相当严格地将某些解释颇具争议性的要点以及其他学者的观点归入注释和附录中,这一部分是因为要面对不同水平的读者群体,另一部分则是考虑到,读者们不会因进入原文的笺注而失去戏剧分析的连贯线索。

当然,我们不可能准确估量这种"三层式"研究中哪一部分(如果有的话)会对上述《奥瑞斯忒亚》的哪一种读者有用。总的来说,注释和附录主要针对那些更为专业的学生,或者至少针对那些阅读古希腊语版戏剧的读者;不过,我的很多不通希腊语的学生确实提出了一些类似于前文所述的问题,因而我希望,他们至少也对一部分注释和附录感兴趣。因此,考虑到两种类型的读者,我在注释中基本上选取最知名的笺注本,因为就所有情况而论,学生们未必有能力自己逐一查阅。另一方面,一些较为散乱的问题,有关解释、戏剧手法、想象力的使用等等,我试图(同样在注释和附录中)对其他书、尤其是学术期刊中发现的学术观点进行数量可观的摘录,学生可能对一些特定的要点或题目感兴趣,这将涉及到更深入的研究。在此,正如在我的评注文本中,我尽可能让处在不同学术水平上的学生都能理解这些详尽的讨论,并且为希腊文原文中引用的单词或段落提供翻译,间或提供释义。

[ix]我关于《奥瑞斯忒亚》的讨论,首先是基于默雷(Gilbert Murray)的牛津古典学文本(Oxford Classical Text)系列中的《埃斯库罗斯》(*Aeschylus*)(1938年第一版,1955年第二版),又增加了(并且联系到)对其他各种文本的研讨,其中又侧重著名的佩吉(Denys Page)的牛津古典系列中的《埃斯库罗斯》(1972年版)。

本书的手稿完成于1983年,此后又出现了几本重要的埃斯库罗斯研究[著作],或者说,这些书太新了,以至于本书对于这些研究的利用十分有限,或(在一些情况下)仅仅只是将其列入参考文献,做得远远不够。主要包括两类:一类是博拉克(Jean Bollack)与孔布(Pierre Judet de la Combe)的《埃斯库罗斯的阿伽门农》(*L'Agamemnon d'Eschyle*,Lille:1981 – 1982)和加维(A. F. Garvie)版的埃斯库罗斯的《奠酒人》(*Choephoroe*,Oxford:1986);另一类则是普拉克(A. J. N. W. Prag)的《奥瑞斯忒亚:象征和叙述的传统》(*The Oresteia. Iconographic and Narrative Tradition*,Warminster:1985),以及韦拉科特(Philip Velacott)的《埃斯库罗斯的〈奥瑞斯忒亚〉中的悲剧逻辑、道德与正直》(*The Logic of Tragedy, Morals and Integrity in Aeschylus' Oresteia*,Durham,NC:1984)。在赫耳墨斯系列丛书(Hermes Books)中,赫林顿(John Herington)最新的介绍性作品《埃斯库罗斯》(*Aeschylus*,New Haven and London 1985)除了对埃斯库罗斯戏剧的富有趣味的讨论之外,还包含了对埃斯库罗斯思想的背景、神话以及历史的精彩记述。霍根(James Hogan)的逐行注释《古希腊肃剧全集评注·埃斯库罗斯》(*A Commentary on the Complete Greek Tragedies-Aeschylus*,Chicago and London:1984)对不通希腊语的读者也很有用(尽管更多的是学术资料而非文学批评)。这是芝加哥大学出版社出版的著名的古希腊肃剧翻译系列丛书中的第一套,由格林(Grene)与拉替莫(Lattimore)主编。还有最近较为专业化的文章,它们出现太晚,眼下已无法讨论,它们是:布朗(A. L. Brown)的"《奥瑞斯忒亚》中的厄里倪厄斯:真实生活,超自然与舞台"("The Erinyes in the *Oresteia*, Real Life, the Supernatural and the Stage", *JHS* 103,1983:13 - 34),以及桑松(David Sansone)的"《奥瑞斯忒亚》注释"("Notes on the *Oresteia*", *Hermes* 112,1984:1 - 9)。

在此,我要感谢加拿大人文学科联合会(the Canadian Federation of the Humanities)和多伦多大学出版社(对于后者,同时还有文字编辑威廉斯[Judy Williams]女士)的无名读者们,感谢你们所给予的大量建设性的意见和批评,以及阿什顿(Carol Ashton)女士和麦克伦南(Ruth Anne MacLennan)女士在录入此书时所表现出的耐心与效率。

本书得以出版有赖于加拿大人文学科联合会(Canadian Federation for the Humanities)的资助,加拿大社会科学与人文研究院委员会(Social Sciences and Humanities Research Council of Canada)以及多伦多大学妇女联合会(the University of Toronto Women's Association)提供的资金。我同时也还要感谢1980年来自加拿大社会科学与研究委员会(the Social Science and Research Council of Canada)的科研资金,借此我得以在牛津大学进行研究,这最终为我筹备此书提供了莫大的帮助。

第一章　阿伽门农

1. 引言：本剧与三联剧

[3]在《阿伽门农》中，其悲剧性所依赖的行动种子全是过去的某种暴行：阿伽门农王的父亲阿特柔斯对自己的兄弟梯厄斯忒斯犯下罪行，阿特柔斯设宴，使梯厄斯忒斯餐食了他自己孩子的肉；墨涅拉俄斯（阿伽门农的兄弟）不贞的座上客，特洛伊王子帕里斯诱拐了墨涅拉俄斯之妻海伦；阿伽门农以"宙斯的正义"征讨特洛伊，为赢得有利的风向，他将自己的女儿伊菲革涅亚献祭给阿尔忒弥斯。可以注意到，这每一件暴行都包含着对家宅或是家的罪恶，要么因为辱没了好客之情（在戏剧开头不久就提到了"宾客之神宙斯"[①]），要么是因为"复仇之鹰"在复仇过程中毁灭掉一个它们自己的幼崽。在这些骇人事件中，有一桩属于阿伽门农王的家族遥远的过去；一桩是关于"毁灭性的海伦"的——她是王后克吕泰墨涅斯特的姐妹，将以另一种方式向阿伽门农证明她的毁灭性；一桩更直接地属于阿伽门农他自己的过去。不过，还有另外一个来自过去的因素仍值得一提：埃奎斯托斯是梯厄斯忒斯唯一幸存的孩子，他发誓要实现其父对阿特柔斯家族所下的诅咒，趁阿伽门农征战特洛伊之际，成为了克吕泰墨涅斯特拉的情人。因此，《阿伽门

---

① ξένιος Ζεύς（《阿伽门农》，行 61－62）。

农》开场时的"已知材料"已经表现出复杂的因果联系,而这些因果之间的相互关系将与本剧的悲剧性,并从根本上与整个三联剧的悲剧性息息相关。在戏剧开始前,观众就已经知晓上述所有事件,因此,他们也知道未来的暴行(因此读者也会意识到这些事)。①[4]正是因为那些发生在遥远的或者较近时候的往事,阿伽门农将死于克吕泰墨涅斯特拉之手,而梯厄斯忒斯之子埃奎斯托斯则将

---

① 在荷马的《奥德赛》中(最为相关的段落是《奥德赛》卷一行 35-42;卷三行 234-312;卷四行 511-547;卷 11 行 405-461),在看似简单的取代阿伽门农王室政权的过程中,埃奎斯托斯通常被刻画成杀害阿伽门农的凶手(他首先趁王者不在国内,诱惑了他的妻子克吕泰墨涅斯特拉)。尽管前文写道克吕泰墨涅斯特拉杀死了卡珊德拉(《奥德赛》卷十一行 405-439),但是她主要被描写成是这场谋杀案的帮凶。(的确,在两段文本中,阿伽门农的阴魂谴责着她,因为她和埃奎斯托斯一道谋杀了他。[《奥德赛》卷十一行 453;卷二十四行 199-200];或许可以将此解释为对阿伽门农心中愤怒之情的夸大,或者也可能是受这个故事后来版本的干扰。)在《奥德赛》卷三行 234-235 中,雅典娜将克吕泰墨涅斯特拉与埃奎斯托斯并列,宣称他们用"诡计"害死阿伽门农,要对此负责。奥瑞斯忒斯对埃奎斯托斯的复仇在《奥德赛》卷二行 193-200 以及卷三行 306-310 中均有提及;在第二个文本中他对克吕泰墨涅斯特拉的复仇至少也有所暗示,虽然在处理实际发生的弑母事件时,文本保持了耐人寻味的沉默。阿伽门农宫殿的具体位置在《奥德赛》中也显得含糊不清:在卷三行 304-305 中,它明明白白的是在迈锡尼,但是在卷四行 514 以下的文本中(在这座宫殿里,是埃奎斯托斯而非克吕泰墨涅斯特拉,派了哨兵去禀报阿伽门农并将他诱入厄运),它似乎是在斯巴达。

考虑到这个神话中的其他构成因素(伊菲革涅亚被她的父亲阿伽门农送上祭坛;克吕泰墨涅斯特拉因为要替这场献祭报仇而显得重要;自阿特柔斯残杀梯厄斯忒斯子嗣开始,家族血仇不断发展),我们无法判断它们什么时候被第一次拼成一个整体。阿伽门农献祭女儿这件事没有在荷马史诗中出现并不能证明这个故事在文本创作的时候不为人所知。关于向阿尔忒弥斯献祭活人的早期处理的迹象,以及它的重要意义,见于劳埃德-琼斯(Lloyd-Jones)的《阿尔忒弥斯与伊菲革涅亚》("Artemis and Iphigeneia")以及索尔姆森(Solmsen)的《论赫西奥德〈名媛录〉中阿伽门农女儿的献祭》("The Sacrifice of Agamemnon's Daughter in Hesiod's Ehoeae")。赫西奥德、斯特西克鲁斯(Stesichorus)和品达的神话片段,以及各种图像表现,对这些文本证据的解释参见罗宾斯的杰出研究《品达的奥瑞斯忒亚与肃剧诗人们》(Pindar's Oresteia and the Tragedians)。现在也可以参考普拉克(A. J. N. Prag)的《奥瑞斯忒亚:图像与叙事传统》(The Oresteia, Iconographic and Narrative Tradition),由于此文出版较晚,来不及在此对其进行足够的考量。

成为帮凶;在三联剧的下文中,阿伽门农之子奥瑞斯忒斯将会杀死凶手,转而他将从愤怒于他母亲之血的冷酷无情的复仇女神面前逃跑。

　　观众的背景知识完全不会破坏悲剧效果,反而将通过诗人对它(指观众的背景知识)的完成而发挥到极致。凭着这种认识,埃斯库罗斯通过对这一系列已知事件以及与之相关的隐含反讽进行特殊处理,将它们转换成一连串的悲剧必然性。我们绝非仅关注一系列暴行与复仇暴行。在三联剧的最后,面对似乎无休止的血债血偿以及与这种复仇相关的循环往复的污染,我们将找到解决办法——甚至可能是超越这一切的,更高一级的解决办法。

　　正如人们常说的那样,《阿伽门农》与整个三联剧的主题都是"正义"(Dikê)。然而,随着三联剧的逐步发展,这一主题经历了显著的、甚至是极端的调整。其中最为显著的例子(关于如何实施正义,甚至部分奥林波斯神也发生了态度上的转变),稍后我们对三部戏剧的每一部进行讨论时,我们将考虑这种变化。不过,对单部戏剧中变化着的主题材料,我们应进行某些初步的考察。在第一部戏中,我们主要想观看阿伽门农(家族与个人的)过去的可怕场景,这些过去紧紧地抓住了他。在此,剧作家将笔力集中在个体的决策、行为与命运上,尽管肃剧并不必须包含这些,在后来的一些肃剧作品(甚至是欧里庇得斯的作品)中,剧作家的兴趣则体现在对悲剧受难者的性格和动机的分析。[①] 不过,即便在《阿伽门农》中,正如肃立歌和"卡珊德拉场景"(Cassandra scene)[②]的不同章节所清楚表明的那样,阿特柔斯家族及其命运的较大主题仍然得到展现。随着三联剧的发展,对于个体决策、个人命运的强调减弱

---

① 在《伊菲革涅亚在奥留斯》(*Iphigenia at Aulis*)中,为了体现对立的力量、复杂的动机以及阿伽门农面临献祭伊菲革涅亚时的两难困境时的"心理",欧里庇得斯煞费苦心。例如,可以参考该戏开场以及与墨涅拉俄斯(Menelaus)的第二次辩论。
② [译按]指《阿伽门农》第九章,即第四场,行 1035 – 1335。

了——这个过程并非一蹴而就,而是逐渐减弱。例如,在第二部戏《奠酒人》(Libation Bearers[Choephori])中,尽管在一定程度上关注奥瑞斯忒斯谋杀篡位者的主观动机,但更为关注的是,来自下界(chthonic, Underworld)和奥林波斯的权力者强大的复仇行动。在第三部戏《和善女神》(Eumenides)中,我们一开始就明白,悲剧的主要冲突在于追逐奥瑞斯忒斯的复仇女神所代表的旧的正义秩序与阿波罗代表的、后来由雅典娜执行的新的正义秩序之间的冲突。尽管我们仍为奥瑞斯忒斯的命运担忧,但当戏剧仅仅发展到三分之二的时候,一切已成定局,我们的[5]注意力得到解放,转而全然关注"解决办法",即由雅典娜提出正义的重新分配,改变复仇女神,让她转而支持这种新的分配。而在第二部戏剧中,埃斯库罗斯由对个体的关切(比如奥瑞斯忒斯和厄勒特克拉因被驱逐而陷入贫困,相比之下欧里庇得斯对此的关注则更为长久)转向家族的重建①以及对那来自下界的、义愤填膺的正义进行的辩护,在第三部戏最后,甚至连阿特柔斯家族也被更大的社会单位——Polis(城邦,通常被认为是一个公民实体)取代了。城邦也就成为了个体与王室漫长的受难历程产生的最终神恩的接受者。②(与此相关的城邦最后证明是属于雅典人的,而非阿特柔斯家族的阿尔戈斯城邦。这是另外一个问题,后文将会继续考虑。)

---

① 注意,歌队反复强调,一旦篡位者被推翻,真正的继位者夺回王位,家族获得解放。
② 琼斯在《论亚里士多德与希腊肃剧》(On Aristotle and Greek Tragedy)页 82 - 111 中坚持认为阿特柔斯家族从一开始就是《奥瑞斯忒亚》中的主导要素。很显然,现在看来,阿特柔斯家族毫无疑问是使三联剧构成一个整体的因素。同时,某些评论家对于动机、性格甚至是阿伽门农"心理"的分析显得过于深入,为了纠正这种倾向,琼斯的确做了许多宝贵的贡献。不过,读者可能会感到,琼斯的观点在这里显得非常独特,特别是在第一部戏中;相比之下并不像是诗人自己的观点。而且,他所强调的这一点看起来最后反而偏离了三联剧发展的主题。至少我个人力图将这个主题描述为:关注点相继逐渐进行转移,先是从个体到"家族",然后从家族到城邦(用更现代的语言来解释,οἶκος[家]是"大写的")。琼斯的观点根源于他对"家族"的特别强调,对这一观点的进一步批评,可参考下文注释。

第一章　阿伽门农

不管多不完善，仍然可以这样概括三联剧的发展：关注的焦点发生了从个体到家族，再从家族到城邦的转变，我们不可忘记，在戏剧发展的每一个阶段，诗人始终记挂着其他阶段，要么通过预期，要么回顾往事。至于如果要问埃斯库罗斯为什么要选择这种特定的主题拓展方式，正确的答案恐怕要等到我们讨论这三联剧的尾声时才能揭晓。不过，一些初步的迹象已在此显示出来。首先，正义秩序从旧到新的转变不可避免地牵涉到共同体作为一个运转中的整体；而在对于这一特定神话的处理方式中，随着奥瑞斯忒斯的复仇与重建，家族提供了个体向共同体的必然转变。其次，三联剧结尾处形成的正义形式将被赋予政治与司法的双重权威——特别是在新建的制度（institution）中。诗人公元前 5 世纪的观众（雅典城邦）必然认同这种正义形式，因为它力图维持下去的秩序将（正如观众们所期待的那样）具有政治与司法的双重性质。更进一步说，在对埃斯库罗斯在其三联剧中构建的**目的**（the telos）①的预期中，我们不应该冒险而拒绝跟随诗人自己为这部杰作铺下的道路。

道德声明作为一部肃剧的主题或许十分简单、"为人熟知"，尽管它又总是一个重要的事实。使肃剧成为伟大之作的正是舞台上以这种方式对主题的体现，它能使观众感受到一种直接经验，一旦本质的联系得以建立，这种经验便不可避免。阿伽门农及其家族的过去[6]以及对他不可避免的暴卒日益强化的预感，都会被注入到戏剧行动的血液之中。

在这一过程中，歌队的作用是巨大的。首先，与历史的方式截然相反，以一种抒情诗式的、诉诸情感的方式，歌队可以点燃过去的决定性时刻。因而它无需符合逻辑，也不必讲清楚它所建立的

---

① ［译按］telos，希腊语单词，意为"目的"。据亚里士多德，《诗学》，陈中梅译，北京：商务印书馆，1996，页 70、页 182、页 198 等处。

联系,肃立歌可以做到在技巧上引起共鸣、在戏剧效果上立竿见影。它甚至比预示特洛伊陷落的火光信号还要快,它可以跨越年代、跨越大海,对一系列表面上毫不相干的事件进行筛选与并列。特别是对那些有学识的观众而言,此处的一字一词,彼处一组形象,都可以使他们立刻联想到多种含义与联系,而把介于时间与感知之间(不相干的)的空白留在黑暗和沉默中。①

进一步说,在描绘这些决定性的现在—过去的关系时,歌队拥有某种普遍化(universalizing)力量。它可以(通过特定的言论或行动无法实现的方式)使我们意识到某种在人类命运以及在宙斯的正义中反复出现的形式(recurrent patterns)。这样的警告或许采用了某些优秀的神话范例的形式,比如在帕里斯生涯中那可怕的诱惑(佩托[Peithô]),她是阴险狡诈的阿忒(Atê)的孩子(正如在第一肃立歌中),或者(如在第三肃立歌)通过对来自过去的一连串特殊的、决定性事件的描述,表现为某种概括性的伦理"尾声"(ethical 'coda')的形式。

最后一点(这也是歌队功能中最不可捉摸的,人们或许在埃斯库罗斯的《波斯人》中已经注意到),《阿伽门农》中的歌队通过每节颂歌特定的主题次序建立起一种灾难的节奏。这个次序——自信的、甚至是胜利的序曲,充满疑问的间奏曲,在黑暗的绝望中逐渐减弱的终曲——一次次出现在本戏的肃立歌中,并以一种更明显的形式,在某些戏剧段落(episodes)中重演。

抒情诗重现过去,不断重复宙斯的权力与正义的模式以及持续的悲剧性灾难节奏:在戏剧语境中对《阿伽门农》肃立歌的分析,

---

① 《阿伽门农》中歌队风格的这一侧面在基托(Kitto)的《希腊肃剧》(第二版)页69-70上有详细的讨论。这个观点对于本戏中歌队的分析方法显得太平淡,好像因为认识到自己是全戏的叙述者,歌队可以安全地谈论过去,这就使得其他批评家由此得出了古怪的推论。具体的例子可以参见下文注释15,以及本章末尾附录1,节3。

可以使我们看到它们实际运用中的悲剧效果。① 不过,这些颂歌对我们理解戏剧最根本的一点在于,我们必须记住,即使是在埃斯库罗斯笔下,歌队对于其解释的戏剧行动而言仍然是附属性的(subsidiary)。更进一步说,在戏剧段落中,克吕泰墨涅斯特拉与传令官之间的对话,阿伽门农与克吕泰墨涅斯特拉之间的对抗,以及卡桑德拉富有预见力的呓语,都在对灾难不断增强的期待中,与歌队一道演绎出自己的戏份,而这种期待对于该戏的悲剧效果至关重要。

---

① 为了细化这个笼统的观点,我在注释中收入了大量不同的解读,至于进场歌,我也在附录中回顾了最富争议性的问题。在甘茨(Gantz)最近的一项有趣的研究《埃斯库罗斯〈阿伽门农〉中的歌队》("The Chorus of Aeschylus' *Agamemnon*")中,可以看到一种对本戏中歌队功能的不同理解方式。甘茨正确地认为,本戏中的歌队在很大程度上可以看作是共同体声音;在他提出"阿尔戈斯的长老们(指歌队)身为社会的代言人,为了第一幕戏中揭示出持续不断的凶杀链条,自认为与'演员们'['角色们'?]——阿伽门农、克吕泰墨涅斯特拉、埃奎斯托斯——共同承担责任。"(见页68以下)这一观点的时候,他有可能高估了诗人赋予这个角色的戏剧重要性。在这一点上,我们可以对比罗森迈尔(Rosenmeyer)对埃斯库罗斯笔下"合唱声音"的讨论(《埃斯库罗斯的技艺》[The Art of Aeschylus],页 164 - 168),这部作品在下文中也会进一步进行参考。

2. 开场与进场歌(行 1 – 257)

[7]开场①

我祈求众神使我摆脱这不幸,一年来我像一头狗似的,趴在阿特柔斯之子②的屋顶上守望着;这样,我认识了群星的聚会,认识了天空中闪耀的君王,它们伴着冬季的风暴与夏季的暑热,沉降又升起……(行 1 – 7)

克吕泰墨涅斯特拉的守望人安身在宫殿顶上,守候着象征阿伽门农特洛伊大捷的火光信号。通过大约四十行诗歌,这个开场奠定了整部悲剧的节奏——希望与恐惧,疲惫与振作,胜利的侧翼下潜藏着毁灭——这个节奏通过大量的抒情与戏剧变化在剧中不断重复,贯穿始终。在具体的每一段中,这个守望人(此时正在研究群星的运动,即所谓"闪耀的君王……正如它们的盈亏(wax

---

① [译按]本书中的三联剧译文均参考罗念生译文,见罗念生,《罗念生全集》(第二卷、补卷),上海:上海人民出版社,2007 年;并参考本书英文原文以及王焕生与陈中梅译本(埃斯库罗斯,《古希腊悲喜剧全集(第一卷)埃斯库罗斯悲剧》,王焕生译,南京:凤凰传媒出版集团译林出版社,2007 年;埃斯库罗斯,《埃斯库罗斯悲剧集》,陈中梅译,沈阳:辽宁教育出版社,1999 年),中译文与英文原文出入较大之处,根据英文原文进行改动。

② [译按]阿特柔斯之子指阿伽门农和墨涅拉俄斯。

and woe)"[行6-7];此刻,歌队将很快用歌声治愈他的焦虑)以他的亲身经历展现了更为宏大的祸福(weal and woe)。最初这种凶兆性的阴郁氛围(在行1-20中通过反复的祈祷"使我摆脱这不幸!"形成环形结构),在守望人迎接等待已久的信号火光时响起的兴奋的叫喊与欢快的手舞足蹈中,一下子消失了。

　　(守望人总结道)愿这家的主人回来,我要用这只手再一次紧紧握住他可爱的手!(突然,他的喜悦戛然而止。)其余的事我就不说了,一头巨牛压住了我的舌头;这官殿,只要它能言语,会清清楚楚讲出来……(行34-38)

进　场　歌

　　如今是第十年了,自从普里阿摩斯的强大敌手,墨涅拉俄斯王和阿伽农王,阿伽门农的两个强有力的儿子,握有宙斯赐予的两个宝座,两根权杖,首先率领上千艘阿尔戈斯大军的军舰出征……(行40-47)

　　歌队以抑抑扬格(anapaestist)的长句作为颂歌的开始,以一贯的胜利曲调(直到行59以谚语[paroemiac]作结)赞美阿伽门农与墨涅拉俄斯王的光荣出征,他们带领着为数众多的领主(hosts),他们愤怒地叫喊着要进行恶战,就如被劫走幼崽的秃鹰在巢穴上空盘旋[8](行48以下)。秃鹰也保持高飞的自信:宾客之神宙斯(Zeus xenios)(庇护主人与宾客之神)亲自让阿特柔斯之子与阿勒珊德罗斯(帕里斯)为敌,为了那"多丈夫的女人",海伦(行60-62)……然后,我们突然处于战争的重压(press)之下,扭曲的四肢,折断的戈矛,以及数不清的灾难——在特洛伊人或是雅典人身上都一样。歌队踌躇不定。"事情现在还是那样子,但是将按照注定的结果而结束;任凭那罪人焚献祭品,或是奠酒,也不能平息(诸神)那因不法的献祭引起的强烈愤怒(行 67-71)。"当然,特洛伊人的献祭,可以直接从上下文中去理解。但是在 ἀπύρων ἱερῶν ὀργάς [对不用火的祭品的愤怒](行 70-71)中我们就已经听到了雅典献祭者的余音(echo),远比特洛伊人的更加可怕。①

突然,一切都变成了悲伤、老年和枯萎的黄叶:

> 我们这些老人,我们衰朽的身体已经疲倦,不能再服兵役,我们所能做的不过是等待,将虚弱的力量寄托在我们的拐杖……因此,年老的人啊,他的枝叶已经凋零,靠着三条腿游荡,在白天行走就如在梦中,力量丝毫不比孩童多一点。(节选自行 72-82)

在开篇的抑抑扬格中,从胜利到阴郁的迅速下降,预示了接下来的颂歌的变化。

正如开场中忧愁的守望人,歌队也突然因燃烧的火焰而改变——这一回是克吕泰墨涅斯特拉在诸神的神坛附近秘密点燃的(或照管着的)的焚烧的祭火。②

什么新闻?你听到了什么?是什么消息说服你(τίνος ἀγγελίας πειθοῖ),让你下令点燃这祭祀的火焰?……一个接一

---

① 对此,我跟随西奇威克(Sidgwick),认为引自行 70-71 的表达中属格的使用是有用意的,并且具有双重含义:特洛伊人"被拒绝的献祭"(也就是不会燃烧的献祭),以及阿伽门农献祭伊菲革涅亚(隐秘地预示了这件事的重大意义)。参见西奇威克版本的《阿伽门农》对这部分内容的注释。也可以参考弗伦克尔的版本,第二册。除此之外,如果还想了解这段文本的其他版本和讨论,可以参考丹尼斯顿与佩吉的版本对行 69-71 的注释。
② 和丹尼斯顿、佩吉以及其他人一样,我认为王后进场时是没有预报的,而且,当歌队在向她提问时,她正作为背景在舞台上监视着祭祀的火焰。然而,这正是争议的焦点。对于本戏第一部分中克吕泰墨涅斯特拉的进场与退场问题的全面分析,参见下页 29,以及本章附录 2。[译按:注释中提到的本书页码皆为英文版页码,已于正文中标出。]

个,在每个角落,火焰腾起,直冲天际,火炬由神圣的油脂点燃,那深藏于国王内宫的、柔软而真诚的劝说力量。(节选自行 85 – 96)

这样的劝说力量(persuasions)——来自这样的地方——将要在更为凶险的境况下再次出现,即当克吕泰墨涅斯特拉迎接阿伽门农回家之时。① 尽管这些问题没有得到答复,歌队以某种方式恢复了信心,又进入了进场歌开始时的"胜利"乐章:

> κύριός εἰμι θροεῖν ὅδιον κράτος αἴσιον ἀνδρῶν
> ἐκτελέων
>
> 我用全力为英雄们命定的胜利歌唱,他们出征时我受预兆所示。因为来自神的劝服力量(πειθώ)[9]向我吹气;为他人的勇猛行为高歌,正合我的年纪。(行 104 – 106)②

此时,特洛伊大捷的预兆是肃立歌的第一主题。突如其来的双鹰凶兆——一黑一白——出现在王宫右边(或"执矛之手的那边")[行 108 以下]),使人想起歌队在开始的几行诗中提到秃鹰得胜而又正义的复仇形象(行 49 以下)。不过,二者之间存在显著的不同。隐喻中秃鹰失去了它们的幼崽,向着能够听见他们声音的

---

① 引文中的 πελανῷ μυχόθεν βασιλείῳ(意为"深藏于宫内的王室油脂")(行 94 – 96),加强了对后来的场景的隐微预示。在那一场中,克吕泰墨涅斯特拉为阿伽门农的双足铺开紫色地毯,事实上是在强调王宫(μυχόθεν)中油脂储备的丰富,而 πελανῷ [油脂]…βασιλείῳ[王室的]的不祥组合预示了克吕泰墨涅斯特拉后来为阿伽门农最后一次踏入王宫而浪费王室的紫色织物(ἔστιν θάλασσα – τίς δέ νιν καταβέσει;行 958)是一种象征。同时,想要了解与第一肃立歌中 πειθώ(说服)有关的思路与形象次序,可以参考勒贝克(Lebeck)在《奥瑞斯忒亚:语言与结构研究》(The Oresteia, A Study in Language and Structure),页 40 – 41 中的处理方式。
② 此处我参考的是丹尼斯顿与佩吉对行 106 的修订,认为是 μολπᾷ δ' ἀλκᾶν σύμφυτος αἰών(字面意思是:我的年龄适合歌唱勇猛行为)。

神灵嚎叫着他们的愤怒;预兆中的两只鹰俯冲向一只怀孕的野兔,将她与她的胎儿一齐毁灭。正义的复仇者与残忍的捕食者:王室统治者的双面性在这两段文本中清晰地呈现出来,双鹰对无力保护幼子的母亲残忍袭击,必然从一开始就向观众暗示了那王者将要做出的骇人(awful)牺牲,而这也是观众已知晓的。

"鹰的预兆"的两面也出现在卡尔卡斯(Calchas)①对此的解释中。首先是清晰的阐释:这两只鹰当然指的是阿伽门农和墨涅拉奥斯,而它们享用的美餐则预示了成功洗劫特洛伊及其"财富众多的"人民。② 卡尔卡斯言辞的第二部分则是基于这种解释的预言式的警告(祷告词紧随其后),显得更为复杂、晦涩:

> 惟愿没有哪位神明心生妒意,使特洛伊即将戴上的铁嚼蒙上阴影。出于怜悯之情,贞洁的阿尔忒弥斯怨恨父亲那生翼的猎狗吞食妊兔,在它生育之前,连胎儿一起杀了来祭献。两只鹰的飨宴使她恶心。悲歌一曲,悲歌一曲,但愿吉祥。"啊,美丽的女神,(先知继续说道)尽管你爱护猛狮的无助幼崽,疼爱所有长于山林旷野的野兽们尚未断乳的幼儿,也还是要请您让这事的预兆应验。(我可以分辨)征兆吉利的一面和不祥的一面……"(行131-145)

在这一段中,卡尔卡斯提出,餐食怀胎野兔的双鹰预兆具有"两面性",其特征关系到神的反对(disapproval)(κατάμομφα δὲ,行

---

① [译按]指军中先知卡尔卡斯。
② 人民的财产事实上被描述为"城墙前的畜群(κτήνη)"——假如我们按照弗伦克尔和其他学者的意见,接受 πρόσθε τὰ 的写法,那么 πρόσθε 也就随之支配 πύργων。这个较小的困难导致丹尼斯顿和佩吉依照 M 本将其读作 προσθετὰ(这也就导致他们将其安在一句几乎读不通的句子上),参见他们在此处所作的注释。上文中所引证的三个(还是四个?)词或许确实存在一个较小的难题,但我认为,它并未对整个段落的阐释造成严重影响。

145),除了吉祥的特征($\delta\varepsilon\xi\iota\grave{\alpha}\ \mu\grave{\varepsilon}\nu$,行145),即他先前描述的毁灭特洛伊的预言(行126以下)。

当然,阿尔忒弥斯的愤怒成为本剧评论者不断讨论并使其合理化的主题。这一次,就让我们先从它的字面意思去理解它;让我们将它看作是诗意的——[10]同时也是不合逻辑的——正如诗人自己所表达的那样。阿尔忒弥斯(卡尔卡斯害怕而且她无疑)会因双鹰餐食妊兔而愤怒,因为她是所有野兽幼子的保护神。

诗人首先考虑的是,要为我们呈现一个预兆,通过心灵之眼的突然闪光,不需要理性分析,便可以看到洗劫特洛伊,伊菲革涅亚被献祭,以及梯厄斯忒斯的孩子被可怕地餐食——三件不幸的事情紧密相连,我们作为观众,早已知晓已经发生的事。他同时要考虑到,为了保持肃剧已经建立起的节奏,要提供一个预兆,表现出一种先是胜利的,然后又是灾难性的意义。第三,诗人还要为阿尔忒弥斯发怒寻找时机,这当然不仅仅是因为她自己的缘故(阿尔忒弥斯在这里并不重要),而是为了至关重要的两难困境,为了平息[阿尔忒弥斯的]愤怒将使阿伽门农踏入这个困境。埃斯库罗斯避开了对阿尔忒弥斯之怒的传统解释,弗伦克尔(Fraenkel)对此作出很好的判断:①这涉及到阿伽门农先前在一种伦理处境中对神明的冒犯,而为了戏剧本身,诗人必须专注于奥留斯的困境[即后一种困境]。因此,通过"铺展"("spreading")阿伽门农的愧疚,它成功地分散了对基本道德问题的注意力,而此时这些问题与这部剧较为相关。

无论阿尔忒弥斯的愤怒的起因是什么,毫无疑问,卡尔卡斯向医神阿波罗(阿尔忒弥斯的兄弟)所发出的令人绝望的祷告中,这位先知担心发生的事情,最终成为现实:

---

① 传统的对阿尔忒弥斯的愤怒的解释是阿伽门农射杀了她神圣花园中的一只鹿,并且以此夸耀他在狩猎上超越了阿尔忒弥斯,因此激怒了她。见本章的附录1,节1,选录了一系列相关的学术观点,对《阿伽门农》中"阿尔忒弥斯的愤怒"整个问题展开了更为详尽的讨论。

我祈祷……她别对达那俄斯人发出逆风,使船只受阻,由于她想要求另一次祭献,那是不合法的(ἄνομον,"非法的")祭献,吃不得的(ἄδαιτον,按字面意思,指"不能吃的")牺牲,会引起家庭间的争吵,使妻子不惧怕丈夫(οὐ δεισήνορα);因为那里面住着一位可怕的,回过头来打击的诡诈看家者,一位记仇的,为孩子们报仇的愤怒之神。(行147–155)

因此,鹰鹫猛扑并餐食妊兔,这个原本似乎是预示胜利的吉兆,在诗人的笔下却涌出了一大堆灾难性的提示与预言。本节中的语言蕴含着只有抒情手法才能同时呈现的多重含义,呈现出恐惧的全部可能形式:阿特柔斯残酷地将梯厄斯忒斯的子嗣端上宴席,伊菲革涅亚被献祭(ἄδαιτον[不可吃的],行151,正如梯厄斯忒斯的宴席),预兆本身"导致"了阿尔忒弥斯的愤怒,因而需要平息她的愤怒,[11]献祭带来的结果就是最终克吕泰墨涅斯特拉("不惧怕丈夫")向阿伽门农报仇。卡尔卡斯预言的最后一行具有两义性,最后一句话既适用于克吕泰墨涅斯特拉(当然是一个"诡诈看家者")为伊菲革涅亚的死报仇,同时也适用于杀害梯厄斯忒斯的子嗣所引起的"愤怒(wrath)",正是这一层愤怒促使埃奎斯托斯复仇。

正如前文采用的抑抑扬格,就在这里的颂歌中,对于伟大的特洛伊出征的有力描写,在一个忧虑与恐惧的新音符中戛然而止。仔细思量严酷的命运(τοιάδε ... μόρσιμα[这……是命定的]),比如卡尔卡斯刚刚预言过"伟大的好处",借双鹰食妊兔的征兆,歌队重复了他们含义模糊的叠句("悲歌一曲,悲歌一曲,但愿吉祥!"),[1]然后

---

① 想要了解埃斯库罗斯作品中的这类叠唱曲的起源以及现存三联剧中"悲/喜"次序的可能意义,可以参考莫里茨(Moritz)的《埃斯库罗斯的叠唱曲》("Refrain in Aeschylus")页194以下的内容及其参考书目(尤其是霍尔丹[Haldane]以及谢波德[Sheppard]的作品)。

为了一个更大的、更有安慰性的主题又突然抛弃了这些对于未来的具体推测。诚然,其他人对这一节的看法多少有些差异,但可以肯定,接下来的三节诗(行 160 - 183)中所谓的"宙斯颂歌",可以看作是歌队对卡尔卡斯最后的预言中所说的不祥之兆(包括对伊菲革涅亚的献祭及其引发的血腥结果的暗示)充满希望的回应。① 歌队宣称,这来自他们心智的忧虑让他们背负着徒劳的负担,这时宙斯是他们所能想到的唯一可以吁请的神灵。

这种自信的基础是双重的,并表现在下两节诗中,这两节诗以完全不同的角度包含着对于未来的希望(除了必要的痛苦之外),这种希望也正是诗人在三联剧的行动中最后终将实现的。第一节讲宙斯的权力,"三投手"(triple thrower)以及它形成的方式,歌队通过简洁而晦涩的语言,歌颂了宙斯完胜乌拉诺斯的战胜者克罗诺斯的战绩。第二节歌颂宙斯为人类命运立下的道德政策(policy):

---

① 对于在行 140 - 159 中所描写的发生在奥留斯的危机,文中事实上是有明确暗示的,道维(Dawe)没有察觉到这种暗示,他将"宙斯赞歌"(行 160 - 183)的位置调转,认为这一段接续行 192 - 217 对奥留斯情形的全面处理。(他还进一步把行 184 - 191 包括在内,这在我们现在看到的版本其实是"奥留斯片段"的开头,其理由是其中的一些表达需要在逻辑上接续对阿伽门农的两难困境的解释,而不只是简单的引入;他的这段分析对于学者而言是一个反例,他没能理解对于同一个主题所作的抒情诗式处理、逻辑分析,乃至"历史性处理"之间的区别)。见于道维的《埃斯库罗斯〈阿伽门农〉中"宙斯赞歌"的位置》(The Place of The Hymn to Zeus in Aeschylus' Agamemnon),在我看来,贝格森(Bergson)的《埃斯库罗斯〈阿伽门农〉中的"宙斯赞歌"》(The Hymn to Zeus in Aeschylus' Agamemnon)很好的驳斥了道维的核心观点,另外,弗伦克尔(Fraenkel)的《阿伽门农》第一卷页 113 中也预先对此进行了反驳,这两位学者都认为,行 140 - 159 中歌队所引用的卡尔克斯的话,这段话的最后清晰地提到了奥留斯。

对于"宙斯赞歌"解读的不同观点可以参考以下几个地方:注 16、17、18 以及本章附录 1,节 2 和节 3。想要了解对于整个段落(行 160 - 183)的更新更独到的见解,现在可以参考史密斯(Smith)的《关于埃斯库罗斯〈阿伽门农〉中的宙斯赞歌》(On the Hymn to Zeus in Aeschylus' Agamemnon)。正如我在对史密斯的书评中表达的那样,尽管一个简短的评论不可能概括史密斯对这个段落各个关键点的所有详细论点,但这种解读与我自己的看法完全不同。

> ……宙斯引导凡人走上智慧的道路,因为他立了这条有效的法则:"智慧自受苦中得来。"①

可以理解,这种来自宙斯的"福祸参半的赐福"并不能(至少还不能)使歌队如愿摆脱焦虑:

> 往昔痛苦的回忆代替了梦乡,一滴一滴滴落心头。就连最顽固的人也不得不审慎($\sigma\omega\varphi\rho o\nu\varepsilon\tilde{\iota}\nu$)。[12]不知怎么的,神明就这样降来伴着暴力的恩惠($\chi\acute{\alpha}\rho\iota\varsigma\ \beta\acute{\iota}\alpha\iota o\varsigma$,据蒂尔内布[Turnebus]的本子),②他坐在那可怕的舵手的长椅上。(行179-183)

歌队通过对至今已发生之事的知识与卡尔卡斯的预言性警告,得知了这些受苦,而受苦与从受苦中学习的融合恰恰表现了这段祷词所预示的痛苦与胜利相交替的次序。同样重要的是,要注意本节中对权力的概括:知识($\mu\acute{\alpha}\vartheta o\varsigma$)、审慎($\sigma\omega\varphi\rho o\nu\varepsilon\tilde{\iota}\nu$)、"暴力的恩惠"($\chi\acute{\alpha}\rho\iota\varsigma\ \beta\acute{\iota}\alpha\iota o\varsigma$)都无需局限于特定的"受难者",他可以是阿伽门农、克吕泰墨涅斯特拉、帕里斯或者是奥瑞斯忒斯。(的确,在阿伽门农被杀的事例中,这种说法极其不合适,因为,他还有时间去"学习"、去经验暴力的美德[grace]吗?)因此,歌队提到的这些"告诫"不能等同于(某些人就会这样等同)其后来所说的"作恶者必遭恶报"($\pi\alpha\vartheta\varepsilon\tilde{\iota}\nu\tau\grave{o}\nu\ \check{\varepsilon}\rho\xi\alpha\nu\tau\alpha$,行1564),尽管其过程可能正好包括这个特定事实。考虑到这漫长的"从受苦中学习"的过程,我们或许可以假定为什么前一节诗用了这样一个特殊说法,即把宙斯的权力表现为三人争斗的获胜(行167以下)。宙斯是第三个也是最终的宇

---

① 我们应该知道,弗伦克尔对这段话的翻译有多种不同的解读。
② 在某种程度上,由于版本的选择,这个段落受到了不同的分析与阐释。参见本章最后的附录1,节2。

宙主宰(在乌拉诺斯和克罗诺斯相继被暴力推翻之后),他的胜利或许预示了理解力特别是在 σωφρονεῖν [审慎]上的进步——这就是说,在宙斯所做出的新的安排下,社会将在三联剧中当下经历的受苦中学习。①

突然之间(因为"抒情歌中的行动"[lyric action]能产生这种跳跃),在"宙斯颂歌"终了之后,我们又被送回到阿伽门农的远征现场,此时他们正被不祥地困在了奥留斯("从斯特律蒙吹来的暴风……船只与绳缆受损,时间拖得太久,阿尔戈斯的花朵便从此凋谢枯萎",节选自行 192 以下)。我们听到了卡尔卡斯为平息阿尔忒弥斯出的坏主意(太糟糕以致无法清楚表达),没有进一步的告诫,就直接导致国王落入可怕的两难境地。阿伽门农在前文中(行 187)被描写为"在突如其来的厄运中呼吸",而现在则是"他的心在骤然变幻的风中呼吸"(行 219),他作出那坏透了的献祭女儿的决定(诗人并没有让他自己开口说出来)。(这些风的意象表现了阿伽门农王的两难处境与他做出的选择,也与他那因风被困的舰队的处境可怕地不谋而合。)②阿伽门农作出选择(这一点一直饱受争议),③虽然是两宗罪中的一宗,[13]但无论是从阿伽门农对这

---

① 试比较索尔姆森(Solmsen)的《赫西俄德与埃斯库罗斯》(*Hesiod and Aeschylus*),页 163 以下。想要了解另一种对于"宙斯颂歌"中"在受苦中学习"相对不那么乐观的看法,参见本章附录 1,节 2。

② 奥奈恩斯(Onians)在《欧洲思想起源》(*Origins of European Thought*)页 54 中所说的,《阿伽门农》行 187 和行 219 中的表达只是字面意思,简单地表达了古希腊思想和感觉与空气、呼吸等的关系,而不是一个真正的比喻,对此我并不赞同。有关希腊人对思考与感受的生理机能的看法,奥奈恩斯建立其论点基于这些段落,其中大部分(很多段落是来自荷马作品的)是比埃斯库罗斯早许多年代的材料,或者是一些带有个人特质的"科学"理论,比如阿波罗尼亚的第欧根尼(Diogenes of Apollonia)的理论。另外,即使在诗意地表达思考与表述的方式中,可能会受到某种潜意识的科学的影响,诗人在他们抒情式地表达情绪和痛楚时,一般不会采用严格的生理学表述方式。

③ 参见本章附录 1,节 3。

可怕选择的陈述还是从不在场的超自然强力的角度来看，或者从这两个角度来看，这个选择都十分清晰。① 诚然，两种选择中的任一种都会带来极端的痛苦，国王将这种痛苦都无比清晰地表达出来了：这也太苦啊，在祭坛旁边使父亲的手沾染杀献闺女流出来的血（παρθενοσφάγοισιν ῥείθροις，行 209 - 210；这个形象显示出他对这行动恐怖性的明确认识），与之相对的，是另一种想都不敢想的可能性（对于阿伽门农这个统帅而言）——对远征的背叛（"我怎么可以成为弃船者[λιπόναυς]，背叛我们的盟友？"，行 212 - 213）。这的确是一种极坏的选择（τί τῶνδ' ἄνευ κακῶν，行 211），但这是阿伽门农下定决心所作出的选择，他把公共义务、作为盟军首领的"责任"置于个人的暴行与最糟形式的家庭污染之前。很显然，在王者最后的发言中，他宣称"他们（？）（盟军们？）②急切地要求杀献，好

---

① 阿伽门农没有把宙斯的意愿与他出征特洛伊的使命联系起来，这清晰地表明，他做出这个决定是出于"人的理性"，而不是受宙斯所迫而不惜一切代价地前往特洛伊。包括基托（《戏剧的形式与意义》[*Form and Meaning in Drama*]，页 5）和甘茨（《埃斯库罗斯〈阿伽门农〉中的歌队》[" The Chorus of Aeschylus' *Agamemnon*'"]，页 75）在内的一些评论家都曾指出，这一点在此非常重要。阿伽门农在行 217 中使用的词语 θέμις[正义，神律，合理]或许可以与文中对于实现献祭伊菲革涅亚的（军队的？见下一条注释）欲望相联系，并传达了这样一种印象，即为这种欲望进行超自然辩护。θέμις 当然是一个承载了权威与传统正确的词语，尽管如果对埃斯库罗斯的作品中这一词语的使用进行考察，将会发现它并不总是意味着神圣的权威；比如，可以参看《阿伽门农》行 98 以及《乞援人》行 136。

　　同时也可以参考温宁顿-英格拉姆（Winnington-Ingram）的《埃斯库罗斯研究》页 79 - 81，他在文中特别强调在阿伽门农献祭伊菲革涅亚的人类动机以及责任，他反对那些更进一步的观点，他们认为这些行为纯粹而且仅仅是因诅咒的超自然力量决定的，由于阿特柔斯对埃奎斯托斯所犯的过错："这种解释认为最初的过错（大概）是刻意的、是人力驱动的，但是由此引出的后续事件却是由超自然力量决定的……这不太可能。"（页 81）但是，我认为，我们应该承认家庭诅咒的影响，它在一定程度上安排了灾难。见下文页 13 - 14 和注 23，以及其中所提到的参考资料。

② 在阅读抄本行 216 时遇到了一个词语上、或者毋宁说是句法上的困难，在此导致了对文本准确含义的轻微不确定。认为副词 περιόργως[非常愤怒地]（抄本写法）不能被用来增强前文的副词性与格的 ὀργᾷ（"带着最强烈的激情"： （转下页注）

让这不利的风快快平息,这也合理(θέμις),一旦这样做了,一切或许就能顺利(εὖ γὰρ εἴη,行216)"。

于是阿伽门农做出决定。至于是否要在公共义务的动机和军事责任感之外加上个人雄心的寓意,文本本身在此并没有任何暗示。另一方面,的确,歌队指出公众对征战的反对(公民"牺牲"只是"为了别人妻子的缘故",行448),歌队自己也以同样的理由重复了这种反对(行799-804)。而在别的地方,歌队又宣称宙斯自己认可这场针对帕里斯与特洛伊的征战(据行66以下的部分,另外在行355-380也进行了暗示),尽管这肯定不会影响到我们对阿伽门农本人动机的理解。这两种考虑依情况而定,一个深刻,一个缓和,戏剧发展到此时,看起来还是将它们和对国王责任感的考虑都抛开为好,转而完全通过阿伽门农自己阐述这个问题时的言辞,以及诗人在下一节诗歌中借歌队之口重申这种言辞,去判断阿伽门农的责任与"罪过"。显然,阿伽门农选择让他的双手沾满女儿的鲜血,而不是背叛他作为远征军统帅的身份,他选择了可怕的个人罪过与污染,没有批评家可以用理性替他洗刷(阿伽门农处于可怕的两难境地——为平息阿尔忒弥斯的愤怒,这说明,他本人完全没有过错——在另一方面,很可能是由于阿特柔斯的罪行带来的家族诅咒:行151-155已经模糊地暗示了这一点,[14]并在卡桑德拉的预言甚至是克吕泰墨涅斯特拉自己在后来的台词中得以

(接上页注)它没有准确的同义词)的编校者(包括丹尼斯顿和佩吉)(依据班贝格[Bamberger]的观点)将其修订为 περιόργῳ σ⟨Φ'⟩ 此处的 σ⟨Φ'⟩ 意为"他们",指的大概是盟军,也就是不定式 ἐπιθυμεῖν ("渴望")的主语。而接受复杂的副词 περιόργως 的编校者(包括弗伦克尔)就必须为不定式提供一个不定的主语("某人"[one]);这或许又稍为阿伽门农的行为是多种因素共谋而成的提供了解释,但不是说本质上就是这样,因为他在任何情况下都与"公共"意见达成一致,先是在语言上(注意 θέμις:正确,合理),然后是在行动上,也就是献祭行为本身。

更为清晰的呈现）。①

阿伽门农献祭伊菲革涅亚的决定，或者至少他做这个决定时是"理性"的，在我们刚刚引用的演讲中清楚地呈现出来了。在下一节诗中，语气和语言上有了显著的区别，这时，当阿伽门农跨过慎思与行动的可怕界限时，歌队描述了这种直观的拟物（quasi-physical）变化。事实上，就在此时，阿伽门农决定采取那极端恶劣的行动。

> 他受了强迫戴上轭（ἀνάγκας ἔδυ λέπαδνον），他的心吹起"变化的风"（τροπαίαν），不洁净，不虔诚，不畏神明，他从这一刻（τόθεν）转了念头，胆大妄为。（行 218 - 221）

批评家们被"受了强迫戴上轭"的有力形象所迷惑，因而认为，就算阿伽门农在前面的言辞中给出了两个清晰的选项，他其实别无选择。阿伽门农此时接受了他身为军队首领的重担，一切都必然随之产生：我们应该看到，ἀνάγκη ［必然性］并不总是某些人认为的绝对力量，②尽管它一旦被接受（ἔδυ，意为"他戴上"，这个词完美地描述了那个时刻），就会变成绝对力量。从这一点来看，某种疯狂（παρακοπά："心智旁的敲击"）袭击着他，这是一种外部力量，没有它他就无法完成行动。正是在那时"他忍心做他女儿的献祭者"，而讽刺性的描述突显了这一行为的冷酷无情："为了援助那场为一个女人的缘故进行报复的战争，为舰队而举行祭祀。"有能力甚至（在有限的意义上）有自由对一件可怕的事

---

① 有关阿伽门农以及埃斯库罗斯笔下其他肃剧人物的"脆弱性"（vulnerability），可以参考爱德华兹（Edwards）的《阿伽门农的决定：埃斯库罗斯笔下的自由与愚蠢》（"Agamemnon's Decision: Freedom and Folly in Aeschylus"）。参见下文中的本章附录 1，节 3，"阿伽门农之罪"。

② 参考本章附录 1，节 3。

作出决定,与心灵受到某种神圣侵袭（παρακοπά,正如 ἄτη 一样,暗示了这一点)而必须作出决定,①这两者之间的区别会让现代读者在仔细琢磨《阿伽门农》这一段时感到过分极端了,但是这种情况在三联剧后文奥瑞斯忒斯的弑母中还会再次出现（虽然是用一种很不同的方式)。② 在这两个事例中,或许是诗人将某些几乎不可想象的事情戏剧化的方法：正是一个人的观念(idea)让一个本不残忍的人将自己投身到残忍的行动中去,不管理由是什么。

进场歌的后两节（行 228 - 247)提供了大量证据,证明阿伽门农陷入某种[15]疯狂,也证明他的行为将他卷入罪过和污染中,就必然遭受报复(当然,正是第二点使得歌队对"伊菲革涅亚的献祭"一幕的处理成为本戏悲剧秩序的一个必要部分)。这是现存的希腊悲剧最打动人的段落之一,献祭者本人的痛苦与恐惧("……她的祈求,她呼唤'父亲'的声音,她的处女时代的生命,那些好战的将领视为无物",行 227 - 230),以及阿伽门农自己的残酷冷漠,的确,强调一个父亲不虔诚的冷漠("……作完祷告,叫执事人鼓起勇气,把她举起来……"行 231 以下),强调与这次献祭有关的反常行为("面朝下,像祭祀的动物一样放在祭坛上,长袍垂在她的身边"),强调曾经的父-女感情纽带的断裂("看上去……好像她会发声,就好像在过去,她常常在男性聚会上在她父亲的桌边歌唱那样"),这一切看起来几乎都不正常(编校者们曾经试图缓和古希腊

---

① 参考劳埃德-琼斯(Lloyd-Jones)的《阿伽门农之罪》("The Guilt of Agamemnon")页 191 - 192。在文中,他对比了在《阿伽门农》行 222 以下阿伽门农的台词,与荷马《伊利亚特》19.86 - 8 中阿伽门农对他的"鲁莽行为"(宙斯派来的 ἄτη 的结果)所作的描述。同时也可以参考道维的《有关阿忒与悲剧性过错的几种反思》("Some Reflections on Atê and Hamartia")页 109 - 110,他与劳埃德-琼斯不同,他区分了阿伽门农的理性决定与执行这种决定所需要的疯狂(正如我所作的那样)。
② 参考下文章 2,节 3,特别是页 113。

人为了可信性而制造的这种恐惧),①直到我们认识到我们所见证的行动只是疯狂的实现,只是阿伽门农心中不虔诚、不洁净、不畏神明的"变化的风"的实现,前一节诗提醒我们注意这一点。不过,尽管如此,在疯狂的行动之前是有冷静的思考的,经过冷静的思考作出毁灭性的决定。有人会问,如果按照很多评论家所坚持的那样,我们要将阿伽门农仅仅当作不情愿的必然性受害者,那么诗人为什么选择激起观众对他猛烈反感的"自然感情"('natural feelings')呢?②

歌队为这有力的一章收尾,重复了之前的安慰之辞(在这个情境下显得有些隐秘),"惩戒之神自会把智慧分配(或'量出',根据其受苦程度)给受受苦的人"(行 250-251)③以及一段为未来所作

---

① 因此,劳埃德-琼斯对行 231-234 提出了一个十分独特的解释,即他所谓的"伊菲革涅亚的长袍"(The Robes of Iphigenia),佩吉同意并在此处的注释中引用了这一说法。劳埃德-琼斯将 πέπλοισι περιπετῆ (行 233)解释为,伊菲革涅亚"扑倒在她父亲的长袍边上",同时他将 παντὶ θυμῷ 解释为"带着她的全部心意"(With all her heart),从而对伊菲革涅亚这一哀求行为进行了调整(因此,诗人避免了对这个热烈表达的、佩吉所谓的"古怪"使用,以缓和阿伽门农对他的侍从下命令)。不过,当我们特别考虑到希腊语中的词序问题时,我们发现,比起它所试图解决的、这个将 περιπετῆ 理解为被动态(见弗伦克尔在此处为之所作的辩护)的语法上的小困难,劳埃德-琼斯的翻译遇到的问题似乎更大些,甚至可以说,牺牲整个句子的含义去获得佩吉所主张的所谓解释性优势,这代价显然是太昂了。在"就像祭坛上的小羊"(行 232,在阿伽门农的间接命令之下)这句生动的描写之后,听众一定不可能想到伊菲革涅亚(在被举起之前)出现在地面上,扑倒在父亲的长袍边,特别是当短语 πέπλοισι περιπετῆ 紧承刚刚提到的生动形象。

② 在另一方面,多弗(Dover)在《关于阿伽门农困境的一些被忽视的方面》("Some Neglected Aspects of Agamemnon's Dilemma")页 66 中认为,歌队是在反对阿伽门农的决定所导致的"那可怜又可憎的事件"。他们同时也反对导致这个事件的心理状态,但他们并不反对国王本人——但是要想清晰地区分这两者显然是困难的。参见本章附录 1,节 3。

③ 我们又一次看到,或许只有直到三联剧的第三部时,智慧上的进步才会得以实现——如果我们认为 τοῖς ... παθοῦσιν (那些受难者)指的是整个阿特柔斯家族的话。另一方面,从行 249 来看(卡尔克斯的[预言]技艺不会不灵验)τοῖς παθοῦσιν 也许是部分地,或者是特别地指的是那些因帕里斯的不正义而受苦的特洛伊人。

第一章　阿伽门农

的祷告,同样隐秘但是更加不祥:

> 在此事(指伊菲革涅亚献祭)之后,但愿诸事顺利,正合乎这个最亲近的人,阿庇亚土地仅有的保卫者(ἕρκος)的心愿。(行 255 – 257)

这是对克吕泰墨涅斯特拉的介绍。她在进场歌的末尾登场,使人想起了那可怕的血亲"家族"(clinging to the race)冲突(行 152),伊菲革尼亚的献祭注定被重新提起(的确有一些编校者拒绝接受对 [16] ἕρκος [保卫者]的反讽阐释,并认为其指的是歌队自身)。最后,在漫长而又充满了凶兆的颂诗结束之后,歌队回到他们早前(行 83 以下)向王后提出的问题:

> 是不是你听见了好消息,或者没有听见,只是希望有好消息,就举行祭祀?(行 261 – 262)

3. 第一场与第一肃立歌(行 258 – 487)

[16]下面开始的这场戏,开头就是克吕泰墨涅斯特拉明确宣布阿伽门农在特洛伊取得胜利的消息,而歌队则通过典型的谜一般的对白,详细地质疑她的消息。在这简短的段落中(行 264 – 280)包含了两个或三个主题,这些主题在第一肃立歌中还将再次出现。其中一个主题是反复出现的,那就是委婉地将黑夜称为此时所描绘的胜利和胜利之日的母亲(行 279;对比行 264 – 265)。①另一个则是歌队对"信实的证据"($\pi\iota\sigma\tau\acute{o}\nu\ldots\tau\acute{\epsilon}\kappa\mu\alpha\varrho$,行 272)以及完全的"说服"($\dot{o}\nu\epsilon\acute{\iota}\varrho\omega\nu\varphi\acute{\alpha}\sigma\mu\alpha\tau$'$\epsilon\dot{\upsilon}\pi\iota\delta\tilde{\eta}\ldots$,行 274)之间的重要区分。第三个主题(对"说服主题"[Peithô motif]的评论)则是,歌队自己因胜

---

① "在哪一段时间之中,"(歌队问道,行 278)"那城邦被攻下?""正是在这一夜,我说,这诞生了今日晨光的黑夜!"($\tau\tilde{\eta}\varsigma\ \nu\tilde{\upsilon}\nu\ \tau\epsilon\kappa o\acute{\upsilon}\sigma\eta\varsigma\ \varphi\tilde{\omega}\varsigma\ \tau\acute{o}\delta$'$\epsilon\dot{\upsilon}\varphi\varrho\acute{o}\nu\eta\varsigma\ \lambda\acute{\epsilon}\gamma\omega$,行 279)这是克吕泰墨涅斯特拉的回答。之前,她先前在第一次的胜利宣言中带着隐秘的表达作了序言:"正如谚语所言,但愿黎明带来它(慈悲)的母亲黑夜降下的好消息!"($\mu\eta\tau\varrho\grave{o}\varsigma\ \epsilon\dot{\upsilon}\varphi\varrho\acute{o}\nu\eta\varsigma\ \pi\acute{\alpha}\varrho\alpha$,行 264 – 265)这里和第一肃立歌的开头(行 355),由于黑夜都扮演了一个"仁慈"的角色,这两处将黑夜称为"$\epsilon\dot{\upsilon}\varphi\varrho\acute{o}\nu\eta\varsigma$[仁慈的时间]"的地方,必然为这个表达赋予了超出其通常的委婉语的含义;也就是说,诗人在这个词本身常用的贬义委婉语之上,又增加了一层特殊的双关意义。(弗伦克尔引用了施耐德温[Schneidewin]的观点;行 265 中的 $\epsilon\dot{\upsilon}\varphi\varrho\acute{o}\nu\eta\varsigma$ 与行 263 中的 $\epsilon\ddot{\upsilon}\varphi\varrho\omega\nu$[仁慈]相呼应,在这一联系中,两者关系重大;弗伦克尔对此的反对肯定是有些过于严苛了。)

利的不确定性和模糊性而生的情绪,以及他们对胜利的喜悦("快乐钻进了我的心,使我流泪!"行270)。

歌队提出的质疑为王后接下来的两段重要发言提供线索。在第一段即著名的"火炬演说"(行281-316)中,她生动形象地描述了火炬信号传递的顺序,从特洛伊到阿尔戈斯,将阿伽门农胜利的消息传递给她;在第二段(行320-350)中,她用预言的力量,描画了城邦陷落的场景,以此(至少在眼下)消除对胜利的疑虑。

克吕泰墨涅斯特拉对"火炬信号"的描绘表面上是意图用证据取代说服,但这里的火炬信号显然也具有强烈的象征意义。它代表了在特洛伊燃烧的胜利者的火光,在克吕泰墨涅斯特拉心中,它也预示着她对国王复仇的胜利。因此,对于王后而言,这是一场鼓动之辞,其中大胆的拟人手法("……催促[ἤγειρεν,行299]这信号火光的另一个接力者"……"继续催促那火焰……"行304)证实了这一点。所以,"神赐"的信息之源(Ἥφαιστος...ἐκπέμπων... 行281;参行283,行305)也是(如果"赫菲斯托斯"为"火"的转喻)剧中一系列神赐之物的一部分,其中一些对阿尔戈斯人[1]是有利的,也有一些是不吉的。这样,在预言[17]阿伽门农潜在的厄运时,"胜利"的"火光演说"同时也为下一节中歌队对阿伽门农的胜利表现出的含糊态度作了铺垫。"最先跑与最后跑的人都是胜利者"(行314)——在歌队唱诵厄里倪厄斯紧逼阿伽门农(行462-467)时,我们又会想起克吕泰墨涅斯特拉在结尾时使用的这一反讽。

---

[1] 在登场歌中有这么一句,"在高处聆听的神灵啊——是阿波罗还是潘还是宙斯?——将迟早要复仇的厄里倪厄斯派到(πέμπει)罪人身边。"(行55-59)此外,在登场歌中还有一段,"宙斯神派遣([译按]英语原文为send,希腊语是πέμπει)阿特柔斯的儿子去惩罚阿勒克桑德洛斯。"(行60-62)在第一肃立歌中,阿瑞斯给阿尔戈斯"送去"(πέμπει,行441)的是尸体而非活人。因此,在克吕泰墨斯特拉演讲中的三个段落中,同样的动词被用于与神送来的烽火相关的东西。(由此可知,在克吕泰墨涅斯特拉的口中,"赫菲斯托斯"在其上下文中的用法似乎是为了表达某种弦外之音,至少是,超出"火"的一般用法,采取其转喻性用法。)

在王后的第二段演讲(行 320-350)中,胜利与危机同样交织在一起。在其中,克吕泰墨涅斯特拉想象了陷落城邦中的场景,"孩子扑倒在父亲的'尸体'上"(行 327-328)令人毛骨悚然地暗示了伊菲革涅亚在冥府拥抱她被杀害的父亲。① 对阿尔戈斯人被征服的恐惧,王后的表达颇具反讽意味,尤其是在最后一段中("[在特洛伊? 在奥留斯的?]②死者们的受苦将重新苏醒……"行 346-347),③在歌队的"胜利"之歌(行 456-457)中这一点又得到了强调。

总之,这里蕴含着诸多线索、主题以及预示,在《阿伽门农》第一肃立歌④中将逐步展现出来。首先,因为令人欢欣的消息,歌队被克吕泰墨涅斯特拉演说中清晰的证据和生动的想象说服,故而开始庆祝帕里斯与特洛伊的毁灭。但是很快,正如在进场歌中,胜利的音符渐渐退去,通过一系列的微妙转变,肃立歌勾画出了胜利向灾难的必然变迁,揭开阿伽门农纠缠上正义之网的序幕。

肃立歌的前奏(抑抑扬格)展示了两幅骇人的复仇形象:阿忒(Atê)向特洛伊城墙撒下覆盖的罩网,箭无虚发的神射手、宾客之神宙斯向帕里斯开弓。撒下这罗网的正是"王者宙斯"与"友好的黑夜",而后者被克吕泰墨涅斯特拉称为从特洛伊带来好消息的助

---

① 试比较克吕泰墨涅斯特拉在后文中谋杀了阿伽门农之后的凶残预言(行 1555 及以下),被杀死的伊菲革涅亚将在冥府欢喜地($\dot{\alpha}\sigma\pi\alpha\sigma\acute{\iota}\omega\varsigma$)见到她的父亲,然后"亲吻他,向他张开怀抱",正如这里失去亲人的特洛伊人拥抱他们死去的亲人。
② [译者注]中括号中的内容为本书作者所加。
③ 我依据佩吉对这一段的理解对行 346 中的 $\dot{\varepsilon}\gamma\varepsilon\eta\gamma o\varrho\acute{o}\varsigma$ [苏醒]进行解读,因此也就与弗伦克尔的观点相对立。弗伦克尔反对 $\dot{\varepsilon}\gamma\varepsilon\eta\gamma o\varrho\acute{o}\varsigma$,认为它"只能将周围没有讹误的诗句所暗示的思想推到相反的方向中去"。在我看来,他的这种观点似乎是毫无理由地否认了克吕泰墨涅斯特拉在表达她对阿伽门农及其得胜部队的"恐惧"时,可能并不诚实。
④ [译按]Stasimon,意为"肃立歌"、"肃立歌",据亚里士多德,《诗学》,前揭,页 96:"斯塔西蒙即'歌队入场后唱的段子'或'站着唱的歌'。通过分析现存肃剧中的斯塔西蒙可以看出,某些段子的演唱似有舞蹈的伴随,因此第一种意思可能更为可取。"本书皆译为"肃立歌"。

手(行 265,行 279)。在这里,*φιλία, μεγάλων κόσμων κτεάτειρα*[友爱的,拥有广大宇宙的黑夜]这样的称呼(epithets)加强了在王后使用传统的委婉语(*εὐφρόνη*[仁慈的时间,指黑夜])后的完整含义。同时,第二个称呼模糊的所指(星光装饰的长袍的拥有者/荣耀胜利的授予者)使我们透过单个词组就能看到,这个形象在字面上以及象征意义上的光彩壮丽。①

在本戏与整个三联剧中,"毁灭之网"(*στεγανὸν δίκτυον ... μέγα δουλείας γάγγαμον, ἄτης παναλώτου*,行 358 – 361)都是一个反复出现的意象。它首先与宙斯正义地摧毁特洛伊有关,这个事实清晰地显示出这一事件与最终影响到阿伽门农及其家庭的暴行之间的典型关系(正如在本戏中处理的那样),在本戏与三联剧中后来出现的"网的意象"也正是从这种联系出发的。因此,在《阿伽门农》行 868 中,克吕泰墨涅斯特拉修辞性地使用了这一意象,用来描绘她

---

① 在对此处的注释中(汤姆森[Thomson]比较了埃斯库罗斯的《被缚的普罗米修斯》行 24),黑德勒姆(Headlam)和汤姆森都偏爱上文给出的对 *κόσμων*[宇宙,秩序](行 356)所作的第一个解释。而弗伦克尔则偏爱 *κόσμων* 所具有的第二种含义,他很好地比较了品达"第八首奥林匹亚凯歌",行 82,在那里,*κόσμος*(根据一些研究那个文本的学者的意见)清晰地指向刚刚宣布的胜利的荣耀——应得的荣誉应该归于宙斯(正如在本文中一样)。我认为一个人没有什么理由不能同时接受这两种指向,毕竟这在埃斯库罗斯的用词中这种特征并不罕见(例如,试比较《阿伽门农》行 150 的 *ἄδαιτον*[吃不得的])。而 *κτεάτειρα*[黑夜],作为一个只出现过一次的词,在同一个形象中也为我们的理解造成了难度。它可能只是指的"拥有者"(等于 *ἠκεκτημένη*,汤姆森),这就适用于第一层含义,同时它也可以表达"获胜者"的意思(弗伦克尔将其与 *κτεατίζω*[获取,赢得]相联系)。弗伦克尔的翻译"您为我们赢得并成为伟大光荣的拥有者"事实上蕴含了这两层含义。"拥有者"(bestower)(拉替莫的译本)这个翻译对此提供了一种缩略的表达方式并且也适应了前文提到的这整个表达的第二层含义。

因为提到了夜与胜利消息之间的联系,也可以比较歌队在颂歌最后阴郁的评价:"我焦虑地等待着那隐藏在黑夜的消息"(*τί ... νυκτηρεφές*,行 459 – 460)。在此(正如勒贝克在《奥瑞斯忒亚:语言与结构研究》[*The Oresteia, A Study in Language and Structure*,页 43]中所说的那样),上下文不仅清晰地提及胜利的消息,而且也点明了对阿伽门农自身命运的模糊的恐惧。

那在特洛伊"饱受创伤的"[18]丈夫,带着暗讽的意味,这预示着她很快将用满是刺孔的长袍杀害他的严酷事实——同样,先知卡珊德拉"看见","哈得斯的罗网"(δίκτυόν ... Ἅιδου,行 1115),以国王之妻为陷阱(ἄρκυς,行 1116),降临在国王身上。克吕泰墨涅斯特拉在国王的尸体面前发表演说,再次提到这无边无际的罗网,就像一张用来杀害他的渔网(ἄπειρον ἀμφίβληστρον, ὥσπερ ἰχθύων,《阿伽门农》,行 1382);而在下一部戏中,厄勒克特拉使用了同样的词(ἀμφίβληστρον[罩袍],《奠酒人》,行 492),当时她与奥瑞斯忒斯一道,希望借此打动阿伽门农的英魂(spirit),帮助她们复仇。在《奠酒人》行 505—507 中,厄勒克特拉在描述孩子们为故去英雄保留荣耀时使用了罗网这一意象:"正如软木浮子能带起张开的渔网(δίκτυον),使亚麻绳线不至于沉入大海深渊"①。在弑母之后,奥瑞斯忒斯精妙的反讽,令人想起先前对于罗网意象的使用,他拿起[克吕泰墨涅斯特拉]用来杀害阿伽门农的袍子,并称它为"渔网(δίκτυον),陷阱(ἄρκυν),或是缠人脚腿的袍子"(《奠酒人》行 1000)。最后,在《和善女神》中,随着长时间的一连串屠杀终于接近解决,一系列的"罗网意象"也随着复仇女神的呼喊恰到好处地终结了,在那时,复仇女神在追捕奥瑞斯忒斯受挫:"野兽挣脱了捕网(ἐξαρκύων)(行 147)!"

"覆盖的罩网……奴役之网,毁灭一切的阿忒之网"。在对于这网的三个可怖描述(行 358—361)中,歌队将最可怕的一个留到了最后。在埃斯库罗斯作品中,阿忒常常是一个被赋予"人格"的概念,将在这场颂歌的一个颇为惊人的段落中再次出现。

既然覆盖的罩网这一意象是为集体受害者特洛伊而设的,那

---

① 由于《奠酒人》行 505—507 也被认为出自索福克勒斯之手(Clement of Alexandria,《杂篇》2. 141. 23),一些学者由此(比如劳埃德-琼斯在他的翻译中对此处的注释)对其真实性存疑。而显然,在上文所说的意象次序之中,这几行诗句展示了意象所在之处,这至少有助于消除这种怀疑。

么这个歌队序曲中的第二个意象(即"弓箭手意象")对应的就是个人受害者,帕里斯。

> ……这许多年来,宾客之神宙斯(ξένιος, Zeus-of-the-guests),他早就向着阿勒克珊德洛撕开弓;他的箭不会射不到鹄,也不会射到星辰高处,白白落地。(行 362 - 366)①

这个意象既准确又是宇宙的(cosmic):箭矢直抵其在特定时空中的特定目标(μήτε πρὸ καιροῦ 一词在文中既属时间范畴,又属空间范畴),同时,即便宙斯射得太远,那支箭矢也不会不中的,这提醒我们注意宙斯射程的广阔无垠。

对抑抑扬格的序曲的解释在此告一段落。这场颂歌的主体部分现在将(以一种更轻快也更残酷的节奏,一直到第三曲主要采用抑扬格[iambic]②音步,)[19]专注于逐步展现第一句话中宙斯的打击,同时借助生动的形象,描写帕里斯招致这一打击的过错。这里的语言依然是比喻性的,紧接着宙斯之箭矢的猎逐比喻,开头的"追踪比喻"(tracking metaphor)使得序曲部分中的"全局"观点的转变变得缓和了:

> 人们说这打击来自宙斯,这一点有迹象可以追踪。(行

---

① [译按]引用自王焕生译本行 364 - 366。
② 行 381 - 384、行 399 - 402、行 416 - 419、行 433 - 436、行 452 - 455、行 471 - 474 都是格莱坎式的结尾。([译按]格莱坎式即英文 Glyconic,是以希腊诗人格莱坎[Glycon]命名的一种传统的古希腊、古拉丁诗歌的格律,它是埃奥里亚诗歌最为基本的一种。)克兰茨(Kranz)在《肃立歌》(*Stasimon*)第 131 - 132 页中注释道,这种叠唱曲的韵律(metrical)出现在如下几个地方:埃斯库罗斯的《乞援人》第 630 行及以下的歌颂阿尔戈斯人的长颂歌;《和善女神》(H 本、F 本)行 348 及以下,庆祝赫拉克勒斯行动的赞歌;以及这里《阿伽门农》行 367 及以下的肃立歌,歌颂特洛伊的沦陷。克兰茨总结道,这种结构(当然不包括肃剧所具有的对照乐章的设置)是古代祭神颂歌的结构。

367-368)

"他裁定此事,并如愿做成了它"(ἔπραξεν ὡς ἔκρανεν,行 369)。在此(即在帕里斯与特洛伊人的事例中),宙斯被说成既是裁定者又是实现者,但是当另一种裁定(δημοκράντου ... ἀρᾶς ...行 457)很快将发生效力时,这句话又预示了阿伽门农的命运(正如帕里斯的故事中所预示的那样)。所以,歌队最初对帕里斯的遭遇所作的描述也是通过这种方式归纳出来的,用的是同样的语言,这种语言在其他类似的情况下同样适用:

> 曾有人说,神不屑于注意那些践踏了神圣美好的东西(ἀθίκτων χάρις)的人①。说这话就是对神不敬(行 369-372)。

这里提到的 ἀθίκτων χάρις[神圣美好之物],明显指的是帕里斯的主人之妻海伦,以及帕里斯的亵渎罪,他玷污了神圣而互惠的宾客(ξενία)权。无论是在语言还是含义上,这个表达为海伦将以一种或几种形式出场的篇章埋下伏笔:χάρις 被用于雕塑(行 417),以及梦中的海伦的幻象(被描述为 χάριν ματαίαν[虚幻徒然的欢乐])(行 422),这两者都挫伤了墨涅拉俄斯的渴望。另外,在第二节颂歌中,反讽地重复海伦的一些"不可触碰的特质",具有幻影的难以捉摸的性质:"那幻影从他手中溜走了"(行 424-425)。但是 ἀθίκτων χάρις,"神圣之物的精美"(根据拉替莫对行 371 的翻译),

---

① ἀθίκτων χάρις(行 371):χάρις 在这里似乎是指内在于神圣的物品或人的良好品质。弗伦克尔将此与《美狄亚》行 439(βέβακε δ' ὅρκων χάρις)相比较;但是,弗伦克尔也许是在批评维拉莫维茨(Wilamowitz)的观点"不那么准确",维拉莫维茨认为这一表达强调了"不可亵渎物的魔力与吸引力"(维拉莫维茨,《埃斯库罗斯阐释》[Aischylos Interpretationen],页 194 以下),我认为弗伦克尔的批评过于严厉了。但这并不是这一段的主要含义,埃斯库罗斯式的这类用法,以及 χάρις 在本剧使用一系列相关含义,很大程度上促成了将其解读为暗示之义或第二层含义。

第一章 阿伽门农

又回溯到进场歌中的伊菲革涅亚——她处女的优雅在行239-247中得以入木三分的刻画,以及阿伽门农——伊菲革涅亚对他是ἄδικτος[神圣的,贞洁的],远超过其他所有人,同时也正是他将她的血献上祭坛。①

> 犯罪的人因家里有过多的、超过了最好限度的财富而过分骄傲的时候,很明显,那严厉的惩罚就是毁灭(ἀρή)(行374-378)。②

[20]对于帕里斯处境的第二种描述(如前面行369-372中的内容)比起当前文本讨论的类似内容有着更广的应用。首先,ἀρή("毁灭":如果我们接受这里给出的读法[比较《乞援人》行84]和含义)意为帕里斯因暴行而遭受严厉的惩罚,这个含义极

---

① 也可以参考勒贝克的巧妙想法(《奥瑞斯忒亚》页38),认为践踏"那不容触碰的可爱之物"(行371-372)这一比喻"揭示了后文中地毯的象征内涵,或许还为其暗藏的重大意义做好了心理准备。"

② πέφανται δ' ἐκτίνουσ' ἀτολμήτων ἀρή
πνεόντων μεῖζον ἢ δικαίως, φλεόντων δωμάτων ὑπέρφευ
ὑπὲρ τὸ βέλτιστον(行 374-378)

尽管带着一些忧虑,但我还是认同黑德勒姆的文本(即汤姆森版本中所复述的部分,除了格律[colometry]和上文引用的汤姆森版本的翻译。唯一的修订在于ἐγγόνους 和 ἄρη 两个词上,其中后者的问题只是在于重音的标记,只是个无足轻重的小问题。丹尼斯顿和佩吉则认同卡索邦(Casaubon)将 ἐγγόνους 修订为ἐγγόνοις[后代]的观点,(从他们对这一段的注释中可以看出)他们似乎很想要将本戏中个体的全部暴行与他们父辈的罪恶联系起来。对此,弗伦克尔在批评其他为 ἐγγόνοις 辩护的先于佩吉的(pre-Pagian)学者时说道:"……在他(帕里斯)的例子中,是犯罪者自己这一代人为其罪行赎罪,而非他们的后代。"最近,博拉克(Jean Bollack)采纳了班贝格的观点,班贝格将 ἐγγόνος 修订为 ἔκγονος[出身于],他将行374-376 翻译为:"不应有的狂傲骄纵\必然招来严厉的惩罚\当有人出身高贵\家宅里财富充盈过分\超过最为合适的限度"《阿伽门农》卷一:第二部分,[*Agamemnon 1*, deuxième partie],页370-371)。亦见他的注释,出处同上,页393-398。

具反讽意味地预示了肃立歌接近尾声时（行457）的类似表达，在行457中，ἀρά［诅咒］意为一种带来毁灭的诅咒，与阿伽门农即将到来的厄运有关。第二点，对于财富与罪行之间的联系的详尽处理在下文中将会再次出现，在行750-781中，这种联系被有策略地安排在歌队对"特洛伊主题"的最终讨论与阿伽门农的悲剧命运的展开之间。眼下这一段虽然有些晦涩，但是我们至少可以认识到暴行与他们因为"过多的财富"而受到的惩罚之间的联系。后面的章节（行750-781，同时后文行1007-1013中也能佐证）重复了这种联系，但是它显然又坚持认为，财富本身（想必无论是对于阿伽门农与帕里斯，还是对于其他所有人而言）并不一定会导致毁灭。最后，在第一曲首节的末尾行381-384，它警告道，如果一个人的"财富超过了应有限度而颠覆了正义"，那么他将难辞其咎，这个章节虽然仍是以局部的方式，但却预示了第三肃立歌中的警告，即尽管危险的财富可以丢弃，暴行却不容解脱（行1007-1021）。因此，下文中对这一系列灾难的诸方面更为完整的拓展（在此我们首先注意到是帕里斯的例子），强调了对帕里斯生涯的整体处理，从本质而言具有典型性。尽管这种处理本身非常精妙，帕里斯与特洛伊的毁灭却仅仅是对阿伽门农之毁灭的预言式类比。

在第一曲次节（行385-402）讲述了对犯错的年轻英雄帕里斯的劝说或曰诱惑（Peithô）的经过：正如我们过去看到的那样，这个主题又影响到了主要角色在当下的悲剧行动。在此，这个过程被诗人以最生动的方式人格化：

> 那可怕的劝诱之神强行前进，劝诱之神（Peithô），好预谋的迷惑之神（Atê）的、叫人难以抵御的孩子。

有关佩托在何种意义上被认为是"阿忒之子"，这事实上在《波斯人》的一个段落中已经埋下线索。① 在《波斯人》行 93 - 100 中,我们看到将人诱入厄运的神的骗术($ἀπάτην\ θεοῦ$),同时也看到阿忒带着谄媚的笑容,将人带入谁也无法逃脱的辛劳之中。在此,人格化又稍微进了一步:[21]劝诱之神取代了《波斯人》中的欺骗之神(apatê),并且现在作为阿忒的孩子或施事者出现,而阿忒则被刻画成是毁灭那个可怜人的策划者与刽子手。

很显然,正如《波斯人》中最先描述的那样,建议行动者犯罪的是神的因素,后来他也是在神的手中饱受折磨。首先,我们听说了神圣的煽动者阿忒与佩托,然后又得知了这个行为本身("他所受的伤害[$σίνος$]像可怕的火光那样亮了出来",行 389),而只有到了最后,我们才看到了这恶行的执行者:

> 他受到惩罚,有如劣铜受到磨损和撞击之后,显出不可改变的黑色。(行 390 - 393)②

这震撼人心的明喻展现了歌队(以及诗人)的意图,他们要把帕里斯纳入特洛伊沦陷的责任链——这一点在下文第一曲次节的最后(行 397 - 402)表达得十分清楚。在此,我们又要提到《波斯人》了;尽管正如前文所引用的段落那样,在这部戏剧中,首先给出的是神的诱惑形象,大流士后来作出意味深长的描述:"只要一个人(在此指的是薛西斯)想要(作孽),那么神也会助他如愿以偿"($ἀλλ', ὅταν\ σπεύδῃ\ τις\ αὐτός, χὠ\ θεὸς\ συνάπτεται$,行 742)。所以,帕里斯的情况也是一样(也许对阿伽门农而言也是如此?):他或许的确是"受神诱惑",但他一定在阿忒抓住他之前已经向诱惑妥协。要注意的是,歌队认为帕

---

① 也可参考汤姆森和弗伦克尔对《阿伽门农》行 385 - 386 的精彩注释。晚近对于佩托是阿忒的孩子的相似解释,见爱德华兹的《阿伽门农的决定》页 28。
② 弗伦克尔的翻译。想要了解对这些在技术上备受争议的细节的具体讨论,可以参阅他在相应部分的注释。

里斯在神明眼中是 ἄδικον（不义的）(行 397 - 398)。

劣迹斑斑的青铜（比喻作为犯罪者的帕里斯）这个沉甸甸的形象，突然被一个飞翔的形象所取代（即"……儿童追逐飞鸟……"行 393 - 394），将帕里斯刻画成一个被诱惑引入歧途的人。① 这种语言与所有不可思议的"逃脱"形象一致：在肃立歌中，每当海伦在场这些形象便出现，她一会儿是诱惑之物，一会儿是一个消逝的梦，一会儿她感觉（而非清楚地认识到）她自己是负罪的出逃者。因此，帕里斯受诱惑的形象，事实上是在为海伦作为逃亡者出场的新主题（"静悄悄溜出大门，做着他人不敢做的事情，她离去了……"行 407 - 408）所作的恰当准备。这同时也是在为另一主题作准备，即被抛弃者墨涅拉俄斯抓住了"梦中那令人哀痛的幻影……它们带来虚幻徒然的快乐"，但很快"那幻影从他怀中溜掉，再也不跟着睡眠的随身翅膀归来"（行 420 - 426）。正如帕里斯的罪行危害了他的城邦（行 395）并且辱没了阿特柔斯之子的好客之情（行 400 及以下），海伦"留给公民们的是盾兵的戈矛相接，她带到特洛伊的嫁妆是毁灭"（行 403 - 406）②[22]这一形象再次具有两重面相：向前可以追溯到进场歌，希腊人和特洛伊人遭受了同样的受苦（行 63 - 67）；向后，它指向第二肃立歌中"狮崽形象"带来的残忍结局：

　　……这个家族沾满血污，家中之人面临不可抵抗的折磨，祸害惨痛，充满杀戮。（行 732 - 736）

---

① 行 393 - 395 使用的极简句法有利于听众和读者体会到其形象的"直观性"：在埃斯库罗斯最出色的比喻或象征性的段落中（亦参《阿伽门农》，行 49 - 60，行 111 以下），我们往往很难将其意象或象征与其比拟或象征的事物区分开来。
② 埃斯库罗斯擅长在需要的时候刻画一系列精美可感的形象，试比较《阿伽门农》行 690 以下，以及《波斯人》行 541 - 547（即刻画波斯新娘哀悼她们年轻丈夫的段落）。埃斯库罗斯式的形象并不局限于明显的物理影响（比如阿里斯多芬在《蛙》行 403 中所戏仿的战争场景）。

我们的注意力从海伦转移到了(行 412－426)被抛弃的墨涅拉俄斯身上,他伤心地在被抛弃的宫室中踱步,在雕像中寻找那已经离去的海伦("那雕像没有眼神,动人的热情已渐消散"),沮丧地拥抱他的梦。这个段落具有一种震撼人心而又令人哀痛的美,但在整个肃立歌的主题次序中,它的主要功能是要将关注点从特洛伊人与海伦身上、从他们的毁灭的起因上移开,回到家族中"失去亲人"的人身上:首先是墨涅拉俄斯,但是最终也会是其他哀痛的希腊人。这样,诗人正是要为出人意料的高潮作准备,这一整段反讽性的"胜利之歌"也指向高潮。

> 这就是那宫中炉边的伤心事,此外还有更伤心的事呢。(行 427－428)

这是最为关键的转折,此时歌队将不再歌颂胜利,甚至也不再歌颂阿特柔斯之子的不幸,转而歌颂整个希腊的那些在阿特柔斯之子的战争中"盼得坛坛骨灰,不见征人归"的家庭。

在进场歌中,宙斯被描绘成是将阿特柔斯之子送上战场的人(行 60－62);在这里,我们却看到战神(Ares)突然成了遣送者(Ἄρης ... πέμπει,行 438－441),他以骇人的形象出现:"阿瑞斯,人们尸体的走私者"(ὁ χρυσαμοιβὸς δ' Ἄρης σωμάτων)。由此,"盼得坛坛骨灰,不见征人归"这一沉痛的对比在"用钱兑换尸首、手持天平的"阿瑞斯唯利是图的形象中得到延续,这个比喻的另一面成为,失去亲人的家庭收到"摆放整齐的骨灰瓮"。这里模糊的"荷马式"余音(尽管这个表述本身并不那么"荷马式"),这余音导向了另一个"英雄的"注释:哀悼者之中突然的戏剧性转变……

> ……人们赞美这人善于打仗,他在血战中光荣倒下,"为了别人妻子的缘故"。(行 445－448)

[23]最后这句话引出了阿尔戈斯人对阿特柔斯之子迅速膨胀的不满：

> 因此，一些公民低声抱怨。对复仇者阿特柔斯之子强烈的憎恨在哀痛中蔓延。（行 449-451）

借助家中的骨灰瓮这一意象，歌队又对海另一边的情景投去一瞥：那些人被掩埋在特洛伊，葬在他们征服的那片土地上。然后，在第三曲次节中，人们第一次发出了明确的诅咒：

> 市民愤怒的谈话是苦痛的；
> 注定要为人民的诅咒付出代价。（行 456-457）①

δημοκράντου δ' ἀρᾶς τίνει χρέος [为人民的诅咒付出代价]：在肃立歌的开头，向帕里斯和特洛伊人伸张正义，正是宙斯促成了这件事（ὡς ἔκρανεν，行 369）；而现在是人民自己的诅咒要求在阿伽门农身上实现。这一整场颂歌在推进中恰好构成了一个环形。一开始，人们通过阿伽门农征讨特洛伊的胜利歌颂宙斯的正义，现在，我们却在战争的牺牲者中清数死去的阿尔戈斯人，他们"为他人之妻"而死，我们听到人们为了他们而诅咒。对于民众的愤怒，歌队现在也加上神明的警觉的眼睛，射向那杀人如麻者，厄里倪厄斯

---

① 这是劳埃德-琼斯对"δημοκράντου δ' ἀρᾶς τίνει χρέος"（δημοκράντου 是波森[Porson]对 δημοκράτου 的校订，F 本，Tr 本）一句的翻译。弗伦克尔很好地解释了这个复杂的句子："发出诅咒被认为是发生在过去，可能是在战争的早期阶段；这里它被等同于一种义务的缔约。当人民的积怨在 φάτις σὺν κότῳ [带着怨愤的谈论]（在此，弗伦克尔依照了克劳森[Klausen]、赫尔曼[Hermman]的观点，认为这是 τίνει [付出代价]的主语）中找到了声音，应当履行的义务也就得到了报偿：这是反抗的第一步，因此，φάτις [议论]带来了惩罚。"不过，行 457（和句中动词的主语）依然晦涩难懂，要找到一个确实无疑的解释几乎是不可能的。

(Erinyes)①(她们终会使不正义之人的"一切化为乌有",行463-466)的复仇以及最终宙斯自己降下的可怕雷霆(行469-470)。

在第三曲次节的尾声(行471-474)中,歌队以同样的方式回避了城市洗劫者与被征服者的遭遇。

>不会招来嫉妒的幸福,我认为最好($\kappa\rho i\nu\omega\ \delta'\ \mathring{\alpha}\varphi\vartheta o\nu o\nu\ \mathring{o}\lambda\beta o\nu'$)。(行471)

在接下去的两节中,关于阿伽门农对特洛伊的伟大胜利,歌队根据自己的观察作出了最终评价,这个结论与肃立歌开始时夸耀对帕里斯的胜利颇为不同。所以,在这一节(行475-487)中,歌队更多受情绪而非逻辑所支配,他们现在甚至质疑阿伽门农获胜的消息,而这个消息在这场颂歌中自始至终就是确定的事实。

>那传递喜讯的火光带来的消息,很快就散布到[24]城里。谁知道是真的还是神在欺骗我们?(行475-478)

最后的这段表达(如果这种读法合理)②将我们的注意力又带回神的诡计,这在埃斯库罗斯作品中一系列灾难的开头都有出现(比如《波斯人》)。③ 当然,在眼下的例子中,这种恐惧并不合

---

① [译按]据希腊神话,厄里倪厄斯(Erinyes)是复仇三女神的总称,其名称的希腊语含义是"愤怒",英译者往往将其译为"愤怒者"(the Furies)。复仇女神还有另一个称呼,即欧墨得斯(Eumenides),意思是"和善者",是复仇女神的婉称。在《奥瑞斯忒亚》的第三部戏中,埃斯库罗斯将厄里倪厄斯转变为欧墨尼得斯的功劳归功于雅典娜,是她通过劝说,使复仇女神不再愤怒,转而和善友好。在本书中,作者交替使用 Erinyes、the Furies 与 Eumenides 三个词来指代复仇女神。译者悉依原文,将其分别译作"厄里倪厄斯"、"复仇女神"与"和善女神"。

② 参见弗伦克尔在将这句话的最后一个从句读作 $\varepsilon i\ \tau\iota\ \vartheta\varepsilon \tilde{\iota}o\nu\ \mathring{\varepsilon}\sigma\tau\iota\ \psi\tilde{\upsilon}\delta o\varsigma$ [如果这来自神明的不是真的]时所做的辩护。

③ 参埃斯库罗斯,《波斯人》,行93-94。

理——"好消息"是真的：特洛伊的确沦陷了；但歌队之恐惧的合法性就在于阿伽门农的胜利的事实可能最终只是陷阱与错觉，这颇为反讽。这种想法在歌队心中究竟占多大——或者更可能的是，占多小——的比例，我们无从得知：他们依然称信号火光为"传递好消息的"(εὐαγγέλου)，他们实际上接受传令官的消息，国王即将凯旋归来。正如我们看到的那样，他们的态度很含糊，希望与祝福不断让位于预兆，甚至是绝望。至于与情绪相关的，其中似乎最为重要、最应该记住的是，歌队如何影响观众的情绪，而非歌队自身情绪的"心理"原因，这很关键。对此，我们应该增添一个重要的戏剧节点(一些——尽管不可能是全部的——注释者认为这是对这个谜一样的段落的唯一解释)，阿伽门农的胜利存在一些不确定因素是必需的，因为传令官将很快确认消息的真实性，作者需要利用这一点为其产生适当的冲突。① 对于这个戏剧节点，歌队通过反复的质疑(见行 483 - 487)，对一个十足的女人(就是克吕泰墨涅斯特拉!)轻信的天性增加了进一步的反讽性刺激。

女人制定的法则太容易使人听从(还是太过于轻信?)，②

---

① 在这一点上，可以参考弗伦克尔(《阿伽门农》第二卷，页 246 - 249)、丹尼斯顿以及佩吉在对行 475 以下进行注释时所达成的一致，以及克兰兹，《肃立歌》，页 132 及以下(弗伦克尔有所引证)，对于这节诗与前文之间不连贯性的程度，尽管这些批评家的观点不同，他们对此作出的辩护也不同，但他们还是达成了一定的共识。对歌队突然的怀疑，对其"心理"因素进行的更加详尽的(我个人认为是不必要的)分析，见于多弗的《关于阿伽门农两难困境的一些被忽视的方面》，页 68，以及温宁顿-英格拉姆的《埃斯库罗斯的〈阿伽门农〉行 1343 - 1371》，页 23 以下。
② πιϑανὸς ἄγαν ὁ θῆλυς ὅρος ἐπινέμεται ...：我遵循弗伦克尔与劳埃德-琼斯的观点，认为 πιϑανός [貌似可信]是主动态的(那个时代的通常用法)。大部分编校者认为 πιϑανός 和动词是被动态。同时，对于 ὁ θῆλυς ὅρος [女人的边界]这个让人困惑的表达，他们给出了不同的解释。例如，丹尼斯顿和佩吉倾向于接受史迈斯(Smyth，在洛布本中)的翻译："过于轻信，一个女人的心智，向着一场迅速的人侵敞开了边界。"至少，这句诗中有一部分含混的语言可能是诗人有意为之的。

传布得快;可是女人嘴里说出的消息也消失得快。(行485-487)

这些模棱两可的句子结束了这场颂歌,再度唤醒了一种灾难性的主题。歌队(正如在他们之前的帕里斯,以及未来的阿伽门农一样)已臣服于佩托赋予一个女人的力量。在眼下,他们排斥它,但很快他们就会发现,他们的拒绝将是徒劳。

4. 第二场("传令官出场")与
第二肃立歌(行 489–781)

在第二场的开头,克吕泰墨涅斯特拉现在宣布,①[25]来自特洛伊的传令官即将到达,他带来的消息将决定"火光传来的信号是真是假,这乘兴而来的光亮是不是像梦一样欺骗了我们的心?"(行 491–492)。在这一场中,王后欢迎阿伽门农的反讽信息,传令官讲辞素朴而后逐渐被损害的乐观,将这两者掺合起来是一种精妙的技巧。在传令官的这三段演说中(行 503–537,行 551–582,行 636–680),他的心情就像歌队在前面每段肃立歌中一样,从喜悦自信变为怀疑,最终绝望地承认灾难降临。②

---

① 关于行 489–500 究竟是克吕泰墨涅斯特拉(根据抄本,这段话属于克吕泰墨涅斯特拉)还是歌队长(据一些编校者与批评家的观点)所说,历来颇具争议。对此(以及在整部戏的上半部分中,关于克吕泰墨涅斯特拉的进场与退场的问题也争论颇多),参考本章的附录 2。

② 参考《波斯人》中的三个段落行 353–432、行 447–471、行 480–514 中报信人充满悲剧色彩的演讲。不过,在《波斯人》的这些演说中,每一段中提及的事件都有十分乐观的时刻,其"真正的觉醒"以及最终的灾难。参考莱因哈特(Reinhardt)的《导演兼神学家埃斯库罗斯》(*Aischylos als Regisseur und Theologe*)页 80–83,有关《阿伽门农》中"传令官戏";他发现,传令官的台词中所说的最大胜利,最终证明是最大的灾祸,这是一场空洞的胜利。莱因哈特进一步将这一场景的两面性与传令官本人的双重特性相联系,即作为战士与重返故土的个人沉痛之情,而作为战争得胜的官方报信员,他使用了夸张的比喻性语言,两者形成了对比。

刚开始,充满了胜利的欢欣与归乡的喜悦:

> 啊,祖国的土地……我终于回到你这里,多少希望都断了缆。只有一个系得稳。真没想到我还能死在阿尔戈斯,在这亲切的土地上分得一份墓地。(行 503 – 507)
>
> 王家的宫殿啊,亲爱的家宅啊,庄严的宝座啊,面向朝阳的神啊,请你们像从前一样,用你们闪烁着喜悦的目光正式迎接这久别的君王!(行 518 – 521)
>
> 好好欢迎他吧,这是应当的;因为他已经借报复神宙斯的鹤嘴锄夷平了特洛伊,它的土地破坏了,它的神祇的祭坛和庙宇不见了,它地里的种子全都毁了。(行 524 – 528)

不过,就算是在这喜悦之中,我们也可以捕捉到灾难性的寓意,而这一切在传令官心中是无意识的。"在这亲切的土地上分得一份墓地"是对国王自身的死亡所作的反讽性预言;"……用发亮的眼睛"($\varphi\alpha\iota\delta\varrho o\tilde{\iota}\sigma\iota\ \tau o\iota\sigma\iota\delta'\ \ddot{o}\mu\mu\alpha\sigma\iota\nu$,行 520)预示了克吕泰墨涅斯特拉对丈夫的曲意逢迎:$\lambda o\upsilon\tau\varrho o\tilde{\iota}\sigma\iota\ \varphi\alpha\iota\delta\varrho\acute{\upsilon}\nu\alpha\sigma\alpha$[沐浴干净],行 1109;$\varphi\alpha\iota\delta\varrho\acute{o}\nu o\upsilon\varsigma$[满怀高兴],行 1229,这是卡珊德拉对王后的描述。最后,"祭坛与庙宇已经扫平($\ddot{\alpha}\iota\sigma\tau o\iota$)"正应验了克吕泰墨涅斯特拉有关沦陷之城的讲辞(行 338 – 340)中所暗含的警告。

歌队悲观的心情逐渐感染了喜悦的传令官。传令官对阿尔戈斯的渴望导向了家族不幸的隐秘线索(行 542 以下):

> 歌队:缄默一直是我的避祸良方。
> 传令官:怎么会这样呢?国王远征时,你在这里害怕什么?
> 歌队:是呀,害怕得厉害,正如你刚刚所说,死亡本身就是恩惠。(行 548 – 550)

[26] 在传令官的第二段演讲(行 551-582)中,他的报告受到了第一条阴郁暗示的影响。

> 我是说事业已成功。在这漫长的时间内所发生的事,有人会说很顺利,有人却也会抱怨……(行 551-553)

这些抱怨(ἐπίμομφα)有:漫长而艰苦的令人疲惫不堪的战役,船上狭窄拥挤的住所,岸边潮湿的兵舍,头发里的虱子……"但何必为这些事而悲叹?受苦已经过去了(παροίχεται,行 567)。"但就算是在他鼓起勇气试着忘掉这一切时,传令官的语言还是出卖了他:"是的,它确实已经过去了(依然用的是 παροίχεται);对那些死去的人说来是过去了,他们再也不想站起来!"(行 568-570)。另一方面,传令官试着重新树立信心。"对于幸存者,那些安全穿越陆地与海洋的人们,他们的收益远大于不幸……因为,在宙斯的眷顾之下,这是光荣的胜利!"(行 573-582,有删节)。

"对于幸存者……"克吕泰墨涅斯特拉迎接阿伽门农[①]之辞打断了歌队对传令官的质疑,但在这之后,歌队又回到了这条新的阴郁之路上。墨涅拉俄斯也在幸存者的队伍里吗?(参见行 618-619)。现在轮到传令官闪烁其词了,"朋友一旦发现真相,谎言就不攻自破"(行 620-621)……很快,墨涅拉俄斯与整个舰队失踪的真相暴露无遗。传令官的第三段也是最后一段演讲是一个灾难未经解除的故事,他自己称其为"厄里倪厄斯赞歌"。一场"由神的愤怒引发的"风暴使整个爱琴海上"开满花朵,那是阿尔戈斯人的尸体与船只的残骸"(行 659-660)。唯有阿伽门农的船,由某位神明(θεός τις,行 663)的掌舵,躲过一劫。"机运……就如保护神"(Τύχη…σωτήρ,行 664),这是传令官对此发生的原因所作的猜想,

---

① 这段台词在下文中将会继续讨论,参见本书页 34-35。

第一章 阿伽门农

但是观众(也许还有歌队)或许不是这么想的。

"海伦颂歌"(现在紧接在行681之后)补充了前面的"帕里斯颂歌"。在后者中,我们看到帕里斯迅速步入他自己的毁灭和特洛伊的毁灭,"甚至像儿童追逐飞鸟",在那里,我们第一次瞥见作为诱惑的海伦(即佩托,阿忒那叫人难以抵御的孩子,行385-386)。而现在,整场颂歌都是关于海伦的,ἑλένας, ἕλανδρος, ἑλέπτολις("舰船的毁灭者,人民的毁灭者,城邦的毁灭者",行689-690),她成了一个在一系列骇人形象中展开的主题,这些形象由诱人的甜蜜开始,而以受害者的血结束。

> [27]……引起战争、双方争夺的新娘海伦……从她的精致的门帘后出来,在强烈的西风下扬帆而去(行686以下)
>
> 那要实现她意图的愤怒之神为特洛伊促成了一桩苦姻缘①……(行699以下)
>
> 普里阿摩斯的古老都城太晚学会唱一支十分凄惨的歌,以代替婚姻之歌,它正在大声悲叹,说帕里斯的婚姻害死人……(行709以下)
>
> 就像有人家里养了一头刚出生的小狮子(ἐν βιότου προτελείοις),它很驯服,又讨人喜欢,是儿童的朋友,老人的爱兽……目光炯炯,摇尾乞怜……(行717以下)
>
> 但是一经长成,它就露出父母赋予它的本性,不待邀请就大杀羊群,准备饱餐一顿(δαῖτ' ἀκέλευστος ἔτευξεν),这样报答他们的养育。(行727-731)
>
> 天意如此,这家里才养了一位侍奉毁灭之神的祭司。(行735-736)

---

① Ἰλίῳ δὲ κῆδος ὀρ/θώνυμον(行699-700):这是埃斯库罗斯最为精妙的双关语之一,因为κῆδος既可以表示"婚姻的联系",也可以表示"悲伤的束缚"。

[译按]本句中的"苦姻缘"一词的翻译参照罗念生译本,英文原文为"marriage-bond-of-woe"。

语言和往常一样含蓄:ἐν βιότου προτελείοις(行 720)呼应了行 65-66 中的 διακναιομένης τ' ἐν προτελείοις κάμακος(尽管句子结构不同)以及行 227 中的 προτέλεια ναῶν，①意即"为舰队而举行祭祀";行 725 的 φαιδρωπός [目光炯炯]在文中是用来形容狮崽的，重复了克吕泰墨涅斯特拉在行 520 中对她自己的描述，当时她正准备迎接她的主人，φαιδροῖσι τοισίδ' ὄμμασιν [发亮的眼睛]，海伦在这里的角色是预示克吕泰墨涅斯特拉在即将开始的地毯戏中迎接阿伽门农所扮演的角色;最后，这些词语灾难性的并置:δαῖτ' ἀκέλευστος ἔτευξεν [参加未经邀请的宴会]，行 731，在此用于形容狮子和它的盛宴，让我们想起了阿特柔斯为梯厄忒斯准备的用他的子嗣血肉做成的餐宴。

"双方争夺的新娘"带来不幸的婚姻这一诱人的形象，在"狮崽形象"及其结局中得到了补充。这是一个十分精巧的次序。首先，第一诗节(行 681 - 716)描写新娘(她自己已经心醉神迷[δορίγαμβρον]，同时又使人心醉[ἕλανδρος])以及特洛伊人为了庆祝她的婚姻，高唱颂歌结果招致灾难。第二诗节(行 717 - 736)讲述狮崽的相似经历，它从一个迷人的玩物长成了摧毁养育它的家族的毁灭者。这个对比的要点极为清晰地体现在后一描述的高潮之上，这里适用于狮崽的语言仍很清晰地适用于海伦:

这个家沾染了血污，家里的人不胜悲痛，祸事闹大了，多少头羊被杀害了;天意如此，这家里才养了一位侍奉毁灭之神

---

① 在这些表达中，可能包含关于海伦的婚姻以及伊菲革涅亚的献祭的反讽性暗示，相关的讨论见诺克斯(Knox)在他的《言辞与行动》(Word and Action)页 27 - 38，特别是页 27 以及页 31 - 32。诺克斯为贯穿全戏的"狮子意象"提供了有趣的评论，他指出我们应该将本段中的"狮崽比喻"(及其后续)贴切地运用在理解阿伽门农甚至是克吕泰墨涅斯特拉身上，以及海伦身上，对此我难以苟同。

阿忒的祭司。(行 732–736)

下一诗节(行 737–749)总结了这一次序,歌队转向海伦,先用不带敌意而诱人的语言描写她,将她称作"无波澜的静谧之魂"(行 739–740)、"一朵迷魂的、爱情的花"(行 743),然后,她(在宾主之神宙斯的指引下)成为普里阿摩斯之子的不速之客,成为一个让新娘哭泣的"诅咒"(厄里倪厄斯,行 746–749)。

(这一形象的设置极为大胆,在这里,海伦作为一个起因,即她与帕里斯的婚姻激怒了宙斯;另一方面,她又是完成宙斯之怒的工具,因此,一些注疏家拒绝承认海伦以及厄里倪厄斯在这里的身份。但是埃斯库罗斯诗歌的语言中,这种大胆的转换显然没有什么不可能。进一步说,宙斯的愤怒主要是指向帕里斯对墨涅拉俄斯的好客所犯下的罪行。海伦她自己是置身于这个道德序列之外的,她起初只是帕里斯罪行的催化剂;一旦这个任务完成了,她就像狮崽一样,成为了毁灭她的新"保护人"的力量。)①

---

① 丹尼斯顿和佩吉(在他们对行 744 以下内容所作的注释中)认为,恰恰相反,παρακλίνασ' ἐπέκρανεν(行 744)的主语是厄里倪厄斯,而不是海伦的某种人格化,另外(将 παρακλίνασ' 看作是及物动词,意思是"如往常一样"),这个句子的意思是"她(厄里倪厄斯)回到了她的航线,促成了那场婚姻的悲剧结尾。""(他们先前在他们的注释中认为)所对比的是狮崽的整体命运与海伦要为之负责的整个大环境,而不是狮崽和海伦她自己。"同时可以参考劳埃德-琼斯的《阿伽门农》(Agamemnonea)页 103 以下,有关 παρακλίνασ' 的主语以及这个形象的运用,他认同丹尼斯顿和佩吉的观点,但是他进一步指出,παρακλίνασ' 可能还有一层含义(也是及物的),指的是帕里斯和海伦作宾语,"曾经躺在彼此身边"(这种含义见于《武俄克里托斯诗集》,2.44以及《宫廷诗选》,5.2)。在我看来,这一切极有独创性精,同时又是对那些几乎不存在的问题(特别是第二个问题需要观众进行大量的推测)所作的博学的解答。而弗伦克尔认为 παρακλίνασ' 是不及物动词,由此,又为这个形象提供了更好的导读:"因为狮子在最后(行 735)表现为 ἱερεύς τις ἄτας [陷入迷狂的祭司],所以海伦在最后表现为厄里倪厄斯"(弗伦克尔,《阿伽门农》第二卷,页 347)。孔布(De La Combe)在他最近对这个段落所作的评注(《阿伽门农·卷二》,行 86–87)中,对海伦和厄里倪厄斯的身份(为了回应劳埃德-琼斯的反对观点)进行了限定:"可以确定地讲,海伦的到来,释放了两种相同却相对的力量,即爱若斯和厄里倪厄斯,诗行描述的特别行动正基于二者。"(页 87)。

第二肃立歌以一个哲学性段落（行 750 - 781）作结,扩展了惩罚的主题,毫无疑问,这个主题解释了特洛伊的陷落,也揭示了阿伽门农的命运。在此,歌队清晰地将他们的主张与传统的观点（即 παλαίφατος λόγος,行 750）相区别,传统的观点认为巨大的财富本身就会招致无穷无尽的悲剧,但歌队认为：

> 只有不义的行为（τὸ δυσσεβὲς ... ἔργον）才会生出更多同它一样的后嗣……（行 758 - 760）
>
> 年老的 ὕβρις [狂妄]迟早要生出新的ὕβρις,在人们的祸患中重新生长（νεάζουσαν）,一俟出生的命定时机到了,同那不可抵抗、不畏神明的鲁莽（θράσος）一道,是那家族的黑暗的灾难（ἄτας）,正如他们的父母一样。① （行 763 - 771）

显然,这一部分的道德"终曲"中,歌队费尽苦心表明,他们的观点是原创的（δίχα δ᾽ ἄλλων μονόφρων εἰμί [我却有独特的见解]…行 757）,即家族悲剧的根源[29]在于不敬神的行为,而非巨大的财富。一些学者指出,事实上,这个观点并不新奇,文中提到的对比"梭伦在很早以前就已经讲得明明白白（残篇,1.9 及以下,5.9 - 10）"。② 不过,比起梭伦所有与此有关的段落,上文所引用的篇章（《阿伽门农》行 750 - 771）中所提到的内容事实上更加强调不虔敬的行为（而不是财富）是悲剧发生的原因。也就是说,这一立场比起现存的梭伦残篇③中经常提到的观点,显得更为清晰坚定。这

---

① 行 768 - 770 的文本和翻译在一些细节上尚不确定,此处的翻译可能只能表达接近的意思。建议参考多个版本。
② 参见丹尼斯顿和佩吉对《阿伽门农》行 757 - 762 所作的注释。同时可以参考劳埃德-琼斯的《阿伽门农》译本中对同一段落的注释,他对此表达了同样的观点。另外,还可参考本书的下一则注释。
③ 《阿伽门农》行 705 以下反映了梭伦的观点,梭伦的残篇 1.7 以下、5.9 - 10（丹尼斯顿和佩吉都引用过,劳埃德-琼斯在讨论这一点时亦有引用）的确为这种（转下页注）

也与本段的戏剧语境及其戏剧目的保持一致,因为它紧接在歌颂宾客之神宙斯成功报复帕里斯之后,又借助了化身为厄里倪厄斯的海伦,同时又正好在阿伽门农归来之前。而阿伽门农,因其对伊菲革涅亚所做的事,以及他父亲的恶行,将面临来自克吕泰墨涅斯特拉的相似的惩罚。①

本段的重点在下一肃立歌中得到了重复,在阿伽门农归来之后,歌队的担忧清清楚楚直指国王本人。在这段中(行 1008 - 1021),我们又回想起"稳重地扔出一部分货物"可以挽救一只负载过重的沉船,而"鲜血一旦流出"就不可能再收回。不过,无论是帕里斯还是阿伽门农的处境之中,财富都并未缺席。作为帕里斯的新娘,海伦曾被称作"财富的温柔装饰品"($ἀκασκαῖον... ἄγαλμα πλούτου$,行741),而阿伽门农也将在"地毯戏"中受到浪费地炫耀财富的诱惑。或许正是因为这个原因,在第四曲次节,即国王进场前的最后一段,强调了过多的财富带来的危险,它提出了警告:

> 正义在烟雾弥漫的茅舍里闪光,她所重视的是正直的人;
> 对于那些金光耀眼的宅第,如果那里面的手不洁净,她却掉头

(接上页注)观点提供了一些支持;另外,丹尼斯顿和佩吉引用的梭伦"残篇"3.7 - 9 中将 $ὕβρις$ [狂妄]称作无力控制 $κόρος$(巨大财富)的无能以及这种无力导致的后果,即 $ἄτη$ [毁灭]。不过,梭伦与埃斯库罗斯之间似乎还是可能存在一些区别的。第一点,梭伦对于灾难的讨论往往与财富相联系,而在《阿伽门农》行 758 - 771 以及可以与之相提并论的行 1008 - 1021 中则不是这样——在后者中,"鲜血一旦流出"的危险与过多的财富可以避免的危险作了对比。第二点,尽管《阿伽门农》行 758 - 762 与梭伦"残篇"1.7 - 32 都提到不义行为(在梭伦那里,不义行为又一次指的是非正义地获得财富)将影响后代,但是梭伦的观点是无辜的后代可能会因祖先的不义而遭受惩罚,而埃斯库罗斯的观点则认为,进一步的不虔敬行为将会再生。另外,梭伦的一些段落(比如"残篇"1.63 - 70)中认为,命运($Μοῖρα$)似乎将善的礼物与恶的运气有差别地分配,把在灾难降在好人身上,而把好运送给恶人,而这一观点同样看起来与埃斯库罗斯的这段话的意思相对立。

① 参考《阿伽门农》行 1412 - 1577,特别是行 1412 以下以及我在下文中对这些段落进行的讨论。

不顾,去到清白的人家,她瞧不起财富被人夸大的力量,尽管它被人错误地印上赞扬。(行772–781)

所以,尽管最初强调 τὸ δυσσεβὲς ἔργον 即不敬神的行为而非众多的财富导致了家族一再发生的灾难,但是"危险的财富"这一主题仍然存在。这是一个与公元五、六世纪的希腊人相适宜的主题。或许,埃斯库罗斯笔下的歌队毕竟并没有比梭伦超前太多。

5. 第三场（阿伽门农与克吕泰墨涅斯特拉）与第三肃立歌（行 782 - 1034）

在歌队以预示性的诗句结束了他们的歌唱之后，阿伽门农[30]带着他俘虏的特洛伊公主卡珊德拉，迈着胜利的步伐登上舞台。这一段的主要意义，当然在于国王与克吕泰墨涅斯特拉之间的冲突。不过，第一个向国王致辞并得到回复的，是歌队长而非王后。这一点很重要，这样才更容易使国王的第一段台词采用向城邦致辞的形式；而另一点也很重要，那就是一开始就进场的公民们应该将他们的欢迎与克吕泰墨涅斯特拉对此的密谋相区分。在这里，诗人遇到了真正的麻烦。歌队的部分"主题"功能是借助一些有关神的惩罚的线索，解释阿伽门农不为人知的过去，在这一段中，如我们所见，则是公民们替死去的阿尔戈斯人发出的诅咒。另一方面，这些公民代表的根本忠诚必不可少；否则，谋反的克吕泰墨涅斯特拉与埃奎斯托斯可能看起来不仅代表他们自己以及复仇精神（alastor）进行复仇，也代表了阿尔戈斯人民的意愿。埃斯库罗斯用天才的简洁解决了这个棘手的问题。在隐秘地警告了那些虚伪的欢迎者们不要阿谀奉承之后（行 788 - 798），歌队（通过歌队长）坦承他们过去的担忧，并明白无误地声称他们现在的忠诚：

你曾为了海伦的缘故率领军队出征,那时候,在我的心目中,你的形象(不瞒你说)配得十分不妙,(在我看来,)你没有把你心里的舵掌好,用人们的性命去换回一个自行其是的荡妇。① 但是现在,我发自内心地喜爱那些成功地实现这份担当的人。(行 799-806)

阿伽门农就如他之前的薛西斯王一样,是一个悲剧受难者,他在舞台上的表现几乎全无个性特征。他当然有传统的得胜君王角色一样的庄严和意气风发。除了这个印象以外,或者说,我们应该对此进行更好的补充,即他的这段内容丰富的开场演说(行 810-854)的主要作用在于其悲剧性的反讽,这种反讽以其最简明同时(在紧张的境况下)也是最有效的形式得以呈现。在他的第一句台词中,阿伽门农将阿尔戈斯的神明(θεοὺς ἐγχωρίους)称为他洗劫特洛伊时的帮手(μεταιτίους,行 811),殊不知他们很快就将加入毁灭阿伽门农本人的行动中去。ἄτης θύελλαι ζῶσι("阿忒的风暴还在继续"),他让我们想起了特洛伊那硝烟弥漫的废墟的生动画面;然后,好像是为了强调他那无意识的反讽,他将毁灭特洛伊的阿尔戈斯猛兽比作一只凶猛的狮子,跳过城墙,[31]舐舔王室的血液(行 827-828);这个形象与狮崽形象(行 717 以下)相呼应,狮崽形象又引出了特洛伊的祸根海伦,并且预示了卡珊德拉在后文中提出的"胆怯的狮子"形象,即埃奎斯托斯(行 1224),他此时正在与海伦的姐姐密谋推翻他们的君主。在演讲的第二部分中,阿伽门农

---

① θάρσος ἑκούσιον [自愿的勇气],行 803,对此,F 本、Tr 本和默雷、黑德勒姆、汤姆逊以及其他人一样,认为这指的是海伦。不过,这个表达很复杂,也可能如其他一些校勘者(比如弗伦克尔、丹尼斯顿和佩吉)想的那样,它本身就有讹误。另一方面,丹尼斯顿和佩吉所注解的阿伦斯对 θράσος ἐκ θυσιῶν [从献祭中来的勇气] 的猜想("利用献祭[例如伊菲革涅亚的献祭]为将死的人恢复勇气"),比起其解决的问题,反而在语境中增添了更多问题。

王无意识的反讽更接近眼下的情况,他提醒歌队,他有能力察觉善意的假象;对话在阿伽门农温和的允诺之中达到高潮,他将在必要的时候将对政制的疾病实施"火烧或刀割"。

在阿伽门农的讲辞中,人们试图找出一些可以指责的、或者至少是个人的(并且是致命的)特征,在随后发生的阿伽门农与克吕泰墨涅斯特拉就是否要踩上地毯的争执中也是如此。比如,有人指出,国王在提到洗劫特洛伊中他与诸神的关系时($\mu\varepsilon\tau\alpha\iota\tau\acute{\iota}o\upsilon\varsigma$,行811),表现得过于自负,①但是这种解释在面对行 813 以下的声明时必然坍塌,即神在决定特洛伊的命运时已经做出了公正的判断。或许在与克吕泰墨涅斯特拉进行对话之前,阿伽门农的演讲中有一个值得注意的个性特征,他对殷勤的王后表现出明显的冷淡:他首先对话的是"阿尔戈斯以及本地的众神明"(行 810 - 811),然后是歌队(行 830 以下),等到最后终于转向克吕泰墨涅斯特拉了(行 914 以下),最初没有任何亲密之意,反而是要责怪她过度的欢迎。但以近处的卡珊德拉和远方的伊菲革涅亚为背景,就算是阿伽门农行为的这一特点,也很难看出高度个人化的反应。

总的来说,想要在阿伽门农的这一幕中寻找某种潜在的性格化是误入歧途。剧作家其实已经采用大量手段,为即将到来的灾祸制造必要的戏剧性期待(从国王本人的过去到其家族的历史)。当然,这个肃剧角色的单独出场需要表现一定的高贵、崇高之感。这在其前两段演讲中得到了很好地展现,在这些段落中,他对神明的 $\varphi\vartheta\acute{o}\nu o\varsigma$("恶意"或曰"嫉妒")有充分的认识,他甚至(也许带

---

① 有关的例子见于西奇威克(Sidgwick)、维罗尔(Verrall)以及黑德拉姆在这个部分所作的评注(弗伦克尔对他们所作的这个联系都进行了批评)。而在我看来,弗伦克尔则过度强调了这位国王的虔诚以及"彬彬有礼"的品质。格罗斯曼(Gustav Grossmann)(《普罗米修斯与奥瑞斯忒亚》[*Promethie und Orestie*],页 230)的观点则更加贴切,他指出,在其生命的最后时光之中,阿伽门农的举止赢得了我们的某种尊敬之情;另外,正如我在上文中所做的一样,格罗斯曼也强调了阿伽门农在这一幕中的"不知情"所带来的悲剧性反讽意味。

有某种反讽意味地)表明了人类应当进行"正当的思考"(τὸ μὴ κακῶς φρονεῖν,行927),这种戏剧效果直到他最终"放弃他那更好的计划"而顺从王后的意愿时,也没有彻底消失。除此以外,戏剧的焦点事实上集中于他在舞台上所表演的行动,而非对他个性或动机的质疑。

接着发生的是克吕泰墨涅斯特拉与阿伽门农之间的冲突,这是整部戏的戏剧性高潮:"戏剧性"指的是阿伽门农要在观众的目光下,[32]为他在奥留斯对神灵和王室所做的狂妄的(hybristic)暴行作出具有象征性的说明;而这种"戏剧性"同时也指的是克吕泰墨涅斯特拉(同样在观众的注视下)所制定的打败并控制阿伽门农的象征性方式,她很快将在关闭的宫门后执行这些行动。由于到目前为止,克吕泰墨涅斯特拉的整个表演是本剧中对灾难最有力的戏剧性准备,此刻,我们或许可以对前文中她的表演所达到的效果稍作回顾。

我们在前面已经看到开场、前三场肃立歌以及传令官的三段演讲全都以十分不同的方式,为即将发生的灾难建立了戏剧性期待。这些预示的绝大部分是以反讽的方式呈现的:在表面的胜利与昌盛之下,灾难即将降临的事实正逐渐浮出水面。克吕泰墨涅斯特拉在这其中的贡献也颇具反讽意味,但是其方式有所不同,因为她和守望人、歌队以及传令官的不同之处在于,她清醒认识到凶兆的潜在含义,这构成她的言辞的重要部分。在她有关内疚的情感、谋杀的意图的含蓄表达和看似清白的言辞中,展现了她戏剧性格的本质部分。我坚持认为,如果这一点是可接受的,那么,要说这种性格在本戏中是一个贯穿始终的戏剧事实,①就必

---

① 一些批评家在很大程度上削弱了埃斯库罗斯肃剧中的"性格"或者"戏剧个性"的因素;比如道维的《埃斯库罗斯情节与性格之矛盾》("Inconsistency of Plot and Character in Aeschylus"),页21-62(不过,道维并没有讨论《阿伽门农》中的克吕泰墨涅斯特拉);以及劳埃德-琼斯翻译的《阿伽门农》页6-8的导言。同时(转下页注)

须从一开始就辨别清楚它在整部戏的结构中所起的作用。克吕泰墨涅斯特拉和这部肃剧中的其他要素一样，是为了行动及其意义而存在的。通过她是什么（即她如何影响所有与她有联系的人）与她说了什么，她必须让观众逐渐认识到，即将发生的悲剧不可避免。

我们对克吕泰墨涅斯特拉的第一印象——注意，这个印象与本戏中的行动直接相关——来自守望人那令人震惊的台词，他将这个对他下命令的女人的心性描写成"一个有男子气概，盼望胜利的女人是这样命令我的"（γυναικὸς ἀνδρόβουλον ἐλπίζον κέαρ，行11）。这种坚决和机敏的男子品性，总是抓住合适的时机一再出现，比如在她轻蔑地驳斥歌队时（当时，歌队担心她像那些轻信的女人一样，过快相信阿伽门农获胜的传闻），以及在她激动地迎接火光信号时（行281-316）。克吕泰墨涅斯特拉在本剧中是说服术的女主人，而她自己唯一信服的劝说（τίνος ἀγγελίας κειγϑοῖ；行86-87，歌队提出疑问），是她有充分的理由可以相信的。

[33]在有关陷落城邦的那段生动而具有预言意味的演讲中（行320以下），王后将她的期望伪装成恐惧：等待胜利者的将是种种危险（每一件都将实现），她将这一含蓄的反讽暗藏在演讲的线索之中。但是，迎接阿伽门农的那两段演讲（第一段即听罢传令官带来的消息之后所说的台词[行600-614]，第二段即国王本人在

（接上页注）还可以参考我对后者的评论，见科纳彻，《对劳埃德-琼斯〈埃斯库罗斯：阿伽门农〉的评论》（"Review of H. Lloyd-Jones *Aeschylus Agamemnon*"，载于 *Phoenix* 25，页273），其中也讨论了这个问题。如果要从一个不那么极端的角度出发讨论这个主题，可以参考伊斯特林的《埃斯库罗斯作品中的性格表现》（"Presentation of Character in Aeschylus"）。另一方面，最近的一些研究倾向于过分强调埃斯库罗斯塑造人物时的个人的、"心理上的"因素，比如（与《奥瑞斯忒亚》相关的作品有）格罗斯曼的《普罗米修斯与奥瑞斯忒亚》页223-241各处；以及温宁顿-英格拉姆的《克吕泰墨涅斯特拉与雅典娜的投票》（Clytemnestra and the Vote of Athena）。

场时她面对公民的演讲[行 855 以下])才使我们得以完整地把握克吕泰墨涅斯特拉的反讽所具有的特征及其意义。在这两段演讲中,一个丈夫离家、忠贞不渝的女子、明显的"珀涅罗珀式"(Penelope-tone)清白,掺杂了一种恶意的个人化的反讽。对王后自己(以及观众)而言,这种反讽表明她秘密地、愉快地拥抱那即将到来的行动。在这里,剧作家的目的是双重的:第一,我们能想象的国王被害的场景越生动,我们对这场灾难的期待也就越强烈;第二,我们越是看到王后在她秘密的想象中的欣喜,我们越是感到一系列悲剧——戏剧性地呈现为对她意志的依赖——不可避免。由于克吕泰墨涅斯特拉的反讽(ironies)并非只有欺骗:她常常铤而走险,又回过头坚持一些敏感话题,诸如母爱、爱情(夫妻之间的以及通奸时的)、锋利的武器、罗网以及伤口等等。在欺骗与做一个忠贞的妻子之间,两种意图相互斗争,克吕泰墨涅斯特拉对自己的表里不一乐在其中,这一方面是因为用清白的语言表达她那罪恶的想法,让她感到十分痛快,另一方面则是她为即将到来的行动感到兴奋。因此,克吕泰墨涅斯特拉的语言在很大程度上正是这个女人她本身的一部分,正如她所用的比喻之下潜藏着的邪恶含义正是其预示的复仇行动的一部分。

我认为,这一切对于情节以及整部戏剧都至关重要,因为,根据我们迄今为止对肃立歌以及戏剧内容所作的诸多讨论,不难看出,对悲剧必然性的理解日益增长,而且这种理解来自许多不同的方面,这在本剧"前灾难"(pre-catastrophe)部分中呈现出必不可少的张力。也正因为这样,将大量的戏剧性表现力用在灾难的动因(agent)上,也是正确而且适当的。另外,倘若克吕泰墨涅斯特拉在不断进行毁灭一切的行动中表现了她自己——同时也塑造了一种埃斯库罗斯肃剧中罕见的个性——也仍然不会损害"人物"对"情节"的从属关系。

如果说克吕泰墨涅斯特拉男性的一面在这些初步印象中显得

特别突出的话,那么在迎接国王的演讲中以及"地毯戏"①对他的象征性胜利中所展现出的则是女性的要素。[34]克吕泰墨涅斯特拉的自信与歌队欠考虑的怀疑(他们认为女人具有过于轻信的天性)之间的冲突在克吕泰墨涅斯特拉对歌队轻蔑的评论中达到高潮,那时阿伽门农的胜利消息已经得到传令官的证实("有人责备我说……女人的心灵就是这样容易激动!"行590－592)。但是王后很快就将这种对胜利的自信与她现在扮演的角色相协调:

> 因此,我还是举行了祭祀,以女人的方式,一处接一处在城内各处欢呼胜利……(行594－596)

她通过传令官带给她丈夫的消息(行600－614),其思想和语言在各个方面都充满了女性特质,其中的贞洁意味对于眼前的情况而言可谓恰到好处:其一是恰当的婚姻("我要如何以最好的方式迎接我那尊贵[αἰδοῖον]的丈夫……? 对于一个妻子而言,还有什么比为远征归来的丈夫打开大门更加甜蜜的事呢?"行600－604);其二是贞洁的忠诚("……这长久的时间内,爱情的封印都毫发未损",行609－610);最后是通奸("……说起从别的男子那里来的快乐,我根本不了解,就像我不了解金属的淬火一样。"[行611－612]——这是一个令人惊异的说法,其比喻性的暗示使我们联想到了克吕泰墨涅斯特拉过去的通奸以及她接下来要参与的屠杀;这又一次证明,克吕泰墨涅斯特拉的语言,哪怕是在证明自己的清白,事实上也是在宣告她的罪行)。在她下一次开口之前(在阿伽门农的面前),克吕泰墨涅斯特拉只可能一直沉默地站在台上,直

---

① 对于克吕泰墨涅斯特拉在《阿伽门农》中的角色的考虑,与《奥瑞斯忒亚》中的一个更大的问题有关,即"男－女冲突",对此一些批评家作了大量的讨论工作;参考下文第三章的附录,节3。

到第二场戏和第二肃立歌的最后,不仅如此,她还要等到歌队长迎接阿伽门农时的劝诫和国王的答复全部结束才能开口。① 这种舞台实情帮助我们注意到王后演讲中的这种高度符合传统的性质,它为修辞和直接的交流都留下了充分的余地:在这种戏剧情境中,观众不难接受国王与王后在他们各自的开场演说中没有直接向对方致辞。我们已经看到国王在与他的妻子说话前,要先向城邦(包括歌队)致辞的戏剧性动因。至于王后(如果对这一过程的传统理解可以被认可的话),通过向公民公开演讲,她可以从与丈夫的间接沟通形式中得到更多东西。在某种意义上,她可以"对"国王说话,谈论她这些年来作为一个独守空房的女子的经历,这对于歌队(他们知道[35]很多)是一层意思,对她的丈夫(他毫不知情)而言是另一层意思,而对她自己(她知道全部真相)而言则有第三种含义。此外,在这段台词中(行 855 – 913),王后对国王的致辞逐步从隐晦走向直接,从而使她最终向阿伽门农看似随意地提出至关重要的要求,进而将演说推上高潮。

在看似是对歌队所作的公开演说(行 855 – 876)中,王后带着潜伏着危机的反讽,又回到了她先前夫妻忠诚的主题上去:

> 市民们,……表白我对丈夫的爱情(或者说是"爱男人")的方式(τοὺς φιλάνορας τρόπους),我并不感觉羞耻:因为,人们的羞怯(τὸ τάρβος)在随着时间而消失。(行 855 – 858)

但是这个主题很快又褪去了,同时网眼与伤口的谋杀意象(而且都被安排在看似清白的上下文中)逐渐涌入克吕泰墨涅斯特拉的脑海因为此时她真正看到了她的受害者。这样,她报告了在阿伽门农征战时困扰着她的所谓的"恶毒的谣言"(在这种情况下,这些谣

---

① 参见本章附录 2。

第一章　阿伽门农　　59

言本身表达得含糊不清）：

> 假如我的丈夫所受的创伤真如传言所说的那样多，那么他身上的伤口会比网眼还要多！（行 866-868）

一旦开了头，克吕泰墨涅斯特拉就无法放开阿伽门农在战场上受伤这一意象。她强大的极富想象力的修辞建立在她真实而热切的希望之上——她希望看见国王被残害（那划破了的浴袍很快就将取代渔网），然后她将他描述为一个三身怪物，以适应不断传来的有关他受伤的消息，当她追随他到他的坟墓，她继续描述用来埋葬他的三件大地的泥袍。

直到我们意识到她的话语的新主题，才逐渐发现她致辞对象的转变——在第二段演讲中（行 877-886），克吕泰墨涅斯特拉向国王本人说话，解释了奥瑞斯忒斯不在场而在福基斯人斯特罗菲奥斯（Stophius the Phocian）家中。

> 因为这些原因，我们的孩子，你我盟誓的保证人，应该在这里却又不在这里……我是说奥瑞斯忒斯。你不必诧异。（行 877-879）

此处的所有格代词（在某个可怕的瞬间我们以为克吕泰墨涅斯特拉或许指的是伊菲革涅亚）成为直接向[36]国王本人传达命令（μηδὲ θαυμάσῃς τόδε[你不必诧异]）的转折点。

在她演讲的第三段（行 887-894）中，王后这一次改用直接而且私人化的语言（ἀμφί σοι，在行 890 和行 893 都有重复）夸张地表达她在阿伽门农不在时感到的担忧与痛苦。同样地，这里的个人反讽具有微妙的弦外之音：

>……我在梦中看见你所受的受苦比与我共眠的时间内（所能发生的）还要多。（行 893 - 894）

的确，这是个罕见的怪念头：用"与我共眠的时间"①代替"我睡着的时间"，是为了暗示克吕泰墨涅斯特拉是在秘密回忆另一个通奸的床伴。

最后，在她的结束语中，克吕泰墨涅斯特拉抛弃了较为直接的对国王说话的形式，而是向国王采用一系列奉承的、高度修辞化的呼语（apostrophes）。其中一些过多地涉及保家卫国的男子气的形象（"船上保证安全的前桅支索，稳立在地基上撑持大厦的石柱，"行 897 - 898），但它们同时也巧妙地包含了一系列自然的"慰藉"比喻（"绝望的水手们意外望见的陆地"行 899；"暴风雨过后的好天气"行 900；"口渴的旅客的泉水"行 901），注定将全剧推向下文中的血腥高潮。②

"让嫉妒离开！"（φθόνος δ'ἀπέστω，行 904）。颂词在惯常的结束语中戛然而止（不过在这里仍带有反讽的特征），③在正式演说部分结束后，王后突然说出了唯一一句私人化的亲热话，吩咐国王下车：

>现在，亲爱的人啊（φίλον κάρα），为了我，请从您的战车上

---

① 对此，弗伦克尔与丹尼斯顿—佩吉比较了品达的"第九首皮托凯歌"行 23 以下的内容，但是，在那个文本中，是"睡眠"而非"时间"被称作是"甜蜜的床伴"；同时，在这个关于睡眠的说法中，有关性的隐晦含义在于纯洁的昔兰尼（Cyrene）的唯一床伴这一说法。同时可以参考罗米利（de Romilly）在《希腊肃剧中的时间》（*Time in Greek Tragedy*）页 43 - 44 中，对这类拟人手法在心理上所起的重要意义所作的评论。

② 参考下文将要讨论的行 1389 - 1392。

③ 比较克吕泰墨涅斯特拉的感叹句和阿伽门农在同一时刻的表达，当阿伽门农受到诱惑而走上紫色地毯时，他真诚地表达了恐惧，见行 921。

第一章 阿伽门农

下来吧,但是,主上,特洛伊的征服者,请不要将你的脚踩在地上。婢女们,为什么拖延时间……?快铺好紫色地毯,让正义之神将他出乎意料地引入他的家中。(行 905 - 911,有删节)

阿伽门农先是阻止他们铺开紫色地毯以及与之相伴随的"卑躬屈节的欢呼"(χαμαιπετὲς βόαμα,行 920)。他对这一拒绝做出了意料之中的传统解释:他憎恨蛮族暴君的礼仪(行 919 - 920),他担心侵占了只属于神明的荣耀而使他们嫉妒(行 921 - 925)。至于他后来为什么在克吕泰墨涅斯特拉的压力之下完全改变了心意(尽管他声称他不会改变,行 932),似乎很难找到一个合理的解释。[37]我认为这原因很简单,那就是剧作家并未考虑为我们作出解释。不过,最后,阿伽门农和克吕泰墨涅斯特拉的台词中有两三条暗示可以引导我们更好地理解这个结尾。

在与克吕泰墨涅斯特拉进行短暂的争执之前,阿伽门农描述了一种理智(mind)状态,而一旦他接受了王后踏上紫色地毯的邀请,他就失去了这种理智。

> 保持头脑健全(τὸ μὴ κακῶς φρονεῖν)是神赐的最大礼物。
> (行 927 - 928)

但正如歌队很早以前就告诉我们的那样,阿伽门农在奥留斯时失去这种理智,

> 他受了强迫戴上轭,他的心吹起"变化的风",不洁净,不虔诚,不畏神明,他从这一刻转了念头(φρονεῖν),胆大妄为。
> (行 218 - 221)

克吕泰墨涅斯特拉此时正是利用了阿伽门农缺少"健全的头脑"

(尽管他拒绝邀请)这一弱点。我们应该首先注意,国王提出传统的希腊道德观念,而克吕泰墨涅斯特拉巧妙地拒绝了从这个角度为此事争辩(行919－925)。事实上,这一行为野蛮的一面("如果是普里阿摩斯获胜,你认为他会怎么做?"行935)并承认这会引起人的嫉妒(行937及行939),事实上都被克吕泰墨涅斯特拉加以利用,进而支持了她的诉求。阿伽门农试图(尽管这是一场失败的战役)阐明传统的道德观:"不,人民的声音是强有力的。"(行938)

但是克吕泰墨涅斯特拉发言中的关键暗示在行933中出现了。"你在恐惧的紧急关头,会不会向神许愿,要做这件事(指"踩上紫色地毯")?"这个问题肯定是在暗指伊菲革涅亚的献祭。诚然,这个暗示似乎是她提出这个问题的最主要理由,因为(正如一些编校者所指出的那样)对神许愿要做冒犯他们的事情,乍一看似乎有些不可能。① 如果不省略,王后的想法似乎是这样:"你说你不会做这件事,因为它会冒犯神明和文明人,因为它会毁了你美好的名声?然而(想想奥留斯以及你在那里的所作所为),如果你陷入绝境,唯有发誓做出这样的事情才能得以解脱,[38]你难道不会发誓吗?——正如你为阿尔忒弥斯付出罪恶的代价一样?"阿伽门农回应道:"是的,如果一个完全知晓这一问题的人(比如奥留斯的卡尔卡斯)指示要进行这一仪式……"(行934),这似乎表明他平静地接受了她的观点。② 当然,这场争论并没有说服阿伽门农;国王继续抵抗,但是剧作家在这一交锋一开始就让克吕泰墨涅斯特

---

① 例如,可以参考丹尼斯顿和佩吉对行993－994所作注释的最末处。至于这些句子的字面含义(尽管并不是为了解释这里暗示的弦外之音),我受益于弗伦克尔精彩的注释以及他在注释中提到的参考文献(特别是肯尼迪[Kennedy]和黑德勒姆)。我也支持大部分现代编校者对 ἐξεῖπον 的理解,这是奥拉特斯(Auratus)对行934处 ἐξεῖπεν 的修订。

② 伊斯特林(Easterling)在《埃斯库罗斯的人物呈现》("Presentation of Character in Aeschylus")页17－18中也作出了类似的判断,他也发现阿伽门农在这段对话中中十分含蓄地提到了奥留斯(尽管与克吕泰墨涅斯特拉的说法无关)。

拉暗示我们这个事实,即阿伽门农最终将会像在奥留斯时那样(或者说正是在奥留斯发生的事情会让他这样做),继续做出错误的——而且致命的——道德抉择。

在这个情况下,国王作出让步的真实方式是出于戏剧性而非道德或者心理上的考虑。在接下来的两段合唱抒情歌中,大量描述"劝说"(佩托)的力量,也就是海伦自觉或者不自觉地彻底加在帕里斯身上的那种力量。在下文的灾难结束之后,歌队将指出海伦和克吕泰墨涅斯特拉之间的灾难性联系,认为她们是恶神摧毁坦塔罗斯(Tantalus)双弦(在此指的是阿伽门农和墨涅拉俄斯)的执行人,同时,三联剧接下来将继续强调所有冲突中至关重要的"男女对立"面向。因此,阿伽门农在"地毯戏"中的纯粹象征性的失败,应该是最终受到一种简单的女性诱惑影响,这是适宜的。阿伽门农尽管还在反抗,但是他已经将王后的善辩称为"不女人的"(行940)了。克吕泰墨涅斯特拉紧接着就"扮演起了女人":"让步对强者而言是适宜的。"(行941)以及"让步吧:如果你心甘情愿地退让于我,也就显示了你的强大"(行943)。阿伽门农屈服了。①

因此,这一幕中的推力,整部戏的戏剧性核心几乎完全是象征性的。正如薛西斯在赫勒斯滂(Helespont)建桥的"暴行"是他的狂妄(hubris)的象征,他进攻希腊,违背波斯人的莫伊拉(moira,命运

---

① 我遵循韦伊(Weil)以及默雷(牛津古典本)对行943的解读。总的来说,学者们(为数众多,在此不一一列举)在解读这个场景时总是倾向于走向极端。我们对克吕泰墨涅斯特拉墨特拉在"男女冲突"中的胜利太感兴趣了,以至于有时候未能足够关注到阿伽门农实际行为,阿伽门农的确是受到了引诱。从另一个角度说,在其他研究中,这个不敬行为本身被过分夸大了,好像国王为了这事就必须得死。在最近的评论中,勒贝克的《奥瑞斯忒亚》页74-78、伊斯特林《埃斯库罗斯笔下的人物》(*Character in Aeschylus*)页17-18以及塔普林(Taplin)的《舞台艺术》(*Stagecraft*)页311-312都很好地解释了这一行为,与实际行为完全相反,他们强调了这一行为的象征和暗示意义。另外,学者们也都注意到这一场景中的一系列饱含深意的意象,特别是"用脚践踏"这一说法,勒贝克就曾指出(页74),"这是贯穿三联剧的……一个隐喻,它描述了亵渎神圣的罪孽"。

女神),因此,阿伽门农踏上紫色地毯这一行为是一种公开展示,是在奥留斯的狂妄行径在舞台上的象征,因为在奥留斯发生的事情才是他冒犯人与神的真正暴行。① 这一点以及克吕泰墨涅斯特拉在舞台上象征性地战胜了她的丈夫,都预言了即将发生的血腥胜利,这也就是这一幕的核心目的。因此,这一幕中三个人物的重要性恰恰表明:阿伽门农反讽性地强调理智的道德判断能避免轻率的行为;王后那同样的反讽含蓄地提醒他在奥留斯已经不得不做出了轻率的行为;对女性化的佩托的(纯粹戏剧性的)强调,则是借以耍计谋的手段。一些注疏家②认为,这种遭遇与在奥留斯时一样,阿伽门农被宙斯派来的阿忒夺去心智(wits)而发疯。而我倾向于认为,阿伽门农在奥留斯所作毁灭性的决定,诱使阿忒继续在他身上产生影响。我认为,这个观点可以得到前面引文的支持,在有关卡尔卡斯以及在可怕的境况下[39]作出相似的邪恶决定中,我们都可以看到这种反讽性的提示。不过如果只是考虑这一幕,这两个观点之间的差异或许没有那么重要,但这个差异却能让我们认识到,无法避

---

① 几位评论家对这一解读进行了深化;而另一个方面,琼斯煞费苦心地反对这个解释:参考他在这个地方对汤姆逊、芬利(Finley)(他总体上赞同芬利在其著作《品达与埃斯库罗斯》中的观点),以及基托等人所作的损害性的引用(琼斯,《论亚里士多德与希腊肃剧》[*On Aristotle and Greek Tragedy*],页85以下,页85,注2)。琼斯指出,阿伽门农在此对狂妄的恐惧源于他感到他玷污了"刺绣得如此精美的作品"(行923,同时可参考行949),也许是有道理的;不过,鉴于他忽略了这一幕(如行932-933)的其他效果与弦外之音,即我们注意到它们都是与争论相关的"心理化"或"精神化",比起那些被他指责是"丢弃了文本中明明白白写着的信息"的人,他似乎更应该受到批评。

② 参考劳埃德-琼斯的《阿伽门农之罪》页196-197以及道维的《有关阿忒与悲剧性过错的反思》("Some Reflections on Atê and Hamartia")页109-110。这一行为的非理智方面[阿伽门农给出了不服从克吕泰墨涅斯特拉之要求的理由,然后,尽管他在行932中很肯定他不会改变他的心意,他却突然变卦了]使这样的解释颇具吸引力。但是,文本并没有任何迹象表明要指向阿忒,除非把它当作阿忒的一种形式,即受说服女神(Persuasion)引诱(在这里是克吕泰墨涅斯特拉卑劣的说服),在其他地方说服女神被称作是"阿忒的孩子"(行386)。

第一章　阿伽门农

免却是毁灭性的决定与行动本身,更重要的是什么。

在国王开始踏上通往宫殿的紫色地毯的毁灭之路时,克吕泰墨涅斯特拉的台词证实了这一幕的象征意味。在她生动的想象中,来自无限的海洋的紫色河流(ἔστιν θάλασσα-τίς δέ νιν κατασβέσει,行958)已经成为阿伽门农王室血液①的河流,即将从他道德的伤口中流出,"印染的织物"(εἱμάτων βαφάς,行960)正呼应了我们在行612中已经注意到的、罪恶的 χαλκοῦ βαφάς [染色的铜]。她此时如此愉快地赞成这个念头,即践踏家中拥有的"取之不尽的"储藏,这让我们想起阿伽门农之前对特洛伊王室的可怕掠夺,与一系列新的"起保护作用的自然形象"("酷热的天狗星下的阴凉……冬日的温暖……夏日宜人的凉爽。"行966-971)形成反讽性的冲突,而此时王后则称阿伽门农为返家的一家之主。但是,在国王踏入宫殿之后,她不再克制她对 τέλειος [全能神]宙斯的呼唤(行973),即"全能神宙斯",向发生在我们眼前的狂妄行动复仇。

阿伽门农踏入宫室,歌队适时地突然唱起恐惧的诗歌,飘忽不定(ποτᾶται,行978)又暗中嘟哝(βρέμει,行1030),未回答的疑问和无名的恐惧。用这样的形象表达这种恐惧也是恰当的:"我是未受邀请也没有报酬的预言家……"(行979),这样,卡珊德拉一直处于庄严的沉默中,而在克吕泰墨涅斯特拉离开舞台时,她突然唱起了预言歌。理性的担保——"自从动身去了奥留斯,已经过了很久……"(行983以下),②"我如今亲眼看见他凯旋归来!"(行988-989)——并不起效:"自信并不坐在(ἵζει,行982:一个美好的、安定

---

① 参见戈欣(Goheen)的《〈奥瑞斯忒亚〉的三种研究》("Three Studies in the Oresteia")页199-120;勒贝克《奥瑞斯忒亚》页81(关于这一点,他在注释7中参考了戈欣的研究)。
② 学界对于行983-985的准确文本及其含义多有争议,未有定论;参阅西奇威克、弗伦克尔以及丹尼斯顿和佩吉的评注版本,较好地选取了编校者的观点。不过,很显然(尤其是在弗伦克尔的注释中),歌队谈到要解开奥留斯的缆绳——并试着让自己相信在奥留斯所遇到的麻烦现在已经被埋葬在遥远的过去了。

的词,与 ποτᾶται [飘动]相对,行 978)我心中的宝座上"(行 980 - 983),以及歌队内心一直吟唱着的"厄里倪厄斯的挽歌",这一切都为即将发生的残酷事实埋下了辛辣的伏笔。

第二组分节诗(行 1000 - 1034),出于对其原因、补救措施以及(第二曲次节中)无法挽回的灾祸的恐惧,这种灾难进一步扩大了。在第二肃立歌的结尾,有一段类似梭伦式的[40]对"祸福"次序的回溯(健康与它的邻居疾病[νόσος],行 1003 - 1004;繁盛[πότμος εὐθυπορῶν]与暗礁,行 1005 - 1007)。但是,"鲜血一旦流出"就不可挽回,这与仅仅由财富带来的危机(这可以由谨慎的丢弃来解救,行 1008 - 1021)形成鲜明的对照,这种对照与其所包含的形象化描述①一样,无疑是埃斯库罗斯式的。

这段抒情诗以自我安慰结束,与它的恐惧同样隐秘:

> 如果按照神的旨意,人既定的命运(moira)不会阻止另一个命运(moiran)走向僭越,那么我的心将比我的舌头更快,把这些恐惧全部说出来。(行 1025 - 1029)

这一段极为隐晦,对它的解读历来有很多版本。② 歌队是在说,他

---

① 参考丹尼斯顿和佩吉引用的《七将攻忒拜》行 767 以下的内容。其中同样使用了从一艘满载的船上抛弃财富这一意象,但在那里,与之对比是由"挥之不去的"家族诅咒的应验实现的(而不是像过多的财富带来的危险那样可以免除)。
② 西奇威克、汤姆逊与丹尼斯顿和佩吉都和我一样,对这个段落进行了研读,尽管在解读上稍有不同。而弗伦克尔的处理方式则很不一样:"既定的命运并没有阻止我从神明那里分得更多……"(同时可以参考他对行 1025 - 1029 的注释);但是这个条件从句与结论句之间的联系似乎很模糊,此外,还有一个很奇怪的地方,那就是在一个从句之中出现了莫伊拉的两个非常不同的用法("总体上的命运"与"我独有的份额"),也没有任何线索表明这两者之间存在联系。正如劳埃德-琼斯所认为的那样,这个文本也没有给出任何暗示,(歌队的意思是)阿伽门农作为国王的权利,限制了歌队作为臣民的权利,防止其超出限度。但是,也许与莫伊拉的身份相关的任何结论都容易因主观性受到指摘。

们将保持平静,因为他们相信篡权者的事业将不可避免地被另一个人的命运(moira)(这里指的是奥瑞斯忒斯的命运)所终结,正如阿伽门农的命运为他们所终结一样?还是说因为他们相信阿伽门农的命运肯定会被克吕泰墨涅斯特拉的命运终结,正如伊菲革涅亚的命运是被阿伽门农终结的一样?歌队没有详加解释,他们又回到了暗中嘟囔之中,他们"内心焦灼如焚",却无力祈求有利的希望。

6. 第四场,包括第一段哀歌("卡珊德拉戏")（行 1035 – 1330）

在克吕泰墨涅斯特拉与国王预示性的一幕中,特洛伊的卡珊德拉("她是从许多战利品中选出来的花朵,军队的犒赏",行 954 – 955)坐在幕后,坐在她的战车里。在克吕泰墨涅斯特拉战胜阿伽门农之后,她转而来与这位国王的情妇对峙,不过,尽管在此之前语言是她最强大的武器,但是它在卡珊德拉的沉默面前败下阵来。先是讨好的讽刺("据说就算是赫拉克勒斯,也不得不忍受奴隶吃的肉汁",行 1040 – 1041);然后是恶意邀请她参加庆典("献祭的雌牛已经备好……",行 1056 – 1057);最后是赤裸裸的威胁("她准是疯了,而且除非她流血、力气用尽,否则她就不知道要如何忍受嚼铁的束缚",行 1064 – 1067);这一切,却只招来歌队喋喋不休的申辩。卡珊德拉什么也没有说——直到她的敌人在整部剧中第一次被打败,离开舞台。

部分作为抒情手段,部分作为戏剧人物,卡珊德拉在影响观众的想象力上处在歌队与其他戏剧角色之间。在阿伽门农进场前,盛大的肃立歌[41]给舞台投下了厚重的阴影,不过,迄今为止在舞台上布下阴影的是与阿伽门农、伊菲革涅亚以及与特洛伊直接相关的过去。阿波罗的祭司卡珊德拉的任务是揭示阿特柔斯的暴行

第一章　阿伽门农

所导致的最初的诅咒,那眼下即将发生的恐怖事件,另外,她还将通过预言性的只言片语,揭示此后的一连串的受苦。过程、原因以及结果都将在一个不受时间限制的重要时刻得以揭示,而除了卡珊德拉,没有人能够将这一切全都说出来。① 而卡珊德拉同时又是一个受难的人,正是因为这一事实,这一幕才显得尤其沉痛。她曾经是阿伽门农热情的盟友,②克吕泰墨涅斯特拉手下愤怒的受害者,以及阿波罗预言力量所调用的被动工具。因此,她那徒劳的警告中包含着极度痛苦,这与其认识到必然发生之事后冷静的顺从奇妙地混合在一起(这种混合是埃斯库罗斯式受苦[pathos]中的核心)。

卡珊德拉的台词可以分为两个主要部分:其一是对答部分(行 1072 - 1177),在这一部分中,回答她胡乱的抒情诗的首先是抑扬格的三音步,然后(行 1121 及以下)是歌队激动的五音步;其二是一系列抑扬格、三音步的平白演讲(行 1178 及以下),中间穿插了与歌队的轮流对白。不过,正如与歌队的对答部分一样,卡

---

① 在某种意义上,在《波斯人》中的大流士是《阿伽门农》中卡珊德拉的戏剧性先驱。和卡珊德拉一样,他所拥有的超自然力量让他得以将远古时的历史(那悬于波斯王族头上的劫难)与现在以及将来的灾难相联系。当然,大流士暗示了薛西斯本人的罪过,这一罪过是导致他厄运的直接原因(《波斯人》行 742 - 752,行 782 - 783)。在这部戏中,卡珊德拉也对阿伽门农做出了同样的指责,这一指责与她对国王的态度(见下一则注释)并不一致;另外,诗人在前文中已经对阿伽门农命运的这一侧面进行了处理。

② 卡珊德拉对阿伽门农的忠诚与欧里庇得斯在《特洛伊妇女》(参见《特洛伊女人》行 356 - 364)中的卡珊德拉截然相反,在欧里庇得斯笔下,卡珊德拉作为阿伽门农的执矛之妻(spear-wife)的主要贡献是她促成了他的毁灭。而在《阿伽门农》中,卡珊德拉绝望地试图提醒歌队注意克吕泰墨涅斯特拉的谋杀意图("别让公牛接近母牛……!"行 1125 - 1126)似乎是在证明她特有的忠诚。将这一段内容,以及她在后文中对作为谋杀阿伽门农的凶手的克吕泰墨涅斯特拉所表现出的敌意,都简单地理解为反映了阿波罗的恶意,这当然是可能的,但是看起来不应该是这样。她的表达,尤其是在后文的抑扬格段落中,似乎反映出一种具有人类性质的对王后的憎恨。但就算是这种对卡珊德拉的十分有限的"性格化"处理(正如我在对这一幕的处理中试图证明的那样)也是出于方便戏剧表现的考虑。

珊德拉的抒情诗逐渐被一些抑扬格的三音步引导的句子(从行1082开始)控制,歌队长也是如此,他一开始使用三音步时十分冷静(行1074以下),但逐渐也被卡珊德拉的语言和举止影响,并(在行1121及以下)彻底抛弃三音步而投入了(主要是)激动的五音步之中。① 同样地,在卡珊德拉"平白的演讲"中,她试图更为冷静地解释并预言,但是她那沉着的抑扬格三音步最终被更激动的二步格(行1214、行1216)以及其他激动的语言符号(比如行1256)取代。

卡珊德拉的歌词有三个主题:因阿特柔斯的暴行而引起的原始诅咒;即将发生的谋杀阿伽门农事件;最后是她自己的被害,其中穿插了特洛伊往昔光荣的幻象。她(也许是无意识地)将这一切部署在一个复杂的模式之中,但是她进入一种迷狂的、受神灵启发的状态,在这些过去与未来的骇人事件中,从一个重要时刻到另一个之间没有理性"联系"。在这个部分中,卡珊德拉急促的舞蹈动作伴随着激动的抒情式呐喊的节奏,必然构成了整个戏剧效果的核心部分。我们可以从歌队长疑惑的评价中窥见其动作的丰富与夸张,[42]他时而将她比作追寻血迹的猎狗(行1093-1094),时而将她比作被神迷惑的疯子(行1140)。

卡珊德拉第一次开口(行1072及以下),是对阿波罗恐惧的呼喊(歌队对此吃了一惊,毕竟阿波罗与哀悼又有什么关系呢?),她将阿波罗称为是毁灭她的人(行1080-1082)。② 几句诗过后她抛弃了这一主题,但在这里,它预示了先知卡珊德拉自己的厄运,卡珊德拉将结束她抒情部分的台词。在中间(行1085-1129),卡珊

---

① 有关这种报复计划的复杂韵律及它与卡珊德拉台词的主题之间的关系,可以参阅弗伦克尔在页487-488,尤其是页539-540有独创性的探讨,包括他引用的韦伊对这一幕的正式结构以及重要性所作的评价。

② "Ἄπολλον" "Ἄπολλον" / ἀγυιᾶτ', ἀπόλλων ἐμός (行1080-1081):埃斯库罗斯式的巧妙的双关语,对于翻译而言是一个艰巨的挑战。

德拉的歌唱用一系列生动而没有关联的暗示表明，阿波罗的预言常常侵入她的感知。首先是通过屠杀的腥臭味认出家族的宅邸，满地血迹以及最终"确凿的证据"（行1095），梯厄斯忒斯被害的孩子们，"哀悼他们的肉被烤来给他们父亲吃了。"这些足以让歌队认出："这些事情我们无需任何先知！"（行1099；参考行1106）。

现在注意力转移到了阿伽门农的谋杀案上：

> 啊！她在密谋什么？……一件莫大的祸事，那是亲友们所不能容忍而又不神圣的；援助的人却远在天涯。①（行1100，行1102-1104）在她为丈夫沐浴干净后——那结局我怎么讲得出来呢？——她的左右手正轮流地伸出来——（行1108-1111）啊！可怕啊！这新的幽灵是什么？是死神的罗网吗？但是这妻子就是这罗网，这场谋杀的帮凶（行1114-1117）。看哪！看哪！让那公牛远离母牛！她用长袍抓住他，然后用她那黑角作为武器重击他！……（行1125-1128）

这一系列迅速、光怪陆离的细节，卡珊德拉本人面对它们时的恐惧反应，以及将象征与事实融合在一起的可怕的形象化描述——这些手法都极大地加强了发生在我们眼前的行动的紧迫感，同时也传达了卡珊德拉的想象。

（这种将象征与真实融合在一起的例子中，最震撼人心的是行1116和行1126-1128这两个相互联系的形象。其中的第一个形象［但是这妻子就是这罗网！］延续了著名的"罗网意象"，即歌队对于宙斯的正义笼罩帕里斯与特洛伊的处理［行357-361］。在这

---

① 将这个人看作奥瑞斯忒斯（如古代评注家所认为的那样）似乎很有吸引力，而且这样也可以为卡珊德拉此时的预言增添另一个维度。但是，现代编校者（参见弗伦克尔以及丹尼斯顿和佩吉的注释）普遍反对这个观点。

里,"象征"与"被象征物"又一次融合在一起[正如我们看到当阿特柔斯之子因为鹰的盛宴这一预兆(行135-138)而受到"指责"那样],阿伽门农实际上是被勒紧了的浴袍杀死的,浴袍被武器捅破,就变成了网。由此,我们也可以比较,克吕泰墨涅斯特拉在描述战场上的阿伽门农时,她想象的形象中即是对同样的谋杀事实作出的预言:"听他们说,他身上的伤口比网眼还要多!"[行868],[43]行1126-1128难解又大胆的形象中再次重复了这种象征与真实相融合的手法。"让那公牛远离母牛!"显然是象征性的语言。不过,在下一句中,无论我们是将 $\mu\varepsilon\lambda\alpha\gamma\kappa\acute{\varepsilon}\rho\omega \ldots \mu\eta\chi\alpha\nu\acute{\eta}\mu\alpha\tau\iota$ ["用黑角作为工具"]与 $\tau\acute{\upsilon}\pi\tau\varepsilon\iota$ [攻击]相联系,还是与 $\dot{\varepsilon}\nu \ \pi\acute{\varepsilon}\pi\lambda o\iota\sigma\iota\nu\ldots\lambda\alpha\beta o\tilde{\upsilon}\sigma\alpha$ [用长袍抓住他]相关联,上述牛的形象都不可避免地与谋杀的文字细节发生关联。)①

至于歌队,他们(或许是诚实地)②声称不理解这些对即将到来的暴行的想象。不过,他们在卡珊德拉歌词的影响下,对她的情感(如果不是她意识的爆发)所作的回应从沉着冷静的抑扬格三音步转变为自由的五音步(行1121及以下,行1132及以下)。他们的动作也开始跟随卡珊德拉狂乱的舞步。

---

① 西奇威克和丹尼斯顿-佩吉将 $\mu\varepsilon\lambda\alpha\gamma\kappa\acute{\varepsilon}\rho\omega \ldots \mu\eta\chi\alpha\nu\acute{\eta}\mu\alpha\tau\iota$ 与 $\tau\acute{\upsilon}\pi\tau\varepsilon\iota$ 相联系;而韦克雷恩(Wecklein)与弗伦克尔则将其与 $\dot{\varepsilon}\nu \ \pi\acute{\varepsilon}\pi\lambda o\iota\sigma\iota\nu \ldots \lambda\alpha\beta o\tilde{\upsilon}\sigma\alpha$ 放在一起理解。如果我们采纳了后一种理解,就可以得到一幅画面:克吕泰墨涅斯特拉将浴袍"紧紧攥在身前,就像母牛的角一样"(丹尼斯顿和佩吉解释了韦克雷恩的这一句法结构,但是他们并不支持他的观点)。

② 歌队完全能够理解卡珊德拉有关阿特柔斯家族过去历史的言论(行1105-1106、行1242-1244),但却声称他们不能理解卡珊德拉的幻象和对即将发生的谋杀的预言(行1112-1113、行1119及以下、行1130及以下、行1245)。而在卡珊德拉预言自己的死亡时(行1162-1163、行1295及以下、行1321)歌队又的确是明白她的意思,尽管这一点很奇怪,但这符合阿波罗对卡珊德拉的惩罚(行1212)。也许,在安排歌队不能理解有关阿伽门农将死的预言时,诗人进一步挖掘了有关阿波罗对卡珊德拉的惩罚这一内容的含义,从而帮助巩固歌队不参与戏剧行动的传统。同时,他们对卡珊德拉将面临的命运表现出的怜悯更加深了这一幕的情感力量。

第一章　阿伽门农

　　在她的唱颂的最后几节(行 1136－1172)，卡珊德拉回到她最初呼喊"阿波罗，我的毁灭者！"中所预示的主题。通过这位唱颂者的质问(未点名且漫不经心地指向阿波罗)，轻易地接上了前文被弃置的线索："你为什么要将我带到这里？除了置我于死地，别无解释！"(行 1138－1139)。预言取代了幻想，然后是哀悼的预言。语气变得更加悲凉(歌队将此比作夜莺的歌声)，随着卡珊德拉的自我意识逐渐苏醒，她的思想转而向内关心自己的命运，回到往昔在斯卡曼德(Scamander)河畔的记忆中，抑扬格的诗行开始闯入五音步中。[①] 因为现在有关特洛伊的回忆与死亡的意象交织在一起(行 1156－1161、1167－1172)；帕里斯的婚姻与家族的灾难交织在一起(行 1156)；家乡的斯卡曼德河与即将见到的冥府的河流交织在一起(行 1157；行 1160－1161)；普里阿摩斯无济于事的祭献与即将流淌成河的、她自己的血液交织在一起(行 1168－1172)。卡珊德拉抒情诗中这种并置，一半是将她自己与阿伽门农的死，一半是普里阿摩斯与阿伽门农两个家族的命运，绝非毫无意义的奇想。(卡珊德拉)对毁灭者阿波罗的呼唤预示了三联剧后文中对(阿尔戈斯的)保护神阿波罗的呼唤。在第一肃立歌中，宙斯对帕里斯所行的正义，正是即将降临在阿伽门农头上的宙斯正义的范例，[②] 正如海伦对帕里斯的诱惑所预示的那样，第二肃立歌中，克吕泰墨涅斯特拉在"地毯戏"中诱惑了阿伽门农。正如帕里斯是卡珊德拉不幸的开端，海伦也正是阿伽门农厄运的开始。而现在，在克吕泰墨涅斯特拉的献祭中，卡珊德拉与阿伽门农的血将融汇在一起。

　　"卡珊德拉片断"(Cassandra episode)的第二部分，也是更长的一部分，是由抑扬格的三音步写作的(即，卡珊德拉和歌队长的歌词

[①] 参见行 1138－1139、行 1148－1149、行 1160－1161、行 1171－1172。
[②] 卡珊德拉使用"罗网意象"来描述克吕特谋杀了阿伽门农，这个段落再次唤起我们的回忆，正如歌队在第二肃立歌中使用罗网意象来描述宙斯因帕里斯的罪行而惩罚特洛伊。

在形式上都是戏剧的,而非抒情歌式的),其形式与下文中的三个主题恰到好处地相对应。卡珊德拉的三段演说,每一段都更长一些,其后都有四行歌队长的评价或质疑以及一段他与卡珊德拉的对话;卡珊德拉的最后两段祈祷(一段是对公民,一段是对神明),之后接着是一段惯常的有关人类命运的尾声(行1327-1330),由此结束了这一幕。卡珊德拉的三段演讲,无论是在内容、情绪还是演讲者对公民歌队的态度上,都在彼此之间形成鲜明对比。前两段演讲分别处理家族诅咒的两条线索,即梯厄斯忒斯的罪过与阿特柔斯的罪过及其影响。第一段演讲(行1178-1197)在风格上既强烈又清晰,带着明确的目的说服歌队(行1194-1197),让他们相信演讲者。第二段演讲(行1214-1241),在来自阿波罗的新幻象的影响下,采取了先前的抒情表达方式,生动而又疯狂;她揭示了诅咒即将实现,这与演说的后半部分中对克吕泰墨涅斯特拉的激烈咒骂相交织;而在最后(行1239及以下),卡珊德拉对是否有人相信她表现出轻蔑的漠视。在第三段演讲中(行1256-1294),又一次受到阿波罗的启发,画面依然与杀人的王后有关,但这一次,她的受害者是卡珊德拉自己。不过,在这段演讲中,这一幻象的力量是信仰,卡珊德拉她本人将注意力首先指向毁灭她的神明,然后又转向了将为她和阿伽门农复仇的人。这段演讲(不像前面的两段演说那样)以一段无视歌队的自言自语(行1286-1294)结束。

现在我们可以更细致地看看这三段演说,进一步研究其戏剧性语境中所暗含的动机。

> 我的预言不再像躲在面纱后的新娘,而是明白而清新的,如一阵狂风呼啸向黎明,一场比我现在所说的灾难更加惨烈的不幸,现在将在初升的朝阳中爆发。(行1178-1183)(卡珊德拉由此将自己的命运与阿伽门农更加可怕的命运相对比。)

第一章 阿伽门农

在这幅震撼人心的画面中，风的清新与光明，水与阳光在波浪的力量下交融，卡珊德拉清晰地说出了她的目的：她的话语将清晰而令人恐惧，她的目标是要说服歌队，让他们相信她说的是事实。因此，她借用了歌队在前文中评价她的预言能力时所使用的形象：

[45]请你们给我作证，证明我嗅着气味，紧紧地追查那古时候造下的罪恶踪迹。（行1184 – 1185；同时参考行1093 – 1094）

"古时候造下的罪孽"先将卡珊德拉引向从未离开这个家的厄里倪厄斯亲姐妹，一支"狂欢的歌队"（κῶμος），她们喝了人血之后变得更加无所顾忌（参见行1186 – 1190）。这当然也是在以另一种形式提及梯厄斯忒斯的孩子们的被害，但是，这一次揭露的新特点在于强调复仇神早就在场，以及下文中提到的将复仇神引入家族的最原始的罪恶（πρώταρχος ἄτη）：

她们（指复仇神）坐在这古老的宫殿里，唱起歌儿，唱的是那开端的罪恶（πρώταρχος ἄτην）；一个个对那个哥哥的床榻表示憎恶，仇恨那玷污了床榻的人。（行1191 – 1193）①

这一段的显著特点是，它强调，是梯厄斯忒斯的通奸，而不是由此引发的阿特柔斯残害梯厄斯忒斯的孩子们这件事，是 πρώταρχος ἄτη，即家族诅咒的开端和将复仇神一次次引入家中的由头。这一强调或许在下文中戏剧性的语句中可以得到解释：是由于卡珊德拉对阿伽门农一方的忠诚，在其他地方有明显的证

---

① 我认为 δυσμενεῖς（行1193）是主格，而 εὐνὰς ἀδελφοῦ 则是"兄弟床榻的通奸"，即"与兄弟的妻子通奸"（正如它注定发生的那样），作为 πατοῦντι 的宾语。可以参考丹尼斯顿和佩吉在这个位置的注释。

据,①此外在更宏大的主题中,与梯厄斯忒斯之子埃奎斯托斯的命运有关,他可能因此被认为是继承了厄里倪厄斯的憎恨和他父亲淫邪叛逆的性格。② 由此引申开去,可以看到这也就加强了对国王不贞的妻子克吕泰墨涅斯特拉的偏见。

> 是我说得不对,还是我像一个弓箭手那样射中了目标?难道我是个假先知……? 请发誓为我作证,证明我确实知晓这个家族自很早以前就犯下种种罪恶。(行1194-1197)

卡珊德拉在这段演讲中的第一个意图在这最后的几句话中得以呈现,而歌队长也在答复中答应了她的请求(行1198-1201)。正如《被缚的普罗米修斯》中的普罗米修斯那样(行824),她将自己是先知的证据建立在她通晓过去发生的事件之上,而特别的是,她的听众对这一切也都很清楚,但这种超自然力量却无法解救她自己。不过对于戏剧中的张力而言同样重要、甚至是更加重要的

---

① 卡珊德拉对阿伽门农的忠诚不仅表现在她试图提醒歌队长他正身处危险之中,而且体现为她对克吕泰墨涅斯特拉以及埃奎斯托斯(阿伽门农的取代者)表现出的轻蔑,另外还表现在她有意回避了阿伽门农献祭伊菲革涅亚这一事实,而这与他即将到来的厄运相关。参考马宗(Mazon)的《埃斯库罗斯》卷二(*Eschyle* II),页7。同时也可以关注卡珊德拉伤心欲绝地将阿伽门农称为"我的主人"的段落(行1224-1225)。

② 令人惊讶的是,评论家很少注意到卡珊德拉对梯厄斯忒斯的通奸行为的强调(她称之为 πρῶταρχος ἄτη);参见弗伦克尔在行1193处的注释以及他对布鲁恩(Bruhn)和梅蒂斯(Méautis)的相关引述;弗伦克尔指出,很多注疏家将梯厄斯忒斯孩子的被害看成是一系列狂迷行为的开始。在维拉莫维茨翻译的《阿伽门农》的导言中(《希腊肃剧》,页ii. 4)(弗伦克尔的注释中引用了他的导言),他倒确实评价了在这里对梯厄斯忒斯的通奸的"提及",但他认为它在卡珊德拉的台词中并不明显。弗伦克尔虽然批评维拉莫维茨没有看出这场通奸就是 πρῶταρχος ἄτη,但是他自己也并没有公允地评判卡珊德拉对此的强调,他认为"对于复仇神而言,谋杀是最重要的时刻……但是在诗人的构思中,两者(通奸与谋杀)构成了一个罪恶的复合体。"

是，这段话进一步提醒我们，"这群疯狂的厄里倪厄斯"（在卡珊德拉独特的想象中）实际上居住在克吕泰墨涅斯特拉迎接国王的宫殿中。

[46]接下来，歌队长进一步询问卡珊德拉，这对于卡珊德拉戏的剩余部分中的逻辑与戏剧动力都至关重要。卡珊德拉终于获得了歌队的信任（或者看似如此），在向满怀困惑的歌队解释她所知道的一切时，她必须解释为什么她的预言总是得不到信任。作为情人的阿波罗赋予她这项天赋；而被抛弃的阿波罗则惩罚了她。

——你是如何被阿波罗的盛怒所惩罚的？
——我不再能让人们相信我的预言。（行1211-1212）

卡珊德拉在"坦率的演说"中证明了自己的力量，并宣称要打破神的惩罚。为了强调这注定是徒劳的，侵入她灵魂的神圣力量突然又复活了（行1256及以下），在下文一连串充满警告意味的画面中，她看到梯厄斯忒斯被害的孩子们坐在家族宫殿之前，手中端着供他们父亲品尝的肉。

"对于这些罪过，我告诉你们，有人在密谋报复！"（行1223）。紧接着是对埃奎斯托斯（"一头胆怯的狮子，住在家中，纵情享受主人的床榻"，行1224-1225）以及克吕泰墨涅斯特拉（"那可憎的恶狗[行1228]，住在石洞里的斯库拉（Scylla）[行1233-1234]，狂暴的，恶魔式的母亲[行1235]，将丈夫捧上天，然后置他于死地"，行1229-1230，意译）的冷酷描写。这段演说戛然而止："这些事不管你们信不信，这都一样，要发生的事一定会发生……"（行1239及以下）卡珊德拉记起了阿波罗惩罚的力量。

在她的第三段演讲中，卡珊德拉着重关注她预见的第三个画面，这是关于她自己的死亡的。在这一段预言中，尽管受害者现在已经明确是卡珊德拉本人，但实际上，她的命运和阿伽门农的命运在几个方面交织在一起,从对这一主题的抒情诗式的处理就可以看出这一点。首先是狮子的意象,在前文中它被用于联系海伦以及特洛伊的毁灭(行 717-736),并与埃奎斯托斯密谋杀害阿伽门农相联系(行 1223-1225),现在它又出现了,只不过是以一种奇怪而不同的形式出现的:

> 这头两只脚的母狮子——当高贵的($εὐγενοῦς$)雄狮不在家的时候,她竟然和狼勾结——她将要杀害我,不幸的我啊。(行 1258-1260)

其次,卡珊德拉预言奥瑞斯忒斯的归来,称他为"我们的复仇者",她又一次将自己的命运与阿伽门农的相联系,正如下面的句子(行 281-285)所清晰表现的那样,奥瑞斯忒斯作为他父亲的复仇者将重点重新带回三联剧的核心主题,[47]即阿特柔斯家族以血还血的复仇循环。最后,对阿波罗及其恩惠(这或许也是这段讲话中最令人惊异的特征)的处理或许比卡珊德拉自己所认识到的还要重要。在她预言了自己的死亡之后,卡珊德拉愤怒地扔掉了来自神的信物(insignia)(行 1264-1268),然后在可能的程度上,她又驳斥阿波罗遗弃了她。但是,如同传令官在第二场中预言性的呼唤(行 512),她预言中的复仇者,正是"医神阿波罗"的代理人。阿波罗的两个侍从——一个预言了复仇并且即将死去,另一个则执行了复仇并且生还——在卡珊德拉对他们的描述中,暗示他们都是流浪的逃亡者(行 1273-1274;行 1282)(一个在其生命的最后,另一个则在其事业的开端)。

因为卡珊德拉与阿伽门农的命运发生了关联,所以这两个人的命运就又都与特洛伊的命运息息相关。在她独立又突然"个人化"的演讲尾声中(行 1286 及以下),正是因为她意识到了这三者之间的联系——特洛伊的征服者终被报复——卡珊德拉才会为自己和阿伽门农的死感到安慰。(在这里,我们确实在某种程度上可以看到一个欧里庇得斯的卡珊德拉的影子。)

在卡珊德拉第三段演讲的最后,我们已经注意到,这里出现了一种戏剧可能性的古怪延伸。① 歌队原本拒绝相信(他们甚至不愿意去理解)卡珊德拉有关阿伽门农之死的预言,现在他们又清晰地表明(行1295-1298)他们充分地理解了有关她自己的预言;诚然,歌队长在他最后与卡珊德拉的交谈中,向她表达了对厄运的惯例性安慰(例如,行1301-1304)。有人可能会问,神的惩罚力量——即没有人相信卡珊德拉——是否会在扔掉他的信物之后也随之消失? 或许剧作家可能并不在意这里的不一致性。或许,卡珊德拉的预言不能得到信任这件事已经完成了其戏剧使命,即为歌队无法答复卡珊德拉的警告提供了原因,使卡珊德拉受挫,从而为她提供了转变其表达思路的契机。

无论如何,卡珊德拉的预言能力都未曾削弱;的确,这种感知能力为这一幕提供了一个很好的结尾:在她进入宫殿时,她就开始因逼近她的"坟墓中的恶气"(行1311)而退缩。卡珊德拉在结束她的这场戏时仍然延续了她自始至终都葆有的力量与高贵,她宣布愿意赴死($ἀρκείτω\ βίος$,行1314),召唤人们来见证她的死亡,又呼唤神明为她和阿伽门农复仇。

[48]歌队发表了一段简短的抑抑扬格的演说(行1331-1342),从而将卡珊德拉戏与发生在幕后的阿伽门农与卡珊德拉的被害分隔开来。歌队在此的评论局限于与人类繁荣假象有关的敷衍的道德性陈词滥调上。但是,它为我们提供了埃斯库罗斯作品中的另一种范例,即歌队有限的戏剧作用(正如我们在卡珊德拉戏中所看到的那样),与他们作为戏剧行动的评论者的传统角色之间,应当如何进行区分;而后一种身份,在此,歌队评论的基础在

---

① 参考上文相关注释。

于，他们在这个时候已经接受了阿伽门农即将到来的死讯，尽管歌队长在前文中对卡珊德拉关于这件事的预言感到困惑与不确定（行1249及以下）。

7. 第五场,以及第二段哀歌(幕后的谋杀及其后续)(行 1343–1576)

国王被谋杀之时,他在幕后的清晰呼喊指出了他的致命创伤,歌队戏剧角色与传统角色在这里又一次在短暂而略显尴尬的冲突(行 1346–1371)中相遇。从戏剧角色来说,歌队是一队忠诚的长老,他们曾宣布他们忠于国王(行 783–809)。因此,这些长老(整个段落分配给十二位歌队成员,每人各唱两段)至少可以对如何发出警报(行 1348–1349)、如何面对攻击者(行 1350–1351)、如何在僭政(tyranny)下体面地死去(行 1364–1365)等等,进行表态。对歌队的传统角色来说,这种形式当然是不可取的,为解决这个问题,诗人采用了另一种戏剧手法,即允许歌队中的其他成员支持或反对这仓促发生的行动,以延迟事态的发展,直到谋杀显然已经结束,王后现身在舞台上,站在她的受害者尸体前(可能是通过转换舞台[ekkuklêma]展现的)。①

在谋杀了阿伽门农之后,克吕泰墨涅斯特拉有大段台词。在下文克吕泰墨涅斯特拉(说白,在后文中以抑抑扬格吟唱)与歌队

---

① 这幅在发生在内部的戏剧性场面是由 ekkuklêma(转换舞台)的方式呈现的(这是大部分学者的观点),还是有其他的安排,如安排一个不说话的场工进行背景的转换,这个问题参见塔普林在《舞台艺术》页 325–327 的讨论。

(吟唱)演说式的对话(epirrhematic exchange)中,①肃剧先前的一些主题以一种既令人震惊又具揭示意义的方式得以归纳。在这之中,最重要的是个人责任的问题,即对有意识地选择暴力行为负责,也许又可以理解为宙斯意愿或家族诅咒的实现。另一个重要的问题是,以更明确的形式再次重申,克吕泰墨涅斯特拉与海伦的角色相对应,是毁灭之神(阿忒)在阿特柔斯家族降下的女祭司。

[49]在她的第一段演说中,克吕泰墨涅斯特拉以最强的说辞承认了她要为谋杀丈夫负责及由此而感到的满足:

> 我还是站在我杀人的地点上,我的目的已经达到了。我现在就站在我刺死他们的地方,我实现我的计划的地方。(ἕστηκα δ' ἔνθ' ἔπαισ' ἐπ' ἐξειργασμένοις)(行1379)我是这样做的,我也不会否认这一事实!(行1380)
>
> 我刺了他两下……在他倒下时,又给了他第三下……(行1384-1386)

在古希腊肃剧中的其他演说中,从未有过如此频繁(共计有十次)、如此坚定地提及演说者对一行为的责任。谋杀的直接动机是为伊菲革涅亚报仇,即便如此,也得让位于王后身体上得到的满

---

① 早期的编校者用[kommos 哀歌]这个术语指称这段对话的后半部分(行1448-1576)。更晚近的编校者倾向于将整个段落表述为"演说式的作品"(epirrhematic composition),因为他们将术语 kommos 用于专指完全抒情诗式的二重唱,通常是用于表现歌队与演员(们)之间的悲叹。

下文中对这些段落的讨论有一部分是从我的论文《〈奥瑞斯忒亚〉的歌队与角色的互动》("Interaction between Chorus and Characters in the Oresteia")中摘取出来的,特别是页324-330的内容。[译按]据亚里士多德,《诗学》,前揭,页96:"Kommos[哀歌],派生自动词 koptein[捶胸顿足],参阅《奠酒人》行306及以下,重点参考行423)。事实上,在演员和歌队的轮唱中,半数以上的唱词不表示哀悼性的内容;由此看来,kommos 的含义或许会比词义所示的范围广一些。"本书中皆译为"哀歌"。

足——纯粹为自己个人精心策划的成就感到狂喜。在这里,有关超自然的、不可抗力的暗示尚未登场;事实上,在歌队第一次短暂的情绪爆发(行 1399 - 1400)之后,王后这同样的果断而个人化的言论语气更为强烈。

> 我告诉你,这就是阿伽门农,我的丈夫,他现在被我的右手杀死,成为了一具尸体……(行 1404 - 1405)

在与歌队对话了近一百行之后,同样是克吕泰墨涅斯特拉,却气愤地说道:

> 你将这件事想象成是我做的:但不要以为我是阿伽门农的妻子。(μηδ' ἐπιλεχϑῆς①/Ἀγαμεμνονίαν εἶναι μ' ἄλοχον', 行 1497 - 1499)。不,是那古老的、受苦的、降在阿特柔斯家族之上的复仇诅咒(ἀλάστωρ),化身为这死人的妻子……它让这个人还债,用主人的死,为那些孩子献祭……那些往昔的受难者。(行 1497 - 1504)

这态度上的变化十分惊人,这位妻子几分钟之前明显为谋杀丈夫一事感到狂喜。在此,让我们回到这段哀歌的开头(行 1407 及以下),看看这是怎么回事。②

---

① 不得不承认,μηδ' ἐπιλέχϑης 的确为我们造成了理解上的难度,尽管这个困难或许不像是弗伦克尔所说的那样不可逾越。这其中最难理解的是 μηδέ 放在一个简单从句后,把它删掉也并没有从本质上改变整个段落的含义,如果我们采纳斯卡利格(Scaliger)的提议,τηδ' ἐπιλεχϑείς,在前一个句子后没有停顿。("你……要这样考虑,我是他的妻子……")。丹尼斯顿和佩吉在他们的注释中支持这一观点。
② 评论家往往忽略了在王后一方的观点变化。例如,史迈斯提到,克吕泰墨涅斯特拉在行 1384 及以下的"残忍的喜悦",然后认为她"兴奋地抓住"家族恶神(转下页注)

在演说式的对话的第一部分中,歌队的演唱以简短的抒情诗节为主,而克吕泰墨涅斯特拉的回答则是抑扬格的三音步。歌队震惊于王后的罪行,先是以公民的憎恨、人民的诅咒($δημοθρόους\ τ'ἀράς$,行 1409)相威胁:这是对第一肃立歌中警告的反讽性回忆,在那里,因在特洛伊死去的战士,人民的诅咒直接针对的是阿特柔斯之子(行 456－457;参行 450－451)。克吕泰墨涅斯特拉现在将这些诅咒重新转回到阿伽门农身上,这促使她第一次为自己的罪行辩护:阿伽门农"就像杀害一头牲畜那样,将自己的女儿杀来献祭,以平息色雷斯的风暴。"(行 1415－1418)[①]但是,在第一次辩护中,王后依然将责任全部都揽在她自己身上。她警告歌队,只有胜利者(要么是她,要么是歌队)才握有决定权(行 1421－1425),她仍然是在讨论她自己的行为($ἐμῶν\ ἔργων$, 1420－1421)。歌队凝视着阿伽门农的鲜血,他们威胁说打了人定要挨打(行 1428－1430),也正是因为这一更为强势的威胁,让克吕泰墨涅斯特拉第一次提到了她的同谋,超自然的神(Dikê)与人类(埃奎斯托斯):间接地,这种提及逐渐被引向一种更无关个人因素的行为。

我凭那位曾为我的孩子主持正义的神($μὰ\ τὴν\ τέλειον$

(接上页注)的想法,而没有对两段话中所表达的态度进行对比。(参见史迈斯,《埃斯库罗斯肃剧》[*Aeschylean Tragedy*],页 170)温宁顿-英格拉姆在《克吕泰墨涅斯特拉与雅典娜的投票》("Clytemnestra and the Vote of Athena"),页 134－136)则发现克吕泰墨涅斯特拉在此处"改变了她的立场",尽管他对本段的分析与我们在这里的讨论分道扬镳。同时可以参考布雷默(Bremer)的《悲剧性过错》(Hamartia)页 127－128,他提到了在这段对话中,克吕泰墨涅斯特拉"径直走向了反面的立场",不过他并没有指出她是如何实现这一转变的。

① 想要从整体上把握行 1409－1437,可以参考蔡特林(Zeitlin)的《埃斯库罗斯〈奥瑞斯忒亚〉中不正当献祭的主旨》("The Motif of the Corrupted Sacrifice in Aeschylus")。她对歌队在行 1409 中将"献祭"与"诅咒"反讽性并置作了很好的评论,克吕泰墨涅斯特拉在行 1413 及以下的内容中对此进行了进一步的挖掘,从而将人们因阿伽门农的献祭而发出的诅咒重新回到他本人身上。

τῆς ἐμῆς παιδὸς δίκην),凭阿忒和复仇女神——我曾把这人杀来祭他们——起誓,我的希望不会踏入恐惧的殿堂,只要埃奎斯托斯点燃了我灶上的火光……(行1432-1436)

在这句话的前半部分中,尽管克吕泰墨涅斯特拉仍然将自己称作是这一行为的执行者,但是将 τέλειος [全能]用于 δίκη [正义]表明,宙斯的正义(在本戏中他不可能只是一个抽象的力量)至少是这场谋杀的助手。在这句话的后半部分中,王后提到了埃奎斯托斯,她在谋杀与通奸的同谋之人,另一个主角,促成了责任主题的有趣发展。但是,在这个时候,克吕泰墨涅斯特拉的想法又转了个弯。她想到卡珊德拉,这是国王的第二件暴行,想到被杀死的丈夫的情妇,这刺激她转向满足。很快,在她残暴的想象中,她偏离了卡珊德拉的道路,想起她自己通奸的床榻:

……她也是这样,这个男人的情妇,像一只天鹅,唱完她最后的临死哀歌,躺在这里,为我的餐榻送来奢华的美食。(行1444-1447)

王后提到埃奎斯托斯与通奸主题,都用于逐渐将"谋杀国王"[51]从个人选择行为的领域抽离出来,转向一系列非个人的过去:一个完美的悖论,因为这两方面都为克吕泰墨涅斯特拉提供了部分个人动机。当然,埃奎斯托斯要经由他的父亲,把诅咒直接引进阿特柔斯家族。现在,这一通奸让歌队想起了她的姐妹海伦,另一个让丈夫们蒙羞的女子,他们现在唱道:

……既然我们最仁慈的保护人已经被杀了,他为了一个女人(指海伦)的缘故吃了许多苦头,又在一个女人(指克吕泰墨涅斯特拉)手里丧了性命。(行1451-1454)

因此,歌队现在不仅责备克吕泰墨涅斯特拉,同时又越发强烈地指责起海伦来……

> ……疯狂的海伦……你用最后的无与伦比的荣耀装饰自己,这洗不掉的血。真的,这家里住着不可战胜的争吵之神($\hat{\eta}$ τις $\hat{\eta}\nu$ [Schütz] τότ' ἐν δόμοις ἔρις ἐριδμάτος),那是丈夫们的劫难。(行 1455 以及 1459 - 1461)

最后的这句话向我们暗示,厄里斯(争吵之神)与海伦之间存在着紧密的联系,这让我们想起了前文中将海伦与厄里斯(行698)、厄里努斯(行 744 - 749)相联系的片段;这同时也预示了克吕泰墨涅斯特拉对自己的认识,她将自己伪装成来自阿特柔斯之罪的 ἀλάστωρ (复仇的诅咒)的化身。① 在某种程度上,不贞的海伦是与通奸的克吕泰墨涅斯特拉联系起来——而且,通奸(无论是克吕泰墨涅斯特拉还是阿伽门农的通奸)至少为克吕泰墨涅斯特拉谋杀的刀锋增添了力量。不过,从另一个角度看,海伦变成了宙斯正义的工具,并如(早先)实现降在帕里斯与特洛伊之上的诅咒那样,实现了阿伽门农的诅咒或厄运。在这个角色中,在我们为眼前的暴行寻找起因时,她有能力引导我们回到遥远的过去——在战争之前,在伊菲革涅亚被献祭之前,在埃奎斯托斯之前:在克吕泰墨涅斯特拉行为的个人动机产生之前。

在早些时候(第二肃立歌),海伦被塑造为诱使帕里斯和特洛伊走向厄运的致命诱惑;而很快(在第二场中),克吕泰墨涅斯特拉

---

① 参考弗伦克尔在对行 749 的注释中所作的比较,即将海伦和(他所接受的)厄里倪厄斯在行 749 中之身份,以及将自己视为 ἀλάστωρ [复仇精神]、并化身为阿伽门农之妻的克吕泰墨涅斯特拉进行比较。

登场,同样作为佩托(说服之神,擅长提前给出忠告的阿忒之子)的化身,将阿伽门农引向他最终(象征性)的狂妄(hybris)行为。因此,现在歌队在对话中引入"海伦主题",正是克吕泰墨涅斯特拉对谋杀阿伽门农一事的个人责任的态度,从强烈坚持到强烈否认的转折点。[52]这个时刻的重要性体现在,歌队转而开始采用正式的颂歌形式,而克吕泰墨涅斯特拉则用抑抑扬格作答。

> 请不要把怒火转到海伦身上,说她是毁灭男人的人,好像她一个人就能让众多希腊人毁灭,并造就最惨痛的灾难。(行 1464-1467)

克吕泰墨涅斯特拉这样指责歌队;她的意思当然是应将指责转移到阿伽门农身上。但是,歌队尽管接受了她的指责,却将他们的愤怒转向了祖先时就在的恶神,它在坦塔罗斯的两支血脉(指阿伽门农和墨涅拉俄斯)上作恶,借助了两个女人的灵魂的力量(κράτος⟨τ'⟩ ἰσόψυχον ἐκ γυναικῶν——也就是指克吕泰墨涅斯特拉与海伦,行1470)。有关家族被恶神占据的说法产生了一种诡异的效果,歌队开场时对阿特柔斯之子所作的描述(行 43-44):"宙斯赐予的两个宝座、两根权杖,权力成双",这或许就是一种平衡,它象征了男性与女性之间亟待解决的冲突,无论是在神还是人的层面上,这个问题的解决只能在三联剧的最后才能揭晓。克吕泰墨涅斯特拉强烈赞同这一对"大嚼三餐的恶神"的指责,尽管她在这么做的时候无意识地宣告了她自己的毁灭:"在古老的痛苦尚未消除,新血①又将流淌!"(行 1479-1480)。歌队接着将这个因果关系往回拉

---

① ἰχώρ,行 1480,在这个语境中,这是指代"血液"的一个特别的词汇。或许它正是受到了希波克拉底的启发:"脓,不纯净的流出液"(impure discharge, pus);劳埃德-琼斯在他对行 1479 的翻译与注释中也是如此。

了一步,指向宙斯本人:

> *ἰὴ ἰὴ διαὶ Διὸς*
> *παναιτίου πανεργέτα* [哎,哎,由于宙斯,万物的起因,万物的肇始](行 1485-1486)

这样,歌队逐渐从他们最初强调克吕泰墨涅斯特拉的罪责(行 1407-1411、行 1426-1430),通过一个不断后退的次序,转向宙斯本人,他才是一切的根源。不过,一旦他们回到(在行 1489 及以下优美的叠唱曲中)对阿伽门农的哀痛之中,他们又回到克吕泰墨涅斯特拉邪恶的谋杀。但是现在,歌队的详细阐述帮助王后获得过去一系列冲突的鼓励,她已经完全可以义正严辞地否认她自己在这件事上的全部责任:

> 你将这件事想象成是我做的:但不要以为我是阿伽门农的妻子。不,是那古老的、受苦的、降在阿特柔斯家族之上的复仇诅咒,化身为这死去的男人的妻子……(行 1497 及以下)

当然,[53]尤其是在古希腊的观众看来,他们注意到的在克吕泰墨涅斯特拉身上视角的转变,并没有什么绝对的矛盾。不过,这种双重的决定因素在埃斯库罗斯肃剧中颇为常见,似乎以一种异常惊人的形式,谋杀犯通过一百行诗歌,首先从个人的角度,然后从超自然的角度解释她的行为,这两种解释彼此排斥。① 诗人巧妙地利用了这段演说式的哀歌——一种有效结合抒情诗与争论效果的手段,从而实现了这一高难度的转变。

---

① 也许,通过对克吕泰墨涅斯特拉罪责的含混处理,可以进一步了解有关阿伽门农在奥留斯所承担的责任问题。

第一章 阿伽门农

在克吕泰墨涅斯特拉结束了行 1497 及以下极端的言论之后,钟摆开始向后摆动。

> ὡς μὲν ἀναίτιος εἶ ⟨σὺ⟩
> τοῦδε Φόνου τίς ὁ μαρτυρήσων［有谁能为你作证,证明你在这场杀戮中无罪咎］(行 1505 – 1506)

"谁能说你是清白的……?"歌队问道,在下文的对话中,歌队和王后的话题都回到了眼下这个私人而个别的问题上来。克吕泰墨涅斯特拉将阿伽门农个人的罪过作为她复仇的理由(行 1525 及以下),①而在她为阿伽门农安排葬礼时,王后内心的邪念又重新积蓄了力量:她,一个杀死了他的人,将要把他埋葬;而她,②他因为她而被谋杀,却将在冥河之滨(ἀσπασίως … ὡς χρή,行 1555 – 1556)欣喜地拥抱他。

令人惊奇的是,在这段长哀歌的最后,歌队和克吕泰墨涅斯特拉竟达成一种苦涩的一致。歌队以自己的语言(φέρει φέροντ´,行 1562;παθεῖν τὸν ἔρξαντα,行 1564:"抢劫者必被抢……造恶者必遭殃")重复王后机智的格言:ἄξια③ δράσας, ἄξια πάσχων ("他自作自受,罪有应得……",行 1527),面对歌队的最后陈述:"这个家族与灾难之神阿忒已经紧紧联合在一起",克吕泰墨涅斯特拉她自己也极力赞同。的确,王后的最后陈词中,她试图和普勒斯忒涅斯(Pleisthenids)家的恶神缔结盟约,这是她所有台词中最趋于妥协的一段陈述。

在克吕泰墨涅斯特拉与歌队之间的这段非同寻常的对白中,

---

① 马宗在他为《阿伽门农》写的导言页 7 – 8 中指出,克吕泰墨涅斯特拉与歌队的冲突的重要意义就在于,对谋杀国王一事,可以有两个角度的理解。
② ［译按］指伊菲革涅亚。
③ 赫尔曼将行 1527 中的 ἀνάξια 修订为 ἄξια。

为了清晰起见,我集中关注戏剧与主题发展的主要线索。在其他多方面的影响中(包括我们只是匆匆一瞥的重大的变化与发展),①有一点尤其不容忽视:这些具有无法抵挡的身体影响力的形象,在所有事件上,都与谋杀及其执行者(即克吕泰墨涅斯特拉与阿特柔斯家族之中的恶神)有关。

随着情节的推进,这种影响力逐步[54]得到充分的展示,而它第一次出现是在克吕泰墨涅斯特拉绘声绘色地描绘她的杀人行径之时:

> 我像捕鱼一样,将他罩在严实的网里,这原是一件致命的宝贵长袍。(行 1382-1383)

她在前文"人性扭曲的形象"的高潮中,使用了一个比喻,用于描述她在谋杀中感到畅快:

> 他在那刺眼而血腥的屠刀之下断了气,他闪着光的黑色血滴溅了落到我身上,我高兴得不亚于麦苗在宙斯恩赐的甘雨滋润,正当抽穗的时节。(行 1389-1392)

在这残忍的形象之后,紧接着是王后同样可怕的怪念头,要把来自

---

① 克吕泰墨涅斯特拉第一次在死者的尸骨跟前夸耀自己的胜利时使用的抑扬格(行 1372-1406),让位给同歌队的演说式的对话,即歌队唱,克吕泰墨涅斯特拉答,首先是戏剧性演说的抑扬格三音步(行 1412-1425、行 1431-1447),然后,当歌队开始他们的正式颂歌(行 1448 及以下),用的是抑抑扬格的吟唱(行 1462 及以下,行 1475 及以下等,直至哀歌的最后。)想要了解有关这段唱白交替的场景中其他韵律上的研究与评论(除了这样简单地提示这个段落情绪上的紧张感不断增强之外),参阅克兰兹的《阿伽门农》中的两首颂歌》("Zwei Lieder des *Agamemnon*")页 312及以下,以及弗伦克尔,《阿伽门农》卷三,页 660-662。特别要注意弗伦克尔所注意到的,这场颂歌中间部分中的叠唱曲(ephymnia)的多次重复所产生的效果,它强调了歌队在此为国王送上的挽歌(thrênos, lament)。

"灾难诅咒的调缸"的奠酒倒在尸体上,因为阿伽门农生前在家里曾用诅咒灌满调缸(行 1397–1398)。

同样有关扭曲了的人性的形象在歌队回答克吕泰墨涅斯特拉时再次出现了。歌队不愿意相信她的话,他们指出(行 1407 及以下),只有吞食了长在地里的毒草,或是在海水里浮起的毒水,一个人才会做出这样的行为。王后在尸体前狂妄的自夸被解释为一种由血液引起的疯狂,再次采用了身体性的表达方式。

她心智激荡好像事件中的血液滴落($Φοινολιβεῖ\ τύχα$);在她眼中,滴滴血迹($λίβος... αἵματος$)清清楚楚地闪耀着(行 1427–1428):拟声词 $λίβος$("小滴",在此指血的滴落)反复出现尤其令人印象深刻。

克吕泰墨涅斯特拉将卡珊德拉下流地描述为"船舶上的情妇",[1]这更进一步预示了王后可怕而又典型的性格,她为对手的死感到异常喜悦(这又是一个有关"人性扭曲"的例子):

---

[1] 行 1442–1443: $ναυτίλων\ δέ\ σελμάτων\ ἱστοτριβής$(抄本一致):$ἱσοτριβής$(波夫[Pauw]),无论我们是否接受波夫的校正,克吕泰墨涅斯特拉这两行台词的意思大概是这样的。近年来,出现了一批文章为 $ἱστοτριβής$ 辩护,认为它是一个下流的双关语,或者有可能是将一个女人"服务"一个或多个男人的行为比喻为有关航海的下流词眼。参考科尼亚里斯(Koniaris)的《埃斯库罗斯笔下的一个秽词》("An Obscene Word in Aeschylus")以及蒂雷尔(William Blake Tyrrell)的同名论文,他与科尼亚里斯得出的结论是一致的,但是路径略有不同。(不过,他们的解读之间确实存在技术上的差异:总体来说我更倾向于科尼亚里斯的观点,即这个词在文中的意思是"海军娼妓";尽管卡珊德拉的行为对象被认为仅限于阿伽门农,但是在克吕泰墨涅斯特拉丰富的想象中,只要她有能力滥用这样的表达,她会大加采用。)同时可以参考博思威克(Borthwick)的《ΙΣΤΟΤΡΙΒΗΣ:补遗》("ΙΣΤΟΤΡΙΒΗΣ: An Addendum"),他在文中指出(除了进一步支持我们在此讨论的这个词的下流含义之外),扬(Young)在《〈阿伽门农〉中的温和药剂》("Gentler Medicines in Agamemnon")页 15 中对这个词已经做出了与前文所述的两位学者同样的解释,并且,他和科尼亚里斯一样,引用了斯特拉波(Strabo)(残篇,8.6.20)中的同样段落以支持他的解释。

> ……她为我的餐榻送来奢华的美食。(ἐπήγαγεν/ εὐνῆς παροψώνημα τῆς ἐμῆς χλιδῇ)(行 1446 – 1447)①

由于主题的发展从王后转向恶神的欲望,然后又回到王后身上,反复出现的形象改变了他们之间的联系。歌队将家族的恶神描述为站在尸体边上的食腐鸟(行 1472 – 1473)。克吕泰墨涅斯特拉重新使用了"大食三餐的恶神"(行 1476 – 1477)这个形象,[58]它"肚里产生了嗜血的欲望"(行 1478 – 1479)。歌队使用的短语"对可怕的不幸永不知足(ἀκόρεστον)"(行 1483 – 1484)结束了这一系列对恶神欲望的身体性描写。

随着哀歌接近尾声,歌队越发冷酷地强调鲜血,他们描述阿瑞斯"在亲属的血的激流中横冲直撞,他冲到哪里,哪里就凝结成吞没儿孙的血块"(行 1509 – 1512),最后,用雨的意象作比喻,暗示流血事件将在后代之中继续发生:

> 我怕那血的雨水会把这个家冲毁……命运之神为了另一场杀戮,正在另一块砥石上把正义磨快。(行 1533 – 1536)

---

① 我认同弗伦克尔的观点,即在这里的语境中,主语必须是卡珊德拉,而不是阿伽门农,而且也没有语言学上的理由改变这段文本。同时,我也支持劳埃德-琼斯的主张,即这一想法的粗劣(即,杀死她丈夫的情妇的愉悦应该会提高她自己的性满足感)并没有足够的理由否定其本身的含义。弗伦克尔认为这个用词对于庄重的克吕泰墨涅斯特拉("她从未明确提到自己的通奸行为")而言太粗俗了,但因为我们前文中已经注意到她语言中"一语双关"(double entendre)的暗示,所以弗伦克尔的反对理由在这中暗示面前难以立足。

8. 结尾("埃奎斯托斯戏")(行 1577 – 1673)

克吕泰墨涅斯特拉与歌队之间紧张的休战突然被埃奎斯托斯的登场打破了。本戏的退场恰到好处地提醒我们这场血战的另一个面相:梯厄斯忒斯家族的复仇——梯厄斯忒斯一方完成了复仇,但是在下一步戏中,又将由阿伽门农的孩子们承担起无休止的血债血偿的责任。埃奎斯托斯的开场白奠定了这一部分的基调。"啊,白日的明媚阳光带来了正义!"对于埃奎斯托斯而言,他的理解力不如克吕泰墨涅斯特拉与歌队,但问题很清楚,冲突已经结束:死去的阿伽门农倒在地上,身体裹在"厄里倪厄斯编织的浴袍"中,已经为他父亲的暴行付出了代价。埃奎斯托斯的台词主要(第一次明确地)展现了阿特柔斯那可怕的宴席以及梯厄斯忒斯由此发出的诅咒。(应该注意到,埃奎斯托斯隐瞒了梯厄斯忒斯的通奸,这是阿特柔斯向他报复的起因:然而,卡珊德拉早就提醒了我们梯厄斯忒斯的通奸,以及埃奎斯托斯本人同样的行为[行 1191 – 1193、行 1223 – 1226,分别对应两人的通奸]。她还指出这个事实,厄里倪厄斯对家族中的通奸与家族中的血战一视同仁,都将降下致命的惩罚[行 1192 – 1193]。)在下面的哀歌中,就算是克吕泰墨涅斯特拉也意识到血债血偿无限循环的危险。另一方面,埃奎斯托斯则将自己简单地看成是克吕泰墨涅斯特拉的助手,帮她把阿伽门农放进了"正义的罗网",对他而言,这件事就此终结。

接下来留给歌队的任务就是进一步加强对克吕泰墨涅斯特拉的威胁恐吓(他们之前已经这么做了,但是却没有成功)。没错,他们[56]现在的确将自己的愤怒转向外人①(行 1612 - 1616、行 1625 -1627、行 1633 - 1635),并对他"女人似的手段"表示轻蔑(这是他们面对克吕泰墨涅斯特拉时所不能使用的攻击),他们甚至还用"人民的石击刑"(行 1616)威胁他。直到歌队盼望奥瑞斯忒斯成为复仇者(行 1646 - 1648),埃奎斯托斯才叫来侍卫抵挡他们——对诗人而言,他极为巧妙地运用了这一极富预示性的反讽。

但是,这一幕中唯一真正有力量的人,是克吕泰墨涅斯特拉,也正是她轻易地阻止了进一步的暴行。为了三联剧的进展,需要埃奎斯托斯引导我们追溯过去,回到最初的主题:祖先时受到的诅咒以及流血的冲突。一旦他的小任务完成了,克吕泰墨涅斯特拉就立刻在令人不安的、逐渐减弱的音乐声中结束了这一幕。

---

① [译按]指埃奎斯托斯。

附录1 《阿伽门农》进场歌中的问题

1. 阿尔忒弥斯的愤怒

[76]在分析《阿伽门农》这部作品的批评家之间,很少有问题能像我们接下来要讨论的这个问题那样引发如此激烈的矛盾和争论。这个问题的焦点在于,进场歌行 131 - 155 中的"阿尔忒弥斯的愤怒"这一章节。或许,在这整部戏中,只有"阿伽门农之罪"所引起的争议可以与阿尔忒弥斯的愤怒相媲美了(但是到目前为止,我仍然尽量将这二者分开进行讨论)。针对这一系列针锋相对的观点,弗伦克尔在他的评注中展开了批判性讨论(并且都附有参考文献)——无论是对文本本身,还是进一步的解读,都有详细的考察;更新一点的讨论有佩拉多托(John J. Peradotto)的文章《阿伽门农的性格与双鹰预兆》。把这些材料全都看一遍并没有太大的意义,因此,我认为应该先将批评家所看到的问题表述明白,然后选取一些比较有意思的,或者在某些情况下更有影响力的回答与解读,加上我自己的点评,呈献给读者。至于我个人对这个段落的理解,我在前面的这一章中已经简单作了阐述。①

---

① 参见本书第一章,页 9 - 10。至于弗伦克尔的讨论,参见他的《埃斯库罗斯的〈阿伽门农〉》卷二,页 86 - 99。

《阿伽门农》中的阿尔忒弥斯之怒的问题，第一次出现在卡尔克斯预言的警告之中，他对双鹰捕食妊兔的画面所指示的征兆进行了解读。

  但愿神明不要生妒意，使强大的军队——特洛伊的嚼铁蒙阴影。因为那贞洁的阿尔忒弥斯由于怜悯，怨恨她父亲生翼的猎犬竟然把怯懦的妊兔未生育便可怜地杀献（行 131-137）

[77]阿尔忒弥斯的怒火将被引向阿特柔斯之子；至于他们的远征，无论是从我们引文的第一句来看，还是从卡尔卡斯随后向阿波罗祈祷阿尔忒弥斯不要降下拖累军舰的邪风，催促另一场献祭（行148 及以下）来看，其结果都已经一清二楚。对于这一段话，最常见的问题是，埃斯库罗斯为什么选择绝口不提令阿尔忒弥斯发怒的传统"原因"（阿伽门农射中了一只鹿，自夸自己是比阿尔忒弥斯更优秀的弓箭手），①而其中争论最激烈的问题，也正是我们应该认识到的、在我们的文本中阿尔忒弥斯愤怒的原因。

  在我看来，弗伦克尔已经对第一个问题给出了最好的解答：

---

① 弗伦克尔在卷二，页 97-98 中全文引用了普罗克洛斯（Proclus）对来自史诗系列的《库普里亚》（*Cypria*）的相关章节所作的总结。同时参考索福克勒斯的《厄勒克特拉》行 566 及以下；看起来，索福克勒斯提到一个更深层的要点，即阿伽门农在阿尔忒弥斯掌管的丛林里射中鹿一事，并非他的独创，而是在他所依据的传统版本中就有所记录的。在欧里庇得斯的《伊菲革涅亚在陶里斯》（*Iphigenia in Tauris*，缩写作 IT）行 20 及以下以及行 209 及以下中，有这个故事的另一个版本（但是我们并不知道它是来自哪个神话传统），也就是，阿伽门农向阿尔忒弥斯许诺将一年中最好的果实（而阿尔忒弥斯现在将其认定是伊菲革涅亚），即"阿伽门农与勒达的女儿克吕泰墨涅斯特拉所生的第一个后代"送给她，见《伊菲革涅亚在陶里斯》行 209 及以下。听起来，阿伽门农似乎（正如普拉特纳沃[Platnauer]在他对《伊菲革涅亚在陶里斯》行 20 所作的注释中指出的那样）在伊菲革涅亚出生的那一年就做出了这个轻率的承诺。

第一章 阿伽门农

从埃斯库罗斯的角度来看,将阿伽门农主动做出的决定而非其他视作导致他的受苦($πρωτοπήμων$)的首要原因,这是最为要紧的。如果国王一开始就因为小小的冒犯而招致了阿尔忒弥斯的报复,继而不得不献祭伊菲革涅亚,那这种悲剧效果就不可能得到体现了。在那种情况下,埃斯库罗斯意图实现的、作为阿伽门农命运之源泉的道德困境,就只能被降级到次要位置了。因此,诗人通过大胆的手法……将阿伽门农曾经激怒女神的行为抹去了。①

假如这是弗伦克尔对这个问题的全部观点,人们大概都会认同他。当然,在奥留斯的那场至关重要的两难处境发生之前,弗伦克尔试图避开一切道德问题,甚至也避开了阿伽门农招致神明报复的所有过错,他在这一点上所作的解释似乎很有道理:他不像某些有学问的批评家那样,被学识蒙蔽双眼,而是看到了肃剧动机的本质问题。但是,弗伦克尔认为诗人没有为阿尔忒弥斯的愤怒提供任何理由,这显然是错的(对于奥留斯的两难困境而言,愤怒本身当然是必不可少的促成因素)。在这一点上,弗伦克尔简单地(和不少早于他或者晚于他的批评家一道)否认了诗人平面的(即便有些非同寻常)解释:即来自神明的嫉妒阻碍了阿尔戈斯人的远征,由于怜悯,她憎恨他父亲生翼的老鹰捕食了妊兔。弗伦克尔既抵制这种说法的字面意思(至少抵制对阿尔忒弥斯发怒的解释,而这是诗人试图让我们接受的),也抵制对其更"精巧的"解读(首先是弗伦克尔,然后由科宁顿[Conington]继承)。这种解读的真正含义是,阿尔忒弥斯憎恨的是,双鹰所代表的特洛伊的未来毁灭者。[78]弗伦克尔简单地认为,这种解释"很容易将责任转移",不值得用一部与严肃道德问题相关的戏剧来呈现。弗伦克尔当然不可能否认文本中给出的解释

---

① 弗伦克尔,《阿伽门农》卷二,页99。

是确实存在的;他避开文本的暗示,简单地将这一切归咎于对卡尔卡斯部分的错误解读。考虑到伊菲革涅亚的献祭,在弗伦克尔看来,对这个预兆的真正解释来自布洛姆菲尔德(Blomfield):与其说这个预兆是原因,毋宁说是阿特柔斯之子即将进行的献祭的象征或意象。现在它可能也的确是这样(有关这一点我稍后会继续讨论),但是对卡尔卡斯而言,这其实很显然就是阿尔忒弥斯发怒的真正起因,而且我并不认为我们有权否认卡尔卡斯预言中的一部分,然后又接受其余部分。(弗伦克尔正确地抵制了这个观点,即埃斯库罗斯希望观众自己补充对阿尔忒弥斯之怒的传统解释,因为我们没有权利添加诗人本人都没有提到的内容:与之类似的反驳也可以用于反驳他所支持的布洛姆菲尔德的观点。)

然而,一些学者采用这种解释(如弗伦克尔引证科宁顿的说法),阿尔忒弥斯对于鹰的飨宴的愤怒代表她对阿特柔斯兄弟洗劫特洛伊的愤怒,尽管这个解释已经以不同的方式得到捍卫与发展。弗伦克尔称之为"质朴的解释"(naïve interpretation)(即阿尔忒弥斯憎恨阿特柔斯的两个儿子的原因仅仅是,她所憎恨的餐食妊兔的双鹰代表那兄弟俩),劳埃德-琼斯最强烈地反对这种解释:

> 在我看来,这个解释依赖于一种令人难以忍受的混淆,即混淆了预兆中的世界与预兆碰巧要……代表的现实世界。双鹰与野兔属于预兆中的世界;而这个预兆象征了现实世界中即将发生的事件。双鹰代表阿特柔斯的两子;所以我们可以很自然地推断那只野兔必然代表了现实世界中的某个(或某些)形象。我们很难不相信它代表的是特洛伊人与他们的城邦。因此(卡尔卡斯)必然认为,阿尔忒弥斯憎恨的是,阿特柔斯的两子命定要摧毁特洛伊的这一行为。[①]

[①] 劳埃德-琼斯,《阿伽门农之罪》,页189。

这个逻辑几乎可以将我们说服了,但是,我认为还是有两个难题使我不能完全接受它。其中相对不那么难的一个问题是,无论是诗人还是卡尔卡斯,都没有提供阿尔忒弥斯保护特洛伊人的原因。劳埃德·琼斯为此从《伊利亚特》中找到了支持的依据,[79]并认为"在整个诗歌传统中,阿尔忒弥斯和她的兄弟阿波罗都是特洛伊忠诚的守护者。"①这个解释是危险的,因为它与"弗伦克尔规则"(即前文所述,不要将诗人自己没有提到的传统解释妄自纳入对剧本的解释之中)相悖。但是,对劳埃德·琼斯的这一逻辑性极强的观点更为有力的反驳在于,这个解释使得卡尔卡斯的台词行140-144显得多余,甚至与主题无关——这段台词试图进一步详述、甚至解释阿尔忒弥斯对鹰餐食妊兔的憎恨。尽管这个段落本身就在文本与意义上都包含了多种解释的可能(我在下文中将对此进行讨论),但是无论我们如何处理这些可能性,这段话仍然是在专门讨论阿尔忒弥斯对幼小野兽的喜悦与和善态度,而且的确涉及到阿尔忒弥斯接受,或是要求(或者可能她坚决反对)实现双鹰预兆所象征的行动。不管我们是将这一"行动"理解为是伊菲革涅亚的献祭,还是理解成对特洛伊的洗劫(根据卡尔卡斯在文中的意思,我个人更认同这种解读),阿尔忒弥斯产生这种态度的原因以及她最初的"怒火",仍然是通过她对年幼的野兽之爱得以表达的。总之,不管这对于强调逻辑的注疏家而言有多么难以接受,而且它只字未提阿尔忒弥斯对阿特柔斯之子洗劫特洛伊的态度,原文中的这个段落本身还是支持了"质朴的解释"。

对于劳埃德·琼斯所提出的阿尔忒弥斯是对阿特柔斯之子毁灭特洛伊而感到愤怒的观点,佩拉多托(Peradotto)进行了改编,不得不承认,这一改编的确避开了许多我们在讨论劳埃德·琼斯

---

① 出处同上,页190。

的观点时所遇到的困难。佩拉多托推测"阿尔忒弥斯并不是因为身为特洛伊专断的保护神,才会对阿特柔斯之子即将掀起的战争中那不加选择的掠夺行为施以报复,而是因为她是无辜幼子与生育的保护神。"①但是,对于这个解释也有明确的反对意见。佩拉多托煞费苦心地使我们记起(他参考了在布劳隆[Brauron]阿尔忒弥斯崇拜的考古证据)这位女神对"生育、妊娠、幼子、无辜"的关怀;但是(弗伦克尔引用普拉斯[T. Pluss],认为其"毫无用处",他写道),"(在论及特洛伊的毁灭时,行 128)并没有提到年幼的人类,只提到了牛和财富。"②佩拉多托面对这个反对意见时,(无力地)论证道,幼子必然已经被包含在卡尔卡斯所预言的整个特洛伊的毁灭之中了,而这种包含关系在行 359 中也写得很清楚(然而遗憾的是,这已经是下一肃立歌中的内容了!)。③ 第二,如果说惹她发怒的一开始就是在特洛伊之战中被毁灭的年幼的人类(以及其他东西)的话,那么卡尔卡斯为什么要(再次)用四句诗(行 140 及以下)(通过某种形式)将阿尔忒弥斯发怒的原因(或者,一些人认为是其愤怒的结果)[80]与她对年幼野兽的爱联系在一起? 的确,古典语文学的精深使我们陷入了一种奇怪的两难境地之中。

许多批评家(至少他们中的一部分人)在处理阿尔忒弥斯之怒时错误地引导我们太过严肃对待阿尔忒弥斯以及她的"动机"。就连基托,这个一向非常明智的批评家在这个方面也犯了错误。他的阿尔忒弥斯(正如前文讨论中的那些批评家的阿尔忒弥斯,对特

---

① 佩拉多托,《阿伽门农的性格及双鹰预兆》("The Omen of the Eagles and the HΘΟΣ of Agamemnon")页 247。
② 弗伦克尔,卷二,页 96。
③ 佩拉多托,页 247-248。劳埃德-琼斯进一步论证道(然而并不十分令人信服):"κτήνη ... δημιοπλητῆ ("人民丰富的畜群",行 129)事实上指的是(用先知的话说)'那畜群就是民众'。"(参见《阿伽门农之罪》,页 189,以及《对〈阿伽门农〉的三个注释》[Three Notes on Agammemnon],页 76 及以下。尽管如此,这并未专门表明他们就是"年幼的人",而佩拉多托所需要论证的正是这一点。)

洛伊的即将毁灭感到愤怒)想要给阿伽门农上一课:"如果他一定要这样做(即发起血腥的战争),那就让他首先毁灭一个他自己的无辜者——并为其后果负责。"① 这也许是我们认为的阿尔忒弥斯降于阿伽门农之上的困境,但是在文本中并不能看到任何表明阿尔忒弥斯这样想的线索——或者,她也许根本什么也没想。弗伦克尔提醒我们注意她的主要功能,这无疑是正确的,无论是在戏剧还是在神话中都一样,她的功能是将阿伽门农置于可怕的困境之中(而在戏剧之中,这是她唯一的功能)。

而另一个途径(它可能更为多产)是,部分晚近的批评家试图通过诗的象征来解读这个愤怒的段落(行 131 - 144),因为诗的象征显然可以一次性代表很多不同的东西(包括"互相矛盾之物")。勒贝克(Lebeck)对这个观点的表述或许是最好的(当然也是最精简的):

> 卡尔卡斯的预言将预兆与被预兆之物相融合,将一个时刻变为一面同时折射现在、过去与将来的镜子……在卡尔卡斯的预言中,阿尔忒弥斯要求,人要为预兆所象征的罪行付出代价……尽管她对无助的幼子无限温柔,但是怒火燃起之后,她立刻变得严厉,并且宣布这预兆将残忍地成为现实。②

如果我正确理解了勒贝克对这一问题晦涩的解释,那么她应该是在说,捕食的双鹰同时象征了阿特柔斯之子洗劫特洛伊(与许多学者一样,勒贝克似乎也认为是这件事激怒了阿尔忒弥斯)以及伊菲革涅亚的献祭(在阿伽门农实现他的征服之前,她要求他接受这一"惩罚",或者至少是他应该付出的"代价")。③ 我认为,考虑到这段文

---

① 基托,《戏剧的形式与含义》(Form and Meaning in Drama),页 4-5。
② 勒贝克,《奥瑞斯忒亚》(Oresteia),页 21-22。
③ 参考惠伦(Whallon),《阿尔忒弥斯因何而怒?》("Why is Artemis Angry?")

本中诗的寓意,这种二元性在这里是说得通的。显然,当我们接受这个心灵之眼中的预兆形象时,诗人打算让我们同时想到这两个事件……双鹰(阿特柔斯之子)(在行 49 及以下)因巢穴中的雏鸟(海伦)被掠夺而痛哭并要复仇,[81]这一比喻的确具有这种双重含义,并为我们阅读眼下这个段落作准备。如果说我在某些方面部分地同意勒贝克的话,那就是她暗示这也是卡尔卡斯的意思。卡尔卡斯刚刚告诉我们(在行 126 及以下),这个预言的意思是特洛伊被阿特柔斯之子洗劫;τούτων ... ξύμβολα:"这些事件所预兆之事"。在卡尔卡斯那里,这并不能(在没有提示我们还有第二层含义的情况下)同时指向伊菲革涅亚的献祭。先知的语言可能像谜一样捉摸不透,但是我认为,一个先知不会先对预兆作出清晰的解释,然后在谈及预兆的实现时又做出一个完全不一样的解读(而他的听众对此只能凭直觉来理解)。因为这个原因,我坚持认为,藏在预兆和卡尔卡斯的"预言"(... ξύμβολα ...)背后的第二层可怕的含义(即伊菲革涅亚的献祭),是观众有望获得的诗的寓意,而不是卡尔卡斯预言本身的一部分。(当然,在卡尔卡斯对有关阿尔忒弥斯的预兆带来的后果的恐惧中,这场献祭的确成为他恐惧的一个方面。)

在晚近有关《阿伽门农》的编辑者以及注疏者中,佩吉(Page)是为数不多的接受对阿尔忒弥斯之怒"质朴的解释"的学者中的一个(我本人也是其中之一)——即,她对双鹰的盛宴感到愤怒,也对阿特柔斯之子感到愤怒,因为他们"就是"那两只鹰。[①] 不过,佩吉将这引发阿伽门农一系列不幸遭遇的"非理性"原因简单地归结为是整个"非理性"序列中的一个,即作为神明降临在阿伽门农身上(据说,他在最初冒犯阿尔忒弥斯时,与后来在奥留斯时一样,既无助又无辜)[②]命定劫难的开端。(阿伽门农的一些行为)缺乏"合

---

① 参见丹尼斯顿、佩吉,《埃斯库罗斯:阿伽门农》,引言,页 29 及以下。
② 佩吉的这部分观点在本附录的下一个部分中会继续讨论。

第一章 阿伽门农

理"动机,所以阿尔忒弥斯的愤怒也没有合理的理由,这样的观点也与弗伦克尔的观点尖锐冲突——即,这种观点剥夺了阿尔忒弥斯的愤怒与阿伽门农的行为之间道德上的重要联系,因此,道德问题将在合适的地方戏剧性地开始:即奥留斯的两难困境。如前所述,我个人的观点与弗伦克尔一致,唯独一点我不能认同,即我认为我们必须接受文中所交代的、阿尔忒弥斯对阿特柔斯之子产生愤怒背后的"非理性"原因(弗伦克尔对这一点是不接受的)。在这部戏中(神话中也一样),阿尔忒弥斯的愤怒为奥留斯的两难处境提供了关键的契机,从而使戏中的重要行为得以发生。此外,正如我们前文所讨论的那样,双鹰之宴的预兆在观众的心灵之眼中呈现了这样一个意象,这个意象预示了一系列的报复性的捕猎行为,每一次行为都是在回应上一次的暴行,由此,过去、现在和未来的行为得以相互关联。

在前文讨论的各种不同的解释中,关于行 140 - 144 含义的两个语言学问题在学术界饱受争议。[82]一些学者(比如佩吉)认为 τούτων ... ξύμβολα [这些事件所预兆之事]在这里指的是伊菲革涅亚的献祭,他们认为,这就是阿尔忒弥斯这里热切寻求之事,然而,在前面表示让步的从句 τόσον περ……中,他们将面临明显的困难:如果阿尔忒弥斯对无助幼仔的爱是引发她复仇的怒火、从而要求献祭伊菲革涅亚的原因的话,我们很难赞同"尽管她有这样的爱,但是她还是要求……等等"。出于这个原因,丹尼斯顿和佩吉采用了 πέρ 相对不那么可靠的含义,在这个解释中,他们认为它纯粹是一个加强语气的小品词:"所有年幼的动物都如此喜爱的女神,她要求实现这些行为所预兆之事。"(丹尼斯顿和佩吉引用了丹尼斯顿的《希腊语小品词》[Greek Particles]页 481 及以下的内容,为将 πέρ 解读为语气词提供大体的依据;但丹尼斯顿在这本著作的页 485 又似乎认为〈阿伽门农〉行 140 中的 πέρ 表示让步,这令人惊讶。)卡尔卡斯可能通过"被预兆之事"(即阿尔忒弥斯在这里要求实现之事)意指伊菲革涅亚的献祭,我们已经可以看到,要在预言的语境中理解这一点是有多么的困难。当然,在与其相关的详尽的表达中,为了使其符合这层含义,我们的确有必要将 πέρ 解释为语气词,但这就更是难上加难了。

第二个造成困难的词是行 144 中的 αἰτεῖ (陈述语气:根据对抄本的阅读)。这个词导致了对整个段落(行 131–144)的另外两种解读。一些人认为"所预兆之事"指的是"特洛伊的沦陷"(正如卡尔卡斯所暗示的那样),他们同时也认为,阿尔忒弥斯对阿特柔斯的两个儿子感到愤怒,要么是因为双鹰(代表阿特柔斯的两个儿子)的飨宴,要么是因为洗劫特洛伊(即整个预兆所代表的场景)。然而,阿尔忒弥斯被描写为要求阿特柔斯的两个儿子实现这场征服,解释家们必然也面临困难。不过我认为,这个困难没有处理 τούτων…ξύμβολα 的解读时那么大。对这个两难困境有几种"解决办法"。最简单的是布洛姆菲尔德提出的,他认为应该写作 αἴτει,即祈使语气,只要调整一下重音就行了("编校者选择"的问题);弗伦克尔反对这个观点,他的理由并不那么令人信服,即卡尔卡斯不太可能向阿尔忒弥斯祈祷("问吧,啊,公正的神"),①因为他下文(行 146 及以下)立刻又向阿波罗祈祷,希望他向他的妹妹说情。拉赫曼(Lachmann)读成 αἰνεῖ (弗伦克尔支持这一点),仅仅通过对文本稍作调整,就为这句话提供了最完美的意思("正义的女神,尽管她对柔弱的幼子如此和善……却同意预兆的实现");这或许是最值得接受的解决方案了。(吉尔伯特认为应作 αἴνει,作祈使语气解释,西奇威克和海德拉姆的赞同这一点,[83]同样也涉及到对重音的改动和相同的文本改动,并会遇到对两个神明祈祷的困难,这也是弗伦

---

① 编校者在解读动词的祈使语气时当然必须同时将 καλά (指的是阿尔忒弥斯)理解为呼格,而非主格。有两个抄本的写法(M 本、V 本)实际上认同这个理解,因为它不包含冠词;当然,编校者在将其作为祈使语气理解时(依据所有抄本),καλά 必须带上冠词(F 本、Tr 本也是如此)。

克尔极力反对拉赫曼①将其解释为祈使语气的 αἴτει 的原因。）

"阿尔忒弥斯的愤怒"这个章节以及我们对它的解读对这部戏剧的整体认识至关重要，这解释了（如果没有能够彻底为其辩护的话！）历代编校者为何要对此倾注大量笔墨。一方面，正如我们前面讨论的那样，对于这个话题的一些解释路径直接与我们下文即将考察的主题密切相关，即阿伽门农的"责任"。（根据一种解释，这个段落有意要将这个问题推迟到合适的戏剧性时刻，即在奥留斯的时候；而根据另一种解释，在一系列文本中，这是第一次在荒谬的、诸神降灾的宇宙中为国王免除所有的罪责。）另一方面，这个章节提醒我们，就算是在这部戏的开头，贯穿整个三联剧的献祭主题也至关重要。卡尔卡斯的说法中表现了阿尔忒弥斯之怒的恐惧（"……她想要求另一次祭献，那是不合法的祭献，吃不得的（ἄδαιτον）牺牲，会引起家庭间的争吵，使妻子不惧怕丈夫"，行151-154），引导我们从即将到来的伊菲革涅亚的献祭，回溯到阿特柔斯残忍地将梯厄斯忒斯之子献祭的历史，并向前瞻望仍将到来的一系列献祭性的谋杀。这些"流血的暴行并没有被当作谋杀来处理，而是作为仪式性的杀献"，在蔡特林（Froma Zeitlin）对《奥瑞斯忒亚》中这一主题的详细处理中，很好地阐明了这个观点，这种处理方式来自对眼下这个段落的讨论。② 这种认识最富有成效的特征之一在于，对整个三联剧中不断出现的有关献祭的语言提供解释（有时其语境十分晦涩）。③

---

① ［译按］根据上下文，此处"拉赫曼"应为"布洛姆菲尔德"，推测是原著笔误。
② 蔡特林，《论埃斯库罗斯〈奥瑞斯忒亚〉中不法献祭的主题》(The Motif of the Corrupted Sacrifice in Aeschylus' *Oresteia*)页464。同时参考蔡特林，《有关〈奥瑞斯忒亚〉中的献祭意象的补充说明（〈阿伽门农〉行 1235-1237）》("Postscript to Sacrificial Imagery in the *Oresteia* [Ag. 1235-1237]")。
③ 例如，在上一条注释中所引两篇文章中的第一篇中，蔡特林对行65、行227、行721中的 προτέλεια 所作的讨论，见页464、页466-467，以及她对"幼狮意象"（行717-748）的分析，见页466-467。

2. "宙斯颂歌"中的"知识来自受苦"

我知道,对"宙斯颂歌"(《阿伽门农》行 160 - 183)和下文中"从受苦中学习"的教诲做乐观的解读并不是眼下时兴的;读者应当得到警告(如果警告是必要的话),即这个解读可能过于乐观,而且埃斯库罗斯可能并不打算对潜在的"学习"作深远的引伸。在丹尼斯顿和佩吉对这一章的注释中,他们表达了对这个问题较为节制的看法。① 在这里,两位编校者明确地表示,这整个段落并没有在试图揭示某种"深刻"的涵义。他们认为,将宙斯称为"三投手"(triple-thrower)从而强调他的力量,其目的只是要强调他有足够的力量给人类以教训[84](我个人认为,其解读在这一方面有点过度剪裁了),而"从受苦中学"的教训可以简单地等同于 δράσαντι παϑεῖν:"行动者将受苦"(也就是说,"如果你破坏了他[宙斯]的规矩,他会通过对你施以惩罚来教育你,并改正你的行为")。这两位编校者又进一步抛弃了"(对犯罪者而言)道德与精神的启蒙在受苦的熔炉中锻造"这一说法(据说,因缺少戏剧文本的证据)。更难懂的是,他们同时也不认同"他人也许可以从'犯罪者'的毁灭中学习"的观点。不过,在将"教训"限制在"犯罪者"(这是他们的表述,不是我的)身上时,在我看来,丹尼斯顿和佩吉至少是将自己绕进了一些小矛盾之中。他们一方面在谈起阿伽门农时说"很难看出,他从这(即他丧命于妻子之手的厄运)之中学到了什

---

① 参见丹尼斯顿和佩吉的版本,特别是对行 160 及以下以及行 184 及以下的注释。对比奈策尔(Neitzel)有关行 176 - 178 中 πάϑει μάϑος[智慧自受苦中得来]的段落(更加"乐观"的)的新观点,这收录在他最近的文章《πάϑει μάϑος——埃斯库罗斯肃剧的中心词?》("πάϑει μάϑος-Leitwort der aischyleischen Tragödie?")中。很遗憾,我个人不能赞同奈策尔的观点,但是我将在下文中简单地讨论他的论点:参见 108 页注②。

么";但不一会儿,他们又坚持认为"行 179 及以下强烈地暗示了是犯罪者本人'在受苦中学习'"。我个人认为,这个讨论的结果是小瞧了埃斯库罗斯在"宙斯颂歌"中充满凶兆意味的"教诲",而这似乎的确就是这两位编校者的意图,因为他们问道:"这难道不就只是那句流行语'experientia docet'[译注:拉丁语,经验是最好的老师]的文雅说法吗?"

同丹尼斯顿和佩吉一样,弗伦克尔认为,人通过受苦获得 phronein[明智]的核心是"认识到 δράσαντι παθεῖν(即作恶者将受苦)这条永恒不变的原则"①。不过,比起丹尼斯顿和佩吉,他认为在语境中,这个反思有更高的重要性。他认为"宙斯颂歌"的核心观念是"命运与受苦的终极原因",他将其称为"本剧,乃至于整个三联剧的基石"。(我们已经看到,弗伦克尔认为,歌队的这种反思来源于"在对奥留斯事件的解释中涉及到的一种完全无助的时刻"。)因此,很难相信,在阿伽门农这个例子中,弗伦克尔会将这种好不容易从神明那里得来的偏爱仅仅应用于国王在克吕泰墨涅斯特拉的罗网中挣扎的时刻;至少,他没有像佩吉那样明确否认,那些旁观 δράσαντι παθεῖν 发生的人也可以获得洞见,而且,尽管说得有些模糊,但他还是暗示了在三联剧的下文中是有可能要应用这条教诲的。

弗伦克尔和丹尼斯顿、佩吉一样,提到了一种与受苦和学习有关的类似观点。希罗多德通过克洛伊索斯(Croesus)之口说出这个观点(《历史》,I. 207. 1),多弗(Dover)②至少引用了这条"教诲"的简化版,如赫西俄德,《劳作与时日》,行 218, παθὼν δέ τε νήπιος ἔγνω("愚蠢的人受了苦才有所习得")。[85]的确,埃斯库罗斯在

---

① 弗伦克尔,《阿伽门农》卷二(*Agamemnon* II),页 112;同时参见页 113 - 114,可以了解弗伦克尔的观点所依据的进一步援引材料。
② 多弗,《阿伽门农困境的一些被忽视的方面》("Some Neglected Aspects of Agamemnon's Dilemma"),页 63。

这段话中想要让歌队表达的,有可能并没有超出这种格言式的言语。尽管我曾表明我认为它超出格言。不过,就算它没有超越这个范围,丹尼斯顿和佩吉与弗伦克尔对这段话的传统背景的认识还是存在着明显的差别。即,前者导致贬抑("只不过是一句世俗智慧的流行语",对行184及以下的注释);而后者则似乎认为,诗的伟大之处,在于对古老真理直接而悲剧性的新展示。

在这方面,两个观点的一个更深层的不同点(开始的时候似乎只是一个在手稿阅读以及解释过程中遇到的一个细节上的争论点而已)也至少应该提一提。在这一章的正文中,我将行182-183译为"不知怎么的,神明就这样降临,伴着暴力的恩惠($χάρις\ βίαιος$,根据蒂尔内布的版本),他坐在那可怕的舵手长椅上"。不过,对这个段落的翻译和解读可谓五花八门(见各个版本),在某种程度上,这与对文本的选择相辅相成。其中,与上面的版本完全不同的观点,应该是波普(Maruice Pope)在他最近的文章中所提出的解读。① 波普不赞同蒂尔内布将抄本中的 $βιαίως$ 修订为 $βίαιος$;更重要的是,在解读的问题上,他根据最古老的手抄本M本和V本,认为应作疑问词$ποῦ$,而不是后附词$που$(F本、Tr本以及大部分编校本);因此,对于波普而言,这个陈述句变成了一个带有修辞的句子("那神明坐在可怕的舵手长椅上,他使用暴力恩惠在哪里?"),从而在语境中暗示了人渴望这样的恩惠而不得。我在其他地方②

---

① 波普(Pope),《慈悲的上天?埃斯库罗斯〈阿伽门农〉中的一个问题》("Merciful Heavens? A Question in Aeschylus' *Agamemnon*")。
② 科纳彻,《评对埃斯库罗斯〈阿伽门农〉行182-183的一种解读》("Comments on an Interpretation of Aeschylus, *Agamemnon*, 182-183)。同时可参考奈策尔的《$πάθει\ μάθος$——埃斯库罗斯肃剧的中心词?》,页283-287,他对《阿伽门农》行176-178中的$πάθει\ μάθος$ 进行了再解读,尽管这里的观点与我们目前讨论的内容完全不同,但是他的解读至少有某些受波普的悲观主义解读所激发的东西。在奈策尔看来,波普对行182及以下的诠释,事实上是一个令人绝望的问题,这是解读行176-178必然导致的逻辑结果。对行176-178的通常解读是,受苦是来自于宙斯的"法则"(Gesetz)的一部分。而奈策尔则从几个角度否认了这种通常解读(转下页注)

曾反驳过波普的这种解释(与我前面的章节表达的观点一致),包括他对这部剧甚至可能是整个三联剧所作的暗示。

3. 阿伽门农之罪

在阿伽门农决定献祭伊菲革涅亚时,是否拥有真正的选择权或者责任,在对这部戏剧的解读中,这个问题始终是争论不休的话题(一如阿尔忒弥斯之怒所引发的争论那样)。近年来,这个问题因佩吉与劳埃德·琼斯提出的权威论争①引发新的关注,他们反对这样的观点,即阿伽门农在奥留斯的致命困境中拥有重要的权衡的自由。他们的论点或许可以概括为以下几点(我做了一些必要的简化处理):

(1) 因为阿伽门农是被宙斯派去攻打特洛伊的,他如果放弃远征,就违背了宙斯的旨意。

[86](2) 在军队眼里,这场献祭是合理的($\vartheta\acute{\epsilon}\mu\iota\varsigma$,行217,意即经神明认可的);军队中的指挥官们无论如何都会执行这一献祭,哪怕阿伽门农反对。(佩吉在页24、页27以及对行214的注释中

(接上页注)的合理性:第一,这个主题并不如人们所预想的那样,在埃斯库罗斯的著作、乃至于有关他的古代评注中重复出现;第二,它暗示了(根据奈策尔的论述)宙斯并没有为人类准备任何东西,只有其本不应承受的受苦,而事实上,即使是歌队也在最后认同了克吕泰墨涅斯特拉,认为阿伽门农因献祭伊菲革涅亚而受难是公正的;第三,这个解读在逻辑上并不令人满意,因为它将"解药"("学习等等")与在同样的"法则"中不学习而受罚("受苦")相结合,这种做法令人难以容忍。这些观点(个人而言,正如我个人的解读所示的那样,我并不认为这些论点不容反驳)使得奈策尔提出了新观点:"学习"的是宙斯的法则,"受苦"则是不遵守其法则而受到的惩罚。

① 参见丹尼斯顿和佩吉,导言,页xxii-iv、页xxvii-viii 以及对行213、行214、行218、行222所作的注释。劳埃德·琼斯,《阿伽门农之罪》,页191及以下。参考弗伦克尔在行212、行213处所作的注释,不过也要注意他在行218、行219的注释,我们可以看到他与佩吉很不相同的立场。

尤其坚持这段中的第二点，因为它影响到了对阿伽门农所拥有的"自由"的讨论。）

（3）行 218－223 的语言清晰地强调了国王没有自由这一事实。特别是其中的用词，诸如 ἀνάγκας ἔδυ λέπαδνον（"他被迫戴上轭"，行 218，也就是佩吉着重强调的部分），以及 παρακοπά（"疯狂"，行 223，即劳埃德·琼斯所讨论的部分）。

对于许多人（包括现今的作者）而言，多兹已经率先对第一点作了回复，他理智而简洁地接受了埃斯库罗斯肃剧中的"多重决定"（over-determination，即将人的决定与神定的动因并置）：因此，多兹认为，一个人（即阿伽门农）可以在满足宙斯意愿的同时做出他自认为是自己选择的行为——是出于他自身的原因，同时他也将因此而遭受正义的惩罚。① 多兹同时还认同斯内尔（Snell）② 的观点（我在下文中也会对此进行讨论），即，就算是一个"被迫戴上轭"的人，他也有可能拒绝这么做。

不过，佩吉和劳埃德·琼斯强烈地否认阿伽门农在奥留斯的"自由"或责任，这又引起了对这个问题的重新讨论，并且引出了一系列新的相关研究，其中最引人注目的有，哈蒙德（Hammond）、莱

---

① 多兹（Dodds），《〈奥瑞斯忒亚〉中的道德与政治》（"Morals and Politics in the Oresteia"）页 26。晚近的辩护者有弗龙特罗斯（Fontenrose），他也认为，阿伽门农并没有因冒犯宙斯而获罪，他的这种观点在考量多兹的论证时同样可以提供思路。在他的《〈奥瑞斯忒亚〉中的神与人》（"Gods and Men in the Oresteia"）一文中，弗龙特罗斯得出了惊人的结论：尽管阿伽门农的"过错"导致了他的厄运，但是他的冒犯与克吕泰墨涅斯特拉的复仇（在弗龙特罗斯眼里仅仅是得到了宙斯的"容许"），都完全是人类的事务。（参见页 104－105；另外可以参考页 80－84）。这种观点看起来似乎几乎没有考虑到诸如《阿伽门农》行 1485－1486 (... διαὶ Διὸς / παναιτίου πανεργέτα [宙斯的正义/万物的起因，万物的肇始]，行 461－470、行 1500－1504，在这些地方明明白白地呈现了阿伽门农受"罚"的超自然一面。）

② 参见多兹页 26，以及他所引证的斯内尔在此处的注释。

斯基(Lesky)、佩拉多托以及爱德华兹,①他们试图通过各种途径对这种否定进行反驳或是修正。由于在这种反复出现的论辩之中,难免会有一些重复的论断,所以我将直接简单地陈述最有力的理由,或者,至少是总结一下"决定性的"(deterministic)观点,然后为一些具体的问题或争议提供进一步的参考文献。(多弗对阿伽门农困境的研究,我们在前文中已经作了介绍,他开启了一条与众不同的研究路径,因此必须单独分开处理。)

当我们考察佩吉的第一个理由时,可以看到,如他所说,宙斯的确命令阿特柔斯之子去进攻特洛伊,这一点当然无可争议。但显然,当歌队提到对阿特柔斯之子的批评(也包括他们本身对其的批评)时,他们又指出,掀起这场"为了一个女人的缘故而发起的战争",阿特柔斯之子也有自己的理由(参见行 456 及以下,行 799 及以下)。歌队多次提到 ξένιος [宾客之神]宙斯②定要惩罚帕里斯和特洛伊人,但这并不能质疑这场战争当然也是宙斯计划的一部分(60-62;行 362 及以下;行 367;行 748):佩拉多托认为,这些段落是"歌队的宗教解读",他们可能有点不够正义。但阿伽门农他自己[87]在谈论他在奥留斯的困境时(他本可以在此时,为他最终所做的可怕决定作一些辩护,以减轻其恶劣程度),并没有暗示他是 ξένιος [宾客之神]宙斯的代理人这一身份。只有当他凯旋归乡,他才说起最初是神派他(πέμψαντες,行 853)前往特洛伊的。也是在

---

① 哈蒙德(Hammond),《〈奥瑞斯忒亚〉中的个人自由及其限度》("Personal freedom and Its Limitations in the Oresteia");莱斯基(Lesky),《埃斯库罗斯肃剧中的决策与责任》("Decision and Responsibility in the Tragedy of Aeschylus");佩拉多托(Peradotto),《阿伽门农的性格与双鹰预兆》;爱德华兹,《阿伽门农的决定:埃斯库罗斯笔下的自由与愚蠢》(Agamemnon's Decision: Freedom and Folly in Aeschylus)。在这些研究之中,佩拉多托最详细而明确地反驳了佩吉的论点。要想了解相对更晚近一些的对这个问题的探讨,可以参考察加拉基斯(Tsagarakis),《埃斯库罗斯笔下阿伽门农的悲剧命运》("Zum tragischen Geschick Agamemnons bei Aischylos";参考下文的注 26)。

② [译按] ξένιος 意为"友好的、好客的",在这里指的是宙斯是宾主之神。

这段演讲中,他将神称为 μεταίτιοι("分享者",行 811),同他一道为特洛伊人带去正义;这段演讲很好地印证了莱斯基所提到的"一种相互的、而且常常是不可分解的融合",他发现在埃斯库罗斯和荷马那里都有自由与神的干预的融合。①

佩吉(基于行 214 及以下的内容)坚持,即使阿伽门农舍不得献祭伊菲革涅亚,其他军官也会将她牺牲,佩拉多托认为这种观点"在文本中几乎没有证明",他的立场显然是正确的。② 另外(而且这在我看来是更加重要的一点),即使其他的军官会反抗国王的意愿,实施献祭,这个事实并不能如佩吉所说的那样合理地成为迫使他做出决定的力量。事情的结果——伊菲革涅亚的死——当然是不会改变的,但是,从个人的罪责与国王自身名誉的玷污的角度来看,他是亲自下令献祭伊菲革涅亚,还是拒绝(在多大程度上以他的军中地位为代价)发出这样的命令,这之间的差别是巨大的。

考虑到前文"语言学争论"中的第一点,即在行 218 中,阿伽

---

① 莱斯基,页 78。同时可以参考察加拉基斯(Tsagarakis),页 23 及以下,他对比了埃斯库罗斯对阿伽门农在奥留斯的两难困境的处理方式与荷马对奥德修斯在特里那基亚(Thrinacia)海岛(《奥德赛》,十二卷,行 325 - 338)的两难困境的处理方式。察加拉基斯在这里找到了一个相似的情境:在神的必然性背景之下的"选择"(在《奥德赛》的那个段落中,其必然性是,如果奥德修斯和他的同伴们遵从神的旨意,那么他们必将饿死;如果他们杀死了赫利奥斯的神牛为食,那么他们必将遭受神的惩罚)。或许这两个情况并不如这位评论家所认为的那么具有可比性,但是他的确提出了一个有趣的观点,即,奥德修斯在他的困境之中向神明求助,而阿伽门农则没有。察加拉基斯认为,阿伽门农正是在这个地方埋下了祸根,这也是他狂妄的根源,换句话说,他主动选择在行军过程中亲自面对这场危机,而没有向神明求助,尽管在其他地方,他自己和歌队都认为神明是他的同盟(参考行 813 及以下;行 362 - 364;行 399 - 402)。

② 佩拉多托,页 254。参考丹尼斯顿和佩吉,页 xxix、页 xxvii 以及页 214 的注释。劳埃德-琼斯同样很强调 θέμις(v 214),"在上天看来是合情合理的",阿伽门农以此描述了其他军队领导想要实现献祭的愿望。但是,即使班贝格的修订(《σφ '》)是有道理的,阿伽门农的陈述无论如何,仅仅是他自己的(热切的)假定。参考弗伦克尔在此处的评论:"他知道他手中的任务是必要的,但它不太可能是 θέμις [合理的]。"

门农戴上那著名的"必然性的轭轭",是在进一步强调他缺乏自由选择的机会,我已经讨论过,倘若他(作为统帅)执行了这个命令,阿伽门农在这里可能简单地接受了这项行为军事上的必然性,并接受了即将降临在他自己和家人头上的后果。① 正如佩吉所说,无论在什么情况下,ἀνάγκη[必然性]都不是那么绝对的一个词语,其境况也不总是与所有可能性或人的自由相去甚远。比如,欧里庇得斯的《腓尼基妇女》(*Phoenissae*,行 999 及以下)中,墨诺克奥斯(Menoeceus)说道,不受神明约束的自由人(κοὐκ εἰς ἀνάκην δαιμόνων,行 1000)⋯⋯应该站在他们的土地上⋯⋯而他(受神谕约束)却应该逃离⋯⋯那真是耻辱。莱斯基提供了另一个有趣的例子,即埃斯库罗斯《乞援人》(*Suppliants*,行 478 及以下),在佩拉斯戈斯(Pelasgus)的两难困境之中,除了来自 ἀνάγκη 与 Ζηνός ... κότος(即"必然性"与"宙斯的愤怒")②的压力之外,也为其个人和所需要负责的决定留有余地。

前文所述的第二个"语言学"争论是,文中的 τάλαινα παρακοπὰ πρωτοπήμων[可怕的疯狂,是灾祸的主因]"表明阿伽门农精神狂乱",因此[88]他已经被剥夺了选择的能力。③ 劳埃德·琼斯比较了阿伽门农在《伊利亚特》19.86-8 中为自己激怒阿喀琉斯的鲁莽行径所作的"申辩"(apology),他宣称:"宙斯⋯⋯将残酷的阿忒放入我的心思。"在眼下的这个例子中,劳埃德·琼斯指出,宙斯已经决定了战舰应当启航,为了实现他的意愿,他于是"派出阿忒带走他的(指阿伽门农)判断力,使他不能做出其他选择"。(这样鉴

---

① 参见上文,第一章。
② 莱斯基,页 79。也可以参考多弗,《一些被忽视的方面》("Some Neglected Aspects"),页 65,他用进一步的实用引文来论证他的观点:"ἀνάγκη 可以应用于任何法律的、身体的或是道德力量之上,而对抗这些力量将招致耻辱、痛苦、危险或是其他各种困难。"
③ 劳埃德-琼斯,页 191。

别阿忒和 παρακοπά [迷乱]似乎是有道理的：παρακοπά 的确表示一种心智的震荡，这恰恰存在于阿忒之中，一种神明支配的状态。）① 在这段文本的分析中，试图挽回阿伽门农的"自由"，这或许是最难的论证。在埃斯库罗斯笔下，对行动者而言，如果没有一点对神圣的迷狂因素，那些招致可怕后果的行动过失，似乎都不可理喻，这一点上，他比荷马更甚。我们已经在《波斯人》中看到了薛西斯对希腊灾难性的进攻，②在《七将攻忒拜》(Septem) 中看到了厄忒俄克勒斯毁灭性的决定，③而且，我们也将在《奠酒人》(Choephori) 中看到奥瑞斯忒斯在弑母之前，需要在"大哀歌"中接受神的鼓励。④ 不过，在薛西斯和厄忒俄克勒斯他们自己的戏中，我们也应该注意到人类决策的因素（强劲的野心是一方面，军事上的责任则是另一方面），我们当然也不难看到奥瑞斯忒斯在《奠酒人》行 246-263 以及行 297-305 的演讲中所体现出的个人决策。《阿伽门农》中，在阿伽门农献祭伊菲革涅亚的例子里，同样呈现出（正如我试图建立的）将个人决策与迷狂或超自然的冲动的结合。不过，个人决策的因素或许在《阿伽门农》中并没有那么重要，因为我们在这里关心的是这个行为本身（而它已经成为过去）以及它为阿伽门农乃至整个阿特柔斯家族⑤带来的后果。

正如我在前文中所讨论的那样，我们要考虑，是否有必要试图去区分，阿伽门农的"自由"（如果是在深陷于两难困境之中时）决

---

① 也可以参考道维，《有关阿忒与悲剧性过错的一些反思》("Some Reflections on Atê and Hamartia")，页 97 和 109，其中也认同了这一区分。
② 参考《波斯人》行 739-742 中大流士的英魂对薛西斯所作行径的评价。
③ 《七将攻忒拜》行 653-676：要理解厄忒俄克勒斯的整个演讲，必须将厄忒俄克勒斯所做决定的超自然与人类个体的动机相结合，才能作出正确评价。
④ 《奠酒人》，行 306-465；参考我的文章《〈奥瑞斯忒亚〉中歌队与人物之间的互动》，其中给出了其他对《奠酒人》中的"大哀歌"的解读。
⑤ 参考琼斯，《亚里士多德与希腊肃剧》(Aristotle and Greek Tragedy)，页 78-79。不过，他走向了另一个极端，强调阿特柔斯家族的苦恼的主要重要性在于它反对它的每个个体成员。

第一章 阿伽门农

策,与某种在他做出决定之前必然要控制住他的复仇女神(Fury)。还是说,我们应该将这种个人动机与超自然控制力难以区分的混合视为埃斯库罗斯观念的核心,即他认为一切令人难以置信的可怕决策最终必须留给读者去领悟,让他们自己回答诗人的言辞。① 在阿伽门农的自由这个问题上,这两种观点都试图修正劳埃德·琼斯较强硬的立场,与之相关是一种"折中方案"(compromise)(如果我可以这样描述它的话),这是由爱德华兹(Mark Edwards)②提出的。爱德华兹对阿伽门农在奥留斯的责任的态度与劳埃德·琼斯类似,除了一点,即他用佩托(说服之神)替换了阿忒,[89]认为他才是在关键时刻影响阿伽门农的邪恶力量。通过比较阿伽门农与前文提到的薛西斯、厄忒俄克勒斯的处境,爱德华兹发现,这里的每个悲剧人物都被控制在神明操控的诱惑之中(这种诱惑可以称为"情感",erôs[爱若斯],哪怕是厄忒俄克勒斯,在《七将攻忒拜》行 668 中也展现出了这一面);一旦他们向这种诱惑妥协让步,阿忒就会上前"将这灾难执行到底"。(爱德华兹通过这样的思路来解读《阿伽门农》行 385 - 386,即佩托被称为"善谋的阿忒的孩子",因为佩托是阿忒的代理人,而阿忒已经事先安排好了整场毁灭事件,然后,一旦受害者抵抗不住诱惑,向佩托妥协,她就立刻把他紧紧攫住。)③爱德华兹的立场中很重要的一点在于,

---

① 参考哈蒙德,页 44 及以下,以及莱斯基,页 78 - 85 的各处,尤其是页 84 - 85,这两位研究者都支持同一种理解,即阿伽门农的决策是超自然责任与个人责任的混合产物。(莱斯基也比较了《七将攻忒拜》中的厄忒俄克勒斯与《奠酒人》中的奥瑞斯忒斯。)另一方面,博拉克最近指出(《埃斯库罗斯:阿伽门农》卷一[*L'Agamemnon d'Eschyle* I],第二部分,行 286 - 290),在古希腊人眼中,顺从神定的必然性(无需限定,他认为阿伽门农被迫做出决定就是顺从这种必然性),是疯狂和极端大胆的开始。不过,波拉克引用了忒奥格尼斯(Theognis)行 193 - 196(其中的情况与阿伽门农所面临的处境很不相同)中的内容,这并不能为他对眼下这段话提供有力的支持。
② 爱德华兹,《阿伽门农的决定》("Agamemnon's Decision")。
③ 出处同上,页 28。

他强调隶属于每一位悲剧人物的脆弱性(vulnerability):对于薛西斯而言,他的脆弱性是"波斯的伟大繁荣,以及他自身年轻的鲁莽";①对于厄忒俄克勒斯而言,他的脆弱性是俄狄浦斯的诅咒;对于阿伽门农而言,其脆弱性则是梯厄斯忒斯对阿特柔斯家族的诅咒。在佩吉和劳埃德·琼斯看来,《阿伽门农》中的家族诅咒正是后来阿伽门农深陷其中的、不可避免的一系列事件的开端。爱德华兹则将其视作是一个弱点,受佩托唆使,一个导向致命抉择的诱因,赋予那个重大的决定重要意义。(在我看来,爱德华兹正确地赞同了一些批评家的观点,他们认为,观众在这部戏开始不久就已经意识到,阿特柔斯的罪行重压在国王身上。)②

多弗对阿伽门农的困境的处理③则为我们的困惑开拓了一条新的解决路径。我们通常认为,埃斯库罗斯应该已经解答了阿伽门农是否拥有"自由"这个问题,并且,细致研究他的戏剧的学生应该会发现这个答案。而多弗则将我们的这个假设抛弃了,取而代之的是一个"假设的三重奏"(an alternate trio of hypotheses):

> 首先,埃斯库罗斯清楚意识到,在现实生活中,我们不能知道一个代理人在多大程度上能够选择是否要做出某个特定的行为;第二,在《阿伽门农》行 104-257 中,当一个受人尊敬的代理人做出了一个超乎寻常的、而且不合人心的行为时,他真实地描绘了人们的反应;第三,从阿伽门农的困境的诸多方

---

① 我想在这个理由之上再加上(尽管爱德华兹很奇怪地没有这样做)一个进一步的解释:大流士的幽魂在《波斯人》中所暗指的神的预言威胁着波斯人,在行 739 及以下的段落中也有所暗示,在那段话中,他描述了薛西斯过度的雄心壮志。
② 爱德华兹,页 23 以及注 28。
③ 多弗,《关于阿伽门农困境的一些被忽视的方面》(Some Neglected Aspects of Agamemnon's Dilemma)。

面来看,其中最有力地影响到其观众的一个方面,却恰恰是现代解读者很少——哪怕是用暗示的方式——关注的方面。①

通过这些笼统的话语,人们应该会感到前两个假设(第三个还需要进一步解释)是合理的,但是,多弗用以支撑这些假设的一些观点似乎在某种程度上[90]超出了这些假设本身。因此,在讨论歌队对"一个受人尊敬的代理人(指阿伽门农)做出一个超乎寻常的、而且是不合人心的行为"一事的反应时,他警告我们不要追随"基督教及自由传统",即不要认为,没有人应当被不正当地惩罚,或是应该作为终结某事的工具而被献祭。多弗巧妙地解释了古希腊人(就像世故的现代人一样)在定罪或认定责任时所遇到的困难,他们通过著名的、富有戏剧性的辩论来完成这项工作,这类例子有:在《特洛伊妇女》行945及以下、行987及以下中,对海伦的通奸所作的辩论,以及《阿伽门农》行1468及以下对谋杀亲夫、《奠酒人》行910及以下对弑母行径所作的辩护;他总结道,希腊人肯定或否认责任的倾向,取决于他们对当事人是攻击还是捍卫。多弗由此指出,在这个问题上,我们有望从埃斯库罗斯的歌队那里得到的信息只能是,"在处理伊菲革涅亚献祭的问题上,当他们将其视为一个'行动'(act),并考量其背后的责任问题时,他们对这其中所包含的一切的态度都显得十分警惕、怀疑并且含糊不清,这与他们将其视为一个'事件'(event)时所表现出的毫不含混的反感形成鲜明的对比。"②在此基础上,这位批评家又进一步,对这种他预期中的、歌队对整个"献祭戏"的处理中所表现出的"警惕与含混"加上了他个人的解释。歌队似乎忽略了很多内容,比如他们没有解释阿尔忒弥斯愤怒的原因,没有提到阿尔忒弥斯解救伊菲革

---

① 出处同上,页58。
② 同上,页61。

涅亚的其中一个传说,以及,他们也没有提到逆风在献祭之后是不是真的转向了。很难看出某些对"这种忽略"的解释完全说得通;比如,就最后一条而言,歌队在最后的确告诉我们"卡尔卡斯的预言不会不应验"(行249);而就第一条而言,无论我们觉得它有多么不充分,歌队确实给出了阿尔忒弥斯发怒的理由。不过除去这一点,更难看出的是,歌队这种处理方式所谓的含混,将给阿伽门农的"责任"问题带来怎样的影响。而在我们发现下面的观点之后,这个困难就得到了解决(尽管并不能够彻底地令人满意)。多弗认为,在某种程度上,阿伽门农决定的"正当性"是与卡尔卡斯解读预兆的精确度、献祭的效力(即,得到有利的风向)有关的。在这个语境中,多弗对歌队以及阿伽门农的祷告进行了解读,"但愿好事成真!"(分别出现在行159以及行217):"阿伽门农也希望好事成真(就像歌队在行159处所说的那样),但他不知道,服从卡尔卡斯的结果将是好的。"① (这似乎就是在上文多弗的第三个假设中提到的所谓被忽略的情境方面。)因此,歌队在仔细考虑宙斯的力量之后感到"释然"(在行160及以下)是因为他们发现,是宙斯而不是人类,决定了事情最终会怎样;这种释然并非指的是一种乐观回忆,即宙斯"规定智慧来自受苦",以及无论人们有多么憎恨痛苦,他们最终都会理解(参考行180-181)。在这篇文章的结论中,多弗提出了令人惊讶的实用主义立场:"宙斯如此构建宇宙……使我们除非亲身经历了这个过程的结果,否则我们不能判断自己是否采取了正确的行动。"② 这又一次暗示了我们,在阿伽门农的这个事件中,他决定献祭伊菲革涅亚一事究竟正当与否,取决于这一决定所导致的最终结果。

多弗强调,卡尔卡斯预言的可信性是不确定的(在我看来,《阿

---

① 同上,页63。
② 同上。

第一章 阿伽门农

伽门农》的文本中并没有内容证明这一点),他通过历史学、诗学的文本例证对这个论点进行了补充。这些文本提到了古希腊人面对预言技艺及其执行者时,在总体上表现出不确定的态度,[①]类似这样的关注继续支配了这位批评家其他方面的解释,即他对歌颂"戴上必然性的辕轭"的解释对我们很有帮助。[②] 在多弗佐证详实的展示中,ἀνάγκη(必然性)并不是一个表示不可抗拒的强制力的绝对表述;的确,他也承认阿伽门农的困境受到各种必然性的困扰,"对于所有争论和冒险",多弗主张,"将个人生命置于从属地位并服从于公共利益"的必然性,是高于一切的,"大部分带有希腊价值与预设的人都会将其视为荣耀、正义以及虔诚的决定"。多弗引用了其他戏剧中的类似情节来佐证他的这个观点。如在欧里庇得斯的《腓尼基妇女》行 922 中,提瑞西阿斯指责克莱翁不愿为了城邦的安危而献祭自己的儿子;以及欧里庇得斯对克托尼亚(Chthonia)被埃瑞克修斯(Erechtheus)献祭的处理(残篇,行 50,奥斯汀[Austin],行 14 - 21,行 37 - 39);以及,吕枯耳戈斯(Lycurgus,译按:涅墨亚王,俄菲尔忒斯的父亲。)向陪审团致辞时讲述了这个故事(《列奥克拉特的演说》,行 98 - 101)。或许,在《腓尼基妇女》中,诗人是否期待观众加入到提瑞西阿斯对克莱翁的指责中,这是值得质疑的:墨诺克奥斯自己对他的父亲更为温和,他等到父亲离开舞台,才表明自己对城邦的热爱,拒绝逃避他的 ἀνάγκη(《腓尼基妇女》,行 999)。拒绝回避即将降临在自己身上的、有益于城邦的献祭或许在希腊人眼里是最为光荣的行为了(他们不仅目睹了墨诺克奥斯的殉难——以及他为那试图帮他摆脱厄运的父亲所作的辩护,《腓尼基妇女》,行 994 - 995——他们也目睹了伊菲革涅亚在欧里庇得斯的《伊菲革涅亚在奥留斯》中的献祭);不过,欧里庇

[①] 同上,页 63 - 64。
[②] 出处同上,页 65 - 66。

得斯对阿伽门农献祭伊菲革涅亚的决定(包括墨涅拉俄斯对此的评论)又重新引出了那一整套[92]有关正当性与动机的问题(在那种处理方式中,这些问题从对城邦的热爱,经由个人野心,发展到不光彩地害怕来自封地君主[vassal-kings]的报复行为),对这个著名的两难困境的讨论似乎从古至今从未间断。不过,多弗指出,古希腊人对阿伽门农两难困境可能作出的回答是含糊不清的,他至少在这一点上被证明是合理的。在反对基托的观点时他很好地表达了这一点,他认为,对古希腊观众来说,献祭女儿并非"任何一个拥有勇气与理智的人都会拒绝付出的代价":

> 我感到,很多处在阿伽门农位置上的雅典人会认为勇气和理智将要求他们进行这个献祭;如果他们身处在克吕泰墨涅斯特拉的位置上,他们的想法可能会恰恰相反;而如果他们处在歌队的位置上,他可能和他们有同样的感觉,经常改变他对所谓的勇气与理性的认识。①

即便如此,多弗之前提出,歌队对阿伽门农的责任(这种态度大概也会影响到观众对此事的态度)持有一种警惕、怀疑以及含混的态度,这个立场忽视了很多内容,如歌队对阿伽门农在这场战争中的个人动机持保留态度(行62;参考行225-226),此外,他们不仅对献祭事件(event)感到恐惧,也对阿伽门农在他的两难困境中所做出的选择感到恐惧(行219-220)。此外,多弗早前提出,卡尔卡斯预言的准确性是不确定的,这对于为阿伽门农辩护或他的其他方面都非常重要,对这个观点我也感到很难认同。

---

① 出处同上,页66,注15。多弗引用基托的段落的出处是《戏剧的形式与意义》(*Form and Meaning in Drama*),页5。

附录2　克吕泰墨涅斯特拉进场,以及对行489-502的归属问题的特别讨论

[97]关于第二场开头(行489-592)的归属问题,历来争议颇多,在这个问题之下,最富争议的关键问题是,在这部戏的前680行中,克吕泰墨涅斯特拉究竟何时在场。有一小部分人认为(尽管几个权威的学者也支持这个观点),在行83-103中歌队质问王后的时候,王后本人并不在场,但我对此感到难以认同。① 在这些

---

① 参见弗伦克尔对《阿伽门农》行83及以下的内容所作的注释,以及他给出的参考文献;塔普林,《埃斯库罗斯的舞台艺术》(The Stagecraft of Aeschylus),页280-281;晚近的作品有马斯特科罗纳德(Mastronarde)的《联系与中断》(Contact and Discontinuity),页101-103。在塔普林看来,在行83及以下歌队质疑克吕泰墨涅斯特拉时,她并不需要在台上,他引用了另外两段进场歌(parodoi)中的段落(索福克勒斯的《埃阿斯》,行134及以下;欧里庇得斯的《希波吕托斯》,行141及以下),在这些段落中,歌队向已经下台的角色发出呼告。这两个段落都不能与眼下考虑的这个内容形成合理的对应。在《阿伽门农》行83及以下的内容中,歌队向王后提出的问题既具体又急迫,这是关于(我们可以从问话的内容中得知)她当下所涉及的行动的问题,而且他们十分迫切地想要得到答案(自行97及以下),由此他们自身的恐惧才会得到缓解。所引用的《埃阿斯》和《希波吕托斯》中的段落很明显是对一个不在场的人所发出的呼语。在《埃阿斯》中那段长抑扬格的段落(《埃阿斯》行134-171)里根本没有任何提问;而《埃阿斯》行172及以下中的确提出了问题,但这种提问和《希波吕托斯》行141及以下的情况一样,显然是惯常的修辞性问题,在谈到他们的男女主人的困境时,歌队经常会问出这类问题。王后未能(转下页注)

学者中,塔普林(Oliver Taplin)详细考察了克吕泰墨涅斯特拉在全戏中的舞台动作(以及其他所有与表演相关的问题)。塔普林认为克吕泰墨涅斯特拉的初次登场发生在第一场开头的行264及以下部分,即她与歌队长对话的时候;在那之后,他认为她一直在舞台上进出,她在行350时下台(当歌队在行351及以下对她说话时退出舞台),然后又在行587处登场(发表她对传令官的演讲),之后又在行614下台(在这之后,她将第二场完全留给了歌队和传令官),在行855处再次上台(在国王到家以后的44节诗之后,她在阿伽门农即将进入王宫时"堵住去路,占据门槛",然后发表了她的欢迎辞)。① 这就是塔普林对克吕泰墨涅斯特拉的舞台动作的推测,而丹尼斯顿和佩吉则走向了另一个极端,他们倾向于认为,"克吕泰墨涅斯特拉是始终在场的,只不过常常作为背景",从行40开始,或者最晚也是从行83到行1068始终(在此之后她进入王宫并实施谋杀)。② 编校者与评注者在更为传统的观点③上达成了初步共识:克吕泰墨涅斯特拉在行83进场(她被歌队质问的时候);并在行354处退场(第一肃立歌开始前,但是,他们的看法与塔普林相反,认为她是在歌队长对她的演讲进行了歌颂[行351－354]之后才离场的);然后她又在行489(为了[98]发表行489－500的台词,宣布传令官的到来),或行587,或是在此之前(对传令官说话)再次登场;在此之后,她又在行614下台(在她对传令官说

(接上页注)回答歌队的问题,这一点足够说服弗伦克尔及其他人(参见弗伦克尔对行83及以下的注释),让他们相信,她不可能在台上。马斯特科罗纳德进一步发展了塔普林的论断,他承认歌队在此的语气与塔普林所引用的段落中的语气有所不同,但另一方面,在戏剧效果上,如果王后在场,而她却没能回答歌队紧迫的提问,这就显得更难以解释了。而我认为,恰恰相反,这正显出王后沉默的效果。她的典型特征就是一直拖延时间,直到她准备好开口了才说话——也就是等到剧作家认为时机合适,因为进场歌必须在忽略特洛伊大捷的情况下唱起。

① 塔普林,《舞台艺术》,页280－308。
② 丹尼斯顿和佩吉,《阿伽门农》(*Agamemnon*),页177,对行489及以下的注释。
③ 对于这些观点,塔普林的讨论中提供了详尽的文献资料。

完话之后;不过,有些人会认为她一直都在场,直到阿伽门农戏的结束);她再一次登场是在行855(为迎接国王);然后在行974退场(为了实施谋杀)。

本文并不是长久争论这类问题的地方。从佩吉与塔普林的两种极端立场可以看出,关于舞台动作的结论带有很强的主观因素,而这两种观点分别基于一种清晰的戏剧理解,即这些学者对他们所关切的内容的理解。因此,佩吉将"行503-537与行615-680两幕之间的紧张和力量"理解为"从始至终,都通过她的在场,尤其是她的沉默,来极力强化的"。① 对于塔普林而言,克吕泰墨涅斯特拉对于通往宫殿之门的持续而象征性的控制,是他在处理这个问题时所最为重视的构想之一。事实上佩吉和塔普林的这两种设想都表现出戏剧性的想象力;二者也都遇到了一些困难,塔普林的困难主要在文本上的(尤其是在行83及以下;可能还有行489及以下的内容),而佩吉的困难(塔普林指出)则主要出在,他对标准的五世纪的、特别是埃斯库罗斯式的[舞台]实践的理解之上。在此,我们应该对佩吉(以及其他学者)的观点表示满意,即认为克吕泰墨涅斯特拉就是行489-503中的说话者。

抄本显示,克吕泰墨涅斯特拉是行489-500的说话者,而在行501处换了说话者(歌队)。这个抄本当然没有证据证明原稿中这段话的归属是谁(弗伦克尔在他对行501的注释中,指责"中世纪后期的人""荒谬地在行489引入克吕泰墨涅斯特拉")。[抄本的]Paragraphoi[边注,写在旁边的记号]注明换了说话者(如行501处),这些边注"(塔普林承认)肯定是在长期传抄过程中依据某些权威文本而产生的,尽管它们也很容易有讹误"。② 弗伦克尔无视行501换了说话者的标记,这与对行489归属的错误认识有

---

① 丹尼斯顿和佩吉,页117。
② 塔普林,《舞台艺术》,页294。

关。佩吉在他对行489及以下的注释中提醒我们,有两处内容佐证存在两个说话者的观点,一是行496中的 σοι [你的],二是行501中不和谐地省略了连接词,尽管这两点本身并不足够有说服力(就算克吕泰墨涅斯特拉是行496的说话者,所属与格 σοι 给包括佩吉在内的编校者留下拙劣的印象,而除了《阿伽门农》行501以外,埃斯库罗斯的作品中也存在其他"强行"省略连接词的情况)。到目前为止,这些细微的暗示表明或许存在着两个说话者(即在行501处换了一个说话人),但更主要的,它支持了抄本中将行489-500归属于克吕泰墨涅斯特拉的观点。对这个观点的反驳则主要在于宣称这种归属不大可能。塔普林认为进场预告(announcement)往往是由[99]歌队发表的,而这个观点或许会遭到反对。① 由演员发表进场预告的形式在欧里庇得斯的作品中很常见;而在埃斯库罗斯的作品中也出现过一次,即《被缚的普罗米修斯》行941-943(如果这部悲剧的确是埃斯库罗斯所作的话——塔普林和其他学者对此提出了质疑);② 也许,在其他众多亡佚的戏剧作品中还有类似的情况。(塔普林进一步的反驳似乎也是无足轻重的,即,他认为开场演说不应当由两个说话者分担;但是[传令官]的进场预告在行501之前就已经完成了)。

不过,如果行489-500的确是由克吕泰墨涅斯特拉所说,那么她有可能在第一肃立歌(行355-487)期间一直都待在台上;否则,她肯定在肃立歌的末曲(475及以下)中、或是在行489的演说前未经预告就已再次登台(塔普林认为她在行350就下台了)。正

---

① 出处同上,页295;参考页268-269。在《乞援人》行180及以下,达那俄斯为佩拉斯戈斯在行234的进场做了唯一的准备。
② 同上,附录D,页460及以下。同时可参考格里菲特(Griffith),《〈被缚的普罗米修斯〉的真伪》("The Authenticity of Prometheus Bound")以及(关于这一点,总结了正反双方的观点)见科纳彻,《埃斯库罗斯的〈被缚的普罗米修斯〉:文学评注》(Aeschylus' Prometheus Bound: A Literary Commentary),附录一。

第一章　阿伽门农

如我们前面所看到的那样,丹尼斯顿和佩吉认为她在整个第一肃立歌期间一直都在台上,而塔普林对此的反驳并未采用令人信服的手段。他首先指出,在其他情况下(二十二个可能的情况中的八个),如果一个演员在整场肃立歌期间始终在台上,"要么这个演员与诗歌的内容有联系……要么出于戏剧性考虑将他留在台上"。①不过,如果我们仔细考量,与克吕泰墨涅斯特拉的在场一样,这些"联系"与"戏剧性考虑"同样没什么特别之处。我们也可以讨论其他的意义,诸如,当歌队高唱(行 460 及以下)"神明注视着那多行杀戮的人们"、"身着黑袍的厄里倪厄斯,不会让好行不义之人总是幸福"时,克吕泰墨涅斯特拉作为背景仍站在舞台上,可以收到一种反讽性的效果。更有说服力的或许是,在行 590 及以下的内容中,克吕泰墨涅斯特拉她自己有所指并带有讽刺意味地提到,之前有人对她的妇人之心表示怀疑,认为她轻信火炬传来的信息。第一肃立歌的第三节(行 475–487;尤其注意行 483 及以下的内容),是在火炬传信的事实描述之后唯一一个表达了这种怀疑的段落;显然,克吕泰墨涅斯特拉之前就听说过这样的质疑。(在某种程度上,丹尼斯顿和佩吉提出的问题与此类似,他们讨论的是克吕泰墨涅斯特拉在传令官发表第一段演说时是否在场的话题,即,"当克吕泰墨涅斯特拉在行 587 开始发表她的演说时,她早就得知,阿伽门农已经到达阿尔戈斯了[行 559]"——而这个消息是由传令官传递的。)②塔普林反对克吕泰墨涅斯特拉在第一肃立歌中在场,他进一步的反对理由是,这样做有违演员在肃立歌前离场的惯例,对我而言,与塔普林的观点相比,各种各样的戏剧性考虑更有价值。(在他后面所提到的惯例中有一个例外,不可否认,这个例外比起演员在肃立歌中的在场,的确更不常见。但是,它们确实

---

① 塔普林,《舞台艺术》,页 288–289;参考页 110–114。
② 丹尼斯顿和佩吉,《阿伽门农》,页 116–117(对行 489 及以下的注释)。

发生过;塔普林在现存的悲剧中列举了七例,其中有三个——《被缚的普罗米修斯》行525,《乞援人》行624,《波斯人》行622——在埃斯库罗斯的作品,尽管在每种情况下中塔普林都为这种反常找到了"辩护理由"。)①

---

① 塔普林,《舞台艺术》,页110。

第二章　奠酒人

1. 初步评论

[102]《奠酒人》(*Choephori* 或 *The Libation Bearers*)的行动牵涉到对克吕泰墨涅斯特拉和埃奎斯托斯的复仇。奥瑞斯忒斯与厄勒克特拉共同执行这一行动,其目的是要净化阿特柔斯家族,通过为他们的父亲复仇,他们才能使家族的继承权回归正统。因此,《奠酒人》是一部沉痛、骇人的戏剧——无论这场复仇是多么正当,它都不可避免地包含弑母行为,比起先前阿伽门农或克吕泰墨涅斯特拉的所作所为,这一行为更污染、当然更会唤起支持自然法的愤怒力量。与另外两位希腊肃剧作家对这个主题的处理相比,埃斯库罗斯对奥瑞斯忒斯和厄勒特克拉的复仇这一面相有更清醒的认识。由此,《奠酒人》是三联剧中最为黑暗的一部。《阿伽门农》以王者的胜利开篇,以其血腥的覆灭结尾;《和善女神》的开头则是复仇神追赶奥瑞斯忒斯所带来的恐怖气氛,结尾则是奥瑞斯忒斯被判无罪,并建立起了新的正义秩序,终结了这种血腥纷争。在这两者之间,《奠酒人》应付着其中的两难困境:命定的、必要的复仇与糟糕的污染结合起来。这部剧的大半进程都由黑暗与恐惧(不仅是对过去已经发生之行为,同时也是对未来即将到来的行为感到恐惧)主导。只有到了接近尾声的时候,正义与复兴的曙光才得以克服这种黑暗(尽管前文确实出现了一些闪光),但是,在最后的

时刻,就连这一点曙光也被复仇女神(尚不能看见她们,除了奥瑞斯忒斯)扑灭了——她们疯狂地追逐弑母者,将他赶下舞台。

这部戏的上半部分(直到"大哀歌"的结尾,即行 306 - 478,[103]以及其后一系列抑扬格的祈求)的主要意义在于安排所有承担和执行这种可怕复仇行为的动机与推力(既有人为的,也有超自然的)。这些推动力量一部分来自复仇者自身,一部分来自奥林波斯山上的诸神(尤其是阿波罗)以及他们支持的复仇正义的法则,但是其中最重要的来自被害的阿伽门农的英魂,奥瑞斯忒斯与厄勒克特拉兄妹的祈求唤醒了他沉睡于地下的力量。因此,这部戏的早期行动是指向地下的,为了获得阿伽门农以及下界力量的支持,而这二者将是人间生活的破坏者与重建者。

2. 开场、进场歌和第一场(行 1－305)

下界的赫耳墨斯，你是我父亲的王国的守护神，如今我请求你做我的救主与同盟。因为我现在终于来了，回到这片将我流放(κατέρχομαι)的故土。(行 1－3)

对 χϑόνιος [下界的]赫耳墨斯的祈祷，埃斯库罗斯式的双关语 κατέρχομαι(字面上的含义是"下降"，结合其专门的、与上下文相联系的含义，意为"流放后回归")，这二者构成了全戏的开头，强调了这一向下的指向，正是这一指向将支配谋杀真正开始前的行动。①通过赫耳墨斯这位生者与死者之间的信使，奥瑞斯忒斯站在墓旁，

---

① 《奠酒人》的开场诗在抄本中有阙文，我们目前的版本是从行 10 开始的。尽管图林(Turyn)在他的《埃斯库罗斯的抄本传统》(*The Manuscript Tradition of Aeschylus*)一文行 18 注 22 中认为，这段开场歌本身就不长，但是具体缺漏了多少行诗歌，我们当然不能够完全确定。我们可以从阿里斯托芬的《蛙》行 1126 及以下、行 1172 以下中的两段(可能是连续的)引文中找回行 1－5 的内容；品达的古代评注家在"第四首皮托凯歌"，行 146 处引用了行 6－7。阿里斯托芬对前三行诗中的两个含混之处作了喜剧化的处理：πατρῷ᾽... κράτη(既可以指奥瑞斯忒斯父亲的产业，也可以指赫耳墨斯的父亲，即宙斯在死者之中的权力)以及 κατέρχομαι(阿里斯托芬的"埃斯库罗斯"认为这在 ἥκω 之后并不是赘词，因为在当下的语境中它既表示"来"又表示"从放逐中回归")。可以参考(编校本，尤其是图林的附录 1，页 244 及以下)，加维(Garvie)最近发表的有趣文章《〈奠酒人〉的开场》 (转下页注)

向埋在其中的父亲哭号,并献上了两绺自己的头发,其中一绺是"表示养育之恩",用以报答赐予其生命的伊那科斯河的养育之恩(河神被列在下界力量之中),另一绺则是向他父亲的英魂"表示哀悼"。由此,这位复仇者的祷告中就同时呈现出了对往生者的哀悼与对新生活的希望。

在他说话的时候,奥瑞斯忒斯看到了奠酒者组成的歌队,她们随着进场歌从合唱队席的右侧进入舞台。她们的黑色袍子是预示着"家里遭了新的灾难吗"(行13)?或者,他们是在为地下的死者带来奠品,作为慰藉($\mu\epsilon\iota\lambda\acute{\iota}\gamma\mu\alpha\tau\alpha$,行15)吗?(具有反讽意味的是,奥瑞斯忒斯会发现他的两种猜想都是对的。)他看到厄勒克特拉(奥瑞斯忒斯一下子就认出了她)与歌队共同进场,表明他的第二个猜想是正确的。在呼请宙斯帮助他复仇之后,奥瑞斯忒斯和他那沉默的伙伴皮拉得斯一起走下舞台,藏在阿伽门农墓旁偷听这场祷告。

歌队首先在第一诗节中进行了常规哀悼,然后唱起(行32及以下)夜间的可怕幻象,伴随着恐惧的尖叫,[104]深深震动宫中妇女寝室的宁静。她们告诉我们,祭司式的解梦人将这一可怕的幻影归咎于被害者的愤怒,而现在("啊,大地,养育我们的母亲!")"那渎神的女人"(克吕泰墨涅斯特拉)派她们带着这些无用的祭品,①

(接上页注)("The Opening of the *Choephori*")。塔克(Tucker)(在他对开场歌的注释中)和加维都认为(两人都是有所依据的)在坟堆附近(塔克的观点)或者是王宫门前(加维的观点)有一座赫耳墨斯的神像或是其他的赫耳墨斯的常用象征物:参考行583(即塔克版本中的行581)中的 τούτῳ[这个]可能指的是赫耳墨斯的某种可视化的象征。另外可以参考特伦德尔(Trendall)的《〈奠酒人〉画师》("The *Choephori* Painter"),他发现有关阿伽门农墓前这一幕的瓶画上至少有一处画面,可能的有三处,刻画了赫耳墨斯,不过当然,这并不能证明赫耳墨斯在这部戏中以雕像的方式存在(不过特伦德尔赞成这个观点)。

① τοιάνδε χάριν ἀχάριτον ἀπότροπον κακῶν …(行42-43)。这种表述让人想起埃斯库罗斯最喜欢的文字游戏:参《阿伽门农》行1545中的 ἄχαριν χάριν;抄本P本、V本行545是 χάρις ἄχαρις,由崔克利纽斯(Triclinius)修订为 ἄχαρις χάρις,黑德勒姆(或许更加准确)将其修订为 χάρις ἀ χάρις。在眼下这个章节(《奠酒人》行42)中的 ἄχάριτον 则是由埃尔姆斯利(Elmsley)由抄本中的 ἄχαριν 修订而来的,但是这种修订并不准确(可参考西奇威克在此处的注释)。

第二章 奠酒人

试图安抚愤怒的亡灵。歌队甚至害怕讲出他们的故事:"鲜血既已撒满土地,又怎么可能被洗刷干净?"①这一诗节以一系列黑暗而沉重的形象告终:

啊!受苦的家庭!啊!覆灭的家族!那不见阳光的人人憎恨的黑暗笼罩着这个家——自从这个家的主人死去之后。(行 49 - 53)

第二曲次节(行 54 - 65)以阴郁回答阴郁。对阿伽门农王权的正当性天生的、无法抵抗的敬畏,如今却被对篡权者埃奎斯托斯的强烈恐惧所取代。这带着沉思的安慰让人想起了《阿伽门农》中歌队的安慰:正义迟早将压倒不正当赢来的繁盛。②

最后一组诗节概括了"曾经洒下的鲜血"这一主题,鲜血已经凝固,不可能再融化消失。③ 这里又一次强调了土地孕育生命的

---

① 这也是这部三联剧的前面部分反复出现的主题;例如,可以参考《阿伽门农》行 1017 及以下,这是对此最可怕的表达之一。
② 这又是一个在《阿伽门农》中同样非常突出的主题,参见《阿伽门农》行 750 - 781。不得不承认,当前这段话(《奠酒人》行 61 - 65)的准确含义是难以把握的;对此,布思(Booth)的《埃斯库罗斯的〈奠酒人〉行 61 - 65》("Aeschylus' *Choephori* 61 - 65")对各种观点作了很好的总结。布思反对主流的解释(前文所述的),他认为这段话表达了一种暂时的衰退,而当正义之神(或在生命蓬勃之时,或在生命的黄昏,或在死亡之中)到来,非正义的繁荣就会被取缔;但是,布思的这种解释是建立在他对行 61 中的 ἐπισκοπεῖ(即"帮助")作了冒险的解释之上的。(有关《奠酒人》行 61 - 65 的问题布思在他后来的一篇题为《埃斯库罗斯的〈奠酒人〉行 22 - 83 中的意义动向》(The Run of Sense in Aeschylus'*Choephori* 22 - 83)的论文中又重申了这些论点。)
③ 参考勒贝克的《奥瑞斯忒亚》(*The Oresteia*)页 98 - 101,在这里他将凝固的鲜血这一形象(行 66 - 67)与描写歌队因暗暗悲痛而"静止"的形象(行 83)相联系,在一系列环形结构中,这两者的联系标示了围绕本场颂歌的三大主题中的第三个主题。不过,似乎只有这最后一个例子清晰地展现了一种联系,即勒贝克所谓的环形结构所标示的话题,与三大主题(仪式性的哀伤,对个人命运的绝望,实现正义的复仇的意愿)中的最后一个主题之间的联系,而评论家往往认为这三大主题构成了这场颂歌的结构。

特征("那养育万物的大地吸饮了人血……"),这正给我们一种可怕的反讽性提示,即这一过程将会反转:如果生命本身受到了他人的亵渎,那么冥界将发起报复。流血的不可逆性冲击着家庭,直指那亵渎处女的惊人形象("新娘的闺房一经玷污,便无法再挽回",行71-72),这正解释了歌队所描述的污染,江河汇在一起也无法将其洗净。这场颂歌以歌队提醒自己的奴隶身份作结:她们不过是家宅中的俘虏,自己本身无力承受其歌中所预示的复仇。这正为主要的奠酒人厄勒克特拉的演说作了提示,因为正如我们即将看到的那样,本剧中年轻的复仇者将在很大程度上依赖这些年长的、被奴役的女人的指导。①

《奠酒人》中的每个场景都对应着恰当的行动。厄勒克特拉与歌队之间的小对话(行84-151)被安排在认出奥瑞斯忒斯之前,夹在更具戏剧性或更激动人心的场景之中,我们很容易低估这段对话的重要性。但我们应该记住的是,这正是所谓的"奠酒戏"(而在此我们作为读者的确缺乏这些场景的材料);王后送来安抚亡灵的祭品也正是这里第一次转向反对她。在克吕泰墨涅斯特拉反常的祭品和决心要进行献祭这一反常行为下,潜藏着对弑母意图的根本恐惧,而实践这一意图的意愿都将在合适的地方得以进一步强调——[105]这种强调在这里几乎完全被厄勒克特拉的第一段台词的低音调压抑了。在这里,厄勒克特拉最引人注意的地方在于,面对强加于她的恶劣处境,她表现出既温和又谨慎的天性。她

---

① (之前的注释者)普遍认为组成歌队的女奴是阿伽门农从特洛伊带回来的战俘。但这一点其实文中并没有提到(注释者们的推理似乎是来源于对行75中 ἀνάγκαν … ἀμφίπτολιν 的严重误读),而且,对于现代读者而言,这些被阿伽门农俘虏的女人对于为他复仇如此热心这件事本身似乎也很奇怪。不过,我们必须承认《阿伽门农》中的卡珊德拉也被塑造为国王的忠诚拥护者。西奇威克对此作注(导言,页xvii):希腊肃剧中的一个惯例就是"家中的奴隶……应该将他们自己视为该家族的财富",这一点发生在特洛伊俘虏身上或许并不比发生在其他俘虏身上更不符合逻辑。

的第一段演说以她对歌队的一系列胆怯的发问开始,在此她不敢表达她心中那可怕的反讽:

> 我能说,就像人们通常所做的祷告那样:应根据那些献上这些祭品的人给以同等的回报,那将是一份配得上他们的……罪恶的礼物?(行 93 - 95)

因此,在下文中的对话中,厄勒克特拉向歌队询问那些她自己有所迟疑的话语:

> ——怎样祈祷?我没有经验,请你指教。
> ——求一位天神或凡人对他们——
> ——你的意思,是作为审判者,还是复仇者?
> ——你只要说,祈求一个能让一命偿一命的人!
> ——但我这样请求神明,是否虔诚?
> ——对仇人以怨报怨,有何不虔诚?(行 118 - 123)

厄勒克特拉以祈祷开始了她的奠酒祷告,正如奥瑞斯忒斯向 $\chi\vartheta\acute{o}\nu\iota o\varsigma$[下界的]赫耳墨斯祈祷时那样,向着地下的力量($\delta\alpha\acute{\iota}\mu o\nu\alpha\varsigma$,行 125)、大地本身祈祷:"大地生产万物,养育万物,再把他们收到胚胎里($x\tilde{u}\mu\alpha$,一个事实上的怀胎比喻)。"(行 127 - 128;我们又一次看到了下界力量的双重功能——孕育生命,接受死亡,尽管这里所歌颂的是这种循环的毁灭性面相)。厄勒克特拉祈祷的独特形式在这种犹豫不决、近乎无知的方式中得以延续,我们在前面已经注意到这种方式:"请让奥瑞斯忒斯顺利归来"(行 138),"我的心灵将比我的母亲更节制($\sigma\omega\varphi\varrho o\nu\varepsilon\sigma\tau\acute{\varepsilon}\varrho\alpha\nu\ \pi o\lambda\grave{\upsilon}$,行 140),行动也将更虔诚",以及"父亲啊,对于你的敌人,我祈祷复仇者现身,公正地让杀人者血债血偿。"(行 142 - 144)在祷告词中,无论是母亲还是复仇者,都没有被特别强调,厄勒克特拉用无知的语调提起奥瑞斯忒斯和她自己,他们在实现复仇之前都要经历一场蜕变。①不过,奠酒戏的功能已经实现了:克吕泰墨涅斯特拉对死者的安抚已经被转变为向她复仇的祈祷,在一系列相互作用的受苦意象之下隐藏着这样的意图(我们之前注意到的 ἵσ᾽ἀντιδοῦναι... δόσιν [106] γε τῶν κακῶν ἐπαξίαν,行 94 - 95; ὅστις ἀνταποκτενεῖ,行 121; τὸν ἐχθρὸν ἀνταμείβεσθαι κακοῖς,行 123; καὶ τοὺς κτανόντας ἀντικατθανεῖν δίκῃ,行 144 等内容在这一幕中的不同语境中经常出现)。

当歌队开始为墓前奠酒祈祷,他们便通过一个简短的抒情诗节(混合了多赫米亚格[dochmiacs]和抑扬格)将第一场分为两个部分。他们也祈祷复仇者的到来;但是,和厄勒克特拉一样,他们并没有说奥瑞斯忒斯就是复仇者,由此为下一场中"揭示"返家的英雄作铺垫。

在这部戏的"辨认情节"中,埃斯库罗斯的"辨认标记"显得有些造作,而且似乎不太可能发生,因此常为后世所讨论。有三个设定准备并影响了厄勒克特拉和奥瑞斯忒斯的相认:厄勒克特拉在阿伽门农墓前发现了一绺与自己一样的头发;发现墓地附近的脚印与自己的刚好合适;最后,当奥瑞斯忒斯出现并自报家门,他向她展示了那块在他年幼时她亲手为他编织的织物。让我们满意于这三个设定是什么吧:三个形式化的、或许也是传统的辨认标记,

---

① 参考卡梅比克(Kamerbeek)的有趣评论《厄勒克特拉的祈祷与诅咒》("Prière et Imprecation d'Electre")。他同时也注意到了厄勒克特拉在祈祷时涉及到弑母行为时的犹豫。他观察到,在行 118,当歌队建议厄勒克特拉祈祷一位神或是凡人的来到时,她打断了她们,并要求区分"审判者(与)带来正义者"。卡梅比克从这些台词中为抄本中行 144 的 δίκην [审判]一词找到了佐证(斯卡利杰将其校勘为 δίκῃ,受到更广泛的接受),他认为 δίκην 一词应为 ἀντικατανεῖν(据斯卡利杰)的宾语——由于意外原因而延迟(因为奥瑞斯忒斯可能被认为将被命名为复仇者)。

第二章 奠酒人

并不是为了要在逻辑上"使人信服",而是为了完美地适应本剧的特征(êthos),而这一性情是非现实主义的,在很多方面都具有象征性。①

对于埃斯库罗斯对"辨认"所作的处理,还有两三个点或许值得一提。我们已经注意到,在这部戏中,厄勒克特拉先前的台词表现出了犹豫不决的特征,而这种特征在对话中一直延宕到她向歌队展示关于奥瑞斯忒斯的第一个"证据"时;事实上,是歌队首先提

---

① 有关这一幕中这些辨认细节的"可能性"、关联性或是真实性等要素的讨论、攻讦以及强词夺理的"辩护"俯拾皆是,回顾这些内容几乎毫无意义。(在古希腊肃剧中,很少有情景像这一幕这样,在古典学者之中引起如此之多的奇思妙想——不得不承认,大部来自过去时代的学者。我个人最喜欢的是塔克[Tucker]对这一段的讨论。他首先站在维多利亚时期气势恢弘的男权主义立场上说道:"如果她[指厄勒克特拉]不顾这些证据的荒谬性而满足于此并表示信服,那么她毕竟是在表演女人们所习惯做的事情。"[塔克,《埃斯库罗斯的〈奠酒人〉》,前言,页lxv]接着,他就开始为这些辨认细节的理性给出一个逐点详述的"辩护",而他先前明明指出是厄勒克特拉的女性直觉使她能够相信它们。)对于前人大量的学术分析以及是否存在衍文的争论(特别是有关"足迹"这条线索),我们可以在劳埃德-琼斯的《〈奠酒人〉与〈厄勒克特拉〉中的衍文》("Interpolations in Choephori and Electra")以及鲁(Roux)的《〈奥瑞斯忒亚〉评注》("Commentaires à l'Orestie'",页42-56有关《奠酒人》行164及以下的内容)两篇文章中找到最好的总结。劳埃德-琼斯承认我们现在所见版本中可能存在少量的缺漏(比如,在段208及段229以下的位置),但是他们反对存在大量的阙文,因为他们认为(在我看来是合理的)公元前五世纪的观众可以容忍在"足迹"戏中与之相关的不可能之事,特别是当它们本身就是传统故事的一部分的时候(页176)。鲁则分别为"织物"和"头发"两条线索提供了大量详细的、心理学上的解释(在后一条线索中,厄勒克特拉被认为已经说服了自己,并开始用发色的相同来说服歌队);而在处理所谓的"足迹线索"的荒谬时,鲁的论点是,它根本不是"辨认线索":他认为μετρούμεναι(行209)应该解释为比喻性的"用眼睛跟随"(这个解释在上下文中似乎不太成立),他从而认为,厄勒克特拉只是在她沿着这些脚印走的同时,描述了它们的方向和终点。这是一个非常独创的解释,但终究不够具有说服力,因为它得不到事实的支持——事实是厄勒克特拉自己将这些足迹称为"第二条线索"(δεύτερον τεκμήριον,行205)。对埃斯库罗斯的"辨认线索"的进一步鉴定,似乎可以在欧里庇得斯对它们的表面上的模仿中找到有关内容,参见《厄勒克特拉》行520-544。

出了奥瑞斯忒斯的名字（行 177），认为他（如果在远方）可能是这一绺头发的主人。厄勒克特拉进一步想，奥瑞斯忒斯本人可能还在远方（行 180），而歌队对此沮丧的评价（行 181－182）正好触及了这一层预想，从而为这一幕第二部分奥瑞斯忒斯的现身这一小反转提供了空间。最后一点，这一版本的奥瑞斯忒斯主题具有戏剧性的执着，这或许是我们的鉴赏中最有意义的一点，即奥瑞斯忒斯没有为喜悦的兄妹相认而欢呼，而是警告厄勒克特拉，提醒她表现出欢乐背后的危险："据我所知，我们（宫中）亲爱的亲人正是憎恨我们的敌人"（行 234）。厄勒克特拉则得以简短而有节制地（抑扬格）表达了兄弟回归的喜悦之情（"哦，神佑的目光，我应称你为我的父亲、母亲、姐妹、兄弟，合为一体！"）而就连这样一句，也很快与复仇的祈祷融合在一起（"但愿权力和正义，同至高无上的宙斯，一起帮助你！"行 244－245）①奥瑞斯忒斯自己的回答（行 246 及以下）则从最末这句诗中抓住线索，使得相认场景与全戏核心行动的第一步准备工作完美地融合在一起。

奥瑞斯忒斯的两段讲话（行 246－263；行 269－305）总结了第一部分，同时它对于我们解读下文中的大哀歌，理解《奠酒人》的行动中奥瑞斯忒斯的个人"动机"都具有重要意义。在第一段讲话中，奥瑞斯忒斯正式祈求宙斯帮助恢复他父亲的王室。显然，这种恢复包括了谋杀篡权者（在下文讨论的行 251 中的 $\vartheta\eta\varrho\alpha\nu\ \pi\alpha\tau\varrho\dot\omega\alpha\nu$ ［父亲的猎物］这个含糊的表达可能暗指这一点），但是由于本戏的精密简练，我们在此还没有为奥瑞斯忒斯（或我们自己）做好直面血泊的热身准备。眼下的重点在于阿伽门农无依无靠的子女的贫困："饥饿压迫着失去亲人的孩子，他们还不够强壮，没能将父亲的猎物拖回

---

① 我认为行 245 中应该是 $\sigma o\iota$ ［你的］，这是斯担利（Stanley）对 M 本中 $\mu o\iota$ 的校订。$\sigma o\iota$ 显然与上下文更相符，但是在否认 $\mu o\iota$ 的同时，我们并非完全反对"选择较难的读法"（lectio difficilior）的原则，因为这个对句所代表的惯例祈祷往往（即在大部分语境下）是用来向宙斯与 $\Delta\iota\varkappa\eta$ ［正义女神］为说话者祈福的。

洞穴"(行 249－251)。① 埃斯库罗斯式的奥瑞斯忒斯也并没有超越诉诸于宙斯自身的利益:这提醒我们(这使我们想起《七将攻忒拜》行 271－278 中厄忒俄克勒斯类似的"古老"祈祷;亦可参考行 77),如果宙斯没能保护好阿伽门农的孩子,那么他也就不能得到他过去从阿伽门农那里得到的献祭。因此,这段从"雄鹰的幼雏"(αἰετοῦ γένεϑλ', 行 258;这使我们想起了《阿伽门农》行 49 及以下的王者形象,同时可参考行 114－138)②开始的祈祷,既强调了在此剧的这个节骨眼上想要复仇之人的脆弱(与厄勒克特拉先前的台词所起的效果一致),同时也强调了奥瑞斯忒斯对即将到来的行动的个人的或"自私的"动机(有别于家族因素和超自然因素的动机)。

另一方面,在他的第二段讲话中,奥瑞斯忒斯强调了阿波罗神谕急迫命令他为父报仇(同时也伴随着他本人对神助的自信)。的确,"如果我不让那杀死我父亲的人血债血偿"(行 273－274),他以尽可能最强烈的方式描述压在他身上的强力:来自下界的可怕的肉体折磨(ἐκ γῆς δυσφρόνων μηνίματα, 行 278)以及其他因其父之血而来的厄里倪厄斯降下的惩罚(ἄλλας προσβολάς, 行 283),包括了疯癫与流放,驱逐出一切宴席与祭坛。③ 奥瑞斯忒斯引用神谕,

---

① 对于 ϑήραν πατρῴαν 这个表达(这是对抄本中行 251 的 ϑῆρα πατρῴα 的通行校正),一些学者(如塔克、西奇威克以及劳埃德-琼斯)认为它表示"毁坏了他们父亲的猎获物",而另一些学者认为它表示"阿伽门农的猎物",指的是克吕泰墨涅斯特拉和埃奎斯托斯。佩利(Paley)就认同第二种观点。而塔克(他认为这个词应该作 ϑήραν πατρῴαν)则认为这第二层解释去指的是奥瑞斯忒斯所继承的"祖传家产"。
② 因此,这段演讲中先前使用的网罗意象与阿伽门农的被害之间的联系让我们想起《阿伽门农》行 357 中对这个意象的使用(用来形容阿伽门农征服特洛伊)以及在《阿伽门农》行 868 以及行 1115 中克吕泰墨涅斯特拉的伪装,以及卡珊德拉关于等待阿伽门农的死亡之网的真实幻象。
③ Ἐρινύων ἐκ τῶν πατρῴων αἱμάτων。厄里倪厄斯是专为家族凶杀报仇的神。的确,在三联剧的下一部戏中厄里倪厄斯为为克吕泰墨涅斯特拉的被害复仇,她们将会告诉奥瑞斯忒斯她们不会追究阿伽门农之死的罪责,"因为她杀死的男人与她没有亲缘关系"(《和善女神》行 605)但是,阿伽门农的厄里倪厄斯将会一如既往地迫使阿伽门农自己的亲人,奥瑞斯忒斯,为他的被害复仇,无论对方是否与复仇者有亲属关系。

给出了完整的恐惧清单,这一设计显然是为了表明超自然力量给予王子极大的压力,从而提前为他的反自然弑母行为免罪。奥瑞斯忒斯执行这项罪行可能的确有他自己的原因(这些原因在不久之后也将重复出现),但是我们也能够看到,在这些压力之下,他其实并没有真正的选择余地。来自下界力量的压力,[108]另一方面也是奥瑞斯忒斯用以辅助自己实现谋杀的借力。

第二段讲话的最后段落总结并融合了这些复杂的动机,诸如个人的、家庭的以及超自然的动机,它们共同激励着奥瑞斯忒斯。

> 我难道能不相信这样的神谕吗? 即使我不相信,这件事仍旧是要做的。因为诸多欲望将我推向同一个终点:神的命令,我对父亲的哀痛,我自己痛失家产,以及我那最杰出的公民同胞们,他们攻下特洛伊并以其精神闻名,他们不能成为这"一对妇人"的臣民。因为他(指埃奎斯托斯)的心是一颗妇人的心;如果不是这样,我们很快就会知晓。(行 297 - 305,行 305 写作 εἴσομαι [赫尔曼])①

---

① 因为的前两句有一些难解之处。奥瑞斯忒斯认为哪些神谕他应该相信? 显然,不会是要求他复仇的神谕,因为他在下面的话语中告诉我们这件事必须得做,无论他是否相信神谕,然后他才在下文中提起阿波罗的命令(行 300),同时加上了实施复仇行为之不可抗拒的理由。因此,这样解释似乎更合适:认为行 297 中的"这些神谕"(τοιοῖσδε χρησμοῖς)指向的是前文刚刚引用过的、补充性的神谕警告,即如果复仇失败,他将面临的可怕惩罚。同时可以参考里维耶(Rivier)在《对埃斯库罗斯的必然之事与必然性的评论》("Remarques sur la Nécessaire et la Nécesité chez Eschyle")一文中对《奠酒人》行 298 中的解读与暗示时的有趣讨论。里维耶认为行 298 中的 πέποιϑα [信任] 指的并非是相信神谕的真实性,而是信任其提供的证据。根据下文的内容(行 299 及以下),他正确地指出,在复仇一事中,奥瑞斯忒斯的 ἵμεροι [渴望] 不能孤立地去看待,他知道神明是会参与到这一事件中去的。不过,无论是在这里,还是在这篇文章中的其他一些地方,在所有出现神的限制的地方,里维耶都试图取消一切人类选择的因素。劳埃德-琼斯对这个问题的解决方案更容易被接受,他们认为,宙斯的意愿(正如阿波罗在《和善女神》行 616 - 618 中所告诉我们的那样,在阿波罗一切预言性话语的背后都是宙斯在支持他) (转下页注)

本剧的准备行动现在已经完成;每一个主要人物(奥瑞斯忒斯、厄勒克特拉以及带有反讽的逆转作用的克吕泰墨涅斯特拉)都已经初步接近与他们相关的下界力量;歌队歌唱出"鲜血一旦被大地所饮"之后将产生的可怕影响;回归的奥瑞斯忒斯被认出,并正式地宣称自己为复仇者。复仇的第一步现在以诗节 306－478 的哀歌开始,歌队、奥瑞斯忒斯以及厄勒克特拉的长歌与(至少在歌队表演的部分中存在的)舞蹈在阿伽门农的墓前展开。①

(接上页注)逐渐通过人类自己的意愿而得以实现。(参见劳埃德-琼斯的《宙斯的正义》[The Justice of Zeus]第一章各处,以及第四章页 85 及以下)(对于《奠酒人》行 298 以下这部分之前的内容的解释来自于我个人之前对《〈奥瑞斯忒亚〉中歌队与主要人物的互动》这篇文章[以下简称《互动》]所作的讨论,尤其是页 331－332 以及注 11。)

① 在抑抑扬格的部分以及歌唱的部分里,歌队分别以行进和跳舞的方式为她们的发言伴舞,这个假设是十分合理的。

下面对于"大哀歌"的讨论是从我的《互动》一文的页 332－339 中摘出的。

3. "大哀歌"(行 306 – 478)

  《奠酒人》中"大哀歌"的含义以及戏剧目的,多年来引发了诸多相互冲突的阐释。近年来的研究(大概始于莱因哈特[Reinhardt]对这段哀歌①的精彩讨论;就目前来看,结束于勒贝克对《奥瑞斯忒亚》的研究)②在很大程度上更正了一些极端的观点,这些观点倾向于强调这一段文字某个方面的特征而排斥其余的特征。维拉莫维茨③认为,这段哀歌的主要功能在于引导内心挣扎的奥瑞斯忒斯做出弑母的可怕决定,有几种研究恰当地驳斥了他的观点。通过总结哀歌前的内容,我们可以看到,无论是在奥瑞斯忒斯心里,还是在观众心中,都毫无疑问地决定要实践复仇,既因为奥瑞斯忒斯自己的原因,也因为阿波罗对他所施加的压力。维拉莫维茨对这段哀歌的极端处理,[109]认为奥瑞斯忒斯做出决定是其道德挣扎的结果,这种观点激发了一些学者反向的极端反应,诸如

---

① 莱因哈特,《导演兼神学家埃斯库罗斯》(*Aischylos als Regisseur und Throloge*),页 112 – 122。
② 勒贝克,《奥瑞斯忒亚:语言与结构研究》(*The Oresteia , A Study in Language and Structure*),页 93 – 95;110 – 130。
③ 维拉莫维茨,《希腊肃剧二:奥瑞斯忒亚》(*Griechische Tragödie* II, *Orestie*),页 143 – 144,页 148;《埃斯库罗斯阐释》(*Aischylos' Interpretationen*),页 205 – 210;参考莱因哈特的讨论(同上,注释 15)。

沙德瓦尔特(Schadewaldt),在做了冗长复杂的分析之后,他倾向于认为整个哀歌的全部内容都从属于它的高潮,即唤起亡灵帮助奥瑞斯忒斯执行他的决定。① 这个观点忽略了实际的戏剧性过程中的一些东西。他关于哀歌的最终结果的分析不管多么正确,令人不安的事实仍然在于,正如我们应该看到的那样,这段哀歌的前半部分并不是直接关系到呼唤阿伽门农来帮助复仇的。

莱斯基(Albin Lesky)②试图调和这两种极端的立场。他正确地看到哀歌中不同的诗歌有时是为了影响已故国王的英魂,有时是为了激发他那活着的复仇者的情绪。不过,他的论点中更为基础的内容(归根到底,还是不够具有说服力)在于他试图区别,在哀歌之前奥瑞斯忒斯的决定是阿波罗强力作用的结果,而这之后,他的决定成为了哀歌的结果,完全与他自己的意愿融为一体。他指出,哀歌之外所发生的事情主要是埃斯库罗斯从传统中继承而来的,这些内容也就是这部戏的情节(汉德朗[Handlung])与行动所需要的全部内容了。而哀歌所包含的内容则为这个理由提供了必要的肃剧素材:

奥瑞斯忒斯盲目地听从神谕,作为实施犯罪行为的工具,神明也将保护他免于遭受其行为后果的伤害。这样一个奥瑞斯忒斯不可能是悲剧事件的对象,至少不是埃斯库罗斯诗歌

---

① 沙德瓦尔特(Schadewaldt),《埃斯库罗斯〈奠酒人〉中的哀歌》("Der Kommos in Aischylos' Choephoren")。对于前文所强调的内容,可以参见页 113 - 115,335 - 337。同时也可以参考劳埃德-琼斯在《埃斯库罗斯的〈奠酒人〉》(*The Libation Bearers of Aeschylus*)翻译和笺注中对这段哀歌所作的注释,见该书页 26。(当然,在这段哀歌中,呼唤阿伽门农地下英魂的重要性毋庸置疑,"在埃斯库罗斯的笔下,唯一真正扣人心弦的灵魂(罗森迈尔语)……是阿伽门农在墓中的强烈意志,正是它在幕后导演着复仇的发生。"罗森迈尔《埃斯库罗斯的技艺》[*The Art of Aeschylus*],页 267)。
② 莱斯基,《〈奠酒人〉中的哀歌》("Der Kommos der Choephoren"),如果想要了解本书中总结的内容,可以参见页 118 - 121。

的对象。①

如果我们只看这段哀歌仅呈现了奥瑞斯忒斯作为人的与他个人的复仇欲望被激发,正如莱斯基自己所看到的那样,他的观点所面临的主要困难则来自于前面的一段话(行 297-305)。在此,如我们所见,奥瑞斯忒斯清晰地表明他本人对于复仇的意愿,这种意愿与他自己的欲望相一致,(正如他告诉我们的那样)哪怕他不相信神谕所说的威胁,他也会这样做。莱斯基费力地提供了并不令人信服的论据,怀疑这段话的真实性;他指出,如果我们接受了这段话,那么我们顶多只能将它们看作是哀歌核心材料的序幕——他这种孤注一掷的努力,显然是为了证明,奥瑞斯忒斯决定之中人的一面只存在于这段哀歌之中。而在我看来,莱斯基对哀歌这一层面的解读不够突出。

莱因哈特的观点没有那么绝对,因而也更可接受些。[110]他坚持认为"哀悼变为复仇"(Klage wird zu Rache)是哀歌的一个显著发展过程,而这个过程是哀歌戏剧意义的核心。他这个观点与沙德瓦尔特不谋而合,他们都认为,这段哀歌的核心在于复仇行动应当如何实现,而非这一行动是否应当实现;不过比起沙德瓦尔特,莱因哈特表现得更为细致,他认识到,哀歌首先与哀悼有关,然后才随着复仇者从彼此身上、从地下的复仇英魂中汲取力量,最终发展为复仇行动的一部分。② 在勒贝克对哀歌的最终结果的评价中,她赞同莱因哈特的观点,但是与莱因哈特(或现今的作者)相比,她认为这个结果与"奥瑞斯忒斯做出决定的整个过程"更为相关,她认为这整个过程都在这段哀歌中"表演了出来"。(对于在上

---

① 同上。页 120。
② 莱因哈特《导演兼神学家的埃斯库罗斯》(Aischylos als Regisseur und Theologe),页 114-115,页 119。

下文中,奥瑞斯忒斯在哀歌前已经宣布了这个决定这一事实,勒贝克有意地选择了回避。她的理由有点可疑,即这种暂时优先的考虑与讨论抒情段落没有联系。)①

毫无疑问,这些研究大多都揭示了这段哀歌的主要含义。需要继续讨论的是其发展的过程:哀歌中实际的抒情性-戏剧性发展,它如何传达这些含义,其中的各种要素如何互动,最终又如何逐步将这些含义融在一起,达到一个高潮的行动。

在开始的一系列抑抑扬格(行 306 - 314)之后,哀歌的第一部分(行 314 - 442)的形式分为四个抒情三和音,其中前三个三和音之后都伴随着歌队插入的抑抑扬格。这些诗节的轮流演唱极为严格:奥瑞斯忒斯、歌队、厄勒克特拉、合唱抑抑扬格等等,直到第四个三和音,其后没有抑抑扬格作结。在这部分哀歌中,歌队毫无疑问引导甚至领导了两个角色的思想与情绪,直到接近尾声的时候,歌队自己突然失去了信心。在其开始的抑抑扬格中,歌队呼唤莫伊拉(Moirai),希望她能实现宙斯的正义,②并引用自古以来的血债血偿以及 δράσαντι παθεῖν(行动者必受难)的故事。奥瑞斯忒斯与厄勒克特拉的两段悲痛的呼喊(行 315 及以下,行 332 及以下)实际上是在悲伤地

---

① 勒贝克,《奥瑞斯忒亚》页 112 - 114,参考页 120。勒贝克(页 112)认为,在"抒情诗的永恒性"的基础上,我们在这里可能忽略了奥瑞斯忒斯是在哀歌之前做出的决定。这个观点很有意思,但是我认为,它站不住脚。或许,比起埃斯库罗斯,我们可以在欧里庇得斯的作品中找到更为简单的例子来说明这类次序,比如在《阿尔刻提斯》行 244 及以下,"哀歌式的"语言之后,紧接着的是阿尔刻提斯在行 244 及以下以及 280 及以下中的"戏剧性"死亡;在《海伦》中,海伦抑扬格的抱怨与自杀的威胁(行 255 及以下),紧接的是她在一个哀歌式的段落中的抱怨与威胁(行 330 及以下)。不过,我并不知道埃斯库罗斯或欧里庇得斯作品中还有什么其他例子,能够代表这样的情况:一系列哀歌式的对话最终指向一个决定,而这个决定是在哀歌之前的抑扬格场景中就已经明确作出的。

② 在这里,莫伊拉与宙斯的正义被描述成站在古老的同态复仇法(lex talionis)同一边。在三联剧稍后的内容中,和善女神歌队则将自己与莫伊拉联系起来,称为 παλαιαὶ δαίμονες(旧秩序的神),同样受到了年轻的神明践踏。参见《和善女神》行 723 - 728;以及行 172。

试图接近阿伽门农的魂影。对于每一次呼喊,歌队的回答都在将歌唱者坚定地推向手中的行动。奥瑞斯忒斯将光明的王国与黑暗的坟茔相对比(行 319),歌队对此的回答是向他保证(行 324),死者的心智继续存在;对于奥瑞斯忒斯所说的为先王献上挽歌,是为家族带来荣耀(行 320 - 322),[111]歌队补充道,这种哀挽将指向正义(行 330)。① 同样地,厄勒克特拉的"墓前哀歌"(行 334 - 335)在歌队愉快的情绪中转化为胜利的赞歌(行 343),并说它将回旋于王室的宫廷。对于每一个情况,诗人强调,歌队强有力地转变了奥瑞斯忒斯与厄勒克特拉言辞的方向,并采用刚刚用过的词语与形象,使得这种转变更为清晰:奥瑞斯忒斯试探性的献曲,σκότῳ φάος ἀντίμοιρον [用光明补偿黑暗](行 319),有 ἀναφαίνεται δ' ὁ βλάπτων [害人者被揭发](行 328)作为回应;奥瑞斯忒斯的 γόος εὐκλεής [表示赞叹的哀悼](行 321)由 γόος ἐκ δίκαν ματεύει [寻求正义的哀悼](行 330)回应;而厄勒克特拉的 ἐπιτύμβιος θρῆνος [坟前的挽歌](行 334 - 335)则由 ἀντὶ δὲ φρένων ἐπιτυμβιδίβων παιάν ... [用胜利的歌声代替这坟前的挽歌](行 342 - 343)回应。②

复仇者们慢慢地回应歌队的引导,(各自轮流)表达了一个"不可能的愿望":奥瑞斯忒斯说,他希望他的父亲战死在特洛伊,留下美名(行 348 - 353);而厄勒克特拉则说,她希望不是阿伽门农而是杀害他的凶手,被用同样的方式杀死,即丧命于他们自己的亲友(philoi)手中。可以看到,歌队又一次将这些无望实现的悲叹转变为更加积极的建议。对于奥瑞斯忒斯的"不可能的愿望",他们说:

---

① 我个人认为这段应校勘为 γόος ἐκ δίκην ματεύει(即默雷[Murray]对行 330 的校订);不过 γόος ἔνδικος ματεύει(M 本)的写法也表达了类似的意思。沙德瓦尔特和莱因哈特的解读都将重点放在这一节上。
② "用光明补偿黑暗"(行 319,根据几个版本,ἀντίμοιρον 之后有一个标点);"害人者被揭发"(行 328);"带着尊敬的哀悼"(行 321);"哀歌找到正义"(行 330);"在坟前的一曲挽歌"(行 334 - 335);"一曲胜利的赞歌,代替这坟前的挽歌"(行 342 - 343);希腊人更为生动地表现了这种相互作用。

"(即使这样),你现在身处你那光荣而死的朋友之中,备受尊崇(ἐμπρέπων,行 355)……因为你生前是国王……":这提醒了奥瑞斯忒斯,国王即使被害,在地下也仍然手握权杖。① 歌队也同样地纠正了厄勒克特拉满心憧憬的祈祷:

> 你所说的事情很好,因为你的愿望就是力量(δύνασαι γάρ,意思可以是"许愿总是容易的!"或者,也可能是"你可以让愿望实现")。至于现在,双条的长鞭已在击打,已经传到地下去了。甚至啊,能够帮助你的人……已葬身地下……复仇属于子嗣们。② (行 374 - 379,有省略)

歌队试图借此将复仇者与下界力量相联系,从而将他们寄予希望的祈祷转变为行动。"就像一支箭",歌队最后的劝诫传进了奥瑞斯忒斯的耳朵(行 380 - 381):从这一点开始,增加的比喻标志着整个哀歌的节奏加快。最后,复仇者开始接下歌队的火种。首先是奥瑞斯忒斯(行 382 及以下),然后是厄勒克特拉(行 394 及以下),两人先后呼唤宙斯降下复仇的力量。接着,厄勒克特拉开头(行 394 及以下),奥瑞斯忒斯随后(行 405 及以下),召唤着冥界的力量来帮助他们伸张正义。不过,歌队还是先他们一步,引领着两位复仇者。当奥瑞斯忒斯召唤宙斯派遣姗姗来迟复仇的阿忒,③歌队描绘自己在(特指的)"被杀的男人与被毁灭的女人"跟前歌唱胜利的哀歌(行 386 - 389)。就在这一段中,歌队残酷的意志引出了诗人所作的[112]最强烈的形象:"在我心灵的船头,刮起决心的

---

① 一些校勘者想要将 ἐμπρέπων 校订为 ἐμπρέποι(行 335)以及将 εὔξῃς 校订为 εὔξῃ(行 360),对此,沙德瓦尔特合理地进行了反驳(参见《哀歌》一书第 325 - 326 页)。歌队在这里直接向死去的国王发言或许更容易让人接受(除了维拉莫维茨对这段哀歌的见解以外),而这也正是对抄本呈现的写法。
② 对此,我遵从多兹的校订,将行 379 的 μᾶλλον(M 本)改为 μέλον,但不可否认的是,我们只能推测这段残文的原义。
③ ὑστερόποινον ἄταν(行 383)。参考《阿伽门农》行 58 - 59,ὑστερόποινον ... Ἐρινύν。

疾风"(行390-392)。① 而当厄勒克特拉呼唤宙斯、大地(Gê)以及下界的力量,希望他们伸张正义时,歌队几乎是一针见血地(ἀλλὰ νόμος μὲν ... 行400及以下)提醒她"鲜血一旦流下……就要引起又一场流血行动"。

我们已经在《阿伽门农》里克吕泰墨涅斯特拉的哀歌中看到,在哀歌的最后,王后几乎完全改变了她一开始对自己谋杀行为的态度。在眼下这段哀歌中,我们或许也可以看到一个类似的转变,尽管没有那么极端也没那么意义重大,但在这段三人哀歌接近尾声时歌队的立场发生了转变。② 随着王家的一双子女逐渐被引向更具体、更勇往直前的复仇祈祷,歌队第一次流露出她们的担忧。她们的形象化描述在绝望("听到你的这些话,我的心[σπλάγχνα]变得漆黑一片",行413-414)与希望("然后,希望又回归,将我扶起,一扫我的忧愁",行415-417)之间摇摆,与此同时,她们知道,可怕的行动即将来临。另一方面,厄勒克特拉的歌(与她在行140-141中的温和的祈祷对比,较为猛烈)变成了更为具体的威胁:

> 她也许是在乞怜,但是这些灾难永难化解。因为我们的灵魂就像一匹狼,用凶狠反抗我们母亲的乞怜。③(行420-422)

---

① 埃斯库罗斯通常将他的"风意象"转变为戏剧行动的关键转折点,或是其角色做出决策的转折点。参见《阿伽门农》行187,219及以下,1180及以下;《奠酒人》行775,行813-814;行821。

② 参考汤姆森的音乐类比:他将整个哀歌中的主句、对问句以及重复句,与赋格曲的结构进行对比。(参见海德拉姆与汤姆森的《奥瑞斯忒亚》页37-39)。

③ 这几行诗(行420-422)的准确意义饱受争议。佩里的见解和我在上文中的分析一致;劳埃德-琼斯(《埃斯库罗斯的〈奠酒人〉》)则将其翻译作"因为,就像一只凶狠的狼,他的愤怒不会为我母亲所哄骗",而西奇威克、斯迈思、拉替莫等人则认为 ἐκματρὸς 指的是说话者残暴的灵魂。(原文语序显然与后者的观点相悖)。或许这种语言的模糊性(在这两种观点之间)是作者有意为之的。毕竟,文中确实似乎含有一种暗示厄勒克特拉前文中祷文的反讽意味,这段祷文是这样的:αὐτῇ τέ μοι δὸς σωφρονεστέραν πολύ / μητρὸς γενέσθαι χεῖρά τ᾽ εὐσεβεστέραν [请让我的心智更健全/我的手也比母亲更虔敬](《奠酒人》行140-141)。

第二章 奠酒人

随着格律与主题的突转,歌队通过抒情的抑扬格爆发出了一股强烈的悲痛之情,这段诗也同时预示了在哀歌结尾直接向先王发出呼告。这段"那紧握的拳头,飞溅的鲜血与狠狠锤击的手臂"(行 423 - 428)提示我们,歌队此时正在伴舞,其动作十分激烈。现在提到 μάτηρ [母亲]这个可怕的词(行 422),厄勒克特拉可以直接将她的指控指向她的母亲。同时,她和歌队轮流(行 429 及以下,行 439 及以下)描述了阿伽门农屈辱的葬礼与尸首的毁损。对于来自厄勒克特拉的这一鞭策,奥瑞斯忒斯第一次以清晰的承诺作答,在哀歌中他承诺将亲手复仇:

> 她可会偿还我父亲的耻辱
> 借助神灵
> 借助我的手?(行 435 - 437)①

厄勒克特拉与歌队轮流用尸体蒙受的耻辱刺激地下的英魂:

> [113](父亲啊)听到我所说的您的不幸,请将它们铭记在心。(厄勒克特拉,行 450)
> 让这些事情到达你的耳朵,用你平静的心灵(仔细思量)……现在,带着不能平息的愤怒,你必须回归。(歌队,行 451 - 452;455)

---

① 这几行之所以重要,是因为维拉莫维茨沿袭了许茨(Schütz)的观点,想要将行 434 - 438 移到行 455 之后。而在眼下的位置(也是它们的合理位置),这段话干扰了维拉莫维茨的观点,他认为奥瑞斯忒斯在这个时候仍然因为弑母一事与他的意志作着斗争。参见维拉莫维茨的《埃斯库罗斯阐释》,页 205 - 210;以及莱因哈特《导演兼神学家埃斯库罗斯》,页 113。

因此，歌队仍在引导，哀歌中的各种成分都在激励共同的复仇情绪（到最后，就连已逝的国王也加入其中）。奥瑞斯忒斯最后的呼号："Ἄρης Ἄρει ξυμβαλεῖ, Δίκᾳ Δίκα（"以武力对武力，以正义对正义"，行461)表明了三部曲的整个对立主题；厄勒克特拉补充了她对神降正义的祈祷；而歌队（她们自己激起了家族血亲之间的暴力，这导致了她们因恐惧引起的短暂震颤[行463]，这有助于激起她们）歌唱了她们自己的结语：首先为这个家族所遭受的难以承受的事件哀悼（行466及以下），然后在第十一曲次节（行471及以下），庆祝这个家族将会用同样的血腥暴行来复仇。

简单地将这段哀歌的目的看作是召唤阿伽门农的英魂，或是纯粹激励奥瑞斯忒斯实现复仇，显然是错误的。根据其高潮的内容，前者的比重显然大于后者。但是，哀歌的多面性及其戏剧性的发展过程提醒我们，决不能简单地看待其意义。有一种观点认为，在哀歌之前，奥瑞斯忒斯已经表达了他复仇的决心，所以他并不需要进一步的鼓励。但是，逻辑化的选择与复仇行动所需要的内在情感推力是不同的。作为一部以弑母复仇为核心的肃剧，该剧恰到好处地以完全不同的戏剧形式展现这两个方面。更进一步说，激起奥瑞斯忒斯与阿伽门农的英魂进行复仇，是同一个复仇过程的一部分。通过交替使用哀悼与激励的模式、恐惧与报仇心切的诅咒，以及巧妙融合抒情性与戏剧性因素，这个分为三部分的哀歌理想地解决了如何同时激励生者与死者的复杂问题。

4. 第二场及第一肃立歌(行 479 – 651)

歌队用三行层层递进的抑抑扬格诗句为大哀歌作结,他们呼唤"神圣的地下力量"(μάκαρες χϑόνιοι,行 476)帮助阿伽门农的孩子们取得胜利。正是这几句话,引导着下文中的奥瑞斯忒斯与厄勒克特拉,真正开始激励死去的国王,为此,他们使用了一连串独特的抑扬格诗句(行 479 – 509),其力度几乎可以与《乞援人》中达那奥斯的女儿们对佩拉斯戈斯近乎恐吓的呼告相提并论。自相矛盾的是,明明是要为阿伽门农本人复仇,这一段却为唤起阿伽门农英魂的有力帮助,使用了大量劝诱的方式。在传统的由新娘献上的奠品(行 484 – 485;可以对比行 255 – 261 中对宙斯的类似祈祷)之上,又加上了对过往屈辱的提醒("父亲,记得那场使你丧命的沐浴!"行 491;"记得那张罩网……!"行 492),并劝诱他,通过其子嗣的复位,可以恢复往日的荣耀,这一切都在厄勒克特拉生动的"浮木意象"中得到了适当的概括:

被害的英雄,他的子嗣将恢复他的英名,就像一块浮木托起下垂的渔网,让下沉的网拉伸,浮上水面!(行 503 – 507)

在复仇者准备好具体的计划之前,还需要提供更进一步的超自然因素。也就是说,需要有一个预兆,一个表明神明会庇佑未来之事的预兆,如《阿伽门农》中,双鹰分食妊兔(《阿伽门农》行109及以下)正是远征特洛伊胜利的预兆。在这里,对克吕泰墨涅斯特拉之梦的详细解读就承担了这一功能,歌队早就用抒情诗的方式对此进行了概述(行32-41),而这种解读被保留直至眼下这个段落,正是为了提供这最后的神圣信念(因为"梦境来自宙斯"),至此,复仇的英魂被引导至行动的边缘。歌队(通过歌队长)是这一梦境最合适的报告人,正是因为这场梦,克吕泰墨涅斯特拉派她们前来举行告慰性的奠酒仪式。当奥瑞斯忒斯得知这场梦的具体经过(王后生下一条小蛇,它咬破了喂养它的乳房),他终于为行动作好准备:

> 那么,那蛇的预兆表明($\dot{\epsilon}\kappa\delta\rho\alpha\kappa o\nu\tau\omega\vartheta\epsilon\acute{\iota}\varsigma$),我将成功地杀死她,就用那梦境所预言的方式!(行549-550)[①]

由于这部戏极其重视如何诱发"不可能的"行为,再加上必要时唤起的超自然力量,人们预料,这部戏中行动的实际方面会被控制在最低限度。而接下来对谋杀埃奎斯托斯的实际安排(皮拉得斯与[115]奥瑞斯忒斯伪装成来自佛西斯的异乡人,进到王宫,要求享受客人的礼遇;奥瑞斯忒斯一见到篡位者就立刻——不顾地点——将他杀死)本身的确非常简单;而对于谋杀克吕泰墨涅斯特拉,这部剧中最主要也是唯一可怕的事件,该剧却意味深长地没有作任何安排。

---

① 正如加维所指出的那样(《〈奠酒人〉的开场》,页83-84),克吕泰墨涅斯特拉所见的蛇幻象很像斯特西克鲁斯(Stesichorus)(残篇,页42)中的记载,不过,在后者中,"根据对残篇的更可靠解读"(有一些陶片作为佐证),这条蛇可能等同于阿伽门农自己。由此,埃斯库罗斯可能是第一个用蛇代表奥瑞斯忒斯的诗人……"他父亲的下界力量(Kratos)真正进入到了这个奥瑞斯忒斯体内。"(同上,页84)

第二章 奠酒人

　　本剧中的准备性行动已经完成。奥瑞斯忒斯准备好了,但是观众还需要进一步做好准备,接受克吕泰墨涅斯特拉将成为弑母案合适的受害者。为了实现这一点,歌队在第一肃立歌(行585-651)中回顾了神话中的可怕女性以及她们所做的各种家族暴行。

　　这段肃立歌的开篇,对自然的可怕($δεινά$)作了大胆而富有想象力的描述:"……大地养育出许多吓人的生物,大海充满了可怕的野兽,天空中闪过骇人的、闪亮的火光……"不过更糟糕的(即我们在第一曲次节听到的那样)是男人的傲慢,尤其是轻率女人的激情,[以为]能够胜任任何事物($παντόλμους$)。"她们是男人的同伴,带着复仇的精神让男人不得安宁。"

> 因为激情,无爱的激情($απέρωτος\ ἔρως$)掌控了女人,以同样的方式破坏了人类与野兽的婚配!(行599-601)

　　这段可怕的前奏曲为下文中一系列具体的可怕神话故事作铺垫:三位女性在激情的支配下做出了三件不同形式的家族谋杀。在第二以及第三个例子中(行612-622;631-638),身为杀人者的女性与其家族中的受害者各自的动机,都让我们想起克吕泰墨涅斯特拉和她的行为:贪婪使得可憎的斯库拉剪下了她父亲(尼索斯)头上那一绺保命的头发;嫉妒让利姆诺斯的女人残忍地杀死了她们的丈夫(行631-634)。但是,歌队所说的三个神话例子中的第一个,即可怕的($τάλαινα$)阿尔泰亚的复仇行为(行602-611),暗示了更为微妙也更为复杂的戏剧寓意:

> ……那可怕的、杀死孩子的忒斯提俄斯之女,安排好了死刑,她重新点燃了那黄褐色的木枝,与她儿子同年生的木枝,正是他从母亲腹里呱呱坠地之年,就和他性命与共的木枝……(行604-611)

这个故事作为典故出现在这里，其大致内容是，当炉膛里的一块特定的木头烧尽，梅利埃格就注定要死去；而他的母亲，阿尔泰亚（忒斯提俄斯之女），因为她的儿子在一场战斗中[①]杀死了自己的兄弟，愤怒之下将那块木头扔进了火焰之中。因此，又是另一个家族谋杀的故事，使我们想起克吕泰墨涅斯特拉，与其他例子一样，通过梅利埃格的第一声啼哭，[116]突出强调了行凶者与受害者的关系。这个极具反讽的反转，预示着接下来即将发生的奥瑞忒斯与克吕泰墨涅斯特拉之间的弑母情景。

母亲的、子女的、夫妇之间的谋杀：在神话的可怕长廊之中，克吕泰墨涅斯特拉的血腥行为（根据文本的传统次序）[②]突然冒了出来：

> 我已经说出了这些可怕的行为，多么不合时宜，[③]我提到了无爱的婚姻，对家族的憎恨，以及一个妻子谋害身为战士的丈夫的毁灭性计划……（行 623－627）[④]

最后一组分节歌（strophic pair）（行 639－651）为呼唤复仇的恐惧范例提供了一个华丽的尾声。埃斯库罗斯作品中时常充满强有力的比喻，这些比喻可以用具体的形式表达对我们而言十分抽象的概念。这个诗节展现了一条普遍规律：要用正义之剑打击不

---

① ［译按］原文所用的词为 battle，意即战斗。梅利埃格是在围猎卡鲁冬野猪时误杀了母亲的兄弟。
② 不过，这一部分中的次序问题还有待商榷，参见下文。
③ 我认为 ἄκαιρ' οὐδὲ 应该是 ἀκαίρως δὲ ［不合时］；参见斯廷顿，《埃斯库罗斯《〈奠酒人〉第一肃立歌》》(The First Stasimon of Aeschylus Choephori) 页 260。
④ 从行 628 至这个诗节的最后，这一部分的文本也是非常不确定的。

虔诚者。这组分节歌第二节的形象化描述呈现了一种更直接的联系("持剑复仇的命运之神准备好了她的武器",行647)以及正义之神与命运之神的代理人,这两位神现在都被包括在复仇诅咒之中,最终得以明确:

> 现在,著名的沉思的复仇神把孩子(τέκνον)①引进家门,清洗长辈洒下的血污。(行648-651)

至少就本剧文本的传统接受(其中仍存在大量文本上的不确定性)而言,对第一肃立歌的总体评论在这里可以告一段落了。不过,仍然有一些问题没有解决,即歌队为何要选择这几个神话例证(paradeigmata)(和这场肃立歌的表面目的的关系)以及它们如何安排次序——在前面提到的总结中,并未对这个问题充分地讨论。

我们先讨论这两个问题中的后一个(因为它更常引起学者的关注)。这其中有一点很奇怪,即歌队提到了克吕泰墨涅斯特拉的行为(这是与将神话进行比较的关键点),中断了这三个例子。正如斯廷顿(T. C. W. Stinton)所观察的那样:"其意图解释的重点总是出现在列举一系列神话例子之前或之后,或者前后都有——但

---

① 这里的文本和解读都有待商榷。但是如果我们遵从大部分编校者的意见,将行648-649中的关键词解读作 δόμοις / αἱμάτων [居所/嗜血者],而将行650的关键词理解为 τίνειν [付出代价],那么上文所选择的翻译应当是最合理的。西奇威克认为 τέκνον [孩子]指的是在歌队唱毕后登场的奥瑞斯忒斯,而非(如果理解为 αἱμάτων 的话)"昔日杀人犯的孩子。"不过,正如劳埃德-琼斯在翻译中所做的那样,将 αἱμάτων παλαιτέρων [昔日的谋杀犯]依赖于 δόμοις,这样的理解很有可能是合理的。但是,劳埃德-琼斯将整个结构转变为被动式("但是孩子被带到了往日谋杀犯的家中,以最终偿还由那著名的、老谋深算的厄里倪厄斯制造的污染"),这让读者感到它带有倾向性:它似乎试图将所有主动性的力量都归于厄里倪厄斯,而身为人的复仇者(这里指的是 τέκνον [孩子])则毫无主动性——或许这样安放重点,正好符合这位学者对作为整体的三联剧中超自然力量与人类因素的总体理解。

是从来不可能出现在中间。"①也正是因为这个原因,普罗伊斯(Preuss)调整了第三曲首节(行 623－630)与次节(行 631－638)的顺序,从而将第三个神话例子安排在克吕泰墨涅斯特拉的行为之前,他的这种调整得到了很多学者的认同(而且,在我看来,斯廷顿的观点也的确支持了他的这一改动)。当然,也有不少学者支持传统的顺序,并为此做出了诸多不同的解释,但在我看来,没有一个解释是足够成功的。② 比如,霍尔茨马克(Holtsmark)对这段肃立歌作了非常精彩的评论,唯一美中不足的就是他在这个问题上所作的解读:他认为,[117]说教(行 585－601)—例证(行 602－638)的次序安排是为了证明歌队所说的 τὸ δεινόν [可怕之物](行 633)定义的有效性,而歌队提到这一点,则是为了进一步鼓励奥瑞斯忒斯向母复仇。③ 但是(正如斯廷顿所坚持的那样),这一神话系列的关键正是要用来(以可怕的字眼)与克吕泰墨涅斯特拉的行为进行对比,正是这一层对比,而非"不虔诚者被惩罚"的例子(霍尔茨马克以此来解释所谓形成高潮的利姆诺斯例子),④导向肃立歌结尾为奥瑞斯忒斯向母复仇一事所作的辩护。

另一个问题(或者,至少是值得探究的点),涉及到肃立歌中前两个神话例子的选用。勒贝克很好地注意到:"由于这两个例子所展示的都不是不正当的激情(勒贝克已经注意到,前面的对照乐章可能会让人期待出现这样的激情)或是一个丈夫的被杀,它们与克吕泰墨涅斯特拉罪行的相似之处极少。"⑤对于这种表面上的差

---

① 斯廷顿,《第一肃立歌》,页 253。
② 出处同上,参考页 253－256 各处。(至于勒贝克对传统顺序的辩护,下文中会将其与她对整个段落的阐释相联系,从而进行讨论。)
③ 霍尔茨马克(E. B. Holtsmark),《〈奠酒人〉行 585－651》("On *Choephori* 585－651"),页 215。
④ 出处同上,页 216。
⑤ 勒贝克,《埃斯库罗斯〈奠酒人〉第一肃立歌:神话与镜子意象》(The First Stasimon of Aeschylus' *Choephori*. Myth and Mirror Image),页 183。

异，勒贝克提供了一个微妙的解释，至少在某些方面它是具有说服力的。她指出，阿尔泰亚与斯库拉的故事具有双重功能，或者，用她自己的说法，即"在两个层面上发挥作用"。除了直接揭示女性对家人犯下罪行以外，它们还"提供了一面后视镜，反思阿伽门农与奥瑞斯忒斯所犯下的相应罪行，这样一种方式导致了翻转，女人的背叛行为每次都涌现了出来。"

> 阿尔泰亚的罪行（勒贝克继续说道）其实是将奥瑞斯忒斯走下舞台后所做之事反转了过来……同时，正因为这是一个父母杀死孩子的故事，这个神话也就自然地与伊菲革涅亚为父亲所杀相联系。斯库拉的罪行则更准确地反转了前一个例子中的关系……它讲的不是父亲杀死女儿，而是女儿杀死了父亲。此外，正因为这是一个父母为子女所杀害的故事，这个神话也就与克吕泰墨涅斯特拉被她的儿子杀害形成了对应。①

"这几个神话合在一起（勒贝克在下文中总结了这三个神话例子），从各个角度展现了困扰阿特柔斯家族的血亲谋杀。"

在上文中，我引用了我个人认为勒贝克的微妙论点中较为站得住脚的那一部分。而当她讨论第三个神话例子时，即"利姆诺斯惨剧"，"一罪报一罪，一代人偿还另一代人的过错，"②我对她的观点就不那么有信心了。勒贝克引用希罗多德（《历史》，6.138），提醒我们，利姆诺斯岛上的暴行一直持续到"利姆诺斯的皮拉斯基人杀死了雅典女人以及[118]她们所生的孩子们。"但是如果歌队（或是诗人）在行 635-636 是想要唤起对当下之人的"惩罚"，那么这

---

① 出处同上，页 183；下面的引文出处同上，页 184。
② 此处以及下面的引文出处同上，页 183。

个例子则只能说是非常晦涩地表明了这一点,①而且,"偿债"的后代并不是利姆诺斯女人的子孙,而是皮拉斯基人绑来的妻子及她们的孩子。斯廷顿的正确地指出,勒贝克对于这三个神话例子的第二层含义的解释,并不能佐证(勒贝克试图捍卫的)第三组分节诗的传统次序:"在古希腊诗歌最传统的形式中,一段诗的修辞形式必须首先反映其最主要的表层含义。"②

---

① 西奇威克指出,为了做出这一解读,需要将行636中的 βροτῶν 校勘为 βροτοῖς,维拉莫维茨以及其后的佩吉(牛津古典文本,1972)、现在的斯廷顿(《第一肃立歌》,页255)都采取这一校勘。[校注]根据希罗多德的记载,皮拉斯基人被雅典人逐出阿提卡后移居了列姆诺斯。为了报复雅典人,他们劫掠了许多雅典妇女充当他们的侍妾。后来,皮拉斯基人的合法妻子出于嫉妒和恐惧,把雅典妇女和她们所生的男孩全部杀死。另,根据希腊的传说,列姆诺斯的妇女曾经合谋杀死了自己的丈夫和岛上所有的男人。参希罗多德,《原史》,6.137-138。
② 出处同上,页255。斯廷顿为了进一步证实他所坚持的顺序,分析了这个颂歌(直至最后一组对歌)的正式结构,即第一曲的枚举衬托(priamel)(行585-601,我们也可以成之为"格言式的枚举衬托")由第二曲的(神话的)枚举衬托详细、而且以合适的顺序进行举例说明。然后,"(第二个枚举衬托中的)三个例子一起……汇聚到了克吕泰墨涅斯特拉身上。"(页255-256)。

5. 第三场(行 652 – 782)

　　正如埃斯库罗斯作品中的其他地方一样,发生在谋杀前的两个简短的场景既在安排上十分恰当,又在表演中颇具匠心。第一个场景,是奥瑞斯忒斯由皮拉得斯陪着,打扮成福基斯的异乡人,向克吕泰墨涅斯特拉报告奥瑞斯忒斯的"死讯"。第二个场景,是奥瑞斯忒斯幼时的保姆被克吕泰墨涅斯特拉派去通知埃奎斯托斯回家,在途中,歌队说服了她,让她送去的消息正合密谋者的计划。这两个场景都充满了戏剧性的反讽,演员必须不动声色地将其表演出来,因为那些已经知道内幕的人必须小心地掩饰好他们的激动之情。这一系列紧张而又低调的戏剧性瞬间,与前文中公开的激动准备行动(长而声嘶力竭的哀歌,刺激死去的国王帮助复仇的抑扬格,对实际谋杀计划的简短陈述),形成了鲜明而有效的反差。他们通过语气("福基斯异乡人"与克吕泰墨涅斯特拉对话中彬彬有礼的伪善,以及老保姆对奥瑞斯忒斯的婴孩模样的朴实追忆),与即将发生的谋杀形成反差,从而达到了令人毛骨悚然的反讽效果。

　　这种反讽或许从奥瑞斯忒斯三次敲门(τρίτον τόδ', 行 655)开始,因为敏感的观众一定已经注意到,"三"(尤其是三次击打!)在

《奥瑞斯忒亚》这部戏中具有重要意义。①

> 让你们的主人(奥瑞斯忒斯喊道)出来——女主人可以,或者男人更合适。因为在交谈中,一个人对女人的尊敬(αἰδώς:这是一个表示"敬畏/羞耻"的词,在奥瑞斯忒斯杀死他母亲的时候,这个词将直戳他的咽喉)②会让他说的话含糊不清。(行 663 - 666)

[119]就这样,克吕泰墨涅斯特拉被"引入"了——一个有男子心性的女人的商谈,正如在三部曲的开头就有人这样称呼她③——这是她在本戏中第一次登场。她用反讽(有意无意地)回应了奥瑞斯忒斯的反讽:

> 异乡人(她这样回应奥瑞斯忒斯寻求住所的请求),招待客人的东西我们这里一应俱全——洗澡的热水,柔软的床榻以及合礼的目光。但是如果你有其他事情,需要进一步商谈,那就是我丈夫的工作了,他与我分享这王国的权力。(行 668 -673)

---

① 这种"三个一组"反复出现,仅举几个实例:在"宙斯颂歌"中,宙斯以"三投手"的形象出现(《阿伽门农》,行 170);目前的歌队将 τριγέρων μῦθος("三次讲述的故事"或是"三重古老的故事",《奠酒人》,行 314)描述成信仰 δράσαντι παθεῖν("行动者必受难")的典据;这个家族的三代人都参与了对这一真理的例证,至少是与"古老的正义秩序"相关;在三联剧中,τριγέρων μῦθος 最终将被抛弃,取而代之的是第三代人所建立的新的正义秩序。其他有关"三"的例子(如《奠酒人》第一场中厄勒克特拉以三个辩论标记认出奥瑞斯忒斯,第一肃立歌所列举的三个神话故事,以及歌队后来向宙斯承诺他将收获"三倍的回报",《奠酒人》行 791 - 793)也许只是巧合。
② 参见《奠酒人》行 899:Πυλάδη, τί δράσω; μητέρ' αἰδεσθῶ κτανεῖν;(皮拉得斯,我该怎么做? 我畏惧杀我的母亲吗?)
③ 《阿伽门农》,行 11。

第二章 奠酒人

第一处反讽（用"异乡人"称呼包括她自己的儿子在内的两位来客）当然是无意识的；而第二处，将"洗澡的热水"作为她好客温情的一部分，大概是诗人而非王后的安排，①但难以想象的是，女人不能胜任商谈的建议竟率直地从克吕泰墨涅斯特拉的口中说出！

"异乡人"带来福基斯人斯特罗菲奥斯（Strophios）的信息，此处语气平淡（"如果你碰巧正要去阿尔戈斯，请记得，用最庄重的方式告诉奥瑞斯忒斯的父母，他已经去世了——请千万不要忘记！"），而这段话的结束语则带有漫不经心的反讽（"我不知道我是否在同主事者[τοῖς κυρίοισι，此处为笼统的阳性名词]说话，但是他的父母理应知晓。"688 - 690）。② 所有反讽都运用得十分巧妙，这反驳了某些人的观点，他们认为，埃斯库罗斯不在乎或不擅长打磨戏剧的细节。克吕泰墨涅斯特拉的答复中也出现了同样确定的手法。她的台词包含了两种反讽：首先，是诗人自己的，他让克吕泰墨涅斯特拉谴责，是家族的诅咒（τῶνδε δωμάτων Ἀρά）让奥瑞斯忒斯死去（行 692 - 699）；其次是克吕泰墨涅斯特拉本人的反讽，她用典型修辞化的风格假装哀悼，感叹将家族从诅咒中解救出来的唯一希望如今消散（"现在希望落空了，唯一能够将这个家族从疯狂宴会中解救出来的医师，就这样弃我们而去"，行 698 -699）。③ 这一

---

① 参见劳埃德-琼斯译本中对此处的注释。
② 参见勒贝克对这里所说的第二层乃至第三层含义所作的精妙评注（《奥瑞斯忒亚》页 126）：做父母的应该认出她自己的儿子（即正与她说话的人）；"或者，他真的是如他自己所说，是一个 ξένος [客人]，他与她之间唯一的联系只是他曾经短暂地居住在母亲陌生的体内？"（参见《和善女神》，行 660 - 661）。
③ 这句话的含义，特别是 βακχείας καλῆς [美妙的疯狂宴会]，行 698，以及 παροῦσαν，即抄本对行 699 的分词的写法，这个词一直颇受争议，一些编校者认为这个词疑点太多，以至于只能打一个问号。上文中所给出的翻译（基本上是西奇威克所采纳的理解方式）是采纳了波夫将 παροῦσαν 读作 προδοῦσαν [预先警告]的观点。如果有人坚持认为应该是 παροῦσαν 的话，那么恐怕只有劳埃德-琼斯的解释能够说得通了（这多么令人绝望），他将"在场的希望"（hope being present）解释为一个法律隐喻（只有当被判有罪的罪犯在场，死刑的判决才可以（转下页注）

幕的最后,"传话者"按照习俗表达了他送来坏消息的歉疚之情,克吕泰墨涅斯特拉则按照习俗表明她恢复了信心("朋友光临我家,我们给你的款待不会比别的人少,感谢你带来的所有消息!",行708),这些内容也同样是用来实现反讽效果的,由此奥瑞斯忒斯以和平的方式进入宫室,在那里等待着埃奎斯托斯的归来。

一系列合唱的抑抑扬格(行719-729)将"奥瑞斯忒斯—克吕泰墨涅斯特拉"的戏与其(在第一场谋杀情节中的)互补部分,即歌队与奥瑞斯忒斯的保姆之间的对话隔开。

啊,神圣的土地,令人尊重的坟丘啊,你们如今掩埋了王家的遗骨,那是舰队的统帅,现在,请聆听!……(行722-725)

[120]由此,在本戏在早前的行动中,歌队唤起了下界力量的觉醒,而这正是复仇行动成功所依赖的条件。就主题而言(歌队即将开始一种特别的吁请),歌队呼唤佩托(说服女神)出现并施以援手,①同时她们也呼唤赫耳墨斯,一个黑暗的($\nu\acute{\nu}\chi\iota o\nu$)、狡猾的神,希望他能指引这项任务。

"保姆戏",就像前面的插曲一样,②带着一种不显眼的"自然

(接上页注)宣判)。无论如何,我还是认为,βακχείας(无论是与καλῆς[反讽]搭配,还是将之修订为κακῆς[糟糕的])指的是家族诅咒的疯狂;因为克吕泰墨涅斯特拉在行691以下已经提到,是家族的诅咒导致了奥瑞斯忒斯的死去,那么她现在假装他就是打破家族诅咒、或将她从这诅咒中解救出来的唯一希望,这也就顺理成章了。这同样符合这段话中的双重反讽(克吕泰墨涅斯特拉的与诗人的反讽),因为,克吕泰墨涅斯特拉其实知道,奥瑞斯忒斯本应该实现家族诅咒,而非将她从中救出。

① ξυγκαταβῆναι[去往](行727):的确,这个词具有作为同盟进入比赛的意味,但是它同时也暗示其方向是向上;Πειθώ[劝诱女神]被认为是住在上面(参见《阿伽门农》行105-106中的ἔτι γάρ θεόθεν καπνεύει / Πειθώ...),就像赫耳墨斯是从地下带来诡计的神。

② "自然主义"在这里所强调的是,与这部肃剧中占主导地位的英雄主义、超自然力量相对立的特征。如:戴着伪装的奥瑞斯忒斯说到"带着自己的行李"(行675;大概是为了消除克吕泰墨涅斯特拉的疑虑);克吕泰墨涅斯特拉说到"热水浴"(行670),保姆所说的婴儿的需求("饿了,渴了和撒尿",行756)。

主义",但这场戏是为几个不同的、但又互相联系的目标服务的。最明显的,当然是它在这个情节中的功能;歌队在此通过歌队长将戏剧行动引向了异乎寻常的高度。[1]说服保姆,吩咐埃奎斯托斯回宫接受消息时,不要带侍卫。不过,保姆同时也在她杂乱无章的喋喋不休中,对前面的场景做出了无意识的评论。我们已经见证,克吕泰墨涅斯特拉为奥瑞斯忒斯的死讯所作的哀悼。这位保姆是我们唯一的"内情"目击者,她证明了王后秘密的、非自然的喜悦("在她的眼里掩藏着喜笑",738-739)……从而将我们与她之间的距离拉得更远了。在前文中,我们已经看到已经长大的奥瑞斯忒斯欺骗他的母亲,这是他谋杀她的第一步。现在我们又听到保姆口中的另一个奥瑞斯忒斯,一个无助的小婴孩,既无知又无邪,是他肚子的奴隶,就像一只动物一样,只知道将它填饱。

保姆对于奥瑞斯忒斯真心真意的哀悼是源于她养育了他:

> 阿特柔斯家族历代的诸多灾难纠缠在一起,每一件都不堪忍受,深深地刺痛我心。但是我从未经历过这样巨大的痛楚。其他的受苦尽管痛苦,但尚可忍受,但是我亲爱的奥瑞斯忒斯,是我把他从他母亲那里接过来养大的,我为他耗尽了我的生命……(行 744-750)

由此,保姆的话语提供了在真正的母亲和她的儿子对话之中缺少的温情成分。《和善女神》中阿波罗与奥瑞斯忒斯试图将母子关系弱化到最小,而此处的对比或许正是在为这一幕做准备。[2]

---

[1] 合谋,是行动的一种消极形式,通常是歌队在推进戏剧情节时最希望采用的方式。(欧里庇得斯《美狄亚》的大部分情节中歌队的态度就是一个明显的例子。)在欧里庇得斯的《伊翁》中,歌队的确向克瑞乌萨暗示她将得到一个儿子,而正是这一事引出了整个戏剧行动。

[2] 参见《和善女神》,行 606,658 及以下。

歌队长在这一幕最后的台词使第一缕光照入了黑暗的情景之中。当保姆质疑她的新命令的合理性时,歌队长暗示道,宙斯将"使灾难的风好转过来"(τροπαίαν ... κακῶν,775):这是三部曲前文中也曾使用过的意象,目的是为了表明另一种关键的转变,在下面的肃立歌中,这个意象还将以稍有不同的形式重复出现。① 希望(ἐλπίς)这个词,在前文里只有克吕泰墨涅斯特拉在她那原始的反讽意义中使用过(行 698-699),[121]现在则具有了一层积极的含义(行 776-777),歌队长至少是向保姆含蓄地保证,奥瑞斯忒斯,"家族的希望",或许还活着。

---

① 参见《阿伽门农》,行 219,《奠酒人》,行 821-822。

6. 第二肃立歌(行 783 - 837)

　　这场颂歌在埃奎斯托斯的进场以及谋杀阴谋实现之前，既精彩又复杂(主要采用扬抑格的格律，这种格律很好地与其劝勉相契合)。这场颂歌分为三个部分，每个部分(即一组诗节，中间插入一段间曲)都包含了一个独立的主题。第一部分(行 783 - 799)是对宙斯的吁请；第二部分则是吁请家族的保护神(行 800 及以下)、阿波罗(行 807 及以下)以及赫耳墨斯(行 812 及以下)。(该戏在开场时就已经提示我们，赫耳墨斯是奥林波斯诸神中最"阴暗的"，但就连阿波罗也被用这种方式称呼——"大洞的居住者"，行 807 - 808——从而使我们将他在德尔菲的预言宝座与阴暗力量相联系：这或许是在预示着第三部戏开篇的皮提亚的庆典，庆祝他们将预言的礼物和平地转赠给光明之神。)肃立歌的第三部分(行 819 - 837)，则以劝勉奥瑞斯忒斯本人作结，在这场涉及奥林波斯诸神、下界力量以及活着的人类力量的复仇行动中，他是第三个也是最为本质的要素。

　　这场颂歌不像先前的肃立歌，它提供了很多突如其来的画面，歌队在此为复仇的成功作最后的祈祷，并开始预言最终胜利的实现。对宙斯的祈祷(如前文一样，包括提醒宙斯，他本人将因他的帮助而得到回报,具体地说,是三倍的回报。)[1]以复杂而生动的比喻结束,意味着只有宙斯能够将弑母行为从癫狂的危险中解救出来:

> 啊,宙斯,想想你挚爱的英雄(指阿伽门农)那失怙的小马驹,现在被拴上了灾难的战车!他开始奔跑,以确保自己安全的节奏,这样,我们就能看到他径直奔向胜利的终点!(行794-799)[2]

在颂歌的第二部分,对阿波罗与赫耳墨斯的祈祷,恰当地引出了周围的光明与黑暗这一对比,该戏中大量形象化描述以此为中心。对阿波罗,歌队直接祈祷道:

> [122]愿你让英雄的家族在繁荣中再次仰望,用友好的目光观望到自由的亮光,透过她的阴暗面纱,(行809-811)[3]

在对赫耳墨斯的祈祷中出现了风的比喻("……愿赫耳墨斯帮助送来顺遂的风向……"行812及以下),承接了上文行775中给出的乐观形象,其后接的则是一个晦涩的段落,预言赫耳墨斯

---

[1] 《奠酒人》,行791-793。参见行255-263中奥瑞斯忒斯在祈祷中向宙斯发出的劝诱。同时注意前文所讨论的、反复出现的"三重主旨"。

[2] 这场颂歌中存在着大量在文本上、句法上以及解读上尚未定论的内容。如果没有关注编校者对各种问题所作的商讨,读者对此处所列举的任何一个版本的校勘都不应当全盘接受。

[3] 这段内容经多次校订,并引发很大争议。上文所引的版本是劳埃德-琼斯的译本,并参考了丁多夫(Dindorf)与班贝格的校订。其他一些学者(稍逊一层)认为 φῶς [人类](这个词本身就是通过文本推测增补的)作宾语,而非 ἰδεῖν [看到]的主语;由此,他们进一步认为代词 νιν [她]则是 ἰδεῖν 的主语,从而可能进一步认为,它指的是"家族"而非英雄奥瑞斯忒斯(西奇威克和斯迈思也这样认为)。

披着黑暗的斗篷(由行818可知),如果他愿意,他将揭露许多秘密的事物(行815及以下)。尽管这段话在这里的含义并不确定,但很显然,至少,奥林波斯的光明是由下界的黑暗来平衡的(虽然我们并不能确定行816中的"黑暗这个词"指的是赫耳墨斯或还是歌队)。这一部分也与这里的语境相合,在这场颂歌的中间部分,歌队又一次点出了三部曲中不断循环的恐惧。"用新鲜的屠杀抹去古老的血迹!"她们这样向家族之神祈祷道。但是,正如《阿伽门农》行1568及以下的内容中,克吕泰墨涅斯特拉与家族恶神订立契约,这场颂歌在此也祈祷古代的流血($γέρων\ φόνος$)不再带来家族新惨案(行806):即便这场乐观的颂歌中充满了祈祷,猜疑仍萦绕其中,而这种猜疑只能到三部曲中的第三部才能得到解决。

在颂歌的最后部分里,歌队又唱起了"好风之歌"($οὐριοστάταν\ ...\ νόμον$, 821-822),伴随着这歌声,她们想象自己正在为奥瑞斯忒斯唱响胜利的凯歌。就在此时,她们突然极其戏剧性地呼唤起英雄本人——就在弑母即将发生的时刻。她们吩咐他,如果他的母亲喊出"$Τέκνον$"("孩子!",行829),他就要喊道:"$Πατρός$"("父亲的!"),歌队通过简短的预言,预示了奥瑞斯忒斯与母亲发生的最后一段对话(如,行924-925),以及最后一部戏里的审判中,阿波罗为弑母案所作的辩护。① 歌队建议道:"将珀耳修斯之心装进你的胸膛!"(行831)。奥瑞斯忒斯同珀耳修斯一样(尽管他的处境

---

① 我采纳默雷的意见,将抄本中的 $πατρὸς\ αὐδάν$(M本)修订为 $Πατρὸς'\ αὐδα$(行829),因为这一解释很好地适应了文意,同时又提供了必要的祈使语气。(抄本的写法或许也模糊地表达了同样的含义,这取决于读者是否认为属格的 $πατρὸς$ 从属于 $τέκνον$ 或是 $αὐδάν$。)比起其他人的写法,佩吉在牛津古典版中 $ἔργῳ\ πατρός'\ αὐδα$ 的写法是最为清楚的(参见他对此处所作的批评性注释),这是对于《和善女神》行606及658及以下的预言(在此,母子之间的实际血亲关系受到质疑)。

比珀耳修斯糟得多),他不能用眼睛看被他杀死的戈耳工。①

---

① 参见欧里庇得斯《厄勒克特拉》行 458-463,歌队在这个段落中描述了阿喀琉斯之盾上所描绘的珀耳修斯杀死戈耳工的场景。我极力赞同,学者们将《厄勒克特拉》中的这一段与奥瑞斯忒斯对他弑母一事的解释(他蒙上眼睛杀死母亲)(《厄勒克特拉》,行 1221-1223)联系起来。(还可以参考《厄勒克特拉》行 856,文中将埃奎斯托斯被砍下的头颅与戈耳工的首级相对比。)想要了解对欧里庇得斯这些段落的详尽讨论,以及它们与埃斯库罗斯的以上段落(《奠酒人》行 831 以下)之间可能存在的联系,可以参考欧·布赖恩(O'Brien)的《奥瑞斯忒斯与戈耳工:欧里庇得斯的〈厄勒克特拉〉》("Orestes and the Gorgon: Euripides' *Electra*"),尤其是页 17 及以下,以及他在这个问题上所引用的其他观点。

7. 第四场(行 838 – 934)及第三肃立歌 (行 935 – 972)

在埃奎斯托斯进入宫殿直面厄运之前,他有两段简短的演说辞,而这两段话也同样充满双关的反讽。埃奎斯托斯假惺惺地为"早已疮痍满身的"(行 843)家族感到哀痛,这正预示了他自己即将面临的厄运;而当他质疑奥瑞斯忒斯的死讯时("消息出自误会,女人的惊恐把它捧到天上,然后落下,终究是一场空?"行 845 – 846),他其实已经表露出了喜悦之情而非担心恐惧,因此他在这里归咎于克吕泰墨涅斯特拉。① 当歌队长[123](她总在为奥瑞斯忒斯的利益而异常"奔忙")鼓励埃奎斯托斯进入宫中,向来客亲自询问消息时,埃奎斯托斯答应了,并且确信他"心灵中雪亮的眼睛"不会被蒙骗。

在仆人宣告了埃奎斯托斯被害的消息(又是重复了三次,行 875 – 876)之后,这部戏的高潮到来了——奥瑞斯忒斯与他的母亲正面对峙。克吕泰墨涅斯特拉首先登场。仆人喊道:"我告诉您,

---

① 埃奎斯托斯真正的恐惧,可能在于,克吕泰墨涅斯特拉在仅仅得知奥瑞斯忒斯的死讯之后立刻燃起的希望之火。因为这火会让人想起《阿伽门农》行 92 – 96 及行 281 – 316 中出现的火焰意象;颇具讽刺意味的是,克吕泰墨涅斯特拉因过于轻信而产生的女性的乐观主义曾经受到歌队的质疑。

死人把活人杀害!"王后的反应颇具个性。她无需任何帮助就很快地"解开了谜语",她首先声明她明白(甚至接受?)这一系列事件总要有始有终("我们用骗术杀人,我们也将被骗术杀死!",行 888),她随后表示愿意与它搏斗("来人,拿斧斤来! 要快!"行 889)。"现在让我们看看,我们是将征服敌人,还是被他征服。因为我们已经走到了这险恶的境地!"(行 890 - 891)。这让我们想起,在克吕泰墨涅斯特拉杀死阿伽门农的时候,她向公民们抛出那同样的轻快抉择。①

接下来发生的是奥瑞斯忒斯与克吕泰墨涅斯特拉之间的对抗,这一幕是诸多场景中最形式化(formal)的,而且应当如此。在奥瑞斯忒斯早些时候曾说,"阿瑞斯将与阿瑞斯作战,而正义之神也将同正义之神搏斗"(Ἄρης Ἄρει ξυμβαλεῖ, Δίκᾳ Δίκα,行461),这场复仇行动的前奏几乎每一行都在重复这种严格的相互关系。埃斯库罗斯似乎在试图以这种方式表明,奥瑞斯忒斯的行为是为平衡正义而不可避免地发生的,这一复仇与个人或激情没有一点牵连,就像他将克吕泰墨涅斯特拉的功能渲染为家族的 ἀλάστωρ [毁灭者],而非一片模糊的阴影。② 至于奥瑞斯忒斯,在另一个方面,剧作家则只在一个瞬间赋予了他个人情感,而这也是为了缓解他因弑母而产生的耻辱感。当克吕泰墨涅斯特拉以哺育他的乳房来祈求他的仁慈时,奥瑞斯忒斯犹豫了(与我们不同,他并未因保姆对他婴儿时期样子的回忆而加强武装),直到皮拉得斯说出了他在这部戏中唯一的台词,提醒他要记得自己誓言以及阿波罗神谕的首要地位。③ 从这一刻开始,奥瑞斯忒斯成

---

① 参见《阿伽门农》行 1421 - 1425。
② 有关克吕泰墨涅斯特拉的复杂动机,以及她作为复仇者角色的不同侧面,参见《阿伽门农》行 1372 - 1576,以及本书第一章对这个段落的评注。
③ 这个保姆是否就是奥瑞斯忒斯的奶妈,这个问题可能无法从她在行 750 及以下的陈述(ἐξέθρεψα……)中得到明确答案。一些编校者怀疑,行 750 或 (转下页注)

功地回避了祈求，抵抗、威胁以及类似的一切：以 Moîρa [莫伊拉] 报偿 Moîρa [莫伊拉]，用丰收报偿丰收，用背叛报偿背叛，用死亡报偿死亡。总之，奥瑞斯忒斯在每一次对话交锋中都"胜出"了，但他控告中的同态复仇法（lex talionis）提醒我们，这些方面的复仇也需要由同样的复仇来报偿。克吕泰墨涅斯特拉最后以母亲的复仇女神相威胁，奥瑞斯忒斯无法回避，所以他用父亲的复仇神来抵挡（行 924 - 925），毕竟二者同样可怕。在该戏"旧的神定法则"下，奥瑞斯忒斯本人无论多么正义，现在也变得像克吕泰墨涅斯特拉一样脆弱，[124]这一点以及克吕泰墨涅斯特拉正当而不可避免的死亡，正是这些最后的对白中严格的相互关系有意要传达的。

在奥瑞斯忒斯将克吕泰墨涅斯特拉逐入宫中，与埃奎斯托斯一起死去后，歌队立刻唱响胜利之歌，载歌载舞，其中自由的多赫米亚格与前两场颂歌中紧凑的扬抑格节奏形成鲜明对比，洋溢着一种解放的自由气氛。这场颂歌以《阿伽门农》中的一段肃立歌的内容开头：在漫长绵延的时间之中，就像正义终于降临在普里阿摩斯那里，"一头双身的狮子、双身的阿瑞斯降临在阿伽门农家里"（《奠酒人》行 935 - 938），只是如今是奥瑞斯忒斯与皮拉得斯承担了"阿特柔斯之子双重的力量"。① 死者的复仇力量，在本戏前文

（接上页注）行 751 之下可能缺了一句；如果真是如此，那么这个推测可能可以让这个问题显得更明晰一些。

有关皮拉得斯在本戏中的参与，可以参考诺克斯（Knox）的精彩评论："这就是阿波罗本人的声音；这三行诗为克吕泰墨涅斯特拉之死盖上印章。埃斯库罗斯将他的第三个演员一直藏到现在，为的就是当下这个戏剧性的爆发；如果皮拉得斯再多说一句，就会破坏这个高潮，所以他再没有开口……"（诺克斯，《埃斯库罗斯与第三个演员》[Aeschylus and the Third Actor]，页 42）

① 参见《阿伽门农》行 44。与降临于特洛伊的"宙斯的正义"相对应的，参见《阿伽门农》中的第二肃立歌，特别是行 355 - 384。不过，应该记住，在那段诗中，普里阿摩斯的命运是用来对应阿伽门农即将面临的命运（参见本书第一章页 17 - 23 中对《阿伽门农》第一肃立歌的讨论）。关于这一点，我们可以看到当下文本（转下页注）

的祈祷中极为突出,在这场颂歌里却只字未提。第一曲首节中的阿波罗,第一曲次节中宙斯的女儿 Δίκη [正义女神],以及第二曲首节中又一次出现的阿波罗,这些神明都被赞誉为奥瑞斯忒斯的全能帮助者。① 两节诗之间的间曲(行 942 及以下;行 961 及以下)中急切的祈使语气和生动的意象("在胜利之中呼喊……!"行

(接上页注)中"一头双身的狮子"这个形象(《奠酒人》行 938)或许比歌队本身想要达到的目的更为意义重大。参见诺克斯的佳作,《家中的狮子》("The Lion in the House")。诺克斯从不同角度分析了三联剧中(尤其是第一部)的狮子意象所代表的不同角色:阿伽门农、克吕泰墨涅斯特拉、海伦、埃奎斯托斯、奥瑞斯忒斯——有可能,还代表了家族诅咒本身。在《奠酒人》行 938 中(诺克斯一笔带过,页 36),在提到"一头双身的狮子"时,的确存在着不确定性(也许是诗人刻意要造成这种含混的)。一些编校者以及评注者认为它指的是奥瑞斯忒斯和皮拉得斯二人,我个人也认同这种看法。持这种观点的学者如,佩利(Paley)(他参考了一些古代评注家的类似观点)、西奇威克、劳埃德-琼斯。而另外一些学者,如,克劳森和魏尔,他们认为这里的狮子指的是克吕泰墨涅斯特拉和埃奎斯托斯,佩利和西奇威克也都曾引用过他们的观点。的确应该承认,这也是很有可能的,因为这一对人物也可以作为ἔμολε δ'ἐς δόμον τὸν Ἀγαμέμνονος 的主语。在这种情况下,下文中的转折词(adversative) ἔλασε δ'(也可能是 ἔλαχε δ')则是将被流放的奥瑞斯忒斯作为主语,这样的解读或许会营造出更加强烈的力量。

此外还可以参考德·罗米利在《人的复仇与神的复仇:关于埃斯库洛斯〈俄瑞斯忒亚〉的评论》(Vengeance humaine et vengeance divine. Remarques sur l'Orestie d'Eschyle')页 68 中对于这场颂歌的有趣评论。德·罗米利认为这场颂歌的结构,尤其是行 935 及以下、行 946 及以下("Ἔμολε μέν ... Ἔμολε δέ ...)两个句子,很好地代表了三联剧从始至终都可以看见的人神动机的平行对比。"第一个动词的主语是阴性的,表达出抽象和神圣的惩罚;第二个动词的主语是阳性的,指的是惩罚的实施者,即奥瑞斯忒斯。"

① 一些编校者还发现这里涉及了赫耳墨斯。有人认为,在行 947,赫耳墨斯隐秘地与Ποινά(惩戒之神)并列(因为前面的关系从句提供了一个正适合赫耳墨斯的属性),或者,甚至 Ποινά 是由赫耳墨斯的文本修订而来,据说是从行 936(前文中的相关诗句)起抄写就出现了讹误,参见佩利在此处的注释。佩利本人反对以上两种观点,我认为他的想法是正确的。也可以参见劳埃德-琼斯的译本:他也用"赫耳墨斯"(Hermes)替换了"惩戒之神"(Poina),并注释道,赫耳墨斯、宙斯、正义之神、宙斯之女以及阿波罗在这场颂歌中都得到了赞颂——这是很适当的,因为"在第二肃立歌中,开场的两组对照乐章(行 738 及以下……)就首先向宙斯、阿波罗和赫耳墨斯祈祷。"(这让我感到多少有点牵强,因为赫耳墨斯在当下这段文本中的出现本身就很可疑,而且宙斯在这段诗节中只是作为 Δίκη [正义之神]的父亲而出现的。)

942。"立起来吧,家族啊!你睡得太久了!"行963-964),与赞歌形成了鲜明的对比。这里强调了阿波罗与奥瑞斯忒斯更黑暗的同盟之间的截然对立,这种强调在最后的次节中找到它的正当性。阿波罗是净化之神。对于旧的血腥事件孕育新的血腥事件①的恐惧被搁置在一边:"那促成一切的时光很快就要进入这个家的大门,用净化的仪式把所有的污垢清除出去"(行965-968)。② 在颂歌的最后,歌队欢喜地看到了"命运神微笑的脸庞下"(行969)清晰的视界,再次宣告战胜了篡位者。

---

① 与前文中的可怕祈祷形成鲜明对比: γέρων φόνος μηκέτ' ἐν δόμοις τέκοι ("但愿古老的流血[这几乎等同于'家族诅咒']不再继续在这家中繁衍!"《奠酒人》,行806)在现在这场颂歌中,歌队歌唱起她们感到(而且希望是)适合这个时刻的歌曲,歌颂对篡权者的胜利。不过,通过克吕泰墨涅斯特拉的警告,通过诗人在眼下这场颂歌(参上文,注67)的行935-938中所埋下的可能的伏笔,还有,通过这部戏最后、以及下一部戏的前半段所描绘的奥瑞斯忒斯行为的后果,我们应该看到,奥瑞斯忒斯他自己(以及他的王家)还并没有"走出荆棘"。

② 我认为,在行966-968的从句中,文本的基本含义是不明确的。我认同佩吉的牛津古典版的校勘: ὅταν ... ἐλαθῇ (凯泽[Kayser]对M本中 ἐλάσει 以及 Mˢ 本中 ἐλάσῃ 的校订)([校按]Mˢ是羊皮纸抄本M本的同时代校勘本,附有对抄本原文的笺注) καθαρμοῖσιν ἀτᾶν ἐλατηρίοις (舒茨[Schutz]对M本中 ἄπαν ἐλατήριον 的校订)。

8. 退场歌(行 973 – 1076)

　　《奠酒人》最后一场的情景,让人想起了《阿伽门农》结尾处克吕泰墨涅斯特拉站在她的受害者尸体边上的画面。现在,奥瑞斯忒斯站在克吕泰墨涅斯特拉与埃奎斯托斯的尸体旁边:奥瑞斯忒斯通过展示沾满血污的浴袍——这血袍在第一部戏剧结尾用来杀死阿伽门农并包裹其尸体,戏剧性地强调了这两部肃剧结尾可怕的对应。在三联剧的最后,我们还将看到这件深红的浴袍,同样壮观,但不再让人感到可怖。①

　　这一幕为复仇主题画上了句号,同时[125]又为新的惩罚拉开了序幕:奥瑞斯忒斯在死者身边的自我夸耀很快变成了逃跑时的叫喊,他最后成为了他母亲的复仇女神的猎物。夹在两者之间,奥瑞斯忒斯迫切地试图在神明与他的公民同胞们面前证明自己行为

---

① 有关在《阿伽门农》与《奠酒人》结尾处舞台上分别有可能是如何安排及展示尸体的内容,参见本书第一章注释 90 以及其中提到的塔普林《埃斯库罗斯的舞台艺术》一书中的有关内容;此外,还可参考塔普林对《奠酒人》中这一幕的补充评述,在上书页 357 - 358,在这里他进一步比较、对比了《阿伽门农》中的类似场景。

　　至于将上述两个场景与《和善女神》结尾进行对比,则请参阅本书第三章页 174 以及注释 90。(即对《和善女神》行 1028 及以下的注释)包括在其中提到的参考文献,特别是戈欣的《对〈奥瑞斯忒亚〉的三种研究》("Three Studies in the *Oresteia*")。

的正当性。

奥瑞斯忒斯首先用尖刻的反讽,强烈地抨击死在他面前的敌人:

> 过去,他们是一对眷侣,一同坐在国家的宝座之上,如今,他们依旧亲密……他们曾发誓要杀死可怜的家父,然后一起死去。他们倒是守约。(行 975 - 977)

然后,奥瑞斯忒斯吩咐他的仆人将杀死阿伽门农的血袍高高举起,用很长的段落描述其血腥的可怕形象。描写这件凶器的措辞("这是捕野兽的网罗,一件浴袍——还是棺柩里的罩袍①——不,它是一张捕猎的网,你可以将它称为一个陷阱,或是缠住双足

---

① 在行 998 - 999 中诗人似乎玩了一个可怕的文字游戏。即 νεκροῦ ποδένδυτον / δροίτης κατασκήνωμα。浴袍在现实中变成了裹尸布,但是,劳埃德-琼斯在他对该处的翻译所作的注释中进一步指出,"用以指称'棺柩'的词在词源上的意思是'浴盆'",从而加强了语言的效果。
在处理奥瑞斯忒斯的这一部分演讲时,我认同一些学者的观点,应该将行 991 - 996 移到行 1004 之后,这样,奥瑞斯忒斯对血袍的描述就不会被对其母亲的描述打断(否则他就要在行 997 处重新开始谈论这件浴袍)。进一步说,"死亡之袍"这一段的后半部分(即传统文本的行 1001 - 1004,这段话解释了将会利用这件浴袍的是一种卑劣之人)很容易导向对克吕泰墨涅斯特拉的描述,她也的确使用了它。最后,这段演讲的最末两行(行 1005 - 1006)显然也正适合总结克吕泰墨涅斯特拉在家族诅咒中所处的次序。这些观点(我个人是独立地想到这些的,我想,任何一个读者,如果得知存在这样一种调整的可能,都可能会这样思考)其实在劳埃德-琼斯《〈奠酒人〉与〈厄勒克特拉〉中的衍文》页 181 - 184 中已经得以阐述。此外还请参考他是如何反驳那些认为应该对这段文本进行删减(丁多夫、弗伦克尔)或是作其他调整(斯科菲尔德[Scholefield]、魏尔)的观点。前文所述的这种段落的调整最早是在一本限量版的《奥瑞斯忒亚》(伦敦,1904)中由普罗克特(R. Proctor)提出的,劳埃德-琼斯(他首先也是独立地面对在这段文本时产生这个念头的)参考的正是他的观点。佩吉在他的牛津古典文本(1972)中参考了普罗克特和劳埃德-琼斯的调整,同时他也参考了斯科菲尔德的观点,即将行 997 - 1002 移到行 982 之后;不过,尽管他认为被广为接受的文本中行 997 - 1004 的正确位置很难让人相信(vix credibile),但是他认为上述两种调整都不够令人满意。

的长袍",行998－1000)使我们想起了《阿伽门农》中的罗网,其一是歌队所说的,降临在特洛伊城之上的"毁灭的奴役之网"(μέγα δουλείας / γάγγαμον, ἄτης παναλώτου,《阿伽门农》行360－361),其二是后来卡珊德拉描述阿伽门农的死亡之网("是死神的罗网吗? 但是这妻子就是这罗网",[δίκτυόν... Ἀιδου; ἀλλ' ἄρκυς ἡ ξύνευνος...]《阿伽门农》行1115－1116)。所以,同样地,下文中对克吕泰墨涅斯特拉的残酷描写("一条粘滑的海怪,或是一条毒蛇"[μύραινά γ' εἴτ' ἔχιδν']《奠酒人》行994)也让我们想起卡珊德拉对王后的描述:"蠕动的两栖动物或是住在石洞里的斯库拉"(《阿伽门农》行1233－1234)。

在呼唤太阳神赫利奥斯时,奥瑞斯忒斯描述了他怪物般的母亲以及她野兽般的杀人网罗,都是在寻求他行为公正的证据(行984－989)。正如奥瑞斯忒斯的行为是非自然的(传统上通常认为太阳神痛恨非自然行为),[①]所以为了免罪,他必须展示,他所要报复的行为更为野蛮。

在奥瑞斯忒斯最后的发言中,(行1021－1043)开头的生动形象,宣布他对复仇女神的第一次进攻:

……就像一个将马队带偏轨道的车夫,我并不知道它将在何处止步。所以我无法驾驭我的思想,是它将我带走,并成为我的主人。[②] 恐惧已稳坐我心头,随着愤怒的旋律载歌载舞。(行1021－1025)

奥瑞斯忒斯在此开始与疯癫进行戏剧性竞赛:[126]为向阿尔

---

① 参见欧里庇得斯的《美狄亚》行1251及以下。(在文中,歌队寄希望于赫利奥斯,期待他能够阻止美狄亚杀死她的孩子们,令人悲哀的是,这当然是不合时宜的。)
② 参见行794－799中的赛马意象,当时歌队对奥瑞斯忒斯的担忧正预示了眼下的现实。参见前文。

戈斯的人们证明他行为的正义而竞赛,不过此时他尚神志清醒(行1026及以下)。下文中(行1029-1033),他诉诸阿波罗的命令——并诉诸阿波罗的威胁;同时,这位英雄还按照神的要求,准备到德尔菲寻找阿波罗的神龛,为下一部戏作了铺垫。正如前一首颂歌逐渐将这一行为的越来越多的责任推给神,下文里,在复仇女神的袭击开始之前,奥瑞斯忒斯作为"代理人",试图在阿波罗的保护之下进一步使自己脱身。在奥瑞斯忒斯与歌队长最后的对话中,复仇女神已经出现在了奥瑞斯忒斯跟前("……像戈耳工一样的女人,身披黑衣,身上盘着好多毒蛇……",他这样称呼她们,行1047-1049),并最终将他驱逐下台(行1061-1062)。

在歌队最后的颂词中(行1065-1076),"风意象"又一次标志着三联剧的走向发生了新的转变。"如今,这第三次风暴(τρίτος'...χειμών',行1066)已经席卷这些王家的宫室。"结尾充满不确定性,正适合作为三联剧中第二部剧的结尾:

如今又从什么地方来了第三股风暴……是来拯救的吗?还是应当说是厄运(μόρον)?啊,带来灾难的愤怒何时才能平息,宣告终结?(行1073-1076)

第三章　和善女神

1. 开场、进场歌以及第一场(行 1 – 234)

[139]开场的第一幕(在埃斯库罗斯的作品中,这一段显得异常复杂)场景安排在德尔菲阿波罗神庙,说话者是皮提亚,神庙中的女祭司。"该亚……忒弥斯……福柏……阿波罗",女祭司在开场祈祷中依次赞颂这些神明,她描述了预言力量是如何和平地从一度掌管德尔菲的下界神明转移到当下这些奥林波斯诸神手中的。① 在上一部剧中,在奥瑞斯忒斯向克吕泰墨涅斯特拉复仇时,我们已经看到天上与地下力量的联合。在这部剧中,我们将目睹,

---

① 在其他古希腊传统中,阿波罗"接管"德尔菲神庙并不是一个和平的过程。根据欧里庇得斯《伊菲革涅亚在陶里斯》行 1249 – 1253 中的记载,阿波罗(在得洛斯岛出生后,由他的母亲勒托带往德尔菲)先杀死了看护下界预言之座的巨蛇,然后将忒弥斯(该亚的女儿)逐出她的预言宝座;为了平息地母的报复,建立阿波罗在神庙中的宝座,他需要宙斯的帮助。(在荷马的阿波罗颂歌中,他只告诉我们,阿波罗杀死了看护这个地方的巨蛇,而这蛇则是妖怪堤丰的母亲。)福柏(提坦神的另一个女儿,在忒弥斯之后接手了德尔菲)将神谕的宝座作为免费的礼物(作为"生日礼物", γενέϑλιον δόσιν,《和善女神》行 7)送给阿波罗则无疑是埃斯库罗斯的发明……这其中的戏剧性目的下文中会进行解释。参见基托《戏剧的形式与内涵》页 54,以及劳埃德-琼斯译的《和善女神》中对此处的注释,劳埃德-琼斯还指出,埃斯库罗斯特别强调了阿波罗是和平地接手了德尔菲的。进一步可以参考罗森迈尔《埃斯库罗斯的技艺》页 111 及以下,他特别关注女祭司手中与德尔菲有关的神的谱系,并对其风格与内容的特征进行了讨论。

奥瑞斯忒斯被厄里倪厄斯追逐，这些生于地下的女神是反自然行为的原始复仇者；然后，我们将看到，她们受到挫败，最后，阿波罗和雅典娜分别安抚她们，终而使她们进入永恒的和平状态。因此，开篇歌颂了阿波罗在德尔菲和平地"掌管了"古老的地下力量的宝座，正是为了通过反讽，预示在下文中，奥林波斯诸神将通过眼下这种行动，建立起更具革命性的新秩序。女祭司层层推进的赞颂一直延续到了庙前的（Pronania）帕拉斯①（雅典娜的别称，这提醒我们她在德尔菲"庙前"也有自己的神龛），并以全能神（teleios）宙斯，即"终结者宙斯"作结：即，根据宙斯的意愿（在下文中，阿波罗和雅典娜将不断提醒我们这一点），这部戏中发生的一切都将得到完成。

至此（从行 1 至行 33），女祭司祈祷时，并不知道有新的人到达了神谕处，更不知道他们置身可怕的处境。她现在进入神庙（根据文本我们可以很有把握地这样判断），并看见奥瑞斯忒斯正被一群熟睡中的复仇女神组成的歌队包围。当她再次出现，她脚步踉跄（也可能是"连滚带爬"，τρέχω δὲ χερσίν，[140]行 37），她被看见的画面吓坏了，"说起来可怕，看起来也可怕。"她首先描述了乞援人：

> 在神庙里，我看到一个被神厌弃的（θεομυσῆ）人，他抓住祭坛，表明自己是一个乞援人（προστρόπαιον），鲜血从他的双手上流下，②他手中还拿着刚刚拔出的血剑与橄榄枝……（行 40 - 43）

然后她开始讲述更为可怕的复仇女神的样子：

---

① ［译按］Pronaia，希腊语，意思是"位于庙前的"。
② "……滴着血："指的是谋杀克吕泰墨涅斯特拉时沾上的血，还是，如某些人（如，劳埃德-琼斯的注释中所说）认为的，是后文中所说的净化仪式中的猪血（行 282 - 283）？在回顾了讨论奥瑞斯忒斯的净洗的各种段落之后，将考虑到这个问题。不过，我们或许可以先提出一个首要的反对"猪血"论的论点：在同一句话中提到的刚刚拔出的剑显然暗示了我们所讨论的鲜血来自奥瑞斯忒斯自己的暴行。

第三章 和善女神 183

> ……女人……不,不是女人,我其实应该称她们为戈耳工……(但是)她们没有翅膀,全身漆黑……令人厌恶,她们打着鼾,呼出恶臭的气息,眼里渗出阴冷粘稠的液体……我从来没有见过这样一群怪物,也不知道哪片土地会供养她们而不受损害,不为它的痛苦而呻吟哀痛。(行48-59,有删节)

这是我们第一次看到厄里倪厄斯的可怕形象,地下力量中最古老的存在。紧接着这一段描述,或许就是她们通过打开的庙门,直接露面。① 与此同时,阿波罗耀眼的出场与之形成了鲜明的对比,他保护着乞援人奥瑞斯忒斯,并表达了他作为奥林波斯神对追猎者的厌恶……

> ……这些阴暗的、古老的处女,没有神明或是人类、乃至野兽会与她们交好。她们因邪恶而生,居住于地下,占据不祥的黑暗与坦塔罗斯,为我与奥林波斯诸神所厌恶。(行69-73)

阿波罗的演讲在最后表明了他将为奥瑞斯忒斯的弑母负责("因

---

① 这是一个相对普遍接受的观点;参见皮卡德-坎布里奇(Pickard-Cambridge)的《狄奥尼索斯的剧场》(*The Theatre of Dionysus*),页44,行107及以下。不过,我们并不能明确地知道这一幕具体是如何实现的。塔普林的观点是(《埃斯库罗斯的舞台艺术》,页369-374),观众在进场歌的行140之前是看不见歌队的,但是这个观点看起来似乎不那么合理,因为阿波罗非常清晰地描述了她们的在场:ὁρᾶς...."你看看这些疯狂的生物被征服了,已经入睡……"他这样对奥瑞斯忒斯说道(行67以下),而奥瑞斯忒斯显然是在场的,因为他在行85之后回应了阿波罗的话(塔普林为了给他的论点辩护,被迫勉强将此处的"ὁρᾶς..."荒谬地解释为"理解")。为证明歌队在行140之前不在场,塔普林所作的(诸多辩护中)的第一个理由是,"歌队……一般随着第一曲进场,而非在此之前就进场",但是这个理由,用塔普林自己引用的欧里庇得斯的《乞援人》段落就可以攻破(除非合理的例外成立)。歌队随着进场歌入场的观点被约减到了"除非有非常好的理由,否则不会如此"(页371)。很多读者会为歌队的在场找到充分的理由,因为她们是整个形势的本质部分,而且演员在其开场白中(最显眼的是阿波罗和克吕泰墨涅斯特拉的鬼魂)要向她们致辞。

为是我劝你杀死你的母亲的",行 84)①并承诺为他提供补救办法:

> 去到雅典娜的城邦,坐在那里恳求,拥抱她古老的神像。在那里,你将会找到本案的法官,有安慰的话语(ϑελκτηϱίους μύϑους),我们会为你找到医治病灶的良方。(行 80-83)

这段令人震惊的开场的最后效果,是克吕泰墨涅斯特拉的亡魂突然现身,唤醒了她那些熟睡的复仇女神,请她们报仇雪恨。

> 你们竟在睡觉——睡觉管什么用?——我在其他死人中间就因为你们得不到尊重,他们死了,却还在为了被我杀死的人而谴责我。[141]我受到了他们刻薄的指控,而我自己却被我最亲近的血亲卑鄙地折磨——却没有哪位神明为我的遭遇而发怒。看看这些心头的创伤,它们从何而来?哪怕是在睡梦里,你也双目明亮。② 你们已经享用了我很多奠品,我在夜间为你们献上盛宴,那时刻其他神无法分享……请听,来自我的灵魂的呼喊(τῆς ἐμῆς πέϱι ψυχῆς)。请注意,地下的女神们;克吕泰墨涅斯特拉的鬼魂在召唤你们!(行 94-116,有删节)

---

① κτανεῖν ... μητϱῷον δέμας[杀死…母亲的身体],行 84:这个奇怪的术语,或许预示了阿波罗为奥瑞斯忒斯的弑母所作的"生理学上的"辩护(行 658 及以下):母亲根本就不是孩子真正的父母。
② 佩里(《埃斯库罗斯的肃剧》)解释了这行晦涩的诗句,用他所谓的希腊教义,即心灵之眼在睡眠时看得更清楚。他还援引了《奠酒人》行 280(相当于牛津古典本的行 285),但是那段存在讹误的、晦涩的诗句(在佩吉的牛津古典本中,这句加上了问号)并不能帮上什么忙。我认同普里恩(Prien)对行 105 的删改:"在白天,人的命运是无法预见的"这句诗在上下文中没有什么意义,而且有可能,这两行意义相关联的诗句(《和善女神》行 104-105)都是同一衍文的产物,这是劳埃德-琼斯的想法。参见伯德莱克(Podlecki)《睡着的芙里尼:〈和善女神〉行 103-105》("The Phrêne Asleep: Eumenides 103-105")。

第三章 和善女神

　　这段独白之后,是一场令人毛骨悚然的"唤醒戏"。在这里,复仇女神声声愤怒的呻吟与鬼魂的嘲讽("睡眠与困倦,真是一对强大的共谋犯!"行127;"你们追逐睡梦的野兽,就像昏睡的猎狗!"行131)相交织。克吕泰墨涅斯特拉的鬼魂(就像我们或许会期待的那样)是现存的古希腊肃剧中唯一一个表现得如此活跃而富有进攻性的鬼魂角色。在古希腊文学中,我们也找不到关于厄里倪厄斯这样一个生动的印象,即作为个人的复仇者,神明的仆从,甚至是血腥暴力的特殊受害者。

　　《和善女神》的开场与埃斯库罗斯的很多开场很不一样。它似乎规定了某个最低点,一个绝对的零点,由此英雄的命运只可能改善;同时它又提供了某个线索,至少以反讽的形式,暗示了必要的戏剧发展可能如何实现。我们知道,奥瑞斯忒斯因弑母而有罪,我们也看到他被原始的弑母复仇者包围。克吕泰墨涅斯特拉一次次激励她们,认为她们的存在只是为了替她复仇,从而特别强调了她们的原始功能。如果一切继续按照三联剧中所表现得那样,血债血偿以及 δράπαντι παϑεῖν [行动者必受苦] 的旧秩序继续存在,那么无休无止的报复似乎就不可能得到缓解,加于阿特柔斯家族之上的诅咒也就不可能消除——尤其是在奥瑞斯忒斯的弑母行为中,以其本身而言考虑,召唤厄里倪厄斯复仇之人也就最为清晰。① 奥瑞斯忒斯已经完成了他的行为,甚至为他的行为"辩护"都已经在《奠酒人》中预演过了。那么问题似乎就很清楚了,要将如此戏剧性的发生在开场中的情况扭转过来,必然关系到厄里倪厄斯及其传统职权的履行。

　　厄运显然不可避免,正是在这种情况下,女祭司在开场时所作的祈祷(尽管在当时的情况下还是无意识的)提供了一点解决办法的线

---

① 我们应该回到这个问题,即厄里倪厄斯正当地仅仅追逐血缘屠杀,这与歌队在行605大意相似的声明之间是否存在联系。歌队的声明是在回答奥瑞斯忒斯的问题,而他完全有理由不这么认为。

索,同时也为该剧下文中发生的戏剧行动埋下了伏笔。皮提亚的话语赞美了德尔菲(一切未来宗教的神圣中心,同时也是全希腊法定权威的中心)古老特权的和平更迭,从下界力量转到了奥林波斯的阿波罗手中。阿波罗接受的特权,当然是[142]德尔菲传统的预言功能(行3-8,17-19),但是这种转变也许更是在进一步地预示一个更为根本的变化——从旧秩序转变为新秩序。我们同样也听到阿波罗说起治疗奥瑞斯忒斯之疾病的"法官"和"安抚的话语"(行81-82);他没有明说是什么样的"法官"或是对谁的"安抚话语",但是他的安慰已经暗示了一个与眼下情景极不相同的最后处境。

在当前的情形下,假如有什么将会改变,那就一定是厄里倪厄斯和赋予她们权威的旧秩序。不过,厄里倪厄斯出现在开场中的场景(这种状态大概持续到第一肃立歌的结尾,即行396),面对它,似乎很难让人看到进步或妥协的希望。这部戏的戏剧发展中最令人惊异的特征,就是厄里倪厄斯她们自己及她们所象征的含义,具有非凡的活力与不断变化着的表现。① 我们犯的最主要的批评错误(而且已经有人犯过)就是,我们仅仅在最明显和最惊人的词汇中去

---

① 在这部戏的行动中,厄里倪厄斯逐步地、隐秘地发生着变化(尤其贯穿了歌队的抒情诗,这也可以被视为是行动的一部分),这当然也引起了其他学者的注意。勒贝克的《奥瑞斯忒亚》整个第四部分,尤其是第六节,或许是对此最好的解释,其中包括了对形象顺序的探讨。同时,还可以参考温宁顿-因格拉姆的《希腊肃剧的宗教功能:〈俄狄浦斯在科罗诺斯〉与〈奥瑞斯忒亚〉研究》,页16及以下,以及《埃斯库罗斯研究》第八章;梅奥提斯(Méautis)的《埃斯库罗斯〈复仇女神〉释义》("Notes sur les Eumenides d'Eschyle",页33及以下)。(温宁顿-英格拉姆和梅奥提斯将厄里倪厄斯开始时的可怖面相以及在戏中后来的慈爱面相,与索福克勒斯的《俄狄浦斯在科罗诺斯》中据说是相似的效果进行比较;不过,比起相同点而言,两者之间的区别反而更显著。)

厄里倪厄斯形象的前后反差(与三联剧前两部戏剧的形象形成鲜明对比),可以参考勒贝克、戈欣以及她参考的佩拉多托(页131,注1),除此之外,还可以参考纳凯(Vidal-Naquet)的《〈奥瑞斯忒亚〉中的狩猎与献祭》("Chasse et Sacrifice dans l'*Orestie*"),特别是页136-137、页145-148,他讨论了"狩猎形象"与献祭主题相交织的重要意义。此外,还可以参考蔡特林的《埃斯库罗斯作品中不正当献祭的主旨》,这篇文章我们在前文已经提到了(第一章,附录1,注15)。

第三章 和善女神

寻找这部戏中厄里倪厄斯的转变——那个时候,在奥瑞斯忒斯无罪开释后,雅典娜说服了复仇女神歌队。雅典娜发表那段著名的诉请,并不只是针对克吕泰墨涅斯特拉之血的个人复仇者。早在这部戏进展之前,诗人就已经通过说明她们的复仇功能是宇宙秩序的一部分,逐步修改了厄里倪厄斯这种原始的、特殊的"吸血鬼"形象,而且,诗人赋予它一种正面的、甚至是"文明的"属性。①

在进场歌(行140-178)中,被唤醒的歌队一边唱歌,一边舞蹈,表达她们发现奥瑞斯忒斯从德尔菲逃走之后的挫败感。在克吕泰墨涅斯特拉的刺激下,她们在痛苦与愤怒中起舞,在此她们在很大程度上依然是王后震怒之魂渴望复仇的表现形式:

---

① 在这部戏中,与对厄里倪厄斯的全面处理(包括她们最终通过雅典娜而"转变")相关的东西,可以参考莱因哈特的观点,他讨论了古希腊思想中厄里倪厄斯与欧墨尼得斯之间的原初区别和所谓的联系(《埃斯库罗斯》,页154及以下)。莱因哈特将自荷马以降厄里倪厄斯的功能描述成"诅咒的力量、被遗忘的杀戮魔力的符号"。他强调了她们的"瞬时性"与"专门性"的特征,她们像猎狗一样地追猎杀人罪的受害者,并很有建设性地补充道:"一个复仇女神的庇护就像一个诅咒,既不会被唤回,也不会消失"(行154)。而和善女神则不然,他将她们描述为"土地的女神,因与战神山法庭的联系而受到崇拜,一切生命与丰产都依赖于她们……直到奥林波斯诸神以及城邦文化在道德与政治层面废黜了她们的权威"。莱因哈特强调,是因为她们与城邦的分离——在起源时间上和实际的位置上(在岩石之下,或是在阿瑞斯山,或是科罗诺斯·赫皮奥斯[Kolonos Hippios]之下)的分离——使她们被以一种确定的敬畏或是恐惧来对待……"这就是为什么有人会高兴地(委婉地)称她们为好的许愿者、亲切的人、和善女神"(页155)。

我认为莱因哈特正确地反驳了维拉莫维茨的观点(参见他在此处所作的引文)。维拉莫维茨认为,厄里倪厄斯与欧墨尼得斯在起源上是同一个,当她们作为厄里倪厄斯,失去了为血亲复仇的职权,她们只能保持着一个模糊的、吉普赛人一般的地位,而正是埃斯库罗斯的欧墨尼得斯修复了她们原初的单一性。莱因哈特反驳道,埃斯库罗斯笔下的厄里倪厄斯不可能被修复为欧墨尼得斯,而是第一次被作为欧墨尼得斯被引进。他这一诗人原创性的辩护主要来自埃斯库罗斯戏剧中显著的对立面:最初,这些女神的唯一力量是诅咒(即厄里倪厄斯的专属功能);而到了最后,她们的专属职权变成了赐福。尽管读者或许(我们也应该这样看到)会质疑,莱因哈特强调戏剧的最后厄里倪厄斯/欧墨尼得斯的专有的、和善的属性,但是我倾向于(在这些可推导的问题上尽可能地)整体接受他的观点。

> 我们遭受了剧烈的痛苦,啊!……(行145)
> 他从陷阱里溜走了!野兽逃脱了!(行147-148)
> 我在睡梦中受到责备,就像一个驾驶战车的御者,用包裹着铁皮的刺棍,直戳我的要害!(行155-158)
> ……就算他从地下逃跑,他永远也不会得自由!因为他身上沾满杀人的鲜血,①他将会来到一个受难地,另一个带来新的污染之人将临到他头上!(行175-178)

[143]不过,即使是在这些段落里,在立刻抓捕奥瑞斯忒斯以外,她们还通过两次重复的哀叹(行150,行171-172)暗示了更广阔的前景,即一个新的神践踏了旧秩序的神明的特权。在第二段抱怨中,复仇女神阿波罗对她们的冒犯与他对命运女神($Moῖραι$)的冒犯联系起来:

> (阿波罗)……僭越神明的秩序,看重凡人的事业,损害古老的命运女神的权限。(行171-172)

歌队将用较大的篇幅展开这段有关古老特权的论断。②

---

① $ποτιτρόπαιος$(行176):这又是一个专门名词,指的是一个被凶杀污染了的人。无论奥瑞斯忒斯是否已经得到净洗,复仇女神不会、她们此时也宣称她们永远不会,承认这样的净洗,因为她们相信他的血污将一直督随他进入冥界,直到死后也不能摆脱。在这节颂歌(行169-170)以及后文(行204)中,她们斥责阿波罗,沾满血污的奥瑞斯忒斯在场,玷污了阿波罗自己的祭坛。
② 在下文行723-724以及行961中,歌队又分别明确提到了命运之神,这有两层意义。根据西奇威克的说法,在这两段中,歌队将命运之神看作是与自己十分不同的存在。因此,眼下的段落很含蓄地在字面上提到了阿波罗对莫伊拉(译按:即命运女神)所产生的愤怒,甚至比得上它们的愤怒,或者,(经一位匿名的读者提醒)它提到的可能是阿波罗破坏了命运之神的规则,这是厄里倪厄斯所遵循的规则。它没有(如包括古代评注家在内的评注家所想的那样)暗示,复仇女神在与命运女神在一起时所具有的某种暂时的身份。但是也请参考行895、行903-915、行930-931、行945-955以及下注86。

第三章 和善女神

在这部戏中,第一次审判,或称为"德尔菲审判"以阿波罗和歌队的生动场面结尾,二者将在第二次审判中成为主要的对抗者,这次审判是在舞台调度(mise en scene)切换到雅典城后。阿波罗将复仇女神从他的神庙中赶出("出去!我命令你!立刻出去!"),语气严厉,充满威胁,由此,光明之神与他那可恶的敌手之间形成了鲜明的对比。阿波罗用光明的形象相威胁,他将派出"发亮的带羽翼的蛇,从他的金弦上射出来的箭矢"(行181-182),而他描绘的复仇女神的黑暗画面则与之对立:"呕出她们吮吸过的黑色的人血"(行183),她们游荡在"斩首、扎眼……死刑,青年男子被污秽地阉割"这样的地方(行186-188)。因此,我们又一次看到,复仇女神的最初面相是一群令人厌恶的复仇者(这或许言过其实,可能是阿波罗试图将她们与具体的野蛮行为相联系,败坏她们的名声),①这一系列开场的画面强调了这一点。

可以说,这场激烈的对话预演了即将到来的"审判戏"中相对正式的辩论。短短三十行的对话,涉及到了全部(或几乎全部)的核心问题:阿波罗在此事中负有责任,因为他颁布神谕下令杀母,并且庇护一个双手沾满血污的人(行202-204),他还命令奥瑞斯忒斯寻求净罪(行205);复仇女神十分愤怒,因为她们身为血亲残杀的复仇者,在复仇过程中却遇到了挫折;复仇女神否定为夫妻间的暴行复仇的正当性,阿波罗对此也作了回应。"帕拉斯(雅典娜)将会审查这两种声明的法庭正义($\delta i \varkappa \alpha \varsigma$)!"(行224)。阿波罗用这一结论作铺垫,将场景转移到雅典。在那里,这些神圣的敌手将会为他们的案情辩护,复仇女神受"母亲之血"($\alpha \tilde{\iota} \mu \alpha \ \mu \eta \tau \varrho \tilde{\varrho} o \nu$,行230)驱使,而阿波罗则从他的乞援人($i \varkappa \acute{\varepsilon} \tau \eta \varsigma$,行232)——奥瑞斯忒斯那里受到了同样迫切的恳求:

---

① 参见希罗多德(《原史》,卷三,125,卷六,9,卷九,行112),他将这些行为与惩罚归到波斯人身上(劳埃德-琼斯在对《和善女神》行186的注释中已经指出了这一点)。同时,请参阅普罗塔克,"阿塔薛西斯传",16-17。

[144]如果我自愿背叛了他,无论是在神明之中,还是在人群之中,可怕的是 προστρόπαιος [请求净洗的人]① 的愤怒!(行233-234)

在这场对话中,有两个段落提供了解释的兴趣点,或许也是难点之所在。第一个段落是愤怒女神清晰地表述(行212),她们只关心血亲残杀,阿波罗对此同样清晰地表明他的反对(行213-224)。第二个段落则是阿波罗的陈述,他声称,婚床重于盟誓,并且受到命运之神与正义之神的保护(εὐνή γὰρ ἀνδρὶ καὶ γυναικὶ / μόρσιμος / ὅρκου 'στὶ μείζων τῇ δίκῃ φρουρουμένη,行217-218)。

歌队在《和善女神》行212中的言论,似乎与阿波罗(在《奠酒人》行283及以下)对奥瑞斯忒斯所说的内容不一致,阿波罗告诉奥瑞斯忒斯,如果他替父复仇失败了,那么复仇女神将对他发怒。后一种复仇女神是"来自父亲之血的复仇神"('Ἐρινύων / ἐκ τῶν πατρῴων αἱμάτων);但文本并没有回避两者都是厄里倪厄斯的事实,因此,至少从神学的角度看,克吕泰墨涅斯特拉的复仇神说她们只关心血亲谋杀,这是一个矛盾。

有几种不同的路径可以解决这个问题,但没有一种是完全令人满意的。如果有人想依照反映在神话学(或神学)表述中的伦理观找到某种解释,那么他可能会说,《奠酒人》中的段落反映了早前的(属于这样一个时代,谋杀被视为一种侵犯行为,应该由家庭进行补偿)厄里倪厄斯的概念,她们是影响被害者子嗣的诅咒,直到

---

① 我们再一次注意到 προστρόπαιος 是一个专门名词,指请求从血污中净洗的乞援人。我们已经看到,在不久以前(行205),当复仇女神指责阿波罗的神龛接受了一个沾有血污的人,阿波罗声称,是他命令奥瑞斯忒斯到那里寻求净洗(προστραπέσθαι)。现在,他让我们想起了这个乞援人对他所说的特别陈词。奥瑞斯忒斯净洗的具体地点和时间在这里没有明确说明,但是我们可以从在雅典戏的开场看出,奥瑞斯忒斯已不再是 προστρόπαιος,不再是一个手有血污的乞援人了。

他索求以血偿血（或者以血赎罪），或是谋杀犯逃出国境，诅咒才会解除；而《和善女神》中的厄里倪厄斯反映了一种后来的观念（属于一种"罪感文化"，与"耻感文化"完全相反），在这里，厄里倪厄斯集中关注的是身负血罪的人。① 但尽管这样的解释能够帮助我们解释《奠酒人》中的阿伽门农的厄里倪厄斯，它并不能很好地解释厄里倪厄斯在《和善女神》行 212 中发表的独特论断。因此，为了证明这种家族血罪的"特殊性"，我们对这个问题还需要提出第二种解释———一种纯神话学的解释。厄里倪厄斯在传统上通常被认为是复仇精神（在这个角色中，'Ερίνυς［厄里努斯］几乎无法与ἀλάστωρ 相区分），但更具体地说，她们是对非自然行为的复仇者（或者，在有些情况下，她们只是"惩罚者"）。这个概念至少在赫西俄德对厄里倪厄斯身世的记录（即克洛诺斯砍下其父乌拉诺斯的生殖器，他流出的鲜血中孕育了复仇三女神）中可以得到神话的证实。② 埃斯库罗斯则为了实行他的戏剧与主题的需要，选择在《和善女神》中采纳了厄里倪厄斯这一层面上的含义（或者，至少 [145]

---

① 参考史迈斯，《埃斯库罗斯的肃剧》，页 214。他对这一区分进行了讨论，然后又进一步解释道，阿波罗的祭仪试图通过引入正义案件中（justifiable case）的净洗以缓和血污的观念。不过，在讨论《和善女神》中的复仇女神时，他说埃斯库罗斯"无意识地重演了她们的原始功能……克吕泰墨涅斯特拉的复仇女神其实只是克吕泰墨涅斯特拉她本人，是她的鬼魂分身为多个，组成了一个团体"（同前，页 217），在这里，史迈斯没能够分别讨论《奠酒人》与《和善女神》中厄里倪厄斯职权的明显不一致。

上文所使用的"耻感文化"与"罪感文化"两个表达是从多兹那里借来的（《希腊人与非理性者》[The Greeks and the Irrational]，第二章），他小心地对这两个表达的性质进行了界定，用以描述荷马时代与古风时代中的不同态度。至于将这一区分应用于当下的问题，我是受到了维塞尔（Visser）《厄里倪厄斯》（The Erinyes）第二章的启发，尤其是页 120 及以下的内容，不过我对这一区分的应用方式，以及我从中得出的厄里倪厄斯在《和善女神》中的功能的结论，都与她那相对更复杂的处理有所不同。

② 参见赫西俄德《神谱》行 178-185。此外，请参阅荷马《伊利亚特》第十九卷，行418，在这个部分里，阿喀琉斯的马克桑托斯正要预言阿喀琉斯的死，厄里倪厄斯堵住了它的话头。可以进一步参看赫拉克利特的残篇 [B 94(D-K)]（门罗 [Munro] 在他对《伊利亚特》上述段落的注释中提到了他），厄里倪厄斯，所谓"正义的守护者"，看管着太阳，以免它超越了自身的限度。

是在这部戏中的大部分段落中）①——而在《奠酒人》中则没有采纳,在《阿伽门农》中也并非仅仅采纳这一层含义。

最后,依照具体的戏剧语境,我们可以找到厄里倪厄斯公开承认的有限性（在《和善女神》行 212 以及其他段落中,尽管在本剧中也并不是始终如此）,这与前面《奠酒人》行 283 及以下②的内容当然完全不同。这个观点在欧文(Owen)对这一问题的讨论中得到了清晰的表述：

> 问题的重点在于,阿波罗与厄里倪厄斯在根本上是对立的,而他(埃斯库罗斯)则需要找到与这个情况有关的语言以表达这种尖锐的对立。事实上,她们站在克吕泰墨涅斯特拉一边的原因只有一个：她被谋杀了；至于她被害之前曾经犯罪的问题……她们作为复仇精神,与此无关。但是诗人必须为这一点找一个可以论证的理由……③

---

① 参见维罗尔对《和善女神》从行 212 到最后的部分所作的注释:"将谋杀的限度划定为不使血亲之人(根据各种血亲概念)流血,这是一个权威的观点,当这个观点适合她们,埃斯库罗斯笔下的厄里倪厄斯就采纳了这一点,但是她们在总体上对此并不关心。"但是,也请参阅维罗尔在提到《奠酒人》行 283 时"来自父亲之血的复仇女神"所给出的古怪评论(在他对此处的注释中):"比起厄里倪厄斯作为女神所受的祭祀,这一段中的全部概念都远不如其古老；此外,这里的 ἐρινύων(复仇精神)并不是一个适当的名字。"

② 对于她们在《和善女神》行 212 中所声称的向谋杀血亲者复仇的限定职权,《奠酒人》中 Ἐρίνυς 或是 Ἐρίνυες 的另外三次出现也不能予以支持,因为她们的出现要么与克吕泰墨涅斯特拉和埃奎斯托斯两者的复仇(行 402)相关,要么只是为埃奎斯托斯复仇,要么是为普通的凶案血污复仇(行 648 - 651)；如果我们认为 τέκνον [孩子]指的是奥瑞斯忒斯,我们又将在《奠酒人》行 283 中看到,复仇女神将儿子派去为父亲复仇。

③ 这一段以及下一段引文摘自欧文的《埃斯库罗斯的和谐》(The Harmony of Aeschylus),页 114。参见基托《形式与意义》页 61 - 62 中的相似观点。(基托过分强调这样的观点,他认为,复仇女神在本质上是对一切暴行的"复仇的呼喊"(Arai[司复仇与毁灭的神]),即便是在这部戏中也是如此,他因此将《和善女神》行 336 中的 αὐτουργίαι 翻译为"恶意的暴行"而非"对血亲所做的暴行"。参见下文,以及原注 41)。

欧文进一步建议,"强调这样的细节(即我们讨论的"前后矛盾的"问题)是错误的……因为从该戏的目的来看,厄里倪厄斯的行动与克吕泰墨涅斯特拉必然是相联系的",他或许是对的。从很多方面看,在《和善女神》以及另外两部剧中,在考虑厄里倪厄斯的功能上"前后矛盾"的具体问题时,这是一个理智的判断。但是,我们应该意识到,歌队在这里明确地将自己与血统相联系,这对于她们的存在目的(不仅仅是打击阿波罗的棍棒)和表现更重大的对立而言至关重要,这种对立本身即是这部戏所要调解之事。① 因此,最好的解释似乎是,要是有暗示的话,希腊人对于血亲复仇与对于厄里倪厄斯在此处的角色的态度,在这部三联剧写作之前的不同时期内发生了某些变化。

在这段阿波罗与复仇女神的对话中的第二个问题(与前者相比明显小得多了),是阿波罗提到了有关婚床的论断,他认为它是"命中注定的",并受到正义神的保护,因而"比誓言更强大"(或者也可能是"比誓言之神更强大";εὐνὴ γὰρ ἀνδρὶ καὶ γυναικὶ μόρσιμος / ὅρκου 'στὶ μείζων τῇ δίκῃ φρουρουμένη,行 217‑218)。这段话的语境是,复仇女神忽视克吕泰墨涅斯特拉谋杀丈夫的事实,却毫不留情地控诉奥瑞斯忒斯谋害他的母亲,阿波罗对此发出了责难。阿波罗想表达的究竟是什么意思?通常的翻译("比誓言更为强大"或"比誓言之神更为强大")让我们怀疑,这段话能否有力地支持阿波罗对复仇女神的反驳。戴维斯(Davies)和汤姆森在他们评注的《和善女神》中都发现了这一点。戴维斯猜想[146]在行 212 之后存在阙文,这一阙文应该间接提到奥瑞斯忒斯拒绝发誓他没有杀他的母

---

① 诚然,欧文似乎发现了这一点(尽管他所使用的或许不是我会使用的语言)。他在《埃斯库罗斯的和谐》页 115 中引用了汤姆森的言论,他同意汤姆森的观点,即通过氏族社会中的习俗来证明复仇女神的身份,与城邦中的新方式相对立,复仇女神代表了一种"旧的分配方式"。

亲（参见《和善女神》行429）；①汤姆森则通过修订原文对这个段落进行"解释"：他调换了 εὐνή [床]（连同其修饰语）与 ὅρκος [发誓之事]的位置，并将 τίς 解读为 'οτί，由此，他得出了他的理解"有什么合约（誓约）比婚床更牢靠……？"就其达成的"改进"效果来看，这两种对广为接受的文本的篡改似乎都不那么合理。威尔和戴维斯所谓的阙文就其本身而言，与阿波罗在此处所作的辩论并不相干，而汤姆森的修订并没有对佩里的观点进行重大的调整，只不过进一步强化了后者的立场，佩里对这段文本的解释如下："尽管婚姻并不是通过血缘关系缔结的，但比起一个单一的誓言或民间契约，它更为强大，因为它是由命运之神指定的，受正义之神认可或保护。"不过，汤姆森对这段话进行"历史意义"的解读或许是有道理的，即，"血亲的神圣性是原始的，而婚姻的约束则被认为要晚得多：阿波罗在这里，和他在其他方面一样，代表的正是新的秩序……"②

　　凯尔斯（J. H. Kells）认为，这段话中所说的"誓言"指的是《奠酒人》行978-979中克吕泰墨涅斯特拉与埃奎斯托斯所发的誓言（只要他们杀死阿伽门农，就死在一起）。③但同样，考虑上下文语境，要说婚床比这一誓言更强大，似乎也没有什么意义；再说，谁会否认这一明显的事实呢？

　　这个段落或许只能是一个谜了。不过，在搁下它之前，我们还应该看看下文中两个提到了"誓言"与正义的段落。在《和善女神》

---

① 参见戴维斯（Davies），《埃斯库罗斯的〈复仇女神〉》附录，页207-209。戴维斯注释道，魏尔已经提到行212之后存在阙文，但他反对魏尔进一步的论述，即这段阙文的含义只是"追逐她并非我们的事情"（itaque nostrum non est eam persequi），因为这仅仅是前文中复仇女神回答阿波罗时已经明确采用了的表达（行212）。（我已将戴维斯与魏尔的行序调整为牛津古典版的行序。）
② 汤姆森，《埃斯库罗斯的〈奥瑞斯忒亚〉》卷二（评注），页198（对行217-218的注释）。此外，还请参阅佩里在此处的论述（相当于他的版本行208-209的部分）。
③ 凯尔斯（Kells）的《埃斯库罗斯〈复仇女神〉以及雅典婚姻》。亦见于凯尔斯反对佩利、汤姆森（前文已经讨论过）以及韦克雷恩的版本时提出的观点，韦克雷恩解释道，婚床是"婚姻的结合，受到正义女神的照管……"

行 429(前文已经提到)中,歌队向雅典娜抱怨,奥瑞斯忒斯"拒绝接受誓言,或者发誓"(即,发誓他不曾做出弑母行为),即根据古代的法律程序,杀人者为自己辩护时,需要执行这一程序。① 雅典娜指责她们坚持的是法的字面意义,答道:"你希望的是看上去的公正(即拥有公正的名声),而不是行动上的公正"($\kappa\lambda\acute{\upsilon}\epsilon\iota\nu\ \delta\iota\kappa\alpha\acute{\iota}\omega\varsigma\ \mu\tilde{\alpha}\lambda\lambda o\nu\ \mathring{\eta}\ \pi\rho\tilde{\alpha}\xi\alpha\iota\ \vartheta\acute{\epsilon}\lambda\epsilon\iota\varsigma$,行 430),而当歌队让她对此进行解释时,她进一步回答道,"我告诉你,不要试图借助誓言来打败正义"($\mathring{o}\rho\kappa o\iota\varsigma\ \tau\grave{\alpha}\ \mu\mathring{\eta}\ \delta\acute{\iota}\kappa\alpha\iota\alpha\ \mu\mathring{\eta}\ \nu\iota\kappa\tilde{\alpha}\nu\ \lambda\acute{\epsilon}\gamma\omega$,行 432)。正如我们所见,在雅典娜为处理血亲犯罪而逐渐形成新的正义形式的过程中,她的这段陈词至关重要:执行了或没有执行凶案中的行为(即誓言所指涉之事)不再是争议中的唯一事实,作案的背景与动机同样需要考虑。在行 620 - 621 中,[147]面对新任命的、即将处理奥瑞斯忒斯案的人类陪审团,阿波罗进一步给出了一则奇怪的建议:

> 我叮嘱你们,看清这一正义的辩护有多么强大,请你们遵从父亲的安排。因为誓言不比宙斯更强大。(行 619 - 621)

这里所说的誓言或许只是陪审员的宣誓(劳埃德-琼斯在其对此处的注释中曾指出这一点),而非(如某些编校者——如戴维斯以及汤姆森——所言)奥瑞斯忒斯拒绝接受的无罪誓言(行 429)。誓言的神圣性,当然是最为古老的神圣性之一(就连神明也不能免于违背誓言而遭受可怕的惩罚;据赫西俄德《神谱》行 400,行 783 - 806)。阿波罗所暗示的(在行 217 - 218 以及行 620 - 621)宙斯的新分配的秩序(在当下的例子中,指的是捍卫婚床)比这种传统的约束力更有分量吗?

---

① 相关的相关古代资料,参见汤姆森在相应段落所作的注释。

2. 第二场、第一部分(行 235 – 253); 第二进场歌(行 254 – 275);第二场、第二部分(行 276 – 306)

场景现在转变了,作为背景的神庙显示为雅典娜神庙,而非阿波罗神庙。① 奥瑞斯忒斯对雅典娜的开头两段陈词(第一段是对着她的塑像说的,即行 235 及以下以及行 276 及以下,第二段是对女神本人说的,行 443 及以下)中,有两个重要的特点需要一开始就说明。第一点是,他完全忽略了复仇女神,这让她们感到反感(行 303 – 304);对此,我们稍后或许可以找到解释。第二点则是,奥瑞斯忒斯强调,他已不再是受到了污染需要从血污中净洗的乞援人(προστρόπαιος,行 237、445),他对此强调了三次,而且篇幅可观(行 237 – 239、行 276 – 289、行 443 – 453)。在奥瑞斯忒斯的这三段言论中,这个声明中的一些细节比其他任何内容更为重要,我们或许应注意这些细节。第一,专有名词 προστρόπαιος [请求净洗的人,乞援人]

---

① 想要了解在行 235 所引导的内容发生之前的"场景转换"与其他有关的不常见特征(比如具体的时间间隔),请参阅塔普林的《埃斯库罗斯的舞台艺术》,页 377 – 378。舞台布景所需的可见变化似乎只是在舞台上加上雅典娜的神像,而在塔普林看来,即便这也有可能是从一开始就在台上摆好神像,只是到了这个关键时刻才让观众看到了罢了。

的重复使用(行 237、行 445),并且是否定式(negative)的,在这个问题上,这使我们注意他眼前的情况与他在德尔菲的阿波罗神龛前所处的情况有所不同,因为他在那里四次肯定地使用了这个词语(行 41、行 176、行 205 以及行 234),以描述奥瑞斯忒斯的状态或是乞援行为。①

奥瑞斯忒斯坚持向雅典娜表明他已经得到净洗,与之紧密相关联的,是他声称他具有说话的权利,并且不会为对话者带来危害(行 277 - 279,参考 448 - 450),以及声称他触摸雅典娜的神像时已经不会将其玷污(行 445 - 446)。这再次让我们注意到[148]奥瑞斯忒斯现在的处境(即在雅典)与他在德尔菲的处境(在德尔菲,除了三行向阿波罗请求净洗的诗歌外,他始终保持沉默)之间的不同,这也就引出了这样一个问题:奥瑞斯忒斯的净洗是在哪里、在什么时候完成并得到明确证实?大部分评注者似乎都认同这样一个解释:奥瑞斯忒斯在德尔菲就已经得到了净洗。显然,他在文中清楚地提到了净洗习俗,即"在福玻斯(阿波罗)的祭坛前,用猪作牺牲,以求洗净罪愆",此时弑母的污秽仍然是新的(行 281 - 283),这些似乎都可以证实这个解释。不过,如果净洗是在德尔菲实现的,那么它一定是在本剧开场前就已经完成了,因为阿波罗在开场(行 74 及以下、行 89 及以下)中就已经在盼咐奥瑞斯忒斯离开德尔菲了。而且,德尔菲的女祭司将沉默的奥瑞斯忒斯称为 προστρόπαιος [请求净洗的人], θεομυσή [被神厌弃],"双手仍在滴着鲜血"(行 40 - 42);要么(如一位学者所言),这场使用猪血的净洗仪式是在其他的阿波罗祭坛前举行的,②要么,这场仪式已经在

---

① 我无法同意西奇威克的下述观点(参见他对行 41 以及行 237 所作的注释): προστρόπαιος 这个词在行 41、行 234 以及行 237 三处的用法各不相同。不同的语境中对这个词的重复强调,显然已经表明这个解释是说不通的。

② 参见戴尔(Dyer),《德尔菲与雅典净洗仪式的证据》("The Evidence for Purification Rituals at Delphi and Athens")。戴尔指出(页 40 - 43),大部分的有关证据牵涉到在德尔菲神庙之外进行的仪式,尽管德尔菲给出的神谕有时也会包含 (转下页注)

德尔菲举行了,但是没能完成奥瑞斯忒斯的净洗。奥瑞斯忒斯对此事的进一步评价可以支持后一种观点:他在行 238-239 中说道,他的污秽在"许多人家里与人们的旅行道上""消褪与磨损"(字面上的意思是,"从其上磨去",προστριμμένον)。奥瑞斯忒斯还提到了"许多净洗"(πολλούς καθαρμούς,行 277),似乎一次净洗还不够,而且,在雅典,他还用他与许多人无害交往(ἀβλαβεῖ συνουσία)来"证明"他现在已经不再有污点(行 284-285)。因此,我们几乎已经可以认为,奥瑞斯忒斯的净洗不是在一瞬间、也不是通过一次用猪血的仪式就能完成的。(在第一次仪式之后)与其他人的交往,显然一方面是净洗的一部分,另一方面也是净洗成功的证据(因为他与人交往之后并没有造成有害的影响);因此,当他到达雅典,奥瑞斯忒斯还是可以说他手上的血"已经沉静了,消失了"(βρίζει … καὶμαραίνεται,行 280)。①

在雅典娜本人真正现身雅典之前,在奥瑞斯忒斯面对其神像的最初两段辩解中(行 235-243、行 276-298),除了这个有关净洗状态的问题之外,还有两点值得注意。第一,依赖于阿波罗的承诺(行 241,参考行 81-84),他对自己在雅典娜的神庙中的审判结果(τέλος δίκης,行 243)很有信心。在奥瑞斯忒斯的第三段恳求的

(接上页注)一些这样的仪式,其本身也有可能被人们正当地视为净洗制度的权威。他总结道(页 55-56),有一部分观众或许认为奥瑞斯忒斯的净洗发生在雅典或是特隆泽(Troezen),而另一部分则认为此事发生在德尔菲。"埃斯库罗斯自己也是模糊的。"(不过,当奥瑞斯忒斯将 ἑστία θεοῦ Φοίβου 称为他接受猪血仪式的场所[292-293],观众很难不想到德尔菲神庙,因为文中没有提到其他的福柏神灶。)

① 这是我个人对这个复杂问题的理解。也可参考梅森《埃斯库罗斯》第二卷,行 126,梅森认为阿波罗对奥瑞斯忒斯的"远行命令"(行 75-77)是打算让他完成净洗,并将其因非自愿的杀人行为而在雅典流放一年(ἀπενιαυτισμός)比作一种仪式。(史迈insin《埃斯库罗斯肃剧》页 219 中说道,奥瑞斯忒斯"特别声明他的流放是正式净罪的一部分",但根据行 238-239 的内容,我无法同意他的说法。)同时,请参考塔普林《舞台艺术》页 381-383,以及其中对这个问题所列的参考书目;塔普林注意到了前人已经概括的难点,以及一些仍在考虑的问题,最终得出了与上文相似的结论。

最后,我们还将发现类似的强调,即在雅典娜在场时,请求她对这个案件作出判决($\varkappa\varrho\tilde{\iota}\nu o\nu\ \delta\acute{\iota}\varkappa\eta\nu$,行 468)。因此,奥瑞斯忒斯与雅典娜的关系同他与阿波罗的关系是很不一样的:对于雅典娜,他只寻求正义(行 242-243;参考行 439-440),而且,当然,作为已经得到净洗的乞援人(行 474),只有他的案件得到审判,雅典娜才能保护他免于复仇女神的追捕;而阿波罗则是另一回事(行 233-234 所在的段落就已经清晰地表明了这一点),他首先是将奥瑞斯忒斯作为 $\pi\varrho o\sigma\tau\varrho\acute{o}\pi\alpha\iota o\varsigma$ [请求净洗的人] 对待的,所以他将继续为其承担责任,从而为他净洗。第二(因为众所周知,请求"正义"往往伴随着请求偏爱),为了加强他对"雅典这片土地上的女主人"的请求,奥瑞斯忒斯进一步承诺,他所在的阿尔戈斯的土地上将成为雅典一个自愿的($\check{\alpha}\nu\varepsilon\nu\ \delta o\varrho\acute{o}\varsigma$:"非强迫的")、忠诚的同盟(行 287-291)。[①] 在一系列直接提到阿尔戈斯的话语中,这似乎是第一次指出同时代的阿尔戈斯—雅典关系;这段话之后接着是两个猜想,猜想雅典娜的去向("无论她是踏上利比亚的土地……还是像一个勇敢的指挥官,在费勒格拉平原上视察"行 292-296),这也就证实了上文中对同时代政治的暗示。[②] 还应该注意到,在奥瑞斯忒斯知道了雅典娜真实的去向之后,他的恳求发生了有趣的变化。

奥瑞斯忒斯对雅典娜神像的两段恳求在开头都被歌队长抑扬格的诗句打断,在结束时又伴随着一整群复仇心切的复仇女神令人毛骨悚然的歌舞。歌队长所描述的一系列生动的猎食形象表明,歌队确实是嗅着气味找到弑母者的踪迹:

[①] 这似乎是对 $\check{\alpha}\nu\varepsilon\nu\ \delta o\varrho\acute{o}\varsigma$ 最简单也是(我认为)最广为接受的解释,即,它指的是一个雅典不需要作战就可以维持的联盟,而她与其他"盟友"的关系则往往需要通过战争得以维系。但是也请参考昆西(Quincey)《奥瑞斯忒斯与阿尔戈斯联盟》("Orestes and the Argive Alliance")页 190 及以下的内容,我们在本章的附录中也会对其进行讨论。

[②] 本章的附录将会进一步探讨这些以及其他涉及当代政治的内容。

在这儿……这就是那人清晰的行踪。循着这无声的线索。就像一只猎狗追着一只受伤的牡鹿,我们循着血滴的踪迹。杀人的苦活让我的胸口喘息不已……现在他在什么地方蜷缩着。人血的气味让我喜笑颜开!(行 244－253,有删节)

(无论奥瑞斯忒斯认为他的净洗起到了多大的效果,他手中的血迹如何"静止并消失"[行 280],显然,厄里倪厄斯并不同意他的信仰!要研究在埃斯库罗斯的非现实背景的戏剧中,这种身体描写可以如何应用,此处的这种差别为我们提供了很好的例子:对于歌队而言,她们不接受所谓的"净洗",所以鲜血还是在那儿;而对于奥瑞斯忒斯[以及后来出现的雅典娜]而言,它已经不在了。这一段落和其他几个相关段落一道,应该确定地解决了至少存在于一部分学者心中的疑惑,即奥瑞斯忒斯所谓滴着的鲜血是否指的是净洗仪式时使用的猪血。① [150]很显然,它肯定一直指的是他从弑母案中沾上的血:它有时是在的,有时是不在的——取决于奥瑞斯忒斯的"状态",但也取决于争论中的观看者怎么"看"他。)

在第二进场歌中,歌队突然用激昂的多赫米亚格,间或穿插着三音步抑扬格,冲上了舞台。她们的追猎变得更紧迫了("看啊!看啊!每一个角落都不要放过!不要让那弑母凶手溜走!"行 254－256)。② 当她们看见奥瑞斯忒斯抓着雅典娜的祭坛,请她审判他的杀人行为(ὑπόδικος θέλει γενέσθαι χρεῶν),她们震怒了!

---

① 参考上文,注释 2,对行 41 及以下所作的讨论。
② 很多评注者认为,这段话(行 254－256)是分给歌队的不同成员或是不同部分来表演的:比如,参见维罗尔对行 244 即 255 的注释,以及更晚近的,见塔普林《舞台艺术》页 379－380。塔普林也同意,歌队在这里是以 σποράδην 的形式进场的,即,有"一连串的进场"(参见塔普林在前页 140 对第一段进场歌的评注,他指出,当下这段话创造了"一个显著的视觉镜像效果",页 380)。当然,正如塔普林所主张的那样,这种形式的进场,有助于让这段话中持续的追捕画面更加戏剧化。

> 这绝不可能！母亲的鲜血一旦洒到地上，就不可能收回。鲜血一旦流出，就永远流了！（行261-263）

捕猎的意象现在就让位给了"吸血鬼"意象，从而对复仇女神的首要功能进行说明：

> 你活着的时候，必须用你四肢中的鲜血献给我喝，作为赔偿……当你渐渐死去，我会将你拖进地下的冥府……（行264-265，行267）

厄里倪厄斯的正义与接下来的"新盟约"（歌队震惊的台词中已经预言了这一点："……他愿意受到审判！"行260）在这里表现得最清楚不过了。①

除了这段简短的进场歌中表现出的一心一意的复仇心理之外，有关厄里倪厄斯的功能稍较广阔的立场，在这场颂歌的最后得到了展现。在此，她们威胁道，谁怠慢神明、客人以及亲人，都将受到"正义的报复"；冥王，"人们在地下的惩戒者"，所有这些行为他都会铭刻在心里。这也是本戏开头诗歌中几条线索中的一条，向我们展示了复仇女神逐渐开阔（超出对奥瑞斯忒斯的直接关注）的正义观。

---

① 我们应该注意到，在预言中，和善女神组成的歌队作为"吸血鬼复仇者"进场时壮观场面，她们为她们的猎物竟要"接受审判"而感到震惊，而在这部戏最后，受雅典娜恳求而"改造后的"复仇女神，愿作城邦与其新的监护者——战神山法庭——（同样令人敬畏）的支持者，这两个形象之间形成了巨大的反差。（参见行903-1020，各处；并参考行681-710。）正是这一对比使人感到奇怪，为什么有些人认为这部戏中和善女神没有发生真正的变化；比如，劳埃德-琼斯《埃斯库罗斯中的宙斯》，页64-67。

3. 第一肃立歌(行 307－396)

　　与进场歌一样,这场颂歌之前是一段由歌队长演唱的抑扬格诗句(行 299－306),它至少预示了眼下这场颂歌中的一个主导性主题。歌队长肯定地对奥瑞斯忒斯说道,无论是阿波罗还是雅典娜的力量都无法拯救他,他将成为愤怒的厄里倪厄斯的食物,她们会将他变成他自己身体的没有血的影子。[151]"你现在听这支使你入迷的歌吧"(ὕμνον … δέσμιον,行 306)。

　　的确,第一肃立歌标志着"报仇"歌的高潮,即复仇女神吸血鬼般追赶着奥瑞斯忒斯。但是与这种仇杀相交织的是复仇女神对她们的正义与特殊权利的强调,她们声称自己追逐血杀罪行的特权与时代相协调,甚至获得了奥林波斯诸神认可。歌队开场时所唱的抑抑扬格所引入的正是这个主题("……说说我们这一队神怎样分配人间的命运[λάχη,行 310];因为我们声明,我们的审判[εὐθυδίκαιοι]是正当的。"行 310－312)。很快,歌队又转向了更为棘手的工作,但是我们应该看到,在这场长颂歌的最后,这个更为一般的主题占据了支配地位。①

---

①　勒贝克在《奥瑞斯忒亚》页 150 及以下的内容中特别强调了这一点,在这个部分中,她讨论了歌队对奥瑞斯忒斯唱起"捆绑歌"的表面目的与"抒情诗的主要 (转下页注)

接下来,一对分节歌的首节(行 321 - 327;行 333 - 340)的格律变为了扬抑格,语气也变得更具进攻性,在这里,厄里倪厄斯唤起了先于奥林波斯诸神的古老权威:"黑夜母亲,她生我们是为惩罚(ποινάν)活着与死去的人"(行 321 - 323),她们还呼唤命运女神(Μοῖρα),说她赐予了她们特殊的职权(依然是λάχος这个词),使她们能追捕杀死血亲的罪人。我们发现,整场颂歌里唯一一次具体提及奥瑞斯忒斯,就是在这第一段诗节里,即歌队对阿波罗感到气愤,因为他害她们放过了"这懦弱的野兔,正好赎偿他母亲的血"(行 323)。

在每节分节歌后,歌队又换上了更为坚定的节奏,她们围着自己的猎物,随着迷人的歌又唱又跳,那歌声令人发狂、震惊(行 328 -333,行 341 - 346)。①

在第二组分节歌中,格律又发生了变化,这一次的格律更加严峻,是"严肃的"扬抑抑格(dactyls),这也同样是随着主题的变化而变动的。在这段诗节中(行 347 - 353),歌队在职权和身份上,把自己与奥林波斯诸神区分开来。从她们的出生(γιγνομέναισι)起复仇的特殊权利(λάχη)就属于她们,但是神明是超出她们的控诉之

(接上页注)内容是复仇女神古老的特权……"这个事实之间明显的不一致。(勒贝克指出,只有第一段叠唱曲[328 - 333=341 - 346]可以被视作明确地"束缚奥瑞斯忒斯的符咒",她或许会为她的夸大其词感到愧疚。)当然,这两个主题是有联系的,但勒贝克用一种详尽的、仪式性知识(即在一种同情的魔力下,厄里倪厄斯的"命运"将被替换为被追捕奥瑞斯忒斯的"命运")来解释这种联系,我认为她的这种方式比较牵强。不过,勒贝克观察到歌队交替使用 λάχος / λάχη [分配的份额](有时指的是被追捕者的命运,有时指的是厄里倪厄斯自己命定的职权,有时同时指代二者),这种用法有时又比较含糊;她也观察到,对复仇女神所栖身的幽暗的混沌与她们那污秽的猎物的描写具有相似之处,这种能帮助我们理解,诗人如何通过语言与想象,编织这场颂歌中的两个主题。

① 这两段叠唱曲(ephymnia,refrain)的格律基本上依然是扬抑格的,与前文分节诗中的格律一样,但决定与切分音符的不寻常结合(⏑ — ∕ ⏑ — ∕:维罗尔将其描述为"鼓点节奏"),与分节诗相比,产生了一种非常不一样的效果。

外的，而且厄里倪厄斯也不能分享其他神明的宴会，或是人类对其他神明的敬拜。(后来，雅典娜利用了她们这种与其他神分离的孤独。)第二曲次节中的文本(行 360-366)残缺，使我们无法确定它的全部含义；无论如何，通过提及宙斯对这件事情的态度或者可能还有他的意图，似乎证明，厄里倪厄斯与其他奥林波斯诸神之间，没有任何正式的或社会的联系。① 然后，又是一段充满暴力的叠唱曲(行 354 及以下，行 367 及以下？)，它与前一段叠唱曲(行 328 及以下，行 341 及以下)保持着同样持续的节奏，紧跟在第二曲首节，[152]并最可能跟在第二曲次节之后；② 和前文一样，憎恨之歌毫无疑问地伴随着暴力的舞蹈，它是对威胁的模仿，从而恐吓那些发生了血亲流血冲突的家族。

第三组分节歌首节和次节(行 367 及以下、行 377 及以下)进一步歌颂复仇女神的攻击。在这里，我们又可以看到分节诗与扬抑格叠唱曲之间的不同，而后者往往跟在前者之后，并打断其原有的节奏。在扬抑抑格的分节诗中，人类的崇高荣誉被展现为在复

---

① 这场颂歌的最后一句中，宙斯是动词的主语("宙斯判断，我们沾染着血、令人憎恶，不配出现在他身旁"，行 365-367)，这一点几乎是确定的。关键的问题在于是否同意奥林波斯诸神可以免于血亲犯罪的惩罚。如果我们仍旧遵从抄本的原文 (σπευδόμεναι)，那么它指的是厄里倪厄斯，即这段文本使用的是独立主格(nominativus pendens)；如果(按照维拉莫维茨的说法)我们将分词改为与宙斯相一致，那么我们会发现文中在暗示是宙斯将其他奥林波斯神(或许尤其是他自己的儿子，阿瑞斯)排除在厄里倪厄斯对血仇的追逐之外。参见西奇威克的注释(他参考的是前一个版本)，以及劳埃德-琼斯(他参考的是后者)在此处的注释。另外一些编校者(维罗尔、默雷、梅森)则采取了多德莱因(Doederlein)对 σπευδόμεναι δ' 的拆分，而将其读作 σπεύδομεν αἶδ'，这样就使得这一节诗至少包含了两个分离的句子，复仇女神是前一个句子的主语，而宙斯则是后一个句子的主语。(维罗尔和默雷采取了不同的方法，尽管他们很有创意，但是要在这两个句子之间在再插入一个句子是不太可能的。)

② 我接受施奈德(Schneider)、基希霍夫(Kirchhoff)、维拉莫维茨以及默雷的观点，即第二与第三段叠唱曲(分别在行 354 及以下、行 372 及以下)，将在不同情况下在各对照乐章之后得到重复，就像抄本中的第一段叠唱曲一样(行 328 及以下、行 341 及以下)。

仇女神"穿着黑袍的进攻与恶毒的舞蹈"中毁灭殆尽;然后,受害者(现在已经"具体化",次节中的人称变为单数)的心灵受到了攻击,他被污染的迷雾包围,谣言(回答上一节诗中的"崇高荣誉")宣布他的整个家族已被它的大幕笼罩。另一方面,叠唱曲则用持续的扬抑格节拍展示了复仇神进攻的身体方面,即歌队那跳跃而行的、轻快的致命舞蹈。

μένει γάρ:"因为它(复仇的法则)忍受了……"①最后一组分节诗(行381-396)中,歌队回到了她们这场颂歌的最初主题:她们坚持这种惩罚的不可改变的、分有的权力(λάχη,行386),以及在实现过程中,她们那不可更改的职能(εὐμήχανοι / δὲ καὶ τέλειοι κακῶν … δυσπαρήγοροι βροτοῖς,行381-384)。在这组结尾诗中,还强调了复仇女神模糊的、矛盾的地位和她们的特权。在首节中,这些职权被描述为是"不受尊重、被轻视的"(ἄτιμ᾽ ἀτίετα)、"在不见阳光的幽暗地带,与其他神明隔绝"(行385-387)。② 在次节接着提醒我们,复仇女神的职责(文中称为 θεσμός [律令],无疑是为了与雅典娜即将提出的新的 θεσμός 对抗)③是"命中注定的、由神授予的"(行391-393),复仇女神坚称,尽管她们属于地下不见天日的阴暗的行列,她们自己并没有不受尊重(οὐδ᾽ / ἀτίμιας κύρω,行

---

① 或许,更准确地说,或许 πολύστονος φάτις,即"哀痛的哭喊",应该作为主语(尽管其中穿插有叠唱曲),在上一段对照乐章的最后已宣告了这一法则。无论如何,抄本中的 μένει γάρ 这个强烈的表达,尽管从整体的上下文中很难提取出一个明确的主语,但是这个词作为一个阴性复数主语的补充性修饰语,似乎比起希思(Heath)将其无力地校勘为 μόναι 更可取。西奇威克很好地将其与《阿伽门农》行1563 中的 μίμνει 进行了比较,诚然,在那个文本里,"真正的主语"至少在下文的宾语和不定式中有所提示。

② ἀνηλίῳ λάμπᾳ(?)(行386):字面意思是"在无阳光的光中"。维泽勒(Wieseler)将其校订为 λάπᾳ,这个词不仅晦涩,而且可能是一个较晚的词,意思是"黏土"、"烂泥",佩吉也认同他的观点。这又是一个过度批评,它成功地消解了诗意的表达,这个结构在这里其实是一个典型的埃斯库罗斯式的矛盾修饰法。

③ 参见行484,行681。

393-394)。复仇女神,这些希腊万神殿中的以实玛利(Ishmaels),下界力量的唯一幸存者,雅典娜与阿波罗各自的态度都很好地体现了对她们的尊重与厌恶。在这部戏的最后,雅典娜将利用这两种态度完成最后的调解。

4. 第三场(行 397 – 488)

在这一幕中,雅典娜备受期待的进场为本剧的行动打开新的局面。不过,她开始讲述的是,她从特洛伊回来,在那里[153]为她的公民占得了一片土地,那是特洛伊的征服者阿凯亚人(Achaean)赠给她的(行 397 – 404),因此推迟了雅典娜提到她那不寻常客人(即在她的祭坛前被复仇女神包围的奥瑞斯忒斯)的时间。神明在肃剧中讲述自己从何而来并不罕见:他们所穿过的遥远距离以及他们异常轻松的旅程安排,都与地面上受他们限制的臣民形成了鲜明对比,从而显示出他们高超的神力。① 在当下这个例子中,雅典人的极端爱国主义这一因素或许还包含了对另一同时代事件的暗示;②无论如何,我们立

---

① 对比雅典娜温和的自夸:"我没有翅膀,只有我斗篷的衣褶沙沙作响",与大海一起,在《被缚的普罗米修斯》行 286 – 287 所说的"用心灵指引我那像风一样迅捷的鸟儿,不要用其他的"。
② 位于特洛阿德的西格昂海岬(the promontory of Sigeum in the Troad)是雅典人长久以来的利益所在。它对于从赫勒斯滂出发的谷物之路至关重要,长期以来是米提林人与雅典人争夺的焦点。庇西斯特拉图斯最终控制了这个地方,这里有一座雅典娜神庙。(参见西奇威克对这个部分的注释,与他所参考的古代评注本,以及希罗多德《原史》卷五、节 95 中分别提到的相关神话与历史内容。)这几个段落太显眼了(尽管奥瑞斯忒斯"戏剧性地"利用它),以至于人们容易认为西格昂问题在当时具有某种特殊的重要性。梅森(在其布代本[Budé]对此处的注解中)引用了杰林斯基(Zielinski)的说法,认为庇西特拉图家族已经将西格昂地区变成了私人封地,但是据我所知,对此并没有什么证据。

刻就会看到,奥瑞斯忒斯趁机"政治地"利用了雅典娜的特洛伊关系。

雅典娜第一次看到祭坛前的复仇女神时,她的第一反应小心地避免了阿波罗当时表现出的恐惧与嫌恶("这群奇异的客人",她这样称呼她们,然后接着说道,"我感到吃惊,但并不恐惧!"行406－407)。直到问过了乞援人和他的追杀者"你是谁?"这个问题之后,她才将她的注意力放在了这群模样更加可怕的访客身上。她承认,这些访客与她所知道的任何女神或神明都不相像,但是即便如此,她还是克制住了自己,如果她们没有做错事,对她们说出不敬的话是不公正的,所以她对她们没有作出任何无礼的评价(行408－414)。雅典娜对复仇女神的最初态度预示了她在下文中对她们的谨慎的礼貌,哪怕是在知道了她们的身份以及他们反对她的乞援人之后,她的这一态度也没有改变。在接下来的对话中,雅典娜第一次打破了复仇女神的正义概念,而复仇女神则第一次(令人惊讶地)作出让步。诗人考虑到,这些关键的主题发展必须尽可能地通过戏剧情景以及角色与歌队的互动来实现(歌队在这部戏中几乎占有了戏剧角色的同等地位)。雅典娜最初的礼貌则是这个过程中的重要部分。

歌队长回答了雅典娜的问题,其中的开头两点或许值得注意。第一点是,这是在全戏中第一次选择 Arai[司毁灭与复仇的女神]而非厄里倪厄斯(Erinyes)来作为歌队自我认同的名字(行417)。第二点是,她使用了 βροτοκτονοῦντας("杀人凶手",行421)来描述复仇女神所追杀的对象。对于第一点,在其他地方的确也用 Arai 称呼复仇女神的。一些学者认为这是一个精确的对等词;但是,这个称呼一般指诅咒的实现,并非仅仅来自于血亲屠杀。①

---

① 在第一点上,参见劳埃德-琼斯对《和善女神》行 417 所作的注释,他引用了荷马《伊利亚特》卷九,行 454 及以下),还要尤其注意他参考的埃斯库罗斯《乞援人》行 70。同时,也请参考莱因哈特的观点(在上文注 8 中已经讨论过),即这其实才是厄里倪厄斯最原初的专有功能,在这部戏中,埃斯库罗斯将这种早期的精神,与原先与厄里倪厄斯分离和有差异的女神欧墨尼得斯相融合。对于第二点,参考基托的观点(在上文注 17 中有引用),他认为,在作为一个整体的三联剧中,厄里倪厄斯是 Aραί[司毁灭与复仇的女神]。

βροτοκτονοῦντας［杀人凶手］这个词（至少在此刻）同样拓宽了复仇女神的复仇范围，并（同样也是在此时）试图消除她们对血亲谋杀者的独特关注。戏剧发展到这里，[154]这两个例子并不意味着减弱了复仇女神对弑母者奥瑞斯忒斯的关注。然而，在这两个例子中，在与雅典娜的第一次对话中使用范围更广的词语，事实上是在为下文的戏剧发展作铺垫，即关系到奥瑞斯忒斯的审判结束后厄里倪厄斯和（很快将描绘的）战神山法庭的职权。

不过，在这段雅典娜与复仇女神之间的最初对话中，到目前为止最重要的问题在于，雅典娜对公正地追捕凶手（或者说，在本案中是弑母者）所作出的"新的考虑"。对于复仇女神而言，奥瑞斯忒斯杀死了他的母亲，这已经足够使罪名成立了（行425）；而雅典娜提出这样的问题，他是否是因为"害怕另一种必然性的愤怒"而不得不这样做（行426），即一种同迫使她们为弑母复仇一样的强制性威胁。事实上，这是本戏中最为重要的诗句之一。首先，它提醒复仇女神（她们刚刚在前文中称自己为所有凶手[βροτοκτονοῦντας，行421]的复仇者），奥瑞斯忒斯是因他父亲遇害，才被迫杀人，即，是"来自他父亲之血的复仇女神"（《奠酒人》，行283-284）迫使他这样做。（由此，诗人通过这段对话，提醒我们注意厄里倪厄斯的特殊职权，从而向我们展示了旧的惩罚法的缺陷。）其次，雅典娜的问题暗示，即使是弑母也或许是情有可原的情形，从而指出一种消除原有缺陷的方法（即，通过法庭审判来研究这样的情形）。这一暗示的革命性在下文的对话中得到了体现。复仇女神拒绝任何为弑母开脱的理由（或者说"厉害的刺棒"），雅典娜答复道，双方各有一半的发言权。而当复仇女神又退回到原先的辩护（而且曾经是有效的辩护），称奥瑞斯忒斯拒绝起誓（即发誓他不曾做过此事），雅典娜两次警告她们（行430、行432），不要将表面上的正义（基于这种合法的专门用语)误认为正义本身。① 更加引人注意、也对后面的戏剧行动更有影响的是这样一个事实,尽管复仇女神最初对这种看待此事的新方式感到惊讶(行427、行431),她们竟宣布她们准备向雅典娜学习("……因为你不缺乏智慧",行431),并尊重雅典娜的价值与她令人尊重的出身,并将奥瑞斯忒斯的案件的审判转交给了她。②

在(有策略地成功)处理好乞援人的追猎者之后,雅典娜才开始进一步考察奥瑞斯忒斯的问题。如果我们相信正义,他已经的确作为一个已经净洗过的乞援人,[155](以伊克西翁的方式)③坐在她的祭坛之前,那么她会知道他的国籍、种族、经历以及对复仇女神的指控所作的辩护。

雅典娜提到了伊克西翁,他是净化了的乞援人的神话原型,这给了奥瑞斯忒斯一条线索,让他再次强调他自身的净化状态,并声明他可以坐在祭坛前,对女神说话,而不用担心玷污祭坛。我们熟

---

① 在雅典法庭中,初期的调查要求被告发誓他是无辜的,正如起诉人或是受害者要发誓表明他确实受到侵犯(参见西奇威克在此处所作的注释)。汤姆森的版本中所引用的段落(《荷马颂歌合集》,第四首,行312,《原史》,卷五,83,《德摩斯提尼演说集》,xxxix.3,《伯罗奔半岛战争志》,5.59.5)表明了这一程序的传统性。也请参考加加林(Gagarin)的《埃斯库罗斯戏剧》页75-77,以及他在注51中所列出的对这个问题所作的法律上的研究。(加加林对奥瑞斯忒斯案审判在法律上进行了多方面的讨论,值得研究者悉心参考。但是,我不能完全同意他对这个段落的看法[《和善女神》,行425-435],即复仇女神提出发誓的要求是因为这关系到"法律而非事实",并且"她们自信她们会赢",因为奥瑞斯忒斯拒绝发出必要的誓言,而法律是站在她们那一边的"[页77])。当然,在这段话中,雅典娜很清楚地告诉了复仇女神,奥瑞斯忒斯承认了自己的弑母行为(以及他不能发誓说自己没有做此事),并不足以使他被定罪。
② 对于这个重要的问题,请参考基托《形式与意义》页62-63,他在书中正确地将行421-435视为"本戏中决定性的段落",理由与上文所述大体相同。
③ 根据品达的"第二首皮托凯歌",行31-32,伊克西翁是第一个犯下弑亲罪过的人,他最后受到了宙斯亲自执行的净洗(狄奥多鲁斯,《历史集成》,卷四,69)。(很奇怪,品达没有提到净洗,特别是这个段落关系到宙斯对伊克西翁的两次过错做出了惩罚,杀死了亲人与他对赫拉未遂的放肆[hybris]。)

悉的短语 οὐ ... προστρόπαιος("不是一个有血污的乞援人",行445)以及"在其他家庭"实现的净洗仪式又重复出现了。① 不过,有人指出,奥瑞斯忒斯在要求雅典娜的保护时,在他的自我身份认同中有一个重要的改变。我们注意到,在他过去的言说中,他像一个"当代的"阿尔戈斯人那样说话,保证实现阿尔戈斯人与雅典娜的子民之间的联盟。现在,他再次作为阿尔戈斯人发言,但这一次更特殊,他是作为阿伽门农的儿子发言,而阿伽门农则是和雅典娜一起(行457)使特洛伊人失去了城池。奥瑞斯忒斯听到了雅典娜所讲述的事迹:她最近从特洛伊归来,从战场上带来了雅典人光荣的证据。这位很有技巧的辩护人在有策略地表明自己的身份之后,诚实地供认了自己的弑母行为("我杀死了我的母亲,这件事我不会否认",行463)——夹在人的与神圣的理由之间:克吕泰墨涅斯特拉卑鄙地谋杀了他的父亲,也就是雅典娜在特洛伊的盟友,以及阿波罗威胁他复仇失败的后果(此处的描述中,这两点共同为弑母负责,κοινῇ ... ἐπαίτιος,行465)。奥瑞斯忒斯又一次在雅典娜面前翻转了对这件事的所有裁定,而通过雅典娜的审判他将会继续活着(行468-469)。

对这件事的审判具有非同寻常的严肃性(τὸ πρᾶγμα μεῖζον,行470),考虑到这一点,雅典娜现在作出她的决定。她清楚表明,为什么让她审判一场引起强烈愤怒的命案是不合法的(θέμις,行471)。一方面,奥瑞斯忒斯作为一个正确地净洗过的乞援人来到这里,因此她接受了(或者说是尊重?)②他,从城邦的角度看,他是

---

① 参考行237-239、行276-289。见上文以及注24、25、26。
② 我们应该按照抄本行475中,写作 αἰδοῦμαι,还是应该接受赫尔曼的校订,将其写作 αἰδοῦμαι,这个词的写法存在争议。洛贝尔(Lobel)则将行475调到了行482之后,将抄本中的 ἄμομφον ὄντα σ᾽,改为 ἀμόμφους ὄντας,从而使之与下文中的 δικαστάς 保持一致,并(通过调整行475的位置)为 δικαστάς 找到了统领它的动词,佩吉也遵循这种做法。

无罪的。(因此,如果她拒绝了他,那么这位乞援人本身已经证明了他对城邦是有害的。)另一方面,复仇女神在这个问题中也有她们的特权(字面上又作"份额"或是"分得的部分",μοῖραν,行 476),即,如果这个诉讼被驳回了,那么她们将会对这片土地降下有毒的枯死病。因此,雅典娜宣布她将为凶杀案挑选审判员,并发誓会尊重①她接下来为未来制定的契约。奥瑞斯忒斯和复仇女神都同意让雅典娜审判他们的案件,他们于是也被要求见证这些历史性的安排。雅典娜退场了,她承诺在为她的新法庭选出"最好的公民"之后就会回来。

---

① 在字面上,这个词的意思是"尊重他们誓言的契约"(劳埃德-琼斯也这样解释),这是将行 483 中抄本中的写法 αἱρουμένους 修订为 αἰδουένους(普里恩[Prien])。

5. 第二肃立歌(行 490 – 566)

[156]厄里倪厄斯现在开始演唱她们的中心大颂歌,倘若紧随前两场嗜血的肃立歌(即行 143 – 177、行 254 – 275),或许会让听众认为她们的戏剧性格前后矛盾,因而只能视作埃斯库罗斯式肃立歌中的一种形式来接受。① 不过,第一肃立歌(行 307 – 396)通

---

① 参见克兰茨《肃立歌》页 172,事实上,他称这场颂歌的中间部分为"肃剧主唱段"(a tragic parabasis)。
也请参考罗森迈尔《埃斯库罗斯的技艺》页 174 及以下的内容中对这段肃立歌的有趣讨论;也可以参考该书页 164 – 168。在这两段文章之前,罗森迈尔提出了一种观点,认为(尽管有不同的个体参与戏剧行动,但除此之外)埃斯库罗斯的歌队一次又一次地使用他所谓的"合唱队之声"(a choral voice):"这是歌队基本功能的产物,即歌队首先是一个评论者或是回应者,而非动作的发起人"(页 164)。罗森迈尔将《和善女神》的第二肃立歌视为"合唱队之声"的几个范例之一,尤其是行 528 及以下、行 540 及以下的内容。"在这里发生的是,"他告诉我们,"复仇女神放弃了她们的偏袒状态……而是选择了一种典型化的'中立的'合唱队立场……"他在下文中将这种立场称为"共同体的代表"(页 168)。在下面的章节中(页 174 及以下),罗森迈尔观察到,第二肃立歌"完全没有复仇女神之前所唱的恶毒"。(罗森迈尔还冒险进行了他这里所描述的埃斯库罗斯歌队的使用与阿里斯托芬的主唱段之间的对比;参见页 166 – 167。)尽管我认为这些观点是合理的,但是我个人对当下这个章节的讨论将试图表明,眼下这个戏剧时刻(同时也要考虑戏剧发展到现在,复仇女神这一形象的刻画程度)与这段乐章之间的关系,比起罗森迈尔对此所作的讨论,似乎联系更加密切。也请参考温宁顿—英格拉姆的《埃斯库罗斯研究》页 135,他认为这场颂歌是本戏中厄里倪厄斯形象的一个"转折点"。勒贝克与塔普林就这个问题展开过讨论,在上书注 36 中,温宁顿—英格拉姆对此作出了评论,同样值得参考。

过其扬抑格的语言表达出吸血鬼似的愤怒,至少提示了我们,复仇女神还具有更崇高、更普遍的面相:她们在文中将自己描述为 εὐθυδίκαιοι("公正的法官",行 312),并称她们的特权是"命中注定的、由神授予的契约(θεσμός,行 391)"。眼下的这场颂歌强调 τὸ δεινόν [恐惧],对惩罚的自然恐惧,是一种社会中的道德力量,表明复仇女神还拥有神性的"法律与秩序"的一面,正如前面的两场肃立歌主要专注于其(作为克吕泰墨涅斯特拉的驱策物)追逐与复仇的动物性面相(这也符合她们的戏剧语境)。因此,在读到这一场颂歌的时候,面对复仇女神依旧冷酷但更加"有社会意识"的警告,我们并非毫无准备。

这场颂歌以一系列可怕的预言开头,(对复仇女神而言)这些预言基于一种可怕的前提,即弑母的原因将在接下来的审判中获胜。首先,她们警告道,这将意味着新契约的颠覆性,意味着雅典娜建立的新法庭;①然后,所有人都会加入到轻率的暴行之中,久而久之,将会有很多父母被他们的子女杀死(行 490-498)。在第一段对照乐章(行 499 及以下)中,预言中这种威胁性的语气突然变成明确的威胁:

> 到那时(如果弑母者赢了这场诉讼),我们这些照看凡人的愤怒的女神,将不再对这些暴行发怒,就让那彻底的毁灭统治人类!(行 499-502)

---

① 在此,我同意多弗的观点,将 θεσμίων 视作宾语所有格(objective genitive),而且不应该改动对 νέων θεσμίων 的文本。(多弗所引用的其他人则试图将开头句的意思理解为"现在,新契约[或新契约这一方]带来了灾难",或者赋予其另外的含义,认为"灾难"事实上是对"古老规则"的颠覆,即复仇女神所支持的同态复仇法[lex talionis]。)请参见多弗《埃斯库罗斯〈和善女神〉中的政治面相》,页 231。(不过,面对多弗在下文中对这场颂歌所作的解读,我对其中的其他某些特点还是不敢苟同。)

一系列的威胁之后紧接着的,是一个突如其来的形象:公民总是听到这种血亲屠杀的新消息,而且无法提供有效的解决办法(行503—507)。歌队在总结她们的预言时,又提醒人们,她们将采取严厉的"制裁":

> 那么,任何一个受到灾难打击的人,可不要向我们哭诉:"啊,正义!厄里倪厄斯的神圣宝座啊!"很快,就会有一些父亲或是母亲受到摧残,他们的哀歌令人可怜,然而正义的房屋正在倒塌!(行508—516)

[157]在第二段对照乐章(行517及以下)中,复仇女神主题的积极面相第一次清晰起来:

> 可怕的东西($\tau\grave{o}\ \delta\epsilon\iota\nu\acute{o}\nu$)应该长留(字面意思是,"长久居留")在人心中。人们在磨炼中、通过受苦而学会克制,是正确而合适的。太阳底下,有什么人或城邦无所畏惧,而又崇尚公正?(行517—525)

这种合理的、教导的口吻,充满了友善的警告("不要赞美不受管束的、或是由暴君统治的生活!"行526—528)以及善意的警句("繁荣出自健康的内心状态!"行535—537),这一切持续了三段诗节,一直到第四段诗节。我们再次发现复仇女神在总体上是(以一种彻底的埃斯库罗斯式风格)强调正义的,强调虔诚生活带来的积极回报,并在她们所尊崇的价值观中加入了诸如友善(和尊重父母)的传统美德。

这种平静的结束与它的到来一样迅速。在第四节诗的中间,我们看到了"鲁莽的犯规者"(行553),几乎就在我们发现大海上的风暴要将他的桁端击碎时,他才在绝望中降下船帆。在整场颂歌的上半段中，警告很快变成了生动的戏剧性形象，不过这一次不是受害者，而是犯罪者绝望地向着那些听不见他的声音的人大声疾呼。

神笑了，看着那些激动的恶棍，他们无疑知道自己无能为力，冲不破浪头以求安宁，陷入灾难的大海中。他那曾经幸运的船只撞上了正义的暗礁，粉身碎骨，永远没有人哀悼、没有人看见，他就这样毁灭了！（行560－565）

当我们开始分析第二肃立歌，就已经接受了多弗对歌队最初预言的看法，也即，如果雅典娜所建立的新的正义法庭不能宣判弑母有罪，那么这个法庭在建立之初就将目睹它自身的毁灭。多弗认为，在这场颂歌中，歌队坚持社会中 *τὸ δεινόν* ［恐惧］的价值，也坚信人们可以选择一种既非不受管束、又不被奴役的生活，而这场颂歌从头到尾都在歌唱这个新法庭，战神山法庭（the Areopagus），我们是否应该进一步赞同这位评论家的观点？① 总的来说，我并不这么认为；尽管这个论断存在一些诱惑性的、而且的确是很吸引人的方面，但是，这场颂歌的文本与上下文中很多地方，提供了不利于全盘接受这个论断的证据。首先，复仇女神或许充满激情地将这个法庭理解为一种"惩戒性要素"，这是维持城邦所必需的要素。然而，法庭尚未命名，［158］而且在这时也并未以这种方式进行描述，以证明复仇女神的解释合理。而在另一方面，尽管复仇女神表面上接受了新的法庭，与她们先前同意雅典娜对奥瑞斯忒斯案件的安排（行433－435）一致，但是似乎很难让人相

---

① 参见多弗（出处同上，注49）页231－232中，对这场颂歌的行517－565所作的讨论。对于复仇女神的情绪在这个段落中"热度的下降"，多弗似乎感到很吃惊。他认为这场肃立歌"是战神山法庭的开端……接下来，观众会认为，*τὸ δεινόν* 指的是政治权威，而向 *μῆτ' ἀνάρχετον*…… 的转换既顺畅又自然"。

信,这种接受(其实暗示了她们地位的下降)会被赋予如此热烈的形式——当然,除非,诗人在此时决定为了同时代的政治利益而彻底牺牲戏剧性的考虑,对此我们也做好了准备。① 不过,在我心中,对多弗的论断而言,最具有说服力的反驳是这样一个事实,歌队迸发大量对血亲谋杀的警告,这与下面这句话(无论是在认识上,还是在句法上)紧密相连:"我们这些照看凡人的愤怒女神($\beta\varrho o\tau o\sigma\varkappa \acute{o}\pi\omega\nu\ \mu\alpha\iota\nu\acute{\alpha}\delta\omega\nu$,即厄里倪厄斯,行 499 - 500),将不再对这些暴行发怒,就让那彻底的毁灭统治人类!"复仇女神放弃追逐愤怒的直接后果,就是社会秩序的分崩离析(行 494 - 516),所以,同样地,对 $\tau\grave{o}\ \delta\varepsilon\iota\nu\acute{o}\nu$ [恐惧]的推崇指的是一种相同力量的存在,因此,反而描画了一个随之产生的正义状态(行 517 及以下)。进一步说,$\varphi\varrho\varepsilon\nu\tilde{\omega}\nu\ \grave{\varepsilon}\pi\acute{\iota}\sigma\varkappa o\pi o\nu$ [心智的监管者](行 518)这个词组与 $\tau\grave{o}\ \delta\varepsilon\iota\nu\acute{o}\nu$ [恐惧]相联系,让我们想起了 $\beta\varrho o\tau o\sigma\varkappa \acute{o}\pi\omega\nu\ \mu\alpha\iota\nu\acute{\alpha}\delta\omega\nu$ [照看凡人的愤怒女神](行 499 - 500),从而巩固了这一身份。

不过,一旦谈到这一点,我们应该乐于承认,在某种程度上,歌队对于 $\tau\grave{o}\ \delta\varepsilon\iota\nu\acute{o}\nu$ [恐惧]在社会中的功能与影响的解释,在某种程度上超出了复仇女神相对有限的职权,至少是超出了这部戏到目前为止所描述的职权。这一点与"政治"建议(多弗这样称呼它)一样,既没有赞美 $\grave{\alpha}\nu\acute{\alpha}\varrho\chi\varepsilon\tau o\nu$ [无首领,无政府的],也没有赞美 $\delta\varepsilon\sigma\pi o\tau o\acute{\upsilon}\mu\varepsilon\nu o\nu$ [专制统治],似乎预示下文雅典娜对她的战神山新法庭的描述,以及与之相伴而生的政治建议。不过,我们应该看到,在戏剧行动的最后,复仇女神与她们的新地位相协调,这时正是雅典娜最终的意图,使得她的法庭及其影响得以与复仇女神相一致。诗人在这场颂歌的后半部分中扩大了复仇女神的利益与职权范

---

① 可以参见,如利文斯通(Livingstone)的《〈和善女神〉中的问题》("The Problem of the *Eumenides*"),他对该戏中的这一段以及其他一些段落的理解也是从这一视角出发的。

围,他这样做,肯定是为了让我们对这一戏剧发展做好准备。因此,他借歌队之口,解释了她们与战神山法庭(由雅典娜在适当的时候构想的)相一致的职能。随着戏剧发展,歌队的戏剧性格稍有弱化,我们会发现一种特殊的"埃斯库罗斯式的"观念正在增加,而这也是通过典型的埃斯库罗斯式语言表达出来的。①

---

① 《和善女神》行533-534($δυσσεβίας$ $μὲν$ $ὕβρις$ $τέκος$ $ὡς$ $ἐτύμως$:"暴力必定是不虔诚的后代")中所表达的观念,在《阿伽门农》行758-760与行763及以下的内容中事实上得到了展开:在这两段中,我们都可以发现$δυσσεβία$(或是$τὸ$ $δυσσεβὲς$ $ἔργον$)与$ὕβρις$之间的紧密联系。同时,《和善女神》行539及以下("不要亵渎正义的祭坛……不要用不敬的双足……践踏它!")的内容,在语言与情感上强烈地呼应了《阿伽门农》行381-384与《奠酒人》行641-645的内容。参见多兹的《〈奥瑞斯忒亚〉中的道德与政治》,页23,注2,他也进一步指出了类似的对应,并评价道,《和善女神》的相应段落中"复仇女神更多地为诗人代言,而更少为自己说话。"也请参考温宁顿-英格拉姆的《埃斯库罗斯研究》页165及注38,他也评论了前文所引用的《和善女神》与《阿伽门农》中的段落之间的相似性(也顺带评论了一些他在文中所引用的评论者的言论)。

6. 第四场(行566－777):"审判戏"

[159]现在,场景从雅典卫城的雅典娜神庙转换到了附近的战神山上。① 尽管在环境布置很少或完全不需要做什么调整(除了可能要将女神像从台上撤下之外),雅典娜回归本身就已经具有一种显著的视听效果,在她带领着她选拔的陪审团成员进场时,她呼唤人们吹响伊特鲁里亚(Etruscan)的喇叭,并让传令官指挥人们就位。不过,女神要求肃静的宣告,却被延迟到了这一幕最后的高潮时刻(行681及以下:"现在,你们终于要听我的契约……");此刻,雅典娜只是简单地宣布了新法庭的目的,即裁定眼前这几个人的案件的正义。

首先,阿波罗被要求陈述他与这件事的关系。② 辩护的重心

---
① 参见塔普林《舞台艺术》页390及以下,以及他对这一问题所涉及的由来已久的论战所作的引述。也请参考他在页103－107所作的明智评论(与《波斯人》中的场景切换相关),在文中,他对整个"埃斯库罗斯的场景设定"问题进行了讨论,尤其是他的这段评论:"这是一个由观众的想象所建构的场景,而且不是通过具体的舞台设计得以呈现,这种场景可以很简单地让观众不再关注它,等到他们重新注意到它的时候,它已经被赋予了新的、具体的定义,即这已经是另一个地方了。"也请参考戴尔在他的《论文集》(Collected Papers)页119及以下中对这个问题所作的精彩讨论(塔普林也参考了他的意见)。
② 维斯勒(Wieseler)对这个段落(行574－575)所作的归纳显然是正确的。让阿波罗说明他在此案中的角色,是主持此事的神雅典娜而非复仇女神的职权,阿波罗的回答(行576－581)也应是对雅典娜的回复。请再次参考塔普林的《舞台艺术》页396。

很快就从奥瑞斯忒斯转移到了阿波罗所起的作用上,在下文的实际审判中将重复这种转变。阿波罗解释道,他作为一个对案件有决定性影响的证人前来此地,他首先是这位乞援人的辩护人与净洗者,其次也是奥瑞斯忒斯弑母事件的促成者(行 576-580)。这些问题得到回答之后,雅典娜正式宣布开庭(εἰσάγω δὲ τὴν δίκην,行 582),并命令复仇女神作为原告陈述她们的案情。

歌队长现在从三点出发,质问奥瑞斯忒斯:弑母事件是否发生、行凶的方式与背后的教唆或是动机。① 前面的两点是形式上的,奥瑞斯忒斯轻松地回答了("我杀死了她"以及"我用剑穿过她的脖子",分别位于行 588 与行 592)。奥瑞斯忒斯对第三点的答复("出于这位神的神谕",行 594)则立刻将责任转移到了阿波罗身上;奥瑞斯忒斯的个人动机(在《奠酒人》行 246-254,行 300-305 中有过列举)被隐瞒了,他只表达了他愿意接受(行 596)τύχη("[此事的发生/命运]",在这个情境下,这个词显得有些奇怪)。当歌队长继续施压,奥瑞斯忒斯通过援引克吕泰墨涅斯特拉的"双重血污",来为自己辩护和洗罪,进一步支撑他的信心——克吕泰墨涅斯特拉既是杀害她丈夫的凶手,又是他的杀父仇人(行 597-602);他问道,为什么复仇女神在她活着的时候不追杀她(行 604)? 此时,奥瑞斯忒斯的辩护暗含了男性的优越性(为丈夫—父亲复仇)。复仇女神因此不可避免地作出这样的声明,即克吕泰墨涅斯特拉不是血亲谋杀的凶手(行 605),但是,奥瑞斯忒斯并没有继续沿着自己的线索(即阿波罗在前文行 213 及以下的内容中所强调的,[160]婚姻联系的首等重要性)辩护,而是第一次,虽然是试探性的,但却至关重要地,直接反驳了复仇女神所提出的血亲

---

① 歌队长在行 589 所使用过的"三次跌倒"的摔跤形象使我们想起了贯穿三联剧始终的三个一组的主题(参见本书第二章注 47),它并未涉及什么法律程序,这其实是复仇女神第一次准备要超越事实上的(de facto)的罪或无罪的问题。

第三章 和善女神

谋杀的具体控告：

> 我和我母亲是同一血缘吗？（行606）

陷入僵局的问题有了新的转机，在复仇女神对这个问题作出愤怒的反应前，奥瑞斯忒斯退缩了，他转而要求阿波罗，注意，不要做辩护者，而应做法官，裁决他的行为是否正义（行609－613）。

令我们吃惊的是，阿波罗很快又回到了奥瑞斯忒斯最初的辩护路线（参见行600－602），即强调两起谋杀案之间，妻子谋杀丈夫的凶案更为严重。不过，在这么做之前，阿波罗的辩护以一个强有力的声明开头，即所有神谕都来自宙斯本人的命令，并提醒陪审员：

> ……要理解这一有关正义的声明有多大的强力，要听从父亲的计划（βουλή），因为誓言（可能指的是陪审员的誓言）不会比宙斯更强大。（行619－621）

歌队表示怀疑：宙斯的神谕真的会如此忽视母亲的权利，而捍卫为父复仇的利益吗？阿波罗在答复她的问题时，进一步从宙斯的权威引申到阿伽门农的虔诚：

> 杀死一个高贵的丈夫，荣获了宙斯赏赐的王杖——而且被国王他自己的妻子杀死——这无疑是不同的（即"比弑母要坏得多"）。（行625－627）

阿波罗接着详细地描述了克吕泰墨涅斯特拉行径的诸多恶劣方面（行627－639），以此来总结他这一部分的论据（此时他言说的对象是陪审团，而不再是歌队）。

这一段内容,从几个方面为阿波罗与复仇女神在"审判前"戏中的内容,增添了几个有趣的对参物(doublet)。在前文中,即行 212 及以下,复仇女神通过声明克吕泰墨涅斯特拉所犯的凶杀不是血亲谋杀而避开了指控。和此时一样,在当时,阿波罗借用宙斯的权威,强调克吕泰墨涅斯特拉的罪更大,因为宙斯与赫拉以及阿芙洛狄特一道,捍卫婚姻联系。正如我们所见,在那段话中,也有类似的辩护,强调来自神明的认可(在早前的段落中,宙斯、赫拉与阿芙洛狄特的婚盟受命运之神与正义之神支持)[161]比誓言的约束力更有优先权("因为婚姻的联系……比任何誓言更强有力",行 217–218)。①

复仇女神尝试了一条新的路径。根据阿波罗的说法,宙斯将头等的荣誉赐予父亲,但是这种声明又如何同宙斯捆绑自己的父亲克洛诺斯相调和呢?阿波罗迅速中止了这一争论,他指出两种捆绑的差异,神明之间的捆绑是可以松开的,而"(凡人的)血液一旦被干渴的尘土吸食",就无法挽回(行 640–651)。②

奥瑞斯忒斯与"流血"的关联立刻刺激了歌队长,在这场争论中不可避免的回环往复中,她又回到了奥瑞斯忒斯的行径。阿波罗要如何为一个让他母亲的鲜血洒地的人辩护洗罪呢?这样一个人怎能够居住在他父亲的宫殿之中,分享公共的祭坛或是驱邪的圣水?(由此,复仇女神显然拒绝接受奥瑞斯忒斯所谓的"净洗"。)只有到了此时,阿波罗才回到奥瑞斯忒斯在行 606、行 609–610 引入的论点,然后将其交还给他。他宣称,这位母亲并非这个孩子真正的家长,而只不过是一个"新播种的胚胎的养育者"。

---

① 加加林在《埃斯库罗斯戏剧》页 75–76 中指出,阿波罗两次表达了对誓言价值的轻视,尤其是他在行 621 处坚持认为宙斯比陪审员的誓言更有优先权,加加林以此来支持他的观点,即阿波罗蔑视整个法律程序,这对于一个德尔菲的神而言是一个很奇怪的立场,毕竟德尔菲是希腊人神圣之法的根源。我们将在对"审判"戏的讨论的最后回到这个问题上来。

② 参见《阿伽门农》行 1017–1021。

> 生子者是播种的人，而她（"那位母亲"），只是作为客人的客人，保护着这苗裔……（行 660－661）

这是一个奇怪的信条，尽管对于雅典观众而言，他们或许不会像现代读者那样感到如此陌生，[①]为进一步支持这个说法，阿波罗指向雅典娜，宙斯无母而生的女神。阿波罗用一个直白的博取好感的陈词（captatio benevolentiae）结束了他的辩护：他派遣奥瑞斯

[①] 汤姆森在他对此处的注释中引用了一些与这个段落有关的古代材料，其中，亚里士多德引用了阿那克萨哥拉以及其他生理学家的观点，认为种子来自男性，女性提供播种之地（τόπος），这与文中阿波罗的观点最为接近。（参见亚里士多德《动物志》卷四，763b30，相当于阿那克萨哥拉的残篇[A 107 D-K]。）汤姆森本人则认为这个学说来自毕达哥拉斯。不过，他所引用以支持他观点的段落（斯多拜乌斯，1.64），尽管的确强调了男性在为后嗣提供 ψυχή [生命] 的层面上重要性更大，但它所指出的女性的贡献不仅仅停留在提供"场所"（即阿那克萨哥拉的观点）或是"养料"（即《和善女神》行 59 中的观点），而是为后代提供了"原料"（ὕλη）；不过，斯多拜乌斯所记载的这一毕达哥拉斯的说法的具体时间仍然不确定。根据汤姆森引证的柏拉图《蒂迈欧》（Timaeus）50D，其似乎包含一些归属于阿那克萨哥拉观点的余音：在文中，母亲被称为"接受者"（τὸ δεχόμενον），而父亲被称为后代的"来源"；不过，就在同一段落中，后代的"自然"（φύσις）似乎同时来源于两者。在欧里庇得斯的《奥瑞斯忒斯》行 552 中，奥瑞斯忒斯在廷达瑞俄斯面前为自己辩护，当他说克吕泰墨涅斯特拉是"从另一个人那里接受种子的田地（ἄρουρα）"时，这似乎又是《和善女神》中"阿波罗学说"的余音。

加加林在《埃斯库罗斯戏剧》页 102 及以下（他也引用了前文所述的阿那克萨哥拉的说法）这样处理这个论题，即父亲作为唯一真正的来源"对于阿波罗（奥瑞斯忒斯）的案件至关重要"；诚然，在加加林看来，这一点与雅典娜为无罪释放投下了关键性的一票（他认为这是建立在阿波罗的生物学观点之上的）共同为"三联剧的核心问题，即男性与女性之间的力量与价值的冲突"创造了高潮（页 103）。温宁顿-英格拉姆也强调了三联剧各部戏中的男-女冲突，不过，他不认为观众会反对阿波罗的"生理学论断"；参见他的《克吕泰墨涅斯特拉与雅典娜的投票》（"Clytemnestra and the Vote of Athena"）页 143－144。蔡特林在一篇有趣的文章中似乎在使我们将注意力从本戏中的这个问题（即，"奥瑞斯忒斯在血缘上是否与克吕泰墨涅斯特拉相连系？"）上转移开。对此，她说："真正违反我们健全的科学认识的，是阿波罗的观点表现出的公然荒谬性，而不是这个生物学理论本身（的正确与否）。身体是否是命定的对我们而言仍然是一个很大的问题"（《厌女症动力学》，页 171－172）。这篇文章我们在下文中还会继续讨论。

忒斯作为一个客人来到雅典,是希望他成为这片土地的一个盟友,并能保证在未来仍然是盟友。

(这一明显贿赂性的暗示[在此之前,奥瑞斯忒斯在行289及以下中曾作出过承诺,以及,在行455及以下中,他以另一种形式讨好雅典娜,这些都为这一幕埋下了伏笔],或许并不会令雅典听众感到吃惊,他们很熟悉在正义法庭上的策略。审判戏的"当代"特征及其中的其他因素,让学者们感到无益于教化或不具说服力,勒贝克以及其他学者对此做过很好的讨论。不过,我不能认同她这种观点,即她认为,埃斯库罗斯《和善女神》的审判戏是对雅典法律实践的模仿[她所引用的莱因哈特的说法也不能完全支持这个观点],而这种模仿的进一步目的是为了展现人类正义的缺陷。不过,她对这部戏所发表的一句评论或许是对的:"人类最终只能相信宙斯。奥瑞斯忒斯的无罪开释并[162]不依赖于[而我则会说'并不完全依赖于']审判,而是依赖于神明的意愿",但是我并不认为诗人意图通过对奥瑞斯忒斯审判的嘲讽,引导我们得出这个结论。如果这部剧成功地耗尽如此之多的戏剧力量,向我们全面展现战神山法庭的建立,那么这个案子就失去了它的意义。)①

辩方与控方现在都完成了各自的论证。雅典娜确保双方同意,②

---

① 参见勒贝克《奥瑞斯忒亚》页134-138。(上文所引用的段落摘自页137;勒贝克对莱因哈特的引用则摘自她对页134所作的注释1。)参见罗森迈尔《埃斯库罗斯的技艺》页348,尤其是页359-361,他同意勒贝克的观点,他认为,《和善女神》中审判戏在某种程度上具有喜剧面相,他发现这种喜剧意味主要集中在对阿波罗以及他的论点所作的处理上。他认为,阿波罗对男性的独有家长权的辩护,是一种观众"或许会认为是一种可以忍受的好笑的夸大"。
② 在抄本中,行676-677以及行679-680都是歌队的台词。但显然,这两段表达准备好接受审判决定的声明应该分别属于阿波罗和歌队。其中,第二段诗建议陪审员尊重他们的誓言,显然表明它应该出自歌队之口,而非阿波罗,因为后者在行621中已经明确坚持宙斯的地位是超过陪审员的誓言的。(参见上页160-161)奇怪的是,许多编校者(比如维拉莫维茨、西奇威克、默雷)都认同卡斯滕(Karsten)的观点,尽管存在这一矛盾,还是将行679-680归给阿波罗。

第三章 和善女神

案件可以转交给陪审团做出判决,然后她开始着手战神山新法庭的正式建立。

> 阿提卡的人民,你们现在将首次为血案作出裁决,现在请听我的法令……(行 681 - 682)

在这段长篇公告(行 681 - 710)中,其引人注目之处或许在于,只有第一句话提到法庭的主要职权是判决血案,并且提及的方式是描述法庭此时正在履行的职权。这样的总结,几乎是晦涩地描述了法庭的审判特权,无疑不难给出一个"实用性"的解释:在前一场戏的最后(行 470 - 488),雅典娜在她的演讲中已经宣布,她将为法庭选拔合适的公民,来审判这一血案,她在那里给出的理由是,她感到自己无法单独作出决定。当她回到台上(在行 566),带着她选出的一群公民,用喇叭声提醒肃静,以听清她的法令,在这之后,奥瑞斯忒斯的审判才开始,她实际上已经建立起了新的特别法庭,更具体地说,是为审判杀人案而设的法庭。

那么,诗人为什么要让雅典娜延迟她的宣言,她早在行 570 - 573 要求肃静的时候就已经准备好了 θεσμός [法令],却一直等到正式的审判结束(尽管判决尚未作出)才宣布?① 或许,部分原因是为了让这一 θεσμός [法令]独立出来,从而更加突出。但我个人认为,主要的原因在于,让雅典娜能够更容易地总结,因为法庭审

---

① 几位编校者,比如瑙克(Nauck)和基希霍夫,通过将雅典娜在行 681 及以下的演讲调整到行 573 后面,避免了这个问题。但是,如果能够不调整抄本中的顺序,而为雅典娜声明的延后找到可能的理由,则更可取。而且,正如西奇威克所说,"这段演说的结束正表明,它刚好是在投票之前发生的。"罗森迈尔认为这个段落的顺序是正确的,他评论道:"这段演说的中心位置靠近投票本身,增加了我们对胜利的重要意义的理解。同时,讲辞中制度上的责任,缓和了我们敏感的道德与审美意识"(罗森迈尔《埃斯库罗斯的艺术》,页 345)。而塔普林则支持基希霍夫的校勘(《舞台艺术》页 398 - 400,同时,他还臆想了"审判场景"中其他各种阙文和讹误)。

判凶杀案的实践已经完成,她可以为最高法庭构想出更广泛的权力与政治意义。无论如何,这正是女神现在正开始做的事情。

首先,雅典娜确保了这一法庭的永久性(ἔσται ... αἰεὶ δικαστῶν τοῦτο βουλευτήριον,行683-684)。她然后为这个地名作了解释,"阿瑞斯之山"(the Areopagus,这就是亚马逊人与忒修斯作战时,向战神阿瑞斯献祭的地方,行685-690),这个名字或许是为了[163]掩盖早前阿瑞斯自己在阿瑞斯山接受神圣审判之事。① 然后,虔诚的敬畏之神(σέβας)与它的同族恐惧之神(φόβος)对公民而言,是作为法庭中正义的看管者,以免公民自己用浑浊之水玷污这些法律(行690-695)。② 这里提到公民恐惧的有益方面,这(与厄里倪厄斯强调她们的社会功能一样,行517-531)直接指向了政治的考虑。雅典娜警告这二者,提醒他们提防城邦失去恐惧……"有什么人无所畏惧,还能保持公正?"(行696-699)。③ 不过,在雅典娜的演讲中,"政治考虑"逐渐获得了越发坚实的制度性背景。首先,公民获得许诺,他们将得到"这方土地之上的堡垒,城池的护卫,从未有任何人曾得到过这样的保障,"只要他们能够对这一令人敬畏的实体(τοιόνδε ... σέβας,行700)保持虔敬。不过最后,雅典娜已经将她的法庭建设成了这样一个实体:"令人敬畏,易怒的,这片土地的清醒守护者,照看着它那熟睡着的公民们"(行705-706)。

---

① 根据诸多编校者的注疏,根据其他的版本,之所以称为"阿瑞斯之山",是因为阿瑞斯最初被指控谋杀,就是在这里接受审判。参见保萨尼阿斯(Pausanias)《希腊志》,i.28.5)以及汤姆森所引用的其他版本。
    根据塔普林在《戏剧艺术》页390-391中所举出的诸多原因,似乎有可能需要我们想象这一审判实际上也是发生在"阿瑞斯之山"(请注意行685和行688中情感丰富的表达)。
② 行690-695中涉及到了同时代的政治,对这个问题的阐释久经讨论,还有关于这段作为一个整体的演说,这些内容都将在本章的附录中进行讨论。
③ 当然,有很多评注者讨论了雅典娜在这里所给出的建议与复仇女神早前的警告之间明显的相似性。不过,并不是所有学者都能发现,在从凶杀案的审判向社会政治权威的转变过程中,恐惧与尊敬概念的严格对应。

第三章 和善女神　　227

　　在这段台词中,我们会发现战神山新法庭将为这一城邦实现的功能,清晰地从司法转向了政治(或者,至少是更广泛的保护)层面。的确,这一转变显得比较隐蔽,在这个关键的时刻,我们仍然很难确定,在雅典娜有条件地许诺"土地之上的堡垒"时,她是要求人民只需要尊重"这种敬畏精神"(τοιόνδε...σέβας,这也是我们通过行 698 中的 τὸ δεινόν 所能解读出的),还是要在新法庭中具体实现这一必要因素。

　　(早在埃斯库罗斯身前的遥远时代,战神山当然早已经将其职权从审理凶杀案的法庭,扩展为"城邦的监护者"[如果可以不严谨地描述的话]。尽管,至少雅典"旧民主秩序"下的公民们会将其视为极高的荣耀,但是在《奥瑞斯忒亚》问世之前的几年内,这一职权范围更广泛的权威被大大削弱了。显然,剧作家在创作雅典娜在《和善女神》行 681-710 中的演讲时,对这一同时代的问题作了深度的考量。同样清楚的是,通过我们对这一段演讲的简要分析[以及对本戏结尾中某些值得探讨的特征],埃斯库罗斯借雅典娜之口,似乎是在支持战神山法庭的声望与公民责任,即便是在这部戏中,其职能也已经超出了雅典娜建立它时所规定的司法功能的范围。不过,到了这一步,至少在本戏的这个阶段,我们还没有准备好再向前走一步。在对战神山法庭的争论中,埃斯库罗斯究竟选择了哪一方,又走得有多远,[164]例如,我们发现,在行 693-696 有几条貌似清晰的政治建议,我们是应该还是不应该从中提取具体的含义呢?在我们完成对这部戏本身的戏剧分析之后,我将提供一些对这些论点的仔细考量。)①

----

① 参见本章附录。不过为了给这一讨论做铺垫,我可以先引用一个简短的段落,这是最近的研究中最有趣的项目之一。这种研究从政治视角出发考察《和善女神》以及整个三联剧:"在社会与政治的语境中,肃剧的功能并非直接评论时代,而是要将问题上升到普适性的高度,用情感碰触戏剧家以及其公民同胞的经验,从而通过神话与戏剧解答他们作为人类的最深层的关切。有时也包括了如何使用神话为历史事件作出解释与正名,《和善女神》中所发生的情况正是如此。"(麦克劳德[MacLeod]的《政治与〈奥瑞斯忒亚〉》,页 131)。在这个语境中,这段陈述是对肃剧功能的普遍认识,我完全同意他的看法,不过在涉及到《和善女神》中的一些具体段落的时候(这些段落看起来的确是在"直接评论时代"),还是有必要作一些轻微的限定。

在新的陪审团进行投票时,歌队长与阿波罗用一连串攻击和反击填补了这段时间。然而在这一连串对话的最后,戏剧意义迅速复兴,雅典娜突然宣布(根据她先前在行 471 及以下所说的话,此时的这一行为或许也令人吃惊),为此事作出"最终判决"($λοισθίαν … δίκην$,行 734)是她的职权。她要将自己的票投给奥瑞斯忒斯。她给出的理由很简单,即她不是从女人体内诞生的,所以她在一切事物中都偏爱男性(对她而言,除了在真正的婚姻中)——除此之外,还有一点,即男人才是"家庭的守护者"($δωμάτων$ $ἐπίσκοπον$,行 740)。雅典娜在事先已经说明,她明确表示她的判决是"决定性的一票"(casting vote),她这样总结她的陈词:

奥瑞斯忒斯赢了,即使投票结果是双方持平($νικᾷ δ'$ $Ὀρέστης, κἂν ἰσόψηφος κριθῇ$)。(行 741)

(雅典娜的这一投票颇具争议,因为争论的双方都有大量的文献佐证。这些争论最终发展为这样一个问题,雅典娜的投票究竟是,按照她在行 752-753 中的说法,已经与陪审员的投票算在了一起,从而导致了双方持平[因此奥瑞斯忒斯无罪开释],还是,战神山陪审团的投票持平,雅典娜的投票被认为真正是"决定性的一票";对于前一种说法,加加林是晚近的支持者;而汤姆森,以及更晚近的赫斯特[Hester]则是对后一种说法的最有力的支持者之一。① 由

---

① 参见加加林,《雅典娜的投票》;汤姆森对《和善女神》行 734-743 所作的注释,尤其是他对米勒(K. O. Müller)观点(米勒支持的是"决定性的一票"的观点,汤姆森也同意这一点)的总结。还请参考莱因哈特的《埃斯库罗斯》页 143,他的立场与米勒、汤姆森一致,以及史迈斯的《埃斯库罗斯的肃剧》页 220,他的评价很到位:"公正的人类陪审员所作出的持平投票具有双重的象征意味:首先,它表明每一个人间法庭都应该有能力自己裁决如此这般超出人类智慧的问题,这是可能的;第二,每一个神圣力量都有其合适的权利。"还有赫斯特的《决定性的一票》(The Casting Vote)页 271,他小心地考量了这段评论的证据,并补充道:"(雅典娜)打破了在道德层面无法解开的死结。"

第三章 和善女神

于这些学者都曾探讨过这一争论,而且对双方论点都做出了深入的拓展[尽管或许双方都未能保持彻底的客观!],我将满足于就"决定性的一票"这一观点[我认为这是正确的结论]列举出我认为最强有力的论证,并在接受它的过程中解除所谓的困难。

雅典娜预先说明她的投票是倾向于奥瑞斯忒斯的,然后正如我们看到的那样,说明了如果结论发生分歧[即双方持平],她的这一投票将产生的影响:奥瑞斯忒斯获胜。除开其他一些可能有人会提出的[戏剧或历史的]考虑,对于这一陈词通常意义的阐释肯定是雅典娜的投票可以解决持平,并确保[165]奥瑞斯忒斯的无罪,而这一观点也得到了进一步支持:雅典娜使用了小品词 $\kappa\alpha i$ ["即使投票结果是双方持平"],这也就暗示了,如果她不是已经知道投票的结果,她的这一票可能会导致无罪开释变得不确定。有观点认为,在历史实践中[本戏的观众是了解这一点的],票数持平通常宣告无罪开释[如此,那么也就不需要雅典娜打破均势的投票来巩固局势了],对于这种说法,或许可以这样回答:诗人为雅典娜这一行为提供了一种神话上的解释,一种原因性的神话——此后,陪审员才开始认为是"雅典娜的投票"打破了平局。而且,的确有一些古代的证据可以证明这才是实际情况:参见欧里庇得斯的《伊菲革涅亚在陶里斯》行 1469‑1472;埃斯库罗斯《和善女神》古代评注本,行 735[不过此处的文本存在一些不确定性]以及阿里斯提德(Aristides)的《演说集》,2.24。不过,这些段落并不能为这一行为[无论如何,这也并非这里真正的问题]的历史性解释提供无可辩驳的证据,由于其中的一部分来源于戏剧文本,而后一则材料则可能只是根据埃斯库罗斯与欧里庇得斯的文本所作出的推测。

雅典娜在行 741 中所说的带有条件的发言,在行 752‑753 中票数统计完毕后,则以无条件的形式得到了重复:投票的结果实际上也是双方持平的,奥瑞斯忒斯无罪开释。稍后[行 795‑796],雅典娜试图安抚愤怒的复仇女神,提醒她们,由于"票数相等",她们并不是真的被打败了。如果她首先用自己的特权票废除了人类陪审团作出的奥瑞斯忒斯有罪的判决，然后补充宣布道，自己的这一票要将实际的有罪判决逆转为无罪，那么雅典娜此时对复仇女神的安抚必然会受到挫折。而且，这样"两次"使用这一票，有违雅典娜最初建立人类正义法庭的初衷，即她将在奥瑞斯忒斯与复仇女神相互冲突的声明之间陷入两难困境[行 471-484]，因为这种困境的特殊性质，才决定建立法庭。她显然不会希望我们忽视这个法庭做出的判决（加加林的论断正是在试图引导我们忽视这一判决）。事实上，只有在人类陪审团认为双方相冲突的声明势均力敌，而只有在需要打破这个僵局的情势下，雅典娜的投票才会产生影响。

最后，我们需要考虑的是，有关投票场景中舞台行动，其引发的争论基于从文本中得出的推论。对这个投票情景的讨论分为两层。第一层是，有人主张，歌队长与阿波罗各自说了十组两行诗[行 711-730]，与此同时，十位[166]陪审员投了票，而在歌队长说最后三行诗[行 731-733]时，第十一位陪审员投了票，雅典娜走向前投票。因此，陪审员投票的数量是奇数，所以雅典娜的投票必然已经算在了最后的持平结果里。我认为这一主张无足轻重；我们并不知道戏剧中是否存在一些停顿或是沉默的间隙[比如，歌队长在行 731-733 中所说的三行诗与雅典娜从行 734 开始的发言之间，是否存在停顿]；我们也不知道歌队长演唱行 731-733 这三行诗的时候，舞台上发生了多少行动，①或是行 711-730 这十组两行诗之前，是否还有行动。事实上，在这些对话的过程中，除了陪审员的投票正在发生，并且当雅典娜在行 734 开口的时候已经完成，我们并不能具体地知道舞台上发生了些什么。第二层争论基于所谓的舞台行动，相比之下更有力。雅典娜在行 735 中说道："我，以我的名义，将把这一票交给[陈列给？展示给？$προσθήσομαι$]奥瑞斯

---

① 加加林引用了扬（Douglas Young）的说法（《雅典娜的投票》，注 6；参考注 1），表达了对行 731-733 的类似理解，以及在三行诗之后或是之前可能存在的戏剧性沉默。

忒斯。"我们或许有权利问，雅典娜如何处置她的投票，或者说，她是否对她的投票做了什么。加加林认为，她立刻将其放进了瓮里，而瓮中还会收到其他陪审员投出的、赦罪的白色票，因此，这一票是算在行753所说的"总数均等"的票数中的。对此，我不以为然：雅典娜是法庭的成立者，但她并不是法庭的成员之一；她最多只能算是它的指挥官，所以她不太可能与陪审员一起投票，更不可能是第一个投票的。根据我们先前的讨论，她只是宣布了，如果有必要的话——或者，按照她在文中[行741]所说——她的最终投票只会在出现持平结果的时候才生效。一些学者也的确指出，雅典娜的"投票"可能是象征性的，而不是她自己会真的拿出一个实际的票，考虑到这是由神作出的声明，这样的解释可能是合理的。

我已经比较充分地说明，雅典娜的投票确实是"决定性的一票"，因为加加林所主张的另一种理解[人类的雅典最高法院投票反对无罪的审判]与他的下一步主张有关，他进一步认为，最高法院与复仇女神两者才是真正支持正义[dikê]的人，并认为[加加林甚至认为在这一部戏中也是如此]这是惩罚的原则，而神明[宙斯之下的阿波罗与雅典娜]则要颠覆正义。① 这一论点没有注意到

---

① 参见加加林《埃斯库罗斯戏剧》页76-79。加加林认为，雅典娜在投票时判奥瑞斯忒斯无罪，是为了获得奥瑞斯忒斯承诺的"宝贵政治联盟"（出处同上，页77）。埃斯库罗斯在安排奥瑞斯忒斯反复承诺雅典与阿尔戈斯的联盟时（参见本章的附录），或许也有他自己的考虑，但我认为，这些承诺应该不会这样地责难雅典娜的公正。不过，加加林也向我们明确（前揭，页78）表示，"不管在这个案件中怎样裁决，"雅典娜随后委婉地承诺（参考行804-805）道，"在未来，正义（正如我们所见，加加林将其理解为惩罚的正义）终将获胜。"

温宁顿-英格拉姆比大部分其他的评论者更进一步，将《奥瑞斯忒亚》视为两性之间的战争，他认为克吕泰墨涅斯特拉是"一切饱受婚姻中女性从属地位折磨的妻子与母亲的象征"，他甚至在克吕泰墨涅斯特拉失去女性权力的原因中看到了雅典娜投票的重要意义："在某种程度上，雅典娜与克吕泰墨涅斯特拉相对应的……克吕泰墨涅斯特拉的天性所要求的、她的性别所禁止或限制的……任何事情……雅典娜因为她的神性，都可以自由地做……因此，当这位女神在所有事物上都尊崇男性……而当女性追求她天性所要求获得的控制权时，她却谴责她们做出了男性的决策，这是一种辛辣的反讽。"（参见温宁顿-英格拉姆的《埃斯库罗斯研究》，第六章，页129以及125-126。）

的是,当人类陪审团还停留在两难困境之中,无法决定哪一方正确之时,神明已经投票选择了新的正义秩序,正如我们所见,这一秩序承认了对动机与案发背景的考虑,包括了神的命令——而这一命令归根结底,是为了遵从宙斯的意愿。)①

[161]在清点票数的时候,奥瑞斯忒斯与歌队长进行了一系列紧张的对话,然后阿波罗也出来与歌队长对话,这些剑拔弩张的对话增强了统计票数时的紧张气氛。最后,雅典娜终于宣布裁判的结果:奥瑞斯忒斯无罪,"因为双方票数相等"(行 752-753)。

奥瑞斯忒斯以一段长演说(行 754-777)回应雅典娜的判决,他向雅典娜、阿波罗以及 τρίτος Σωτήρ [第三位救主]宙斯表达了感激之情。这位英雄向雅典娜所说的话"当我失去了我父亲的家,是你赐予我家园……"(行 755-756)证明雅典与其守护神的完整统一,此外,为了感谢雅典的神与人民把他从他母亲的复仇神手中拯救出来,奥瑞斯忒斯详细地许诺阿尔戈斯人对雅典的支持。

对于很多读者而言,奥瑞斯忒斯的无罪以及(特别是)雅典娜对她决定性的一票所作的解释,都有点让人失望,毕竟整个三联剧花了大量篇幅歌唱宙斯的正义,并且还费了大力气以区分奥瑞斯忒斯的血腥行为与其之前所发生的暴行。但是,雅典娜为自己选择奥瑞斯忒斯所作的解释并不能减弱(当然更不会反驳)更广泛的原因(包括本戏以及整个三联剧中所给出的原因),即认为奥瑞斯忒斯免于惩罚比起克吕泰墨涅斯特拉、甚至是阿伽门农免于惩罚

---

① 参见德·罗米利的评论,她通过一个与这部三联剧息息相关的比较研究,进一步发展了与上述观点相类似的看法:"复仇实现正义,仅在于复仇曾是且已经是神圣的复仇。特洛伊的毁灭已是一次神圣的投票决议——这种投票与奥瑞斯忒斯的赦免相似。"《人的复仇与神的复仇:关于〈奥瑞斯忒亚〉的评论》,页 75)。另一方面,格罗斯曼的一个说法在我看来是在误导读者,即他指出,促使奥林波斯诸神("让奥林波斯诸神……把仁慈置于法律之前"[lassen die Olympier ... Gnade vor Recht ergehen]),反对原始而冷酷无情的复仇法的动机,是他们的同情与宽恕(《普罗米修斯与奥瑞斯忒亚》,页 274)。

更为正义。由于阿伽门农和克吕泰墨涅斯特拉都是宙斯正义的执行者,他们特别可恨的行为都有自己世俗的动机:阿伽门农在表达他的"两难处境"的那个著名的段落中,并没有提到宙斯的正义,而是他害怕成为一个"背弃船队者"($λιπόναυς$,《阿伽门农》行212);克吕泰墨涅斯特拉的动机中包含了爱欲的激情、嫉妒,这一切与她那暴怒的母爱融合在一起,这在她杀死阿伽门农之后,面对歌队所作的"辩护"中都已经十分清楚地讲明了。而另一方面,奥瑞斯忒斯个人的动机,即为父复仇并赢回自己的家族遗产,是与(宙斯授意的)阿波罗的命令相一致的,阿波罗还提醒我们,他母亲从国王那里夺走的王权来自宙斯本人(《奠酒人》行 626)。这些来自个人与神明的双重动机都是为奥瑞斯忒斯的行为辩护的理由(总之,它们都被归入到雅典娜对她所投之票的解释,"为了男性",$δωμάτων\ ἐπίσκοπον$("家族的保护人"),她这样称呼他[行 740]。① 这些以及其他为奥瑞斯忒斯作辩护的准备(我们在前文中已经提到)为呈现奥瑞斯忒斯的情况提供了人的因素,即作为这个沾满血迹的家族的唯一[168]幸存的成员,引起了某种必要程度上的同情,他值得从复仇中逃脱。不能仅仅因为雅典娜所表达的,复仇现在以非个人的表达方式出现(在三联剧发展到这个阶段,这种设定是合理的),就忘记了它们。

---

① 朔特兰德(Schottlaender)在《〈和善女神〉中无罪释放的特性》(Um die Qualität des Freispruchs in dem *Eumeniden*)页 144 及以下的内容中提出,如果我们注意到雅典娜在解释她的投票时所用的最后一个词 $ἐπίσκοπος$(保护人),那么雅典娜偏好男性的原因就不那么主观了。他提醒我们,在英雄时代,保护家族是男性永恒的首要功能,只有在男性外出的时候,女性才可以在这个方面暂时顶替(参见《阿伽门农》行 914 以及行 259 - 260)。朔特兰德指出,埃斯库罗斯是因为这样才让雅典娜在这个至今无法调和的困境(在关于父亲和母亲的权利之间,他们各自都在复仇中丧命)中,引入这个新鲜的观点。朔特兰德的这个观点有诸多值得赞同的地方。但是必须承认,雅典娜在解释父亲的复仇权利重于母亲之权利的时候,她自己所强调的是,她唯一的起源"来自父亲",而非"男性是保护人"这一点,而朔特兰德的说法无疑削弱了这一事实。

对奥瑞斯忒斯的审判与无罪释放,是否为血亲复仇的问题提供了一种解决办法(即,引入一套新的正义形式),从而在整体上,使整个社会免于陷入这种自我循环的复仇序列之中? 战神山法院作为第一个审判凶杀案的司法机构,它的建立是否能够结束古老的厄里倪厄斯的特权,并终结对血债血偿的无意识苛求? 近来,在分析《和善女神》中的行动时,拒绝传统的"常识"变成了一种时尚。劳埃德-琼斯在表达这种拒绝时表现得尤其强烈:

> 我们终身都在听人说《和善女神》描绘了一种从家族世仇到法律规则的转变,但这种陈词滥调是具有误导性的。

以及(为该剧的结尾做一个铺垫):

> 当厄里倪厄斯变成和善女神,没必要问她们为什么要放弃自己的职权。①

类似的,加加林将复仇女神与战神山法庭同样视为(不顾奥林波斯诸神!)永恒不变的正义(dikê)原则("法律、秩序、赔偿与惩罚的力量"②)的支持者。这一观点的基础(对两位学者都一样)③在于,厄里倪厄斯与战神山法庭功能之间的惊人相似之处,前者由厄里倪厄斯自己在第二肃立歌中作了阐述,而后者则由雅典娜在她的"演说"中予以说明,即为一个文明社会中不可缺少的恐惧与敬畏提供必要的组成部分("令人恐惧之物",即劳埃德-琼斯对此处 τὸ δεινόν 所作的翻译)。更进一步说,复仇女神将会在本戏的最后,接受雅

---

① 劳埃德-琼斯《宙斯的正义》页 94。
② 加加林《埃斯库罗斯的肃剧》页 78。
③ 出处同上,页 74、页 77 - 78;劳埃德-琼斯《宙斯的正义》页 92 - 94。

典娜与战神山法庭赐予的荣誉,继续保持她们捍卫正义(dikê)的职权。

当然,从文本中可以清晰地看到,总的来说,赋予厄里倪厄斯与战神山法庭的"惩罚功能"是相似的。如果由此我们可以确定,正义在新法庭建立前后的意义是相同的,那就没有什么问题。但是,如果战神山法庭与"前战神山的厄里倪厄斯"所执行的正义是同一个[169]概念的话,我们为什么还需要战神山法庭存在呢? 或者说,将这个问题放到戏剧的文本中进行理解,在这部戏中,这个法庭的建立究竟产生了何种不同? 对于这个问题的回答是很明确的。如果纯粹简单的惩罚性正义被允许实施的话,那么复仇女神根据她们那古老的特权,当然可以成功地宣布奥瑞斯忒斯是她们的迫害对象。先是阿波罗暂时阻止了此事的发生,然后雅典娜通过建立她的人间的处理凶杀事件的法庭,继而宣布奥瑞斯忒斯的无罪,从而彻底阻止了它发生的可能。① 我们前文已经指出,在行426及以下的对话中,新的正义概念得到了最为准确的预示,即雅典娜为吃惊的复仇女神提供了一种新的,可能会影响到她们的受害者有罪与否的思路、动机与背景。复仇女神接受了"新的法律(thesmoi)"(她们自己这样称呼雅典娜建立新法庭的提议,而这个

---

① 奥瑞斯忒斯当然不只是由雅典娜的投票而被判免罪的;最高法院中的持平投票对于最终裁决同样重要。加加林(在他的讨论中)处理这一反对厄里倪厄斯的裁决时所遇到的问题在于:在他看来,做出这一决定的完全是雅典娜,而非法庭;而且雅典娜事实上还许诺厄里倪厄斯,此次这样例外地中止(自发的)复仇法则的事情以后不会再发生了。(见上文与注66、68,以及其中所提到的加加林的说法。)另一方面,劳埃德-琼斯则似乎很难承认(至少在他的现有讨论中,《宙斯的正义》,页94-95),法庭的判决已经终结了复仇女神的权力。他相信,奥瑞斯忒斯已经证明自己的行为正当,并补充道:"在雅典城邦,正义通过战神山法庭得以实践。"他然后进一步引用文本与历史文献中的证据,以证明复仇女神与她们的仇杀(blood-feud)是可以同宙斯的正义、公元前五世纪的雅典城邦的法律和平共存的。这或许是正确的,但它并不是埃斯库罗斯在三联剧的这个阶段所意图表现的情况。这当然也不是复仇女神歌队在这个问题上所采取的态度。

新法庭与她"新的考虑"紧密相关),但是她们警告道,支持她们的古老特权将会更有好处。复仇女神在法庭作出裁决之后才意识到,这些古老的特权已经被抛弃了,在奥瑞斯忒斯发表了感激之辞之后,她们立刻发出了狂怒的呼号(行 778 及以下),正是在这呼号中我们可以清晰地看到这一点。如果事情不是这样,如果劳埃德-琼斯和加加林是对的,即"旧法律"事实上并没有发生改变,那么我们下文即将分析的、安抚厄里倪厄斯的长篇段落就没有必要存在了。正如我们所见,厄里倪厄斯在本戏的退场词中获得了荣誉,她们从此以后将会在人间刑事法庭制度的新环境(指的是在城邦环境之中)中行使其永恒不变的职能。①

---

① 在这个联系中,我们也要好好考虑莱因哈特的评论(《埃斯库罗斯》页 141),他的观点与(上文所讨论的)劳埃德-琼斯与加加林的观点相反:"人们会发现,《和善女神》首先表达的是一种法律史的观念,城邦安排正义的情况增加了,用制度化了的司法程序取代了家族矛盾与血腥复仇。正如这个共同体所言,'正义属于我',自发盲目的'以牙还牙'的正义被人类的公共正义取代。"但是正如莱因哈特进一步所说,新的奥林波斯神战胜古老的神明,人性的、精神的战胜了恶神的与恐惧的(在这部戏中,它是由司法程序的发展伴随并决定的),"古老的并非被新的毁灭,而是融入了新事物之中"。

7. 厄里倪厄斯的"转型"(行 778 – 1020);
陪同厄里倪厄斯前往新居(行 1021 – 1047)

  《和善女神》最后的行动由一系列令人激动的段落组成,抒情性与戏剧性的段落交替出现,并在安抚与说服厄里倪厄斯的过程中到达顶点,这是这部戏乃至三联剧的高潮。① 尽管这个结尾彻底改变了厄里倪厄斯这场"行动"开始时的敌意,但是它的确完成了本戏先前提供的戏剧性期待。我们应该记得,歌队在第二肃立

---

① 《和善女神》的结尾是否为整个三联剧的主题提供了一个令人满意的总结,这个问题或许总是会存在争议。在罗森迈尔的《埃斯库罗斯的技艺》第十二章各处,尤其是页 344 – 347 中,他倾向于为这个说法投反对票,尽管他同意,《奥瑞斯忒亚》"通过其最后的庆典"(页 346)在民众之中收到了成功的戏剧效果。值得注意的是,有观点认为,这部肃剧中达成的和解意味着"彼此斗争的力量……载歌载舞地一起走下舞台",罗森迈尔对此表达了温和的讽刺(出处同上,页 346 – 347)。目前的这种处理方式表明,《和善女神》中的和解应具有更深层的含义。利斯通是一位时代更早、相对不那么世故的评注者(参见前注 51),他认为,《和善女神》的最后 350 行诗句是一个非常极端的中断,并称其为"与前文联系松散的一场戏,是在原戏之外逢合上的一段"(页 123),而且只有当人们认为,在这部戏剧中,诗人在此处是出于所谓的独特的政治考虑,才能证明这一部分合理。莱斯基的《希腊肃剧》页 84 中的观点则站在了另一个极端上:"我们在这里(他此时正在总结《和善女神》的结尾)所看到的,并不是将观点嫁接到一个已有的主题上,从而迫使它能够与生活相一致。在诗的形式中,这部戏所揭示的,正是一种真正的宗教意识,即对雅典家园的神圣性的认识。"

歌(行 490—565)中提示道,如果奥瑞斯忒斯被判无罪,那么雅典娜的新 ϑεσμοί[法令]就注定要遭受厄运,因为厄里倪厄斯她们将会亲自从政治实体中把对惩罚的恐惧抽走,然后城邦将不可避免地陷入混乱无序之中,尤其是血亲之间的屠杀将不可遏制地发生。然而,诗人通过一个巧妙的反讽手法,使歌队自己[170]对必要的恐惧因素的描述,预示了雅典娜本人(在行 690—706)对战神山新法庭功能的描述。① 现在,在奥瑞斯忒斯被宣判无罪之后,雅典娜的首要任务,就是消除愤怒的歌队威胁要向雅典实施的可怕行动;其次,她要将复仇女神的破坏性力量,转变为一种可以在新秩序中得以实践的积极功能。她成功了,战神山法庭对厄里倪厄斯表面上的"取代"与其说是一种取代,毋宁说是重新定向。因为一旦厄里倪厄斯和解,新法庭所要体现的,正是厄里倪厄斯最适合维持的功能。但同时,厄里倪厄斯还需要获得新的能力,一种更有益的、能够赋予人生命的能力,在本戏开头的段落中,作为复仇恶神,她们是不可能提前具备这种能力的。

在正式结构与主题发展中,这一次序都为三联剧提供了一个很合适的结尾。在其第一部分中,我们可以看到或听到歌队破坏性的歌舞中抒情诗式的愤怒,一波又一波的反抗,反抗雅典娜温和的说理、抑扬格的劝说(行 778—891)。劝说之神佩托在三联剧第一部中总是以灾难性的形式出现(如海伦作为佩托,诱惑帕里斯给特洛伊人带去灾难;②克吕泰墨涅斯特拉作为佩托,劝说阿伽门农踩上紫色的地毯,《阿伽门农》行 931 及以下),在此,她最终被证明

---

① 参见上文注 64;以及对行 690—706 所作的评注。
② 参见《阿伽门农》行 385 及以下,在第一段的开头,单词 πειϑώ 被用于描写帕里斯的"诱惑"。在《阿伽门农》行 681 及以下,"毁灭者"(ἑλένας, ἕλανδρος ἑλέπτολις)海伦(在接下来的肃立歌中)被称为帕里斯诱惑的化身,这种说法在前文中表达得更为抽象。在《阿伽门农》行 717 中,同样的主题则是通过比喻的方式得以呈现的,即绝妙的"幼狮意象"。(在这三段中的后两段中并没有使用 πειϑώ 这个词。)

是一个温和的、打败暴力的胜利者(而且还受到了她的执行者雅典娜的充分感谢)。① 到了此时,当雅典娜最后的论证获胜,歌队长代表歌队加入了雅典娜的抑扬格,开始讨论新的契约,并简短而象征性地阐明了双方的期待(行881 - 915)。一旦这些得到了确定,接下来就是一段缓和的哀歌,由歌队现在喜悦的歌唱与雅典娜的抑抑扬格的唱词交替组成(行916 - 1020)。最后护送厄里倪厄斯/和善女神前往她们的新居,这个章节也是由一段新的抑扬格与抒情诗交替构成的(行1021 - 1047)。

我所总结的这一序列以一段歌队愤怒的(多赫米亚格)歌舞(行778及以下)开场,其间穿插了一些雅典娜反对她们的诅咒的抑扬格诗句。雅典娜的第一个提议正好回应了复仇女神的这段开场歌。在雅典娜提出了第二个提议之后,复仇女神又一次爆发了,尽管语气有所不同,而在女神的第三个提议后,她们又逐字重复了一遍前文。只有等到女神提出了第四条建议,她才得到了真正的回应,歌队心情的突然转变在格律上表现得最为突出,即从五音步一下转变为抑扬格的对话形式。在雅典娜各种请求的精细进攻之前,这个段落的剧情在于调整并最终改变[171]歌队的愤怒。

歌队的开场歌(行778 - 793)最具毁灭性,在愤怒地控诉年轻的神明之后,歌队以正义(Dikê)之名发出真正的诅咒,降咒于阿提卡的谷物与孩子(… λιχὴν ἄφυλλος ἄτεκνος)。雅典娜(被忽略的)第一个提议在她的第二次提议中发生了微妙的变化。她原本提到了宙斯的意愿(行797 - 799)②,现在取而代之的是一笔带过的宙

---

① 参见《和善女神》行970及以下。在前文中雅典娜在她最后一次、也是成功的一次劝说歌队时,曾提到 πειθώ 的名字悬求她的帮助(行885 - 886)。也请参考,罗森迈尔对三联剧中的"劝说"概念所作的有趣讨论(包括在总体上对埃斯库罗斯的肃剧中这一概念的探讨),以及对《和善女神》中这一概念的独特意义(《埃斯库罗斯的技艺》,页350及以下)。

② 雅典娜在第一次试图安抚厄里倪厄斯时,重复说道,法庭上的投票持平,因此复仇女神并没有失败(而且也不应该对雅典公民发泄她们的愤怒),但是奥瑞(转下页注)

斯的雷霆(行827-829);她原本提供的是雅典的洞穴与祭坛,此时则换成了更加盛情的邀请,邀请她们分享雅典娜的神庙与荣誉(σεμνότιμος καὶ ξυνοικήτωρ ἐμοί,行833)。然后,以孩子与婚姻仪式的名义,雅典娜许诺提供"第一批果实"(ἀκροθίνια,行834),以对抗复仇女神的枯萎诅咒。在歌队所唱的第二段颂歌中,就已经对雅典娜的请求作出一点(至少算是)间接的答复("啊,我应该住在这片土地上,饱受轻蔑与憎恨之物!",行838-839);到此时为止,歌队尚未表现出让步的迹象,但是她们至少表明她们已经听到了雅典娜的建议。而且,现在在歌队的歌声中占主导地位的是自怜,而不再是诅咒。

在雅典娜的第三段台词(行848-869)中,她为厄里倪厄斯提供了一处挨着艾瑞克透斯(Erechtheus)屋旁的座位,这是雅典祭坛中最"本土性"的。与此相一致,她的反对也带上了政治的和同时代的偏好,即对内战的恐惧("不要在我的土地上诱发血案!"行858-859)取代了对自然干旱与歉收的恐惧。在她的最后一段请求中(在歌队反复歌唱了强烈的怨恨之后),雅典娜的语言变得更具说服力("我的舌头甜如蜜,说出温柔的鼓励……",行886)……也更富政治性。[①](她声称)这些古老的神,她们任何一位都不能说自己是被雅典驱逐(ἀπόξενος,行884)出去的;如果她们愿意,每人都可以成为财富的拥有者(γάμορος,行890),永远享受公正的荣耀。

(接上页注)斯忒斯被证明是无罪的(ὡς ταῦτ' Ὀρέστην δρῶντα μὴ βλάβας ἔχειν,行799),因为在这个事件中有宙斯本人的意愿作为明显的证据(行795-799)。或许,比起行736-740中雅典娜对自己投票赞成奥瑞斯忒斯的解释,她这里给出的理由在某种程度上更能令人满意(至少是对于现代读者而言!)。这部分对《和善女神》行778-995的详细讨论的绝大部分内容,来自我的文章《〈奥瑞斯忒亚〉中的歌队人物互动》("Interaction between Chorus and Characters in the *Oresteia*"),页340-343。

① 参见汤姆森《奥瑞斯忒亚》卷二,页65。在列举了早前的神话与三联剧中佩托的有害影响之后,他指出:"现在,同样的精神在雅典娜身上体现,终结了三代人所受的受苦。"

第三章　和善女神

复仇女神的屈服突如其来，而且十分完整（行 892-900）。是雅典娜许诺的城邦保障说服了她们吗？我们可能会被这种观点诱惑：她们使用雅典娜的法律术语问起，没有她们的保障，就没有家族能够享受富裕，这个承诺是否可靠（ἐγγύη，行 898）。厄里倪厄斯终于变成了好公民。

雅典娜授予和善女神（Eumenides，我们此时可以这样称呼她们了）的荣誉之中，最重要的是，没有她们的帮助，没有家庭会繁荣（行 895）。歌队问，她们将在这片土地上祈求怎样的神恩？为回答歌队的提问，雅典娜以一段精彩的演讲（903—915）结束了这段"安抚"戏。她重现了雅典即将享有的繁荣[172]——谷物丰登，马匹健硕，城邦公民数量增加、生活繁荣、品德渐高。（在三联剧的第一部戏中，有一个"颓败自然的意象"。而雅典娜在这里的言语为下文抛弃这一"颓败自然的意象"做好了准备：她"像一个好园丁一样"[ἀνδρὸς φιτυποιμένος δίκην，行 911]钟爱一群公正的、不会受损害的公民。）从戏剧效果的角度看，雅典娜的这段演讲成为了和善女神最后一曲肃立歌的戏剧性序曲。在歌队最后的合唱曲中，面对这片她们在前一段颂歌中充满了怨恨诅咒的土地，和善女神将降下祝福。

歌队的情绪与功能发生改变之后，雅典娜的语气也发生了类似的、尽管不那么显著的转变。① 诗人又使用了演说的（epirrhematic）形式来表达新的立场，② 在歌队的赞美诗与祝福声中，雅典娜用抑抑扬格的诗句穿插其中，提醒和善女神功能之中所有更为严肃的方面。在这里，可以举几个例子以说明这一奇怪的融合体。

在第一个诗节中，歌队收回了原先的诅咒，转而祈祷阳光催

---

① 参见汤姆森，出处同上，页 65，他给出了一个音乐的类比："这就像一首二重奏，在低音部接手了最高声部之后，最高声部开始模仿低音部。"

② 不仅要参考当前冲突的早期部分，还应该参考在长演说式段落中，可以对比克吕泰墨涅斯特拉（和雅典娜一样，随着情绪热度的上升，她也从抑扬格变为抑抑扬格）与歌队在《阿伽门农》行 1407 及以下的内容中的"逐步发展"。

产,使大地丰产(行923-926)。雅典娜紧随其后,提出了厄里倪厄斯/和善女神的极为不同的一方面:

> ……伟大而又难以取悦的
> 神明啊,我将她们安置在这里……
> 那些遇见过她们的愤怒的人
> 不自知攻击他生活的邪风将从何处吹来;
> 那古老时代诞生的罪恶
> 他在她们面前犯下,在沉默中造成破坏,
> 哪怕他大声夸耀,
> 她们的愤怒与敌意会将他碾为无物。
> (节选自行928-937)①

稍后,歌队心情向善,在她们祈祷中,几乎想要否认她们自古以来的惩罚角色:

> ……愿大地不要啜饮公民的鲜血
> 也不要让毁灭凭借复仇的激情
> 加速毁灭城邦
> 用谋杀报复谋杀!
> (行980-983)

雅典娜又一次警告道,这种友善需要付出代价:

> [173]他们(指公民)有心智找到
> 通往祝福的道路吗?

---

① 这一段以及下文中的两段都摘自劳埃德-琼斯翻译的《和善女神》,页68、页70。

第三章　和善女神

> 那么,从这些令人生畏的脸上
> (ἐκ τῶν φοβερῶν τῶνδε προσώπων)
> 我看见了对公民的最大好处。
> 如果用友善回报友善,
> 你们将为他们带去最大的光荣,既是为这片土地,也是为这个城市
> 在通往正义的笔直大路上
> 你们要在各方面保持卓越。
> (行 988 – 995)

其他批评家已经指出,在《奥瑞斯忒亚》最后,意象的使用存在各种转变(尤其是在歌队的祝福中):[①]喜悦的"花朵意象"曾经(如在《阿伽门农》行 659 中)是用来反讽不吉的坏事的;而成长、活力与光明的意象,曾经是用来比喻一旦"鲜血撒上土地"就会造成更多的流血,同时,来自下界的力量将带来更多的毁灭,而非滋养。但现在,雅典娜的角色提醒我们,和善女神依然最有效地保持着令人恐惧之物的最大效力,即在第二肃立歌中,她们所宣称的,将在人间维护正义。看来,按照这样的说法,她们将与战神山法院分享雅典娜所分配的"这片土地上最警惕的守护者"的任务了。

不过,在另一个方面,新定的厄里倪厄斯的职权超出了任何人间法庭的范围。雅典娜在劝说时已经许诺,没有任何家庭可以不尊重厄里倪厄斯,而获得繁荣(行 895 – 897)。在下文中,她又进一步强化了这一承诺,更加慷慨地描述她们的特权("她们的命运就是管理人间的一切事物"[πάντα ... τὰ κατ᾽ ἀνϑρώπους],行 930 – 931),并提醒她的新法庭(πόλεως φρούριον,行 949),复仇女神拥有

[①] 参见佩拉多托的《〈奥瑞斯忒亚〉中自然意象的形式》("Some Patterns of Nature Imagery in the *Oresteia*")。

赐予一些人喜悦,一些人终生泪水的力量(行952-955)。在强调这种全面的控制生命的功能时,雅典娜似乎是在重申复仇女神与命运女神莫伊拉之间的(埃斯库罗斯式的?)联系,在这里几乎是身份认同;仿佛是为了回应雅典娜的声明,歌队反而向她们的"姐妹"莫伊拉祈求,这与雅典娜刚刚用在她们身上的说法非常相似(行959-967)。① 在谈到这些更加宽泛的特权时,雅典娜(与诗人)是否是在某种程度上为厄里倪厄斯弥补了她们被削弱的、为家族血案复仇的功能? 或者,这些新的赋予生命[174]与创造生命的功能,是否真的归属于这些原始的、下界的和善女神(在这里,厄里倪厄斯第一次被看作和善女神,莱因哈特曾对此进行过讨论)?②

---

① 在赫西俄德的记录中,厄里倪厄斯是大地的后代,是由乌拉诺斯被阉割时滴下的血孕育而成的(《神谱》,行217),而莫伊拉(Moirai)则是夜神的女儿(《神谱》,行217)(至少在她们"再生"成为宙斯与忒弥斯的女儿之前,《神谱》行904)。而在埃斯库罗斯笔下,厄里倪厄斯是夜神的女儿(《和善女神》行321),因此她们在这里说,莫伊拉是她们的"同母姐妹"。因此,通过将厄里倪厄斯与莫伊拉安排在同一高度,埃斯库罗斯似乎是使厄里倪厄斯比赫西俄德所记录的"更为原始",同时也使她们的地位与功能之间的联系更为紧密。在《奠酒人》行306中(即"大哀歌"的开头),歌队祈求莫伊拉与正义之神,用厄里倪厄斯的方式,实现对杀人的篡权者的公正复仇,以暴易暴。在《和善女神》行23-24中(参考《和善女神》行723-724),厄里倪厄斯做了一个对比,将阿波罗试图剥夺她们的特权一事,与他在解救阿德墨托斯时对莫伊拉的类似作为相比较。在《被缚的普罗米修斯》行516中,莫伊拉与厄里倪厄斯一同被描述为"必然($Aνάγκη$)的舵手"。(的确,《被缚的普罗米修斯》的作者引起许多学者的质疑;参见我的《被缚的普罗米修斯:文学评注》,附录1。不过,在这里[《被缚的普罗米修斯》,行516],对莫伊拉与厄里倪厄斯的处理似乎与此处埃斯库罗斯在《和善女神》中的处理是一致的,所以它或许甚至可以被用来作为《被缚的普罗米修斯》与《和善女神》的创作时间相近的证据,即接近诗人的去世年段。)不过,在这些段落中,没有一段提到了厄里倪厄斯与莫伊拉的身份,或是她们的任何职权,在《和善女神》行723-724中,这两组"古老神明"结合的地位与分离的职权(至少已经提到了莫伊拉对个体人类生命长短的控制权)得到了清晰的表述。在上文所引行949-955中雅典娜的赞歌与前文为之铺垫的两段较短的段落(行895-897,行930-931)一样,似乎比其他段落更能揭示厄里倪厄斯与莫伊拉的功能,不过我们应该注意到,与莫伊拉不同的是,厄里倪厄斯被塑造成这样一种神,在面对凡人的供奉时,她们易对祈祷作出响应并且好心好意对待人类(特别请参考988-995)。对雅典娜角色的这一处理或许部分地解释了,当雅典娜说,安排凡人的命运要依靠厄里倪厄斯的力量时,歌队为什么会突然为这种事向莫伊拉祈祷(行959-967)。

② 参见144页注②的内容。

第三章 和善女神

无论那可能是什么,在陪伴厄里倪厄斯前往她们位于卫城(Acropolis)之下的洞穴——她们的新居所时(行 1006‐1007),① 雅典娜的告辞曲(行 1003 及以下)又一次强调了她们通过友善的下界能力行使她们的职权,即限制有害的($τὸ\ μὲν\ ἀτηϱὸν$,行 1007)并送上有利的($τὸ\ δὲ κεϱδαλέον$,行 1008)。在歌队重复她们的祝福时($χαίϱετε, χαίϱετε\ δ'\ αὖϑις, ἔπη$[Weil] $διπλοίξω$,行 1014),雅典娜盼咐她自己的随从护送她们下去,"正是忒修斯的整个国土眼中",② 并进一步用深红色的袍子为她们授职,赐予她们荣誉。这样,三联剧通过再现一系列震撼人心的视觉符号收尾:杀死阿伽门农的沾血的浴袍(在前两部肃剧的高潮时刻都出现过)现在被深红的徽记取代,宣告厄里倪厄斯在城邦中的新地位。③ 最后,出现了第二个

---

① 参见《和善女神》行 805 及以下。
② $ὄμμα\ γὰϱ\ πάσης\ χϑονὸς$ ...(行 1025):我们或许可以采纳西奇威克与其他人的观点,认为这几个词是这句话主语的同位语,这样,$ὄμμα$ 就可以被理解为比喻性的,即表示"高兴""最受珍惜的物件"。或许更重要的是,在这句话的最后(即行 1027 之后)还可能存在一至多行的阙文(句子结构看起来需要这段阙文)。赫尔曼以及其他一些学者认为,这些所谓的阙文可能包括了雅典娜称厄里倪厄斯为"和善女神"而进一步安抚她们的内容,根据哈珀克拉提翁(Harpocration),这件事确实在戏中的确发生了。参见各版本。
③ 海德拉姆在《〈和善女神〉的最后一幕》(页 275‐276)中提醒我们注意,复仇女神/和善女神披着深红色袍子接受任命的场景可能具有同时代公民社会的意义,因为在泛雅典娜节中,$μέτοικοι$ [侨民]就是穿着这样的袍子出席的。据我所知,他是提出这一观点的第一人。参见海德拉姆在此处的引文;也请注意在《和善女神》行 1011、行 1018 中重复使用的两个词:$μέτοικος$(用于称呼居住在雅典城内的外邦人的专有名词)与 $μετοικία$。海德拉姆(页 274)还在行 1033 及以下的欢送曲中发现了"泛雅典娜节的弦外之音",并评论道(页 275‐276):"我认为,埃斯库罗斯在设计这整个过程的时候,是将其视作泛雅典娜节的一种反映……对于和善女神的处理,其所借鉴的正是这个节日对 $μέτοικοι$ 的象征性处理方式。"(不过,海德拉姆说认同蒙森(Th. Mommsen)的看法,在《和善女神》结尾的护送队中,找到了泛雅典娜节式 $παννυχίς$ [通宵的节日庆祝]的一种反映[《宗教节日学》(Heortologie, 1864),行 171])。

歌队,他们是护送队,一边护送厄里倪厄斯/和善女神退场,一边唱起退场歌。①

---

① 不过,赫尔曼认为,不是第二个歌队(对此,除了雅典娜在行 1005-1006 中轻描淡写地提了一句之外,并无正式的介绍,塔普林也不赞成其存在)而是护送队是由战神山法庭的诸陪审员扮演(和演唱)的。见塔普林对赫尔曼的这一观点所作的辩护(《舞台艺术》页 411)。除此之外,也请参考塔普林(他在某种程度上是一位不可知论者!)对最后的护送队实际上是舞台上的补充队伍的看法(前揭,页 411-414),一些学者走向反面的极端,认为这是"极为壮观的"(塔普林贬抑的表达)埃斯库罗斯氏的盛大表演(extravaganza)。不过,塔普林确实认为可能存在献祭者,"(两个就够了)",鉴于雅典娜在行 1007 及以下提到了他们,并参加了引领他们的行动;而行 1027 中的女人、儿童与老妇则被简化为文本的不确定性。至于最后的护送队中频繁提到的火炬(及其所传达的视觉效果),请参考佩拉多托的《〈奥瑞斯忒亚〉中自然意象的形式》,页 382-383,塔普林也曾参考过这部分内容。

附录 论《和善女神》中的政治与社会视角

1. 初步评论

[195]对《和善女神》的政治阐释可谓汗牛充栋,尤其是那些直接提到同时代政治和社会问题的段落(前文已经提到)。对于批评家而言,想要对其中涉及的问题作出什么原创性的讨论,恐怕都是很困难的。无论如何,在这篇附录中并不会进行这样的讨论。本文的目的只是,向不熟悉这些段落(或是想要回顾这些章节)的读者解释,这一戏剧的文本中所指涉的同时代事件中包含了哪些主要问题,在其他古代文献中找出证据加以支撑,并且分析,对这位作者而言,这些问题的答案可能是什么样的。对于这种解释,其各个方面的全部内容(或者说几乎全部的内容)都曾由各种评注者进行过讨论(尽管不曾有过一个评注者讨论过所有的问题!),所以,如果那些至少不那么可疑的观点或推理被混入了一些可以得出类似结论的推理,那就要求读者自由发挥了。在这里,我只挑选(许多研究中的)少量特别实用或是引起争论的参考书目,关于这些话题的进一步讨论,这里提到的其中几种研究就列有二手文献的详细参考书目。

不过,还是应该先做一个初步的观察。首先涉及的是对《和善女神》(或是其他任何希腊肃剧)所作的政治—历史研究,但我们并不会关注这种研究。格罗斯曼(Gustav Grossmann)最近的一份研究①试图将《奥瑞斯忒亚》,[196]尤其是《和善女神》(以及《普罗米修斯》三联剧)的主题,归结到雅典从梭伦到伯里克利时代发展而来的政治与伦理观念的背景与发展次序。对单个文学作品而言,对其所处的社会文化史背景的宽泛解释,究竟在多大程度上能够非常准确地反映作品本身,这是值得怀疑的。格罗斯曼的这类研究或许就是德国"精神史"(Geistegeschichten)之类作品的一个不那么成功的例子,部分的是因为其引用的内容(涉及神话、历史、伦理、修辞等诸多方面)过于宽泛,对埃斯库罗斯式作品的特殊应用变得不清不楚;部分的因为:雅典的政治与社会态度在其研究中被过分理想化,而达到了一种近乎荒谬的程度。② 诚然,格罗斯曼的观点是有一定道理的,③阿提卡肃剧(或者至少是其中很大一部分)的确吸收了当时一些政治理想与概念,但他透过玫瑰色的光考察希腊历史与希腊文学,因此很难公正地处理希腊悲剧神话中的粗糙成分,以及雅典政治政策与司法实践中务实的品质。④

我的第二个宏观观察是建立在韦尔南(Jean-Pierre Vernant)的明智意见之上的,他的意见标志了一种对希腊肃剧所作的非常不同的社会、政治方面的研究。韦尔南提醒我们,希腊肃剧在一个特定的历史时期出现(这不可能是偶然),正如一切文学类型一样,

---

① 格罗斯曼,《普罗米修斯与奥瑞斯忒亚》(*Promethie und Orestie*)。
② 例如,请参见格罗斯曼(前揭,页 276 及以下)对"雅典的统治者理想"(das athenische Herrscherideal)所作的解释,他在文中举了一系列文学上的例子,从埃斯库罗斯到伊索克拉底的作品中,温和、公正、宽仁并且愿意分权的统治者,与现实中从梭伦到伯里克利的一系列公正审慎的治邦者相对应。
③ 出处同上,页 127 及以下。
④ 对此,我们在早前已经看到了一个例子,即格罗斯曼认为,是奥林波斯神的"同情"与"原谅"解救了法庭上的奥瑞斯忒斯(出处同上,页 274;参见上文第三章注 69)。在格罗斯曼讨论的稍前一部分中,奥瑞斯忒斯通过战神山法庭的建立获得赦免,这被视为是典型的仁爱与宽仁理想,雅典人对此引以为傲,尤其是在审判凶杀案的领域中。

它表现为"一种与社会、心理相联系的人类经验的某种特殊形式的表达"。① 出于这个原因,每一部肃剧的文本"只有通过上下文才可能彻底理解"。韦尔南建议的核心就在于他对这种"上下文"的理解。尽管肃剧常常涉及宗教、法律、政治等领域,而且也运用了各种专用法律术语,但是,它总是需要将这些内容以及术语进行一种转换,转换成仅仅属于那个世界的东西:"任何一种组织、任何一个阶级都拥有其自身独特的环境,以使其发展出在特定活动领域内的自治规则,从而与人类经验中的某一特定领域相合"。希腊肃剧中所存在的这种自治的世界(尽管其在根源上的确是与过去的英雄时代和当代环境二者相联系的),正是我们在尝试解释任何戏剧中的政治内涵与"信息"时所需要铭记在心的。

2.《和善女神》中的政治视角

[197]其他学者在《和善女神》中发现,这部戏中存在着一个激进的文化氛围的转变,即,从一个神话的、英雄时代的、"王家的"氛围,转变为当代的、制度的、公共的社会氛围。② 多兹在评价雅典

---

① 下文中的两段引文摘自韦尔南与纳凯(Vidal-Naquet)的《古希腊的神话与肃剧》(Mythe et Tragédie en Grèce ancienne)第二章,《希腊肃剧中的张力与含混》(Tensions et ambiguités dans la tragédie grecque),页22;这里所总结的内容来自页21-27。其中尤其具有指导意义的是,韦尔南所总结出的概念:即,肃剧中传说的过去与城邦内政治、宗教以及司法的现实二者之间的冲突。由此,尽管肃剧是根植于社会现实之中的,却并不是它的反映:"它将它置于讨论之中"(页25)。传说的过去与现在的现实,在肃剧的母体中得到了吸收与转化(我的解释)。但是创作《和善女神》时的埃斯库罗斯,即便在他如此乐观的解决方式中,旧神与新神之间的冲突、过去的英雄时代与当前的民主社会之间的矛盾,在他的笔下并没有消失,而这些解决方式依赖于诗人在它们之间构建的张力。(请参考,前揭,页25的注3。)

② 参见罗森迈尔《埃斯库罗斯的技艺》:"家族世仇的恐惧被政治化了,并适应于制度上富有成效的目的。"(页344);"……传统的英雄主义与不辜负个人内在信仰的欲望都被牺牲了,或者至少是没有被实现……在王家或是王子的高压之下,雅典娜提供了一种受人欢迎的协定"(页345)。不过,罗森迈尔或许低估了这部肃剧所实现的补偿性成就,而且,这些"成就"对于当前的现实与传说中过去影响甚微,而是属于肃剧的理想世界之中。

娜的开场词时对这种转变作了很好的概括:"她最初的台词(行397－402)使用的是神话的语言,使我们仍然置身于特洛伊战争的那几年,但是在历史上,我们其实已经跳跃到了一个新的时代、一个新的社会秩序之中。这种对时空的压缩是《和善女神》的典型特征,而且,我也相信,这对于它的目的而言也是本质性的。"①

应该注意到,《和善女神》通过最意味深长的同时代指涉,强调了一些主要的政治问题。不过,一些偶然的、不具有重大含义的特性也为这部戏带来了新的气息,这些政治性的或主题上的特性,可以使雅典的观众感受到,阿尔戈斯的奥瑞斯忒斯作为乞援人被派往的城邦,正是他们所熟知并居住的城邦。由于这种联系,人们在想到奥瑞斯忒斯时,(有几分没来由地)会猜测当他到达雅典,而雅典娜不在场时,她可能正在帮助利比亚的朋友们(在戏剧上演时,雅典人正在帮助利比亚的朋友抵御波斯人的入侵);②人们也会想到,当雅典娜解释她不在场时(《和善女神》,行397－402),是在为雅典人拿回他们用长矛赢得的特洛阿德的土地,这片土地是"历史上的"(尤其是前一个世纪,而且可能在未来也将是)雅典领土。③最后,

---

① 多兹,《〈奥瑞斯忒亚〉中的道德与政治》,页47。
② 参见修昔底德,《伯罗奔半岛战争志》,1.104.1－2。多兹在《〈奥瑞斯忒亚〉道德与政治》页47接受了上文所述《和善女神》行292－295中的"史实资料"。多弗则认为雅典人实际上是在德尔塔(Delta)作战,而非在利比亚本土,多弗反对这种带有几分学究气的观点(参见多弗的《埃斯库罗斯〈和善女神〉中的政治面相》,页237)。此外,无论雅典人具体在什么位置上,他们也在(正如奥瑞斯忒斯想象中的雅典娜一样)"帮助他们的利比亚朋友们"。而麦克劳德(《政治与〈奥瑞斯忒亚〉》,页124－125)则反对如下的观点:文中提到的,可能是当代的利比亚或是(在下面几行中)提到的"费勒格拉原野"至少是次要的;(他认为)通过提及北方与南方的尽头,雅典娜跨越了很大的范围,她的影响力得到了彰显,从而引起人们的崇敬之情。
③ 早在公元前六世纪甚至更早之前,雅典就时不时被牵扯进西革昂的纠纷以及特洛亚德中,各种各样的矛盾似乎直到《奥瑞斯忒亚》的时代之后才停息。如果想要了解早期的纠纷,请参阅希罗多德的《〈原史〉,5.95》与西奇威克的注释(包括他对《和善女神》行398的古代评注的引用)。也请参见多兹的《〈奥瑞斯忒亚〉道德与政治》,页47,注2。不过,多兹并不强调这段不确定的史实资料,而多弗《埃斯库罗斯〈和善女神〉的政治视角》,页237)则明确轻视它们,他或许是对的。

"审判戏"中的诸多特质(其中不仅包括投票程序、用于处理持平投票结果时的判例[其实是在这次审判中建立的],还包括了判决当事人试图动摇法官时所使用的诸多法律之外的诱惑与刺激)必然全都增加了观众的认同感,即这一神话中的审判与他们生活经验中的审判有很多共同之处。

大部分学者认为,《和善女神》的"政治暗示"似乎具有重要意义,主要体现在这三个领域:暗示阿尔戈斯-雅典的联盟、雅典娜就战神山法庭的"成立演说"(行 681 - 710),以及戏剧最后的警告,提醒人们警惕内部的冲突,乃至内战的爆发。① 在公元前 458 年《奥瑞斯忒亚》诞生之前的几年中,雅典城内的保守势力——喀蒙(Cimon)领导的支持斯巴达派衰弱了,埃菲亚特斯所领导的"激进民主派"的统治崛起。斯巴达人[198]在伊索麦(Ithome)拒绝了雅典人的援助,结果是使喀蒙及他的政治名声败坏,雅典人与斯巴达人的联盟破裂,而后在民主派的领导下,建立起了与阿尔戈斯人(斯巴达的敌人)的联盟(在公元前 461 - 460,参见修昔底德,《伯罗奔半岛战争史》,1. 102)。在国内的前线,埃菲亚特斯(Ephialtes)领导的核心制度改革涉及到了削弱战神山议事会的政治力量,这个保守派议事会是由前执政官组成的,被视为是全面实现雅典民主政治的主要障碍。

在埃斯库罗斯对奥瑞斯忒斯传奇经历的处理中,有两个特点(它们都很有可能是埃斯库罗斯的创新)初步表明,诗人试图通过

---

① 在研究这三个方面时,我们所涉及到的《和善女神》中的部分乃至全部段落,当然已经在前人汗牛充栋的研究中有所涉及,特别是在那些专门研究这部戏的政治意涵的著作中。其中,最有用的是多弗和多兹的文章(前文已提到,参见上注 7 和注 8),此外还有伯德莱克《埃斯库罗斯肃剧的政治背景》页 80 - 100(其中包括一个很好的书目概略),加加林《埃斯库罗斯戏剧》页 105 - 118,尤其是页 116 及以下的部分,以及坎塞的《奥瑞斯忒斯与阿尔戈斯联盟》对一些具体问题的讨论。至于相对早些的研究成果(其中的一些内容在某种程度上已经过时了)中一些较合理的因素,如米勒、维拉莫维茨、利文斯通以及稚各比(Jacoby)等人的作品,则已经包含在上述这些研究之中了。

他的最后一部戏剧,吸引雅典人的注意力,并讨论我们之前所说的两个核心的同时代问题。其一,奥瑞斯忒斯的审判被安排在雅典(如文中所说,他是被追杀到此地的),而且被安排在战神山法庭建立之时(在传统上,十二神审判阿瑞斯杀害哈利罗提乌斯[Halirrothius]的案件是在这一法庭中的第一次神话审判);其二,奥瑞斯忒斯被塑造为一个阿尔戈斯人,而非传统上的迈锡尼或是(在某些版本中)斯巴达的王子。

我们首先来讨论"阿尔戈斯问题"。在奥瑞斯忒斯初到雅典时,他的演讲中两次强调了他与阿尔戈斯的联系(行 289-291;行 455-458)。第一次,他毫不犹豫地承诺,为了报答他在雅典所受到的保护,他会提供阿尔戈斯的支持,$\mathring{α}νευ\ δορός$(即雅典人不需要通过作战赢得这一支持);①第二次(在雅典娜提及雅典人在特洛伊战争中赢得之物之后),他提醒女神他的父亲是阿伽门农,在那一次胜利的事业中,她与他的父亲是盟友。阿波罗也在这一脉联系之中,在他为奥瑞斯忒斯担当"辩护律师"的陈词最后,他提醒雅典娜,是他派奥瑞斯忒斯到她的神灶前祈求援助的,因此,他与他的后代都将对雅典心存感激,世代结盟(行 667-673)。第三,在奥瑞斯忒斯为他的无罪判决表达感激时(行 754-777),他的重点也同样落在阿尔戈斯上,阿尔戈斯的君主复位,这一次更有力、更明确地承诺将使阿尔戈斯与他的救助者雅典结为世代盟友。

这些强调阿尔戈斯与雅典联盟的段落,要么是作为神话秩序的一部分(参考行 455-458),要么是雅典娜和她的新法庭为奥瑞斯忒斯做出无罪判决之后所产生的自然而受欢迎的结果。如我们所知,由于整个"阿尔戈斯因素",对于奥瑞斯忒斯的神话与戏剧情境而言是多余的(尽管算不上是破坏性的),只有那些最顽固的拘泥于形式

---

① 也请参考坎塞在《奥瑞斯忒斯与阿尔戈斯联盟》中的观点,他指出,这种说法的意思可能是,在这样的联盟关系中,雅典不需要承诺在未来为阿尔戈斯作战。

之人才会怀疑,诗人是意图[199]通过这些段落,将近期雅典人与阿尔戈斯人缔结的盟约神圣化。

至于同时代雅典自由政策的其他方面,以及雅典娜在行 681-706 的演讲中对此的明显暗示,这个情况则显得不那么清晰。战神山法庭的早期历史或许不可能真正查明,但是我们至少可以拼凑出,埃斯库罗斯时代即其稍后时期中的雅典人如何看待这段历史。不过当然,对于这一问题的讨论也将充满不确定性。埃斯库罗斯的同时代人,他们对这一法庭的前期历史的认识或许本来就不那么清晰,而我们理解雅典人观念的主要证据则来自于亚里士多德的《雅典政制》(Athenaiôn Politeia),此书创作于公元前四世纪,而其所参考的原始资料(最早涉及到早期希腊史)对我们不再有用。

传统上认为,战神山议事会最初是用来审理凶杀案件的场所。至少,不少神话在涉及其活动的时候都提到了这一功能:①这些神话可以表明希腊人是如何思考这类问题的(或者,也有可能是,他们喜欢思考这种情况,因为这些神话的流行可以使他们为自己法庭的神圣起源感到自豪)。不过,亚里士多德《雅典政制》中谈及前梭伦或是梭伦时代战神山法庭的职权时(在《雅典政制》,3.6,4.4,8.4),②

---

① 参见赫兰尼库斯(Hellanicus),见《希腊史家残篇集》,323a F2比较 F1,加加林《德古拉与早期雅典杀人法》(Drakon and Early Athenian Homicide Law)页126中引用了这两段话;加加林还引用了雅各比(Jacoby),通过这些段落,后者同意"在早期(德拉古时代以前),战神山法庭审判一切凶杀案件。"另一方面,加加林则认为(《德拉古与早期杀人法》,页127),另外三场神话审判(即对阿瑞斯、克法洛斯、代达罗斯的审判)也可能和《和善女神》中的奥瑞斯忒斯审判一样,是在公元前五、六世纪时被创造出来的原因论神话。(不过,即便事实确实如此,这些案件的存在仍然表明,在那个时期的希腊人认为,战神山法庭在传统上和起源上就是一个审判凶杀案的法庭,而这正是我们最重要的关切。)

② 亚里士多德《雅典政制》第四章的真伪性存在质疑,这种质疑是正确的,主要是因为,这一部分保存了古希腊文献中对德古拉律法的唯一一段解释,部分因为它具有某种寡头政治的口吻,"让人想起了公元前 411 至 410 年之间的中间政权"。请参考罗兹(Rhodes)的《亚里士多德的〈雅典政制〉评注》(Commentary on the Aristotelian Athenaion Politeia)页 84 及以下。罗兹捍卫了第三章的真实性 (转下页注)

并没有提到这种对凶杀案的司法裁判权,尽管在这部作品的后半部分中(《雅典政制》,7.3,亚里士多德在此处涉及的是他自己的时代),他写道,战神山议事会曾举行过一些对蓄意谋杀案的审判。普鲁塔克的《梭伦传》中的一段,是对法庭在早期就已经具有这一职权唯一直接的历史证据。普鲁塔克引用了大多数写作者的观点后,认为是梭伦本人建立了战神山议事会,他又进一步给出证据(《梭伦传》,19.3-5),据说来自梭伦本人的铜表法(tables),它表明,在前梭伦时代的战神山议事会也曾经审理过谋杀或是凶杀案(我认为,即使是在这里,也仍然存在着一点轻微而非本质性的含混,即我们不能知道,审理这样的案件时,是同时由战神山议事会、法庭组织[Ephetai]和国王共同执行,还是只由国王执行审判)。①

(接上页注)(因为它与第四章有些相似,故而也受到怀疑),但他承认"第三章和第四章都代表了一种理论上的重建,而非有材料可依的历史"(页86)。在谈到战神山议事会的早期历史时,罗兹进一步指出(页106-107),贵族组成的非正式议事会将首先为国王、然后为地方法官提供建议,由此,"它的权力增加了,国王的权力则被削弱了"。他随后又补充了一个合理的猜想:"《雅典政制》遗失的开头部分记载了战神山议事会在何时诞生、在诞生之初具有哪些职权",以及"分配给战神山议事会的职权必然包含了审判权,尤其是对凶杀案的审判权"(页107)。(参见普鲁塔克,《梭伦传》,19.3)

① 普鲁塔克(据说来自梭伦的铜表法)在文中引用了梭伦担任执政官之前,被剥夺政治权力的人如何破例重新恢复了权力:"Ἀτίμων ὅσοι ἄτιμοι ἦσαν πρὶν ἢ Σόλωνα ἄρξαι, ἐπιτίμους εἶναι πλὴν ὅσοι ἐξ Ἀρείου πάγου ἢ ὅσοι ἐκ τῶν ἐφετῶν ἢ ἐκ πρυτανείου καταδικασθέντες ὑπὸ τῶν βασιλέων ἐπὶ φόνῳ ἢ ἐπὶ τυραννίδι ἔφευγον ὅτε ὁ θεσμὸς ἐφάνη ὅδε"(普鲁塔克《梭伦》19.3)。珀莱因(Perrin)在他的洛布本中翻译了普鲁塔克这个段落,我认为他的理解和我是一致的:"除了由战神山议事会、或由法庭(Ephetai)、或是在城市公共会堂(Prytaneium)上由国王予以宣判定罪之外,还有对谋杀或是蓄意建立僭政的控告……"因此,罗兹("大部分人认为"战神山议事会是由梭伦建立的,普鲁塔克不赞同这种观点,罗兹认同普鲁塔克的看法)也提到了普鲁塔克的引证:"那些触犯凶杀案或是建立僭政的人,由战神山议事会或是其他权威机构进行判决,他们是被排除在梭伦的特赦法之外的"(页154-155)。(罗兹在另一个地方[页24注52]中谈到,普鲁塔克与《雅典政制》对梭伦的说法可能有一些共同的文献来源。)普鲁塔克还说(19.4),尽管他是不会以这样的方式理解这些词,即他不承认它们存在模糊性,他指出,其所指的可能是那些背负着(转下页注)

德摩斯梯尼(《演说集》,23.66)进一步补充了一个证据,即在战神山法庭审理杀人案是传统的做法,但是这种权力具体起源于什么时代,他的说法则十分模糊。

无论战神山议事会的早期"凶杀案审判"的真相(以及雅典人对此的看法)如何,从前文所说的两段文献(《雅典政制》3.6、8.4,我们可以忽略4.4)看,在[200]公元前七世纪、六世纪时,这个议事会被认为拥有司法、政治与制度性权力。学术界在讨论埃菲亚特斯对战神山议事会的改革和埃斯库罗斯对此作出所谓的(而且是具有倾向性的)评价时,多次尝试区分这三种影响范围,因此,我们在这里引用亚里士多德对这个问题的相关陈述,或许可以提供一些帮助。

《雅典政制》,3.6(亚里士多德所记录的德古拉之前的宪法):

> 战神山议事会拥有捍卫法律的正式权力,但它其实统治着城邦的最大多数、也是最重要的事务,无需诉讼,它就可以对扰乱公共秩序者强加罚款与惩罚;由于选拔执政官的依据是其出身与财富($\dot{\alpha}\rho\iota\sigma\tau\acute{\iota}\nu\delta\eta\nu$ $\kappa\alpha\grave{\iota}$ $\pi\lambda o\upsilon\tau\acute{\iota}\nu\delta\eta\nu$),战神山议事会的成员由曾任执政官的人组成,因此,这一官职甚至到了今天还是终身制的。

(这个段落的价值在于,它指出最高法院的成员是享有特权的人,他们拥有特殊的出身与财富,我们已经知道,这种情况直到《奥瑞斯忒亚》上演一年后才有所改变。)

《雅典政制》,8.4(梭伦的宪法之下,约公元前594):

> (梭伦)命令战神山议事会的陪审团继续执行捍卫法律的

(接上页注)某种指控、不久(梭伦宪法时期)将会接受战神山议事会审判的人。另一方面,加加林则这样翻译:"除了那些已经由国王证明有罪的人……在这一法律颁布的时候,他们已经由最高法院、法庭或是城市公共会堂流放在外了"(《德拉古》,页129)。

职能,因为他们过去就是宪法的监护者(*ὥσπερ ὑπῆρχεν καὶ πρότερον ἐπίσκοπος οὖσα τῆς πολιτείας*),而且议事会还负责监督城邦中的绝大多数、最重要的事务,尤其是行使统治权,通过罚款与惩罚的方式纠正破坏社会秩序者……并审判那些蓄谋破坏民主的人。

在上一段引文中我标为楷体的部分中,我们可以清晰地看到,梭伦授予战神山议事会额外职能的最初目的是为了保护人民以及民主制的利益(尽管议事会的成员仍然拥有特权,他们是前执政官,直到此时,议事会的选举之前需要举行一场初期投票,投票筛选出的人作为议事会的候选人接受下一轮投票[《雅典政制》,8.1])。同样奇怪的是,亚里士多德称,捍卫法律是梭伦时代议事会的新职能,"正如在成为宪法的监督者之前它就已经存在了",而在上一段引文中(讨论的是前德古拉时代的政治),捍卫法律的职能(尽管不是"监护宪法")已经清晰地归属于它了。这种不一致性,或者可能是作者的疏忽,提醒我们,[201]不必要仅仅因为这些术语,而试图过于明确地区分战神山议事会自前梭伦时代到梭伦时代的权力。

通过这些梭伦时代以及前梭伦时代的战神山议事会的背景信息——其成员享有特权,其早期(可能)就曾审判凶杀案件,其额外享有的权力,以及它对法律和宪法的监护权所带来的政治影响力(显然梭伦扩大了它的权力)——我们必须理解,亚里士多德在《雅典政制》中简要提及的议事会的一系列民主改革,以及埃斯库罗斯有可能将对它的看法应用于雅典娜的"成立演说"之中。首先,我们来看一看,埃菲亚特斯是如何处理战神山议事会的(公元前462年):

首先,他就战神山议事会议员的行政行为对他们起诉,通过法律程序将其中的很多人赶走;然后,在科农担任执政官期间,他剥夺了议事会的全部附加权力,而正是这些权力使其成为宪法的监护者(τὰ ἐπίθετα δι' ὧν ἦν ἡ τῆς πολιτείας φυλακή);此外,他又将这些权力交给五百人会议,另外一些交给人民和陪审法庭。(《雅典政制》,25.2)

在下一段中,地米斯托克利(Themistocles)(文中说他负有部分责任,但这个说法是错误的)与埃菲亚特斯因为上述原因,希望破坏(καταλυθῆναι)这个议事会,因为地米斯托克利他本人将因为暗通波斯而要接受它的审讯(《雅典政制》,25.3)。①

在回到埃斯库罗斯的文本之前,我们或许还应该再引证《雅典政制》中的另外两段文字(其一较为模糊地提到了《奥瑞斯忒亚》所描写的年代中所发生的事情,其二则谈到了该剧上演一年后宪法上的主要变化):

在此之后(即埃菲亚特斯遇刺身亡后),当伯里克利进一步掌握对人民的领导权时……发生的变化是,宪法变得更为民主了。因为他剥夺了战神山议事会的部分权力。(《雅典政制》,27.1)

在埃菲亚特斯被害的五年之后(即公元前457年),他们决定将参与选举九位执政官的初步选举资格扩大双牛级(the Zeugitae)。(《雅典政制》,26.2)

---

① 在亚里士多德的《政治学》ii.12 中,在这个事务上,伯里克利被分派了与埃菲亚特斯一起行动的角色;当然,地米斯托克利是不可能出现在这里的,因为早在十年前,当公元前 472-471 他被判流放之后,他很快就逃离了雅典。不过,《雅典政制》25.2-3 的确表明,埃菲亚特斯的法令所试图从战神山议事会中抽走的"额外权力"是巨大的(它现在被另外两个机构瓜分了),而且,在作者看来,这些权力中应该还包括了审判叛国罪以及其他类似的"反宪法"活动。埃菲亚特斯法令的意图在于破坏议事会的政治权力。有一种观点认为,有关地米斯托克利的这整个段落(25.3-4)是后人在原文中"额外插入"的一段,对于这种观点,请参考罗兹的《亚里士多德的〈雅典政制〉评注》页 319-320,他补充道:"他(地米斯托克利)不可能通过协助攻击战神山议事会而避免自己被定罪,更有可能的是,对他的定罪有助于诱发这一攻击。"请注意:这一部分所引用的亚里士多德《雅典政制》中的诸多段落是由拉克姆(Rackham)翻译的。

[202]（执政官之职向第三等级公民开放，当然也意味着，战神山议事会的大门也向他们打开了。）

现在，让我们来考虑雅典娜建立战神山法庭的演说（《和善女神》行 681-706）。这段演说的大体语气，战神山法庭有望激发的情绪（敬畏，σέβας；恐惧，φόβος，行 690-691），及其对城邦的保护功能都得到了清晰的表达（行 701、706），这些因素不仅让人们注意到了法庭的庄严本质（雅典娜在行 704 将其称为一个 βουλευτήριον [议事会]，而非 δικαστήριον [法庭]），而且还让人们看到，雅典娜意图让这座法庭在城邦中享有权威与权力。对这些要素的强调与当时的政治问题之间的联系不可能是偶然的；我也不认为，听到这些诗句的听众，会认为这些内容可以与当时的埃菲亚特斯改革政策相协调。诚然，我们并不知道（而且可能永远也不能明确地知道）埃菲亚特斯从最高法院中具体抽走了多少"额外权力"（ἐπίθετα）。① 不过，我们

---

① 最简单、或许也是最广为接受的观点是，ἐπίθετα 这个词（"额外[权力]"）指的是，除了对凶杀案的审判权之外，最高法院所具有的各种宪法赋予的、捍卫法律的权力。不过，我们已经看到，其中的一些权力似乎比其余的权力"更加额外"，根据亚里士多德所援引的德古拉乃至前德古拉时代的战神山议事会，早在当时，议事会就已经具有了相当大的处理"非凶杀案"权力。诚然，我们已经提到（上注 13-14），加加林曾指出，前梭伦时代的战神山议事会根本不是一个审理凶杀案的法庭（参见加加林《德古拉》，页 126-132）。不过，无论具体的历史事实是怎么样，神话中的处理方式使我们相信，到了公元前五世纪，雅典人应该已经认同了这一议事会审理凶杀案的职权是符合传统的、是它原本就具有的权力；民主派的改革者为了削弱其"捍卫宪法"的力量，有可能非常仔细地追问早期与后来的"额外权力"之间有何不同。

不过，有人试图进一步确定埃菲亚特斯从最高法院中抽走的"额外权力"具体是什么。伯德莱克(Podlecki)在《政治背景》页 96 及以下中指出，由于在《雅典政制》8.6 中区分了"捍卫法律的权力"与"捍卫宪法的权力"（前文已经提到，梭伦已经将前一种权力添加到战神山议事会本来所具有的后一种权力之中），埃菲亚特斯的改革可能只剥夺了后一种权力。（我们稍后会看到，伯德莱克在他对雅典娜的"成立演说"所作的政治解读中，是如何运用这一论断的。）西利(Sealey)的"埃菲亚特斯"中已经指出，埃菲亚特斯的改革的目的完全是为了剥夺战神山议事会召集并审判地方法官的权力。西利立论的基础多少有点脆弱，其内容是:（据（转下页注）

至少知道,这一政策的最终意图是要削弱甚至破坏议事会的政治权力(请注意《雅典政制》,55.3中的用语);而雅典娜描述它时所使用的充满敬意的语言,在舞台的保护下,这一法庭行使权力时,女神所赋予它的强大影响力,这一切都与"改革派"的政策、意图形成鲜明对比。这些特殊的用语(ἕρμα,"堡垒";σωτήριον,"监护者",行701;φρούρημα,"监护",行706)可以让我们注意到战神山议事会守护城邦以及宪法的功能,而这也正是改革派所意图削弱的权力,即那些"其作为宪法的监护者所拥有的额外权力"。①

当然,读者可能会问,埃斯库罗斯为什么选择在埃菲亚特斯的法令颁布四五年之后,对改革者的政策提出批评。答案可能是诗人希望记录他的反对,但是在《和善女神》结尾的言辞中,一部戏剧在政治上

(接上页注)安多西德,1.83.4),公元前403-402年间复兴的民主特别颁布法令,战神山议事会应该"管理好法律",而且如果它的尺度违背埃菲亚特斯的民主原则,这项权力可能从未执行过。然而,西利似乎忘记了公元前403-402与公元前462年的民主的差异,而且公元前403-402年最高法院的人员组成(在双牛级获得了超过一代被选举权之后,这已经不再是一种壁垒内的特权)与公元前462年是不同的。而且,讽刺的是,西利竟然选择(主要以公元前四世纪的最高法院活动证据为基础)审判地方官的权力作为埃菲亚特斯从最高法院抽取的权力;安多西德公元前403-402年所引用的法令,其目的正是"确保地方官遵守现有法律"(而西利则声称这与埃菲亚特斯的改革相冲突,因而不可能发生)。

① 多弗在《埃斯库罗斯〈和善女神〉的政治面相》页234-235中指出,在古代希腊社会中,政治与司法事务紧密联系,因而雅典娜赋予她的法庭的特权与权威对于一个审理杀人案的法庭而言并非不合适。恐怕只有战神山议事会从未享受过宪法赋予的、捍卫法律的权力,这个观点才刚刚站得住脚。考虑到战神山议事会正处于失去这些权力的过程中,如果(如多弗所认为的那样)诗人是希望我们将这个法庭仅仅作为一个审理杀人案的法庭来看,那么他至少应该让雅典娜描述最高法院时,对这些可能要丧失了的"额外权力"作一点暗示,这样的假设看起来十分奇怪。也请参见多兹的《〈奥瑞斯忒亚〉的道德与政治》页49-50:"最高法院的功能范围似乎比一个审理谋杀的法庭更广,后者虽然的确可以保护个人的安全,但很难维护整个国家在整体上的安危。"更晚近的麦克劳德在《政治与〈奥瑞斯忒亚〉》(行128-129)中赞同多弗的观点,雅典娜专门强调战神山法庭是一个司法实体,对这种职权而言,雅典娜在她的演说中也专门指出了保护共同体的职权;"因为有关杀人案的法律是一切法律与秩序的基础。"因此,对于麦克劳德而言,埃斯库罗斯的解释"显然是为后埃菲亚特斯时代的战神山议事会颁发的神话特许状。"

如此积极和乐观,这种回答似乎显得不太可信。上文所引用的《雅典政制》27.1和26.2中的段落表明,民主派对战神山议事会所采取的政策不可能由埃菲亚特斯的改革完成,事实上,它是在埃菲亚特斯死后由伯里克利等人进一步完成的。埃斯库罗斯借雅典娜之口专门反对的是这些后续改革;但是,从我们前文所作的讨论来看,我们又感到很难承认,埃斯库罗斯赞成埃菲亚特斯的改革,[203]而反对后来的进一步改革①(有一些学者就是这么认为的)。毕竟在整体上,这显然是基本相同的政策,哪怕这个政策不是一下子就被全部执行了。

我们已经讨论了雅典娜描述战神山法庭所使用的概括性说法(以及它们所可能暗指的同时代情况),在此之后,我们来谈一谈这段演讲中,最具争议的一段话(即"支持还是反对埃菲亚特斯改革")。这段文本我们在前文已经引用过,不幸的是,其中包含了非

---

① 几位学者通过雅典娜的演说,推断出埃斯库罗斯的这种"中间"立场;参见莱斯基的《希腊肃剧》页85:"在《和善女神》中,埃斯库罗斯并没有反对这一点(指埃菲亚特斯对最高法院的改革)……但诗人面对这种新的发展趋势时的确表现出某些疑虑……";梅森在《埃斯库罗斯》卷二,导言,页 xvi-xvii 中说,他相信,埃斯库罗斯认同埃菲亚特斯的改革,他担心的是,在埃菲亚特斯被害之后,进一步削弱它们的权力(包括其司法权)(在这里,梅森引用了《雅典政制》27)。多兹虽然相信,雅典娜这段话(前文已经引用)指的是战神山议事会早期的权力,而非在埃菲亚特斯之后再经改革的法庭的权力,但除此之外,他认为不可以再向前推进了:"这部戏并非对伯里克利的宣传,也并非对西蒙的宣传"(同上文所引页码),他同时还说,厄里倪厄斯在行530中对 τὸ μέσον [中道]的赞扬是"诚实而准确地表达了作者自身的立场"(我相信,这是诗人在这部戏中的总体态度,但未必是他对于战神山议事会这个问题的精确描述)。如上文所说,许多学者认为埃斯库罗斯在文中支持埃菲亚特斯改革,但他反对进一步侵蚀法庭的权威,在这些学者中,伯德莱克在他的《政治背景》页96及以下的研究或许最为详尽。正如我们所见(参见前文注16),他相信,埃菲亚特斯的改革包含了剥夺最高法院捍卫宪法的权力,但保留了其捍卫法律(νομοφυλακία)的权力,而埃斯库罗斯所抱怨的是,后来伯里克利将这些剩下的权力也予以剥夺,并将之转交给 νομοφύλακες [法律维护]委员会(页98)。很遗憾,伯德莱克为此所引用的唯一证据是,菲罗克鲁斯(Philochorus,参见伯德莱克的注52)记载,"当埃菲亚特斯只将重大案件留给战神山议事会时",他们建立了这个委员会。但显然,这表明这个法律维护委员会(Nomophylakes)是埃菲亚特斯改革(在这种情况下,与伯德莱克的推测相反,埃菲亚特斯改革一定包括从战神山议事会中收回维护法律的权力)的直接结果,而非《雅典政制》27.1中有些模糊地(内容和时间都不清楚)提到的、伯里克利进一步改革的结果。

常严重的文本不确定性:

> 在这座山上,敬畏($σέβας$)与它的亲人恐惧($φόβος$)将日日夜夜,保护公民免于不义($τὸ\ μὴ\ ἀδικεῖν$),只要公民自己不引入新的法律(将抄本中的 'πικαινόντων 解读为 'πικαινούντων)。① 因为,如果你在清水之中灌入邪恶的涌流($κακαῖς\ ἐπιρροαῖσι$),你将永远没有好水可饮。(行 690‑696)

这段话的大意("不要改变法律!")包含了一种保守的弦外之音,至少在战神山法庭的问题上是如此。但是,多弗尽管承认了这一点,他还是进一步指出,雅典娜强烈反对的"邪恶涌流"指的一定是埃菲亚特斯意图削弱的战神山议事会的"额外权力"($ἐπίθετα$),雅典娜被认为是事先就表达了她反对法庭的这种额外权力。② 不过,正如多

---

① 对于抄本中的 'πικαινόντων 一词,斯特凡努斯(Stephanus)提供了最好的校勘(西奇威克、佩吉都认同他的观点),他认为,在 νόμους 之后有一个停顿,而这个词应该作 'πικαινούντων。另一个观点来自维泽勒,他用同样的标点,而将这个词修订为 τι καινούντων,给出几乎相同的意思。'πικραινόντων(韦克菲尔德[Wakefield]、丁多夫以及史迈斯都赞同这一观点)这一校勘要求将停顿移到前文 κακαῖς ἐπιρροαῖσι 之后,意思是"用新的涌流使法律褪色":参见多弗的讨论(《埃斯库罗斯〈和善女神〉的政治面相》,页 232),他认为应将停顿放在 νόμους 之后(即保留了抄本行 694 中的 θ')。法尔克纳[Valckenaer]的观点,将其修订为 πικραινόντων,意思即"用新的涌流使法律变苦",这个看法当然是不对的。

② 多弗,《埃斯库罗斯〈和善女神〉的政治面相》,页 234。为了支持他的看法,多弗指出,ἐπίθετα[额外权力]这个词可能并不只是亚里士多德的描述,而是改革者用以描述他们从最高法院剥夺的"额外权力"的实际术语(即使如此,κακαις ἐπιρροαῖσι 也并不需要让同时代的听众意识到这些 ἐπίθετα 的存在)。罗兹(《亚里士多德的〈雅典政制〉评注》,页 314 及以下)同意这两个观点的前一个,但他认为,根据亚里士多德在《雅典政制》3.6、4.6、8.4 中分别记载的前德拉古时代、德拉古时代以及梭伦时代的战神山议事会的情况,将这些(现在被剥夺了的)权力称为 ἐπίθετα(与 πάτρια 相对,πάτρια 这个词的意思是"传统的"、"祖先的")是存在问题的。他认为(在我看来是很合理的),战神山议事会或许进一步利用其先前公认的作为法律捍卫者的地位,"以新的方式执行法律,由此承担了执行法律的职权……这很容易让改革者将其视为额外权力"(页 316)。

兹随后提出的那样,①行 693 是在建议公民不要引入新的法律,这意味着,不要像多弗那样,将"新法律"与"邪恶涌流"混为一谈,因为战神山法庭所获得的"额外权力"应该来自前梭伦时代,而非由公民全体授予的。就这个观点本身而言,它或许是个谬论,因为埃斯库罗斯并没有细究宪法历史中的具体细节。多兹对多弗所作的下一层攻击则更为实质。他指出,κακαῖς ἐπιρροαῖσι 毫无疑问应该理解为(尤其是在眼下的历史背景中),在战神山法庭的人员组成中注入"恶的涌流"。② 在这一点上,我毫不犹豫地赞同多兹的看法,这段话提出的警告是,应该反对接下来即将发生的,向双牛级开放执政官选拔,以及战神山议事会成员范围的政策,这一政策在公元前 458－457 年间已经通过,而《奥瑞斯忒亚》就在一年之内上演。③

埃斯库罗斯对战神山法庭的处理,认为它是"支持埃菲亚特斯"的诸多观点中,人们最经常引用的是以下这种说法:[204]《和善女神》中所展现的战神山法庭的实际职权,即审判凶杀案的权力,是埃菲亚特斯为其保留的。这个观点或许是最容易驳倒的。显然,在奥瑞斯忒斯处境的戏剧语境中,战神山法庭不可能履行其他的职权;事实上,雅典娜特地暗示了她设想中(她恰当地使用了概括性的语言),这一议事会(βουλευτήριον,行 684)拥有更为广泛的职权,这个事实本身反而证明,历史上的战神山法庭确实拥有过司法之外的权

---

① 多兹,《〈奥瑞斯忒亚〉中道德与政治》,页 48。
② 出处同上,页 48－49。不过,对此所作的更详尽的讨论刊载于多兹早前的一篇文章中,即《〈奥瑞斯忒亚〉释义》("Notes on the *Oresteia*")。也请参考劳埃德-琼斯对《和善女神》行 693 及以下部分的评注:"如果这里'法律'一词泛指普通的法律,不能改变它们的警告就可能跟这样一个事实有关,即最高法院所失去的最重要权力在于,通过否决可能改变宪法性质的法律,以捍卫宪法……而且我相信,这一解读是正确的。"(这一观点虽然在其他方面是合理的,但在我看来,比起多兹的观点,劳埃德-琼斯对"用邪恶的涌流"这个表达没有给出更具体、更有意义的解释[他认为其含义是"不要玷污法律"]。)
③ 参见《雅典政制》26.2。如果读者想了解这一政策的具体实施时间,请参考多兹的"《奥瑞斯忒亚》注释",页 20 注 1。

力,无论这种权力是它在诞生之初就有的,还是后来获得的。

不过,为什么这么多优秀的学者在发现了诸多困难之后,仍然坚持认为雅典娜的"成立演说"应该被解读为,默许战神山法庭的民主化改革呢?对于这个问题,最主要、也是最频繁地被提及的回答是,《和善女神》的确表达了其为这种民主政策的另一方面提供的戏剧性的无理由的"支持",即雅典与阿尔戈斯的联盟。(除此以外还有另一种解释,即批评家天然地对民主派的改革抱有同情,所以他们倾向于相信,最伟大的肃剧诗人也会对生机勃勃的民主城邦抱有类似的同情。不过这个说法不那么广受承认,也不太符合逻辑。)但是,对民主派外交政策的赞同就一定能表示对其国内政策的全盘肯定吗——除非我们将《和善女神》的作者视为某个政治党派持有身份卡的成员,而且他完全效忠于它所有的措施?

通过对雅典娜的这段"成立演说"的分析,我得出的只能是如下的结论,无论它有多么让人难以接受:埃斯库罗斯对"旧的战神山法庭"怀有一定程度的喜爱。进一步说,如果多兹对"浑浊之水"(《和善女神》行694)的解释是合理的(我个人是这么认为的),那么,在(雅典式的)全面民主化过程的关键阶段,诗人的这一后退表明,他至多只是一个"保守民主派",尽管他愿意看到激进派的政策和个人的优点。诚然,因为(如我们所见)埃斯库罗斯在这部戏中留下的最后"信息"关系到国内的和谐与避免停滞,《和善女神》中(戏剧化的)不必要的"阿尔戈斯盟约段落",或许至少部分是为了表现这种无偏见而设计的。出于同样的原因,如果将诗人为战神山法庭所作的辩护,看作对既成事实的激进政策的攻击,或者最多是认同部分激进政策,这肯定是错误的(我在前文中已经提到这一点)。①

----

① 我知道,就埃斯库罗斯的政治立场这个话题而言,相比晚近的评注者,如多弗、伯德莱克(前文已经提到)、福里斯特(Forrest,下文将提到他的观点),这样的观点(即,尽管埃斯库罗斯支持民主派的阿尔戈斯政策,但是他依然试图捍卫最高法庭即将失去的政治力量,乃至其具有特权的组成结构)是比较老式的。但是,在最近二十多年间,这种观点又接受了一些支撑材料;例如,梅奥提斯的《埃斯库罗斯〈复仇女神〉释义》、汤姆森在他改进的版本《奥瑞斯忒亚》卷二中对《和善女神》(转下页注)

不过，我倾向于认为，对诗人政治标签的运用会损害我们对他的理解，尤其[205]不利于我们正确评价《奥瑞斯忒亚》。或许，我们现在应该提醒自己，想想在这个附录中引用的韦尔南的建议。英雄的、神话的过去价值观与现在的价值观之间存在冲突，这种价值观是变化着的、不断重新定义，尽管肃剧或许会向我们展示二者之间的冲突，但是它的作用在于同时质疑二者及其各自所处的世界，至于其在最终的分析之后所提供的解决办法，它是自成一类的，也不属于两者之中任何一方的。

《和善女神》的最后的几个段落（我们在前一章中已经作了讨论）或许是解释希腊肃剧独特性的最佳例子，因为它很好地囊括了过去与现代、这个世界中的最佳因素。多兹把握住了"那个著名说法，即(τὸ) μέσον [中道, 适度]（《和善女神》行 530）的优越性……对诗人的立场作了诚实而正确的描述"；而多弗则（预先！）反对这样

（接上页注）行 693-695 中的注释，以及加加林的《埃斯库罗斯戏剧》页 116，以及前文所引用的多兹的讨论。

同时，我们应该记住，阿里斯托芬一贯将埃斯库罗斯描述为一个代表旧式"战士—公民"价值观的人；参见《蛙》中的竞赛(agon)各处；《云》行 1364-1367，在这里，老一辈人尊崇埃斯库罗斯，而年轻人则蔑视他。在《蛙》中，"埃斯库罗斯"与"欧里庇得斯"竞赛，当然在本质上并没有根本的政治性，但在"埃斯库罗斯"的台词中(行 1010-1012、行 1085 以及行 1431-1433)，隐含了政治上的保守主义倾向，这与"民主的"欧里庇得斯（行 952）形成了对比，后者鄙视埃斯库罗斯的"老派"学生（行 963 以下），而教给人们演说的技巧。最起码，阿里斯托芬的刻画表明，这是埃斯库罗斯那代人及他去世后人们对他的普遍认识，而阿里斯托芬说对此进行了过度的挖掘或是夸张。

如果要在他的其他作品中寻找有关埃斯库罗斯政治观点的证据，这或许超出了当前研究的视野（而且我认为，这些证据是很有限的）。读者可以在福里斯特的《地米斯托克利与阿尔戈斯》中了解到，《乞援人》是阿尔戈斯民主的（稍微迟到的）胜利，以及他们如何勇敢地接受了被放逐的乞援人地米斯托克利。也请参考伯德莱克的《埃斯库罗斯肃剧的政治背景》（尤其是第二、四、五、七章），这本书在一些方面发展了福里斯特对埃斯库罗斯、地米斯托克利及他们之后的民主政策与政治家的看法。（参考伯德莱克第九、十章，福里斯特页 236 中的内容及注释）对于"埃斯库罗斯与战神山法庭"的问题，伯德莱克与福里斯特在细节上仍然存在一些分歧，在这个问题上，后者与多弗的观点更接近。）

第三章　和善女神

的说法,而且他也不认同(《和善女神》行 26‐29)无政府状态或是专制统治的说法是"价值词"(value-words)——即,能够让寡头派或是民主派加以利用,在完全不同的情境下表达支持或反对意见。① 不过,在评价这部戏最后部分的两大段落(行 858‐866、行 976‐987)时,这样的吹毛求疵就都不适用了。在这两段话中,诗人使用生动而又独具特色的埃斯库罗斯式语言②严令禁止公民的流血事件,诗人肯定已经清楚地认识到,这样的事情确实会发生、而且迫在眉睫。两段话中的第一段是由雅典娜说出的,这很重要,她是雅典的保护神,她以祈祷的形式请求复仇女神,不要在她的公民之中注入血亲冲突的可怕精神;而第二段话则表达了(已经和解了的)复仇女神自己的祈祷,祈祷吸食了公民鲜血的尘埃不要再激起公民们相似的毁灭性报复(行 980‐983)。那么,我们在这里会得出一个矛盾,即来自旧秩序的复仇女神,作为同态复仇法的代表,不仅祈祷这一法则不再被实施,③而且,至少在公民背景中,这种法则的时机可能也不会再出现。

　　在这种矛盾之中,我们或许可以更容易地理解,雅典娜为何可以一方面建议她的公民好好尊重复仇女神,因为厄里倪厄斯/和善女神对于公民而言是重大利益的来源(行 990‐995),另一方面又警告他们(行 928‐937),这些神明依旧强大,而且难以取悦——而且她们无疑仍有可能因为一个人祖先的罪恶而将其打倒,无论

---

① 多兹,《〈奥瑞斯忒亚〉的道德与政治》,页 50;多弗,《埃斯库罗斯〈和善女神〉的政治面相》,页 233。
② 如,请注意行 861 及以下清晰的自负:"不要借走(字面上的意思是"拿走")公鸡的心,因为我的公民与战争血脉相连("Ἄρη ἐμφύλιον),这种精神早已扎根在他们心中"。(这里提到公鸡,是因为公鸡随时会与同类作战。)此外,还请留意行 980 及以下的大胆表述,文中"吸食了公民鲜血的尘埃"这个概念也被认为是会引起互相毁灭。
③ 复仇女神此时的情绪已变得和善,比起雅典娜对她们的期待,她们似乎更加愿意放弃血债血偿的法律,从雅典娜在行 932‐937 中的警告可以看出这一点。在当下的这个段落中,或许是诗人在借复仇女神之口,反对埃菲亚特斯被害导致的复仇性的公民斗争。参见多兹,《〈奥瑞斯忒亚〉中的道德与政治》,页 52。

他对此事如何哭喊反抗。

有人认为,复仇女神过去的历史、在社会中的功能以及后来在新的分配秩序下,奇怪地"调整"了地位,这一切都表明,作者意图借她们来比喻战神山法庭本身。学界对这个观点已经作了很好的批判。①
[206]不过,诗人的确可能想要将这两种力量及其命运(在戏中二者具有同样的真实性)进行一个并置或是对比。它们各自代表了一种旧秩序(其一代表的是神话世界中的旧秩序,其二则代表的是雅典城邦中的旧秩序),同时也各自实现了一种必要的 $\tau\grave{o}\ \delta\epsilon\iota\nu\acute{o}\nu$ [令人恐惧之物]的功能,以及社会中 $\pi o\iota\nu\acute{\eta}$ [惩罚]的威胁,在新的分配秩序下,它们各自也都感受到了自身力量的有限与改变(反讽的是,在当前的戏剧行动中,是战神山法庭"限制"复仇女神),但它们最终都保有了 $\tau\grave{o}\ \delta\epsilon\iota\nu\acute{o}\nu$ 的力量,而这种力量,正是人类在他们招来风险时将会忽略的。

因此,过去与现在在这部戏中相遇,并都"受到了质疑",但是其解决办法——将神话的过去与政治的现在超乎寻常地融合在一起的做法——只能属于独立而理想化的肃剧世界。

3.《和善女神》与三联剧中的"男女冲突"

《奥瑞斯忒亚》中的"男女冲突"主题明显贯穿三联剧的三部戏剧,而且和其他伦理冲突、王朝冲突一样,这一主题在《和善女神》中达到了高潮并得到了解决。我们已经看到,它在剧中以多种形式反复发生。在《阿伽门农》中,当男性蔑视情绪化的女性气质时,王后反复表示反对(歌队往往不敢表达这种思想,更常见的是王后对他们的归咎),在舞台上,王后的反抗最终以"地毯场景"中她战

---

① 参见利文斯通在《〈和善女神〉中的问题》页125及以下的内容中引用的政治寓言(比起我们在上文中所讨论的内容,利文斯通给出了更为详细的史实材料),以及多弗的批评《埃斯库罗斯〈和善女神〉的政治面相》,页236-237。

胜阿伽门农告终,在舞台下,则是以她的血腥复仇告终,无论如何,这一行为都是颇具象征意义的。在《奠酒人》中,男女冲突则进一步扩大为两代人之间的冲突,当奥瑞斯忒斯作为一个男性,他杀死了弑父者——他的母亲,歌队将这一冲突(从男性的角度)普世化了:在第一肃立歌中,歌队耸人听闻地叙述了一系列神话传统中毁灭男性的女人形象。在《和善女神》中,这一冲突则被赋予了神的维度,复仇女神与阿波罗之间的冲突最后通过雅典娜"支持男性"的投票得以解决,而且,雅典娜诱导复仇女神加入到新的分配秩序中来,从而取代了长期以来的两性交恶。

尽管这些两性冲突以这种方式孤立地看是令人震惊的,但我认为应该将它们视为各部戏整体结构的一部分(尽管是非常有力的一个部分),也是三联剧及其解决方案的一部分。这一点与整个戏剧的其他所有因素(伦理的、王权的以及社会的因素)的解决是不可分割的整体。[207]不过,并非所有评注家都会这样处理三联剧或最后一部戏的这各方面,至少,其中的一些人将这个问题孤立出来进行特殊处理,在其中一种或两种情况下,还带着某种特殊的意识形态偏见来考察它。

汤姆森(George Thomson)的经济决定论历史观反映在他的文学观点中。在他看来,奥瑞斯忒斯的两难困境(被迫弑母)"反映了那一时代典型的分裂王权之间的斗争,为了附属的继承权的缘故,血统从母亲转到了父亲这一方,奥瑞斯忒斯的无罪释放标志着雅典民主制的开始。"①在评价雅典娜决定性的一票时,汤姆森又一次告诉我们:"在父系血统的问题上,她(雅典娜)认同了阿波罗的意见,从而规定了阿提卡继承法的原则。"②

在这之前,汤姆森在他为三联剧所作的绪论中指出,在早期古

---

① 汤姆森《埃斯库罗斯的〈奥瑞斯忒亚〉》卷一,51(即1966年删节版的页46)。
② 出处同上,页63(1938年版);页55(1966年版)。

希腊部落社会中,实行的是财产公有与母系继承,与之形成对比的,是希腊民主社会中所实行的财产私有与父系继承。因此,在汤姆森看来,女性的从属地位是私有财产发展的结果。①

汤姆森的这些言论所依据的假设(粗略地说,在早期希腊社会中,父权制取代了母权制)拥有的支持证据很少,而且在现在也没有被广泛接受。② 不过,即使他说法有理可依,当汤姆森轻易地从《和善女神》中阿波罗与雅典娜"支持男性"的宣言中得出他的结论时,读者仍然看不到这种经济推论(即有关财产继承方面的说法)的有力支持。他补充道:"男性优先的原则现在正式被批准为民主制度的基础,与此同时,共同体的财产也就得到了公正的分配(行996)。"③事实上,歌队在《和善女神》行996中呼吁公民欢庆的,是"财富带来的幸福"。他们并没有提到财富的公平分配。在雅典娜的陈词中(在"克吕泰墨涅斯特拉与奥瑞斯忒斯的交锋"中),她虽然强调了男性的

---

① 出处同上,页7(1938年版);"部落是建立在财产公有制、母系氏族制的基础之上的;雅典城邦则是建立在私有财产与私人家庭的基础之上,其中,家庭的首领是父亲。雅典人在传统上保存了这样一个时代的记忆,女人与男人享有同等权力,后代追溯母亲的血缘。"参见汤姆森的《埃斯库罗斯与雅典》(第三版)(Aeschylus and Athens),页192:"如果(汤姆森前文已经指出)阿提卡妇女的从属地位是财产发展的结果,那么,可以推理出,在早些时候女性必然享有更大程度的自由……"

② 在汤姆森对《和善女神》行212及行741(相当于1966年版本中的行738)的注释中,他援引了他的《古代希腊社会研究》(Studies in the Ancient Greek Society)页149-293(相当于《爱琴海的母系社群》[The Matriarchal Peoples of the Aegean]第五章),其中涉及到早期雅典社会是母系结构,他还引用了页137-139的内容:"阿提卡继承法的规则建立在男性继承原则的基础上"。还请参阅班贝格的《母权制神话》("The Myth of Matriarchy")以及彭布罗克(Simon Pembroke)的《女人掌权:早期希腊传统中两者择一的职权及母权制的古代观念》("Women in Charge: The Function of Alternatives in Early Greek Tradition and the Ancient Idea of Matriarchy"),载于Journal of the Warburg and Courtland Institute 30(1967),页1-35,在这个问题上,加加林在反驳汤姆森的观点时引用了这段研究(《埃斯库罗斯戏剧》,页195)。班贝格的这篇文章为解读各种形式的"母权制神话"提供了有趣的理论;很遗憾,我无法读到彭布罗克的这篇文章。

③ 汤姆森,《奥瑞斯忒亚》卷一,页64(1938年版本);页55-56(1966年版本)。

优越,但她也并不曾给出有关"民主制度之基础"的暗示。

与汤姆森对《奥瑞斯忒亚》的结尾所作的极度非个人化的处理(依照经济决定论!)针锋相对的是,温宁顿-英格拉姆则对前两部戏中[208]克吕泰墨涅斯特拉的形象进行了奇怪的心理学分析。① 正是这位评注者(与汤姆森相反)发现,雅典娜的投票与审判是三联剧中两性冲突的主题发展至今的决定性时刻,他还试图(又与汤姆森不同)在对这一主题的解读中讨论三联剧的戏剧角色。不过,温宁顿-英格拉姆对克吕泰墨涅斯特拉在《阿伽门农》以及整个三联剧中所扮演角色的奇怪解读,使得他的这一解释的有效性大打折扣。

温宁顿-英格拉姆相信,在第一部戏中,克吕泰墨涅斯特拉背后的主要动力来自于她嫉妒阿伽门农是一个男人:对此,他说:"克吕泰墨涅斯特拉杀死了她的丈夫……目的是战胜他身为男性的支配地位,从而为自己复仇。"②所以,克吕泰墨涅斯特拉在地毯戏中的胜利可以看作她精神胜利的对应物,"正如阿伽门农自己的言辞所揭露的那样(行918及以下),他被迫陷入的精神语境是,扮演女人的角色。"温宁顿认为,《阿伽门农》中的各种两性对照,以及文中频繁地强调克吕泰墨涅斯特拉的男性化特质与"掌权意愿"(在《奠酒人》中得到了延续),这一切都指向了这一方向。在他看来,王后的"个人悲剧"其实是因为,"在克吕泰墨涅斯特拉自己的社会中,或是民主的雅典,一个独裁的女人想要或有智慧利用她的天赋以实现个人满足与共同体利益,这都是不可能的。"③克吕泰墨涅斯特拉想要成为统治者而受挫,她嫉妒卡珊德拉,以及她想象的、在她丈夫出征时分享了他的功勋的克律塞伊丝们(Chryseids),奥瑞斯忒斯对丈夫与妻子的不忠所采取的双重标准:在这位评注者眼

---

① 温宁顿-英格拉姆,《克吕泰墨涅斯特拉与雅典娜的投票》。
② 出处同上,页132,以及(上文所引用的句子及后续内容)页133。
③ 出处同上,页146。

中,这一切都解释了这种肃剧情境。因此,在温宁顿-英格拉姆那里,克吕泰墨涅斯特拉变成了"婚姻中饱受从属地位折磨的妻子或母亲的象征。"①他由此认为,雅典娜偏向"男性特权"的投票是诗人认识到了这个事实的标志,即这就是事情曾经是并且是的样子,而不是汤姆森所理解的,是赞同这一情况的标志。② 温宁顿-英格拉姆认为,埃斯库罗斯事实上是通过他的肃剧情境,批评女性在婚姻中的不平等地位:"在创造公正的社会秩序中,$Πειθώ$(劝服女神)仍有工作要做,这超出一个富有男性气质的女神的想象,但诗人应该是可以想象的。"③关于温宁顿-英格拉姆对"克吕泰墨涅斯特拉与雅典娜的投票"的理解,至少需要提出两点反对意见。首先,在《阿伽门农》中,并没有任何文本暗示,所谓克吕泰墨涅斯特拉[209]受到的挫折在任何方面被认为是一种"悲剧"。她在剧中主要的功能在于,促成阿伽门农不可避免的毁灭,至于这种毁灭为何不可避免,我们在前文中已经对其各种理由作出详细讨论。克吕泰墨涅斯特拉被"典型化"到了一定程度(温宁顿-英格拉姆对她的"典型化"远甚于埃斯库罗斯),阿伽门农的被害变得更加可能或者,甚至是(与超自然的神相反,他作为人类,戏剧期待已经建立)更加不可避免……这部戏也因此变得更富有趣味。当然,这些要素都不能将克吕泰墨涅斯特拉变为一个背负着"个人悲剧"的女

---

① 出处同上,页146-147。
② 出处同上,同时请参阅注129、注130。
③ 出处同上,页147。温宁顿-英格拉姆塑造了一个"富有同情心的"埃斯库罗斯,为他所生活的年代中的雅典女性受拘束的身份感到哀痛,我们当然可以对英格拉姆的说法保持怀疑,但这种怀疑不应该使我们相信,格罗斯曼在《普罗米修斯与奥瑞斯忒亚》页226-228中刻画的、荒谬地讨厌女性的埃斯库罗斯形象(根据他激情澎湃的措辞,他几乎是在欣赏这样一个埃斯库罗斯!)。格罗斯曼援引了《七将攻忒拜》中无纪律的女人、《乞援人》中憎恨男人、谋杀丈夫的女人,以及暴虐的魔鬼克吕泰墨涅斯特拉,以支撑他这个观点(他告诉我们,克吕泰墨涅斯特拉"向我们展示了,如果一个女人没有男人控制,她将变成怎样一个魔鬼"[!])。格罗斯曼强调,男性拥有大得多的价值并且是当时雅典社会中的主人。他(或许是为了公正起见)还说,阿波罗和雅典娜认为阿伽门农之死比克吕泰墨涅斯特拉之死更为重大,这也表明了埃斯库罗斯在这个问题上的看法。

人,无论是在这部戏中,还是在整个三联剧中。

第二,对于雅典娜的审判,特别是其代表的社会现状(男性占优),诗人丝毫没有暗示这些内容除了令人感到满意之外,还有其他的含义。同样,在结尾时,雅典娜的劝告或是歌队对丰产和国内和谐的祈祷中,也没有暗示 Πειϑώ(劝服女神)还需要在婚姻咨询部门工作。

加加林对《奥瑞斯忒亚》中的"两性冲突"所作的讨论,[①]或许是学界对这一话题所作的讨论中最全面、最敏锐的。许多研究者出于种种原因,总是想在埃斯库罗斯的作品中为作者找到一系列观念或意识,加加林则及时地回避了这一根本性的错误。他沿着三联剧的发展脉络,清晰地梳理了这一冲突的发展模式及其神话背景。他不仅展示了男性与女性的"过错"的相互作用,直到最后解决方法打破这一循环。同时,他也向我们展示,这每一个行动各自都染上了其执行者的性别色彩,自然,这些行动也会受到被害方的性别视角与价值的特殊天性带来的攻讦。因此,(举例而言),"(梯厄斯忒斯的)通奸当然是对被男性控制的家宅(oikos)的过错,盗走海伦之事亦是如此。梯厄斯忒斯亵渎神明,导致他吃自己的孩子之肉作为补偿,又触犯了家族及其宗教禁忌,也冒犯了女性的价值观,献祭伊菲革涅亚之事亦是如此。"[②]因此,在各种"行动者"及其行动之中:阿伽门农犯下罪行而后得到"正名",都是因为他是军队的首领;"克吕泰墨涅斯特拉使用了欺骗的手段,(埃奎斯托斯在行 1636 中指出)这是女性的特征。"[③]加加林通过三联剧中行动、演说以及对话中的

---

① 加加林《埃斯库罗斯戏剧》页 87–105,尤其是页 191 及以下的部分。
② 出处同上,页 95–96。
③ 出处同上。加加林或许还补充道,在史诗中(参《希腊史诗残篇集》19 及《伊利亚特》17.8 的古代注释,卷二,17.8)中,在献祭伊菲革涅亚之前,阿伽门农(作为男性)欺骗了伊菲革涅亚,将她诱至奥留斯,要她与阿喀琉斯订婚,欧里庇得斯在《伊菲革涅亚在奥留斯》中延续了这一传统,但埃斯库罗斯却摒弃了这个版本。

诸多细节，追溯了性别冲突中的主客两个方面。随后，他指出，与演讲与行动中所包含的大量细节一样，在更宏观的层面上，三联剧中的前两部戏也同样展现了这样一种平衡的两性互动。在第一部[210]戏中，克吕泰墨涅斯特拉控制了她的受害者阿伽门农（无论是在地毯戏中的象征性行动中，还是在舞台下真实的谋杀中），同时她也控制了长老组成的歌队与她的情夫，"那怯懦的狮子"埃奎斯托斯。在第二部戏中，我们通过复仇者奥瑞斯忒斯，看到了彻底的男性统治权，他拥有男性的、军队的价值观（如《奠酒人》行303-304、行919、行921），他得到了被奴役的、反女性的（参见行585-561）女性歌队的支持，同时，比起之后的戏剧，厄勒克特拉在此剧中扮演了不甚重要的角色，但她也同样支持奥瑞斯忒斯。

（加加林正确地认为）在《和善女神》中，复仇女神以其性别与血缘至上的论调代表了女性元素；而奥瑞斯忒斯与阿波罗则以婚姻联系至上的论调，代表了男性元素。在前两部戏中加加林所强调的男女立场、二者互动冲突，让我们对他对第三部戏的解读充满了期待。如我们所愿，加加林在克服了诸多困难之后指出，第三部戏建立起了两性之间的完美和谐——这种和谐与我们前文所讨论的政治、伦理问题的解决紧密相关，同时也与这两个问题相互协调。为了保持前两部戏中所谓的完美的两性平衡，加加林进一步提出了一个可疑的观点，他认为，这一和谐并不是由男性的胜利达成的（也不是由女性的默许带来的结果），而是由平等地采纳双方观点来实现的。在奥瑞斯忒斯案中，他认为真正打开婚姻联系与血缘联系的死结的，并非前者战胜后者（他认为阿波罗没有实现这一点），而是（成功地）否认了奥瑞斯忒斯与他母亲之间的血缘联系。由此，他认为阿波罗所说的，男性是唯一真正的亲人，这一立场是最为重要的，他随后进一步说道，雅典娜投票宣判奥瑞斯忒斯无罪的理由也建立在此之上。加加林认为，法庭上的持平投票（我们前文已经说过，他认为这里的持平是算上了雅典娜的票的）"证明",在整个三联剧中,男人或女人都没有获胜,而是"最后获得了相等的平衡"。① 雅典娜投票给了男性的一方,但(与阿波罗不同)却代表着女性的一方,加加林对此说道:"如此,她的两性体身份似乎使她成为了两性冲突中的中性仲裁者,从而可以说服复仇女神,让她们相信自己并没有被打败。"② 最后,加加林适时地描写了《和善女神》结尾处实现的两性和谐,他指出,被抚慰了的复仇女神向雅典人祝福丰收,这种女性特质[211]又一次(不过这一次是和平地)与男性特质(即奥瑞斯忒斯许诺军队联盟)相合。

　　从很多角度看,加加林对三联剧中的两性冲突,及其最后在两种因素之间实现的和谐的解释都非常精彩。然而,尽管他的观点非常巧妙,但加加林对最终和谐中的男女平等的理解,与奥瑞斯忒斯审判结果所定的基调不相符,同最终和谐实际带来的效果也不相合。无论争议的性质如何,无论人们要如何统计投票结果,奥瑞斯忒斯确实是赢了,阿波罗说(在行 625 及以下,与他的"男性才是家长"的论点相隔甚远)宙斯认为杀死阿伽门农王是更大的过错,这个观点得到了支持,奥瑞斯忒斯作为法定的男性继承人,重新获得了他在王宫中的位置。雅典娜支持奥瑞斯忒斯的投票并非来自阿波罗的论点(即母亲不是真正的家长),而(至少部分地)是她自己的独特诞生背景,对于这一点她说得很明确,她就是偏爱男性的(行 736 及以下)。而且,即便阿波罗的论点确如加加林所说,对于奥瑞斯忒斯的无罪审判同样至关重要,在三联剧最后建立社会和谐的时候,男性是孩子唯一真正的家长这一论调,也很难给女性以平等地位。最后,雅典娜说到了"投票持平的审判"(行 795),她试图以此安抚复仇女神(此时并没有成功),这或许可以为失败者挽回一点面子(诗人毫无疑问是这么希望地),但它并没有改变事实——因为雅典

---

① 加加林,《埃斯库罗斯戏剧》,页 103。
② 出处同上,页 104。

娜的投票以及她最终所作的决定,她们的确是输了。

得出了这样的结论之后,我们不得不再回头看一看加加林对三联剧中前两部剧的看法,看一看他所谓的男女之间立场、冲突、复仇中对等的平衡。伊菲革涅亚的献祭无论有多么可怕,剧中(哪怕是在《阿伽门农》中,而加加林告诉我们这部戏中女性占主导地位)并不允许我们同情杀死国王的克吕泰墨涅斯特拉。对于篡权者的憎恨之情是在第二部戏(以男性为本)中才开始出现的:它延续了第一部戏中长老组成的歌队所怀有的仇恨,尽管他们对阿伽门农的行为有所指摘,但他们对这位国王还是忠贞不二的。(加加林承认)在剧中,奥瑞斯忒斯的弑母行为不如他母亲的谋杀那么具有破坏性,而且,在第三部戏开场时,我们已经做好了准备,聆听他如何驳斥她母亲的复仇女神。因此,整个三联剧中贯穿着对结尾男性最终获胜(这就是事实)的暗示。[212]只不过,雅典娜对(复仇女神所代表的)女性元素的劝说与贿赂,使得这一元素变成了"好的部分",正如复仇女神她们自己一样,尽管雅典娜赋予了她们强大的力量,但她们在传统上的特权已经在很大程度上为雅典(男性)公民组成的新法庭所攫取了。

我所说的这一点(最后的和谐中恢复了男性的统治权)很重要,但在加加林的研究中却被低估了,不过,他的观点在新近的一部有关《奥瑞斯忒亚》中性别冲突的研究著作中得到了更正(一些人可能认为是矫枉过正了)。蔡特林(Froma Zeitlin)当然没有否认《和善女神》的结尾最后实现了和谐。但她指出,克吕泰墨涅斯特拉的女性规则导致了各种僵局,这些僵局只有当"有强烈自我意志的女性原则挫败"才能打破;① 同时,尽管安抚复仇女神可以挽

---

① 蔡特林《厌女症动力学:〈奥瑞斯忒亚〉中的神话与神话建构》("The Dynamics of Misogyny: Myth and Mythmaking in the *Oresteia*")页 156-157。(也请读者参考这整篇文章,它讨论了比此处所涉及的更为广泛的问题,而且其中提供的参考书目十分实用。)

救即将陷入贫瘠的女性特质(请注意复仇女神最后赐予的丰产祝福),但这一安抚只能通过在此肯定男性在父权制婚姻中的统治地位才能实现;这也就顺势确保了"男性在政治力量中的首要地位"。① 对蔡特林而言,在这种和平的解决办法中,雅典娜这一角色(一个女性,但却是一个自父亲出生的处女神)的功能同样只是用来强调男性的统治权。她确实具有权威,但只是一个"宙斯的传声筒"……"因为她没有与母亲的联系,所以她发誓反对任何女家长制的计划。"②

蔡特林在三联剧中"发现"了各种男性或女性统治、革新的象征,以及三联剧中意象与仪式中的相似之处,一些读者可能会认为,在某些方面,她的这种女性主义激情有些过度。③ 但是,她最终对《奥瑞斯忒亚》中的"两性冲突"及其结果所作的特殊定位,比起汤姆森与温宁顿-英格拉姆的理解,更接近事实上三联剧结尾时所庆祝的王朝(奥瑞斯忒斯重获他的继承物)与社会(奥瑞斯忒斯承诺为他的"拯救者"雅典提供丰产的繁荣)的真正胜利。

---

① 出处同上,页 159-160。
② 出处同上,页 172-173。
③ 例如,据说,蛇一样的复仇女神可以将杀死母亲的"毒蛇儿子"奥瑞斯忒斯同化(前揭,页 158-159);她还认为(这个观点是建立在德尔古[Delcourt]牵强的观点之上的,他认为"猪血仪式"象征着分娩时流出的鲜血),身为男性的奥瑞斯忒斯经过同为男性的阿波罗在德尔菲 ὀμφαλός[中心]举行的仪式获得新生(前揭,页 165-166)。而在另一方面,蔡特林(前揭,页 151-155)对班贝格的母权制理论(上文注 32 中已经提到)作了许多有趣的应用。

参考书目

1. 版本、翻译、评注等

Bollack, Jean, and de La Combe, Pierre, *L'Agamemnon d'Eschyle*, *Agamemnon* (Bollack), *Agamemnon* (de la Combe) Lille 1981—2.

Davies, John F., ed, *The Eumenides of Aeschylus, a critical edition with a metrical English translation* Dublin 1885.

Denniston, J. D., and Page, Denys, eds, *Aeschylus, Agamemnon* Oxford 1957.

Fraenkel, Eduard, ed, *Agamemnon* vols I-III, Oxford 1950.

Garvie, A. F., *Aeschylus: Choephori*, Oxford 1986.

Groeneboom, P., ed *Aeschylus, Choephori*, Groningen 1949.

—ed, *Aeschylus, Eumenides* Groningen 1952.

Grene, David, and Lattimore, Richmond, eds *The Complete Greek Tragedies* vol I *Aeschylus* Chicago 1953.

Headlam, Walter, ed and trans *The Agamemnon of Aeschylus, with verse translation introduction and notes* ed A. C. Pearson, Cambridge 1925.

—and Thomson, George, eds *The Oresteia* Cambridge 1938.

Hermann, Gottfried, ed *Aeschyli Tragoediae* Leipzig 1852.

Hogan, James C. *A Commentary on the Complete Greek Tragedies - Aeschylus* Chicago and London 1984.

Italie, G. Index Aeschyleus second editon ed S. L. Radt, Leiden 1964.

Lattimore, Richmond, and Grene, David, eds *The Complete Greek Tragedies* vol I *Aeschylus* Chicago 1953.

Linwood, W *Lexicon to Aeschylus* London 1897.

Lloyd-Jones, Hugh, trans *Agamemnon by Aeschylus*; *The Libation Bearers by Aeschylus*; *The Eumenides by Aeschylus* translations with commentaries, Englewood Cliffs: Prentice-Hall 1970.

Mazon, Paul, ed *Eschyle* II, third edition, Budé edition, Paris 1968.

Munro, D. B., ed *Homer, Iliad*, books I-XII, fifth edition, Oxford 1953.

Murray, Gilbert, ed *Aeschyli septem quae supersunt tragoediae* second edition, Oxford 1957.

Page, Denys, ed *Aeschyli septem quae supersunt tragoediae* Oxford 1972.

Paley, F. A. *The Tragedies of Aeschylus* London 1879.

Perrin, B., ed and trans *Plutarch's Lives* vol I, Loeb Classical Library, London 1914.

Rackham, H., ed and trans *Aristotle, Constitution of Athens*, Loeb Classical Library, London 1935.

Rhodes, Peter *A Commentary on the Aristoteleian Athenaion Politeia* Oxford 1981.

Rose, H. J. *A Commentary on the Surviving Plays of Aeschylus* Amsterdam 1957—8.

Sidgwick, A., ed *Aeschylus, Agamemnon* sixth edition, Oxford 1905.

—ed *Aeschylus, Choephori* Second edition, Oxford 1924.

—ed *Aeschylus, Eumenides* Oxford 1887.

Smyth, Herbert Weir, ed and trans *Aeschylus with an English translation* Loeb edition, London 1957—8.

Thomson, George, ed *The Oresteia of Aeschylus* vols I and II, second (abridged) edition, Amsterdam 1966.

Thomson, George and Headlam, Walter, eds *The Oresteia* Cambridge 1938.

Tucker, T. G., ed and trans *The Choephori of Aeschylus* with critical notes, commentary, and translation, Cambridge 1901.

Verrall, A. W., ed *The Agamemnon of Aeschylus* with introduction, commentary, and translation, London 1908.

—ed *The Choephori of Aeschylus* London 1893.

—ed *The Eumenides of Aeschylus* with introduction, commentary, and translation, London 1908.

Weil H., ed Aeschylus. *Quae supersunt tragoediae* Giessen 1858—67.

Wecklein, N., ed *Aeschylus*, *Orestie* Leipzig 1888.

von Wilamowitz-Moellendorff, Ulrich, ed *Aeschyli Tragoediae* Berlin 1914 Griechische Tragoediae II, Orestie Berlin 1900.

Young, Douglas, tans *Aeschylus: The Oresteia Translated into English Verse* Norman 1974.

2. 专 著

Bremer, J. M. *Hamartia* Amsterdam 1969.

Conacher, D. J. *Aeschylus' Prometheus Bound: A Literary Commentary* Toronto 1980.

Dale, A. M. *Collected Papers* Cambridge 1969.

Dodds, E. R. *The Ancient Concept of Progress and Other Essays on Greek Literature and Belief* Oxford 1973.

—*The Greeks and the Irrational* Berkeley and Los Angeles 1951.

Finley, J. H., Jr *Pindar and Aeschylus* Cambridge, Mass 1955.

Frankfort, H. A., trans *Greek Tragedy* by Albin Lesky, second edition, London and New York 1967.

Gagarin, Michael *Aeschylean Drama* Berkeley and Los Angeles 1976.

—*Drakon and Early Athenian Homicide Law* New Haven and London 1981.

Griffith, Mark *The Authenticity of Prometheus Bound* Cambridge 1977.

Grossmann, G. *Promethie und Orestie* Heidelberg 1970.

Herington, John *Aeschylus* Hermes Books, New Haven and London 1986.

Jones, John *On Aristotle and Greek Tragedy* London 1962.

Kitto, H. D. F. *Form and Meaning in Drama* London 1956.

—*Greek Tragedy* second edition, London 1956.
Knox, Bernard *Word and Action*, *Essays on the Ancient Theatre* Baltimore and London 1979.
Kranz, W. *Stasimon* Berlin 1933.
Lamphere, L., and Rosaldo, M., eds *Women, Culture and Society* Stanford 1974.
Lebeck, Anne The Oresteia, *A Study in Language and Structure* Cambridge, Mass 1971.
Lesky, Albin *Die tragische Dichtung der Hellenen* Göttingen 1956.
—*Greek Tragedy* trans H. A. Frankfort, second edition, London and New York 1967.
Lloyd-Jones, Hugh *The Justice of Zeus* Berkeley and Los Angeles 1971.
Mastronarde, D. J. *Contact and Discontinuity, Some Conventions of Speech and Action on the Greek Tragic Stage*, Berkely and Los Angeles 1979.
Mylonas, G., and Richmond, Doris, eds *Studies Presented to David Robinson* St Louis 1953.
Onians, J. B. *Origins of European Thought* Cambridge 1954.
Owen, E. T. *The Harmony of Aeschylus* Toronto 1952.
Pickard-Cambridge, A. W. *The Theatre of Dionysus* Oxford 1956.
Podlecki, A. J. *The Political Background of Aeschylean Tragedy* Ann Arbor 1966.
Prag, A. J. N. *The Oresteia, Iconographic and Narrative Tradition* Warminster 1985.
Reinhardt, Karl *Aischylos als Regisseur und Theologe* Bern 1949.
Richmond, Doris and Mylonas, G., eds *Studies Presented to David Robinson* St Louis 1953.
de Romilly, J. *Time in Greek Tragedy* Ithaca 1968.
Rosaldo, M. and Lamphere, L. *Women, Culture and Society* Stanford 1974.
Rosenmeyer, T. G. *The Art of Aeschylus* Berkeley and Los Angeles 1982.
Smith, Peter *On the Hymn to Zeus in Aeschylus' Agamemnon*, American Classical Studies 5, Chico, California 1980.
Smyth, Herbert Weir *Aeschylean Tragedy* Cambridge, Mass 1924, repr

New York 1969.

Solmsen, F. *Hesiod and Aeschylus* Ithaca 1949.

Taplin, Oliver *The Stagecraft of Aeschylus* Oxford 1977.

Thomson, George *Studies in Ancient Greek Society* London 1949.

—*Aeschylus and Athens* London 1966.

Turyn, A. *The Manuscript Tradition of Aeschylus* New York 1943.

Velacott, Philip *The Logic of Tragedy: Morals and Integrity in Aeschylus' Oresteia* Durham NC 1984.

Vernant, J.-P., and Vidal-Naquet, Pierre *Mythe et Tragédie en Grèce ancienne* Paris 1973.

Vidal-Naquet, Pirre *Classe et Sacrifice dans l'Orestie* Paris 1972.

—and Vernant, J.-P. *Mythe et Tragédie en Grèce ancienne* Paris 1973.

Visser, Margaret *The Erinyes, Their Character and Function in Classical Greek Literature and Thought* PHD thesis, University of Toronto 1980.

Von Wilamowitz-Moellendorf, Ulrich *Aischylos Interpretationen* Berlin 1914.

Winnington-Ingram, R. P. *Studies in Aeschylus* Cambridge 1983.

3. 论文和书评等

Bamberger, Joan "The Myth of the Matriarchy" pp 263—80 in *Women, Culture and Society* ed M. Rosaldo and L. Lamphere, Stanford 1974.

Bergson, L. "The Hymn to Zeus in Aeschylus' *Agamemnon*" *Eranos* 65 (1967) 12—24.

Booth, N. B. "Aeschylus' *Choephori* 61—5" *CQ* 7 (1957) 143—5.

—"The Run of Sense in Aeschylus' *Choephori* 22—83" *CP* 53 (1959) 111—13.

Borthwick, E. K. "ΙΣΤΟΤΡΙΒΗΣ: An Addendum" *AJP* 102 (1981) 1—2.

Brown, A. L. "The Erinyes and the *Oresteia*: Real Life, the Supernatural and the Stage" *JHS* 103 (1983) 13—34.

Conacher, D. J. "Comments on an Interpretation of Aeschylus, *Agamemnon*

182—3" *Phoenix* 30 (1976) 328—36.

—"Interaction between Chorus and Characters in the *Oresteia*" *AJP* 95 (1974) 323—43.

—Review of H. Lloyd-Jones *Aechyus, Agamemnon*, *Phoenix* 25 (1971) 272—9.

—Review of Peter Smith *On the Hymn to Zeus in Aeschylus' Agamemnon*, *Phoenix* 37 (1983) 163—6.

Dawe, R. D. "Inconsistency of Plot and Character in Aeschylus" *Proceedings of the Cambridge Philological Association* no 189 ns 9 (1963) 21—62.

—"Some Reflections on *Atê* and *Hamartia*" *HSCP* 72 (1967) 89—123.

—"The Place of the Hymn to Zeus in Aeschylus' *Agamemnon*" *Eranos* 64 (1966) 1—21.

Dodds, E. R. "Morals and Politics in the *Oresteia*" pp 43—63 in *The Ancient Concept of Progress and Other Essays on Greek Literature and Belief* III, repr from *Proceedings of the Cambridge Philological Society* 186 (1960) 19—31 (page references are to *The Ancient Concept of Progress*).

—"Notes on the *Oresteia*" *CQ* ns 3 (1953) 19—20.

Dover, Kenneth "Some Neglected Aspects of Agamemnon's Dilemma" *JHS* 93 (1973) 58—69.

—"The Political Aspect of Aeschylus, *Eumenides*" *JHS* 77 (1957) 230—7.

Dyer, R. R. "The Evidence of Purification Rituals at Delphi and Athens" *JHS* 89 (1969) 38—56.

Easterling, P. E. "Presentation of Character in Aeschylus" *G and R* 20 (1973) 3—19.

Edwards, Mark W. "Agamemnon's Decision: Freedom and Folly in Aeschylus" *California Studies in ClassicalAntiquity* 10 (1977) 17—37.

Fontenrose, J. "Gods and Men in *Oresteia*" *TAPA* 102 (1971) 71—109.

Forrest, W. G. F. "Themistokles and Argos" *CQ* ns 10 (1960) 221—41.

Gagarin, Michael "The Vote of Athena" *AJP* 95 (1975) 121—7.

Gantz, Timothy "The Chorus of Aeschylus' *Agamemnon*" *HSCP* 87 (1983) 65—86.

Garvie, A. F. "The Opening of the *Choephori*" *BICS* 17 (1970) 79—81.

Goheen, R. J. "Three Studies in the *Oresteia*" *AJP* 76 (1955) 113—37.

Hammond, N. G. "Personal Freedom and Its Limitations in the *Oresteia*" *JHS* 85 (1965) 42—55.

Headlam, Walter "The Last Scene in the *Eumenides*" *JHS* 26 (1906) 268—77.

Hester, D. A. "The Casting Vote" *AJP* 102(1981) 265—74.

Holtsmark, E. B. "On *Choephori* 581—651" *CW* 59 (1966) 215—16.

Kamerbeek, J. C. "Prière et Imprécation d'Elecre" *Mnem* 14 (1961) 116—21.

Kells, J. H. "Aeschylus, *Eumenides* 213—14 and Athenian Marriage" *CP* 56 (1961) 169—71.

Knox, Bernard "Aeschylus and the Third Actror" *AJP* 93 (1972) 104—24, repr in *Word and Action* (Baltimore 1979) 39—55.

—"The Lion and the House" *CP* 47 (1952) 17—25, repr in *Word and Action* (Baltimore 1979) 27—38.

Koniaris, G. L. "An Obscene Word in Aeschylus" *AJP* 101 (1980) 42—4.

Kranz, W. "Zwei Lieder des *Agamemnon*" *Hermes* 54 (1919) 301—20.

Lebeck, Anne "The First Stasimon of Aeschylus' *Choephori*, Myth and Mirror Image" *CP* 62 (1967) 182—5.

Lesky, Albin "Der Kommos der *Choephoren*" *SAWW* 221 (1943) 1—127.

—"Decision and Responsibility in the Tragedy of Aeschylus" *JHS* 86 (1966) 78—85.

Livingstone, R. W. "The Problem of the *Eumenides*" *JHS* 35 (1925) 120—31.

Llyod-Jones, Hugh "*Agamemnonea*" *HSCP* (1969) 97—104.

—"Artemis and Iphigeneia" *JHS* 103 (1983) 87—102.

—"Interpolations in *Choephori and Electra*" *CQ* ns 11 (1961) 171—84.

—"The Guilt of Agamemnon" *CQ* ns 12 (1962) 187—99.

—"The Robes of Iphigenia" *CR* ns 2 (1952) 132—5.

—"Zeus in Aeschylus" *JHS* 76 (1956) 55—67.

—"Three Notes on *Agamemnon*" *Rh Mus* 103 (1960) 76—80.

Macleod, C. W. "Politics and the *Oresteia*" *JHS* 102 (1982) 124—44.

Méautis, G. "Notes sur les Eumenides d'Eschyle" REA 65 (1963) 33—52.

Moritz, Helen E. "Refrain in Aeschylus" CP 74 (1979) 187—213.

Neitzel, Heinz "πάθει μάθος-Leitwort der aischyleischen Tragodie?" Gymnasium 87 (1980) 283—93.

O'Brien, M. J. "Orestes and the Gorgon: Euripides' Electra" AJP 85 (1964) 13—39.

Peradotto, J. J. "The Omen of the Eagles and the ΗΘΟΣ of Agamemnon", Phoenix 23 (1969) 237—63.

—"Some Patterns of Nature Imagery in the Oresteia" AJP 85 (1964) 378—93.

Podlecki, A. J. "The Phrên Asleep: Aeschylus, Eumenides 103—5" in Greek Tragedy and Its Legacy: Essays Presented to D. J. Conachered Martin Cropp, Elaine Fantham, and S. E. Scully (Calgary 1986).

Pope, Maurice "Merciful Heavens? A Question in Aeschylus' Agamemnon" JHS 94 (1974) 100—13.

Quincey, J. H. "Orestes and the Argive Alliance" CQ ns 14 (1964) 190—206.

Rivier, André "Remarques sur le Nécessaire et la Nécessité chez Eschyle" REG 81 (1968) 25—7.

Robbins, Emmet "Pindar's Oresteia and the Tragedians" in Greek Tragedy and Its Legacy: Essays Presented to D. J. Conacher Calgary 1986.

De Romilly, J. "Vengeance humaine et vengeance divine: Remarques sur l'Orestie d'Eschyle" Das Altertum und jedes neue Gute Stuttgart (1970) 67—77.

Roux, G. "Commentaries à l'Orestie" REG 87 (1974) 33—79.

Schadewaldt, W. "Der Kommos in Aischylos' Choephoren" Hermes 67 (1932) 312—54.

Sansone, David "Notes on the Oresteia" Hermes 112 (1984) 1—9.

Schottlaender, Rudolph "Um die Qualität des Freispruchs in dem Eumeniden" Das Altertum 16 (1970) 144—53.

Sealey, R. "Ephialtes" CP 59 (1964) 11—22.

Solmsen, F. "The Sacrifice of Agamemnon's Daughter in Hesiod's Ehoeae"

AJP 102 (1981) 353—8.

Stinton, T. C. W. "The Firtst Stasimon of Aeschylus' *Choephori*" CQ 29 (1979) 252—62.

Trendall, A. D. "The *Choephori* Painter" in *Studies Presented to David Robinson* ed G. Mylonas and Doris Richmond (St Louis 1953) 114—26.

Tsagarakis, O. "Zum tragischen Geschick Agamemnons bei Aischylos" *Gymnasium* 86 (1979) 16—38.

Tyrrell, William Blake "An Obscene Word in Aeschylus" AJP 101 (1980) 44—6.

Whallon, W. "Why Is Artemis Angry?" AJP 82 (1961) 78—88.

Winnington-Ingram, R. P. "Aeschylus, *Agamemnon*, 1343—71" CR ns 4 (1954) 23—30 (repr in *Studies in Aeschylus* pp 208—16).

—"A Religious Function of Greek Tragedy: A study of the *Oedipus Coloneus* and the *Oresteia*" JHS 74 (1954) 16—24.

—"Clytemnestra and the Vote of Athena" JHS 68 (1948) 130—47 (repr with revised notes in *Studies in Aeschylus* pp 101—31).

Young, D. C. C. "Gentler Medicines in the Agamemnon" CQ 14 (1964) 1—23.

Zeitlin, Froma "Postscript to Sacrificial Imagery in the *Oresteia*, Ag. 1235—37" TAPA 97 (1966) 645—53.

—"The Dynamics of Misogyny: Myth and Myth-Making in the *Oresteia* *Arethusa* 11 (1978) 149—84".

—"The Motif of the Corrupted Sacrifice in Aeschylus" *Oresteia*" TAPA 96 (1965) 463—508.

图书在版编目(CIP)数据

埃斯库罗斯笔下的城邦政制:《奥瑞斯忒亚》文学性评注 /(加)科纳彻著;
孙嘉瑞译,龙卓婷校.—上海:华东师范大学出版社,2017.1
(经典与解释·古希腊肃剧注疏全集)
ISBN 978-7-5675-5693-5

Ⅰ.①埃… Ⅱ.①科… ②孙… ③龙… Ⅲ.①埃斯库罗斯(约前 525—前 456)—悲剧—戏剧研究 Ⅳ.①I545.073

中国版本图书馆 CIP 数据核字(2016)第 219357 号

华东师范大学出版社六点分社
企划人 倪为国

Aeschylus' Oresteia
By D. J. Conacher
Copyright © University of Toronto Press 1987
Original edition published by University of Toronto Press,Toronto,Canada
Published by arrangement with University of Toronto Press
Simplified Chinese Translation Copyright © 2017 by East China Normal University Press Ltd
ALL RIGHTS RESERVED.
上海市版权局著作权合同登记 图字:09 - 2008 - 530 号

古希腊肃剧注疏全集

埃斯库罗斯笔下的城邦政制——《奥瑞斯忒亚》文学性评注

著　者　(加)科纳彻
译　者　孙嘉瑞
校　者　龙卓婷
责任编辑　赵　元
封面设计　吴元瑛

出版发行　华东师范大学出版社
社　　址　上海市中山北路 3663 号　邮编　200062
网　　址　www.ecnupress.com.cn
电　　话　021 - 60821666　行政传真　021 - 62572105
客服电话　021 - 62865537　门市(邮购)电话　021 - 62869887
地　　址　上海市中山北路 3663 号华东师范大学校内先锋路口
网　　店　http://hdsdcbs.tmall.com

印 刷 者　上海景条印刷有限公司
开　　本　890×1240　1/32
插　　页　2
印　　张　9.5
字　　数　220 千字
版　　次　2017 年 1 月第 1 版
印　　次　2017 年 1 月第 1 次
书　　号　ISBN 978-7-5675-5693-5/I·1588
定　　价　58.00 元

出版人　王　焰

(如发现本版图书有印订质量问题,请寄本社客服中心调换或电话 021 - 62865537 联系)